U0672331

上海文学名家文库·40后卷

殷慧芬

上海市作家协会致敬文学　殷慧芬◎著

殷慧芬自选集　仇　澜

百花洲文艺出版社

图书在版编目（CIP）数据

殷慧芬自选集：仇澜／殷慧芬著. —— 南昌：
百花洲文艺出版社，2020.1
（上海文学名家文库.40后卷）
ISBN 978-7-5500-3562-1

Ⅰ.①殷… Ⅱ.①殷… Ⅲ.①中篇小说 – 小说集 – 中国 – 当代
②短篇小说 – 小说集 – 中国 – 当代 Ⅳ.①I247.7

中国版本图书馆CIP数据核字（2019）第284751号

殷慧芬自选集：仇澜

YIN HUIFEN ZIXUANJI：CHOULAN

殷慧芬　著

出 版 人　章华荣
责任编辑　蔡央扬
书籍设计　方　方
制　　作　何　丹
出版发行　百花洲文艺出版社
社　　址　南昌市红谷滩新区世贸路898号博能中心一期A座20楼
邮　　编　330038
经　　销　全国新华书店
印　　刷　江西华奥印务有限责任公司
开　　本　720mm×1000mm　1/16　　印张 18
版　　次　2020年1月第1版第1次印刷
字　　数　240千字
书　　号　ISBN 978-7-5500-3562-1
定　　价　51.00元

赣版权登字　05-2019-416
版权所有，盗版必究
邮购联系　0791-86895108
网址　http://www.bhzwy.com
图书若有印装错误，影响阅读，可向承印厂联系调换。

目 录

楼上楼下

一

楼上杨家领了个漂亮的小姑娘，叫云云，五岁，跟楼下小铜匠家里的三女儿美方一样大。

那天黄昏，杨太太牵着云云跨进楼下客堂间，朝正在奶孩子的美方娘点点头，算是打过招呼了，她一径穿过过道，拉开楼梯门，上楼去了。

美方蹲在地上，在抠地板缝里的垃圾玩，当时只觉得眼前一亮，一抬头，便看见云云那条大红的背带裙。裙子刚刚遮住云云的小屁股。云云走一步，裙子便蓬松一下，再走一步，又蓬松一下，像面盆里的水被搅了一下又一下，漾起一个又一个圆圈，好看极了。美方从来没有穿过这么短的裙子，她只有一条勉强短到膝盖的裙子，还是两年前做的，刚穿时简直可以拖地板了。"像长衫一样！"记得阿爸皱着眉头看了一眼。"有啥办法？小人长得快！"娘说话总是这样直拔直的。美方看着云云的红裙子在过道口最后蓬了一下，不见了，她才想起还没有看清那小姑娘的面孔呢。

"看见了吗？"杨太太前脚刚走，隔壁好婆后脚就来了。美方娘抬手指指楼上，好婆点点头说："蛮标致的，像你家美方。"

"像美方呵……"娘既不肯定又不否定地重复了句，又压低声音对好婆说，"听说小姑娘也是有铜钿人家出身，因为爷娘跟杨先生要好，杨先生盯着要，没办法才给的……"娘叹了口气，拍了拍臂弯里的小毛头，换了个奶头，说，"还是不生养的好，省省力力！"

"她比你小吧？"

"哪里？比我还大两岁哩！"

"你也太会生了，六个了，好息搁了！"

她们的声音越说越细，人也越靠越拢，再说点啥，美方就听不清了。

其实美方也无所谓听，她只是坐着不动，世界的一切声息如水一般灌进她支棱的耳朵，她听见上面楼板上走路的声音，这是一个全新的声音，小皮鞋踩在地板上，节奏快，音色脆，就像她穿木拖板在过道里跑一样，有一种回声追着她，既神秘又快活。她又听见凳子在地板上移的声音，大概是那个小姑娘在开火车吧，"呜——呜——"她叫着，也移动着屁股下面的小板凳，"咯噔咯噔"车子加速了。

"烦煞了，死出去！"娘劈头给了她一个麻栗子，火车即刻瘫痪了。

美方跑到后面，拉开楼梯门，悄悄摸上去，一格，两格，三格……摸到六格，她停住了。往横肚里跨，就是她家的二层阁，大哥老叫它"六层楼"；往上摸，转弯，再上几格，就能看到二楼前房间的门了。她犹豫了一下，往横肚里跨了进去。

阁楼里黑黢黢的，屋顶没有做泥满，睡在地铺上抬头便看见一条条横梁成放射状延伸开去，像睡在一把巨大的折扇下面。墙角落有两只工农肥皂的纸板箱，里面有大衣裳、小衣裳，还有件蓝底白花的旗袍，美方偷偷拿出来比过，终究猜不透是谁穿过的。纸板箱上还有本有图有字的书，这书大哥翻过，两个姐姐翻过，她也翻过，但她看不懂，后来才知道这是本婚姻法图解。她躺了下来，静静的，楼上的声音越加清晰地传进她的耳廓，她听见那个小姑娘咯咯咯的甜嫩的笑声，而那皮鞋声简直就像踩在她头顶上一样了，她索性闭起眼，不去看那扇骨似的横梁，她听着，她听见一种宛如流水一样的声音，时缓时急，像一个无形的神秘的人从很远很远的地方飘来，靠近你，使你的心暖暖的，也飘动起来，就像浮在半空中一样。"跳舞跳舞！云云跳舞！"她听见杨太太拍着手的声音，那皮鞋声便一下一下地踩在那流淌着的音乐上，像互相约好似的，一块儿跳跃、停顿……

啪嗒一声，声音没有了。"这种音乐硬撬撬的，啥听头？""有听呒听。"又啪嗒一声，这下是她最熟悉的了："小别重逢梁山伯，倒叫我三分欢喜七分悲……"她听过这唱声，晚上，小菜场那边总有人点了煤油灯，穿了戏装，一甩一甩地唱，每次她总挤在最前头看，待到他们唱完了，拿出狗皮膏药来卖时，她便缩回身跑回家了。回到家里她居然也能学个三分、四分的做给娘看。她知道娘喜欢，她看到过娘呆呆地站在楼梯口，耳朵对着门缝，听二楼无线电里的唱戏声。

"会唱吗？唱唱看！"这是杨太太又柔又滑的声音。"云云不会唱。"她怎么自己喊自己"云云"？"妈妈教你好吗？"为什么没有人来领我去，这样亲亲热热地问我？说不定会有的，也像杨太太这样好看。于是，她就会对杨太太说："美方会唱的！"

美方躺着，有点困了。她想着杨太太，杨太太跟电影画报上的大人头一样好看，画报是洗衣店的阿新借给她看的。画报上的大人头三个指头捏着块手绢轻轻掩着嘴角，杨太太每次从外面进来穿过她们客堂时，也是这样的。尽管有后门，但杨家还是习惯从美方他们客堂间进进出出。杨太太走路样子因为穿着高跟鞋，别有一功，美方最欢喜看了，她还踮着脚学杨太太走路的样子，一扭一扭的，可娘不欢喜。娘说：难看煞了！

阿爸下班了。"家里气味煞了！"阿爸一回家总是劈劈啪啪开门开窗，不管天冷天热。阿爸要清爽。

"小孩子多，有啥办法！尿臊臭尿臊臭，我欢喜闻了？"娘发着狠劲把奶头从小毛头的嘴巴里拔出来。小毛头哭了。

　　坐在小板凳上的阿五头摇摇晃晃地走过来，她三岁了，走路还不稳，可能是软骨病，反正能吃能困又不吵，就没人想到带她去看看医生。阿五头脚软，心也特别软，她听不得小毛头哭，一哭，她就要来抱。她的脚被圆凳绊了一下，把圆凳上晾着的半碗粥汤也泼翻了，娘越发气了，扯开喉咙就骂，也不知骂谁，家里像开了锅，乱哄哄的。阿爸叹了口气，搬了条板凳，坐到门口去了。眼不见为净。

　　美方憋口气嗅了嗅，她嗅到一种甜甜的酸酸的醉人气味，她好像一下子扎到了娘的怀里，她喜欢这气味。她吁了口气，只觉得周身软软的，她弄不懂，杨太太为什么讨厌这气味，连阿爸也不喜欢？她又嗅嗅，楼下煤炉上放着只球状铅丝网，上面烘着小毛头的尿布。她松了口气，又嗅，就像有一次吮棒头糖，上下左右的吮出许多花头来。她睁开眼，看见头顶上那扇骨似的横梁，它们是那么近，又那么远，而楼上的声音也若有若无了。她合上眼，她睡着了。

　　她不知道，她的命运从此跟云云竟千缠百结、恩怨难分。

二

　　宽宽第一个背叛她。

　　好几次，宽宽从后门蹑足进来，轻轻拉开楼梯门，像只猫一样无声地上去了。他是故意避开美方。

　　怪就怪在美方只要一听到后门那生锈的铰链吱咯一声，就会对阿五头说："宽宽进来了！"待到楼梯门"呀"的一声低吟，美方又："宽宽上楼了。"美方能说出宽宽什么时候跨楼梯，什么时候转弯，什么时候踏进二楼房门，准确无误。美方像个精怪，阿五头最服帖美方了。而后，美方也悄悄摸上楼，爬进二层阁，在黑洞洞的伸手能抓住横梁的阁楼里听那上面的声音，有时，她还会笑出声来。

　　宽宽是隔壁沈家伯伯的小儿子，比美方大两岁。沈家伯伯是厂里的账房先生。这里的街面房子穷人和富人混居，二楼大多住着富裕人家，主人都是坐写字间的，而底楼、二层阁的住户便是三教九流五花八门的了，扫垃圾、拉榻车，什么行当都有。宽宽家整洁清爽，进房间是要脱鞋子赤脚的。宽宽有个哥哥叫浩浩，老是捧着本书，不大看人的。宽宽的爸爸沈家伯伯很欢喜小孩，看到隔壁小铜匠家的六个孩子像数学中升幂排列一样，一个比一个大，越看越感到有趣，看到美方又特别欢喜，因此美方常去玩。她和宽宽常跪在窗前的靠背椅上看下面马路，看对面老虎灶黑黑的烟囱管，烟囱喷着烟，大团大团的，薄薄的黑灰从半空中落下来。每逢这时，宽宽的妈妈便会急不可待地冲过来关窗。她要清爽。有一次，他们看见三层阁的老奶奶把一大把纸什么的，塞进老虎灶那个炉膛，不知烧的啥，好像很神秘。

他们从上面看下去，下面马路像狭了很多，汽车和行人都像小了点。洗衣店里的阿新在老虎灶泡水，看见美方在楼上，便喊："美方，来吃菜饭，来！"阿新的老婆孩子都在乡下，他平时就住在宽宽家隔壁洗衣店店堂后面的楼梯间里。阿新烧的菜饭远近闻名，那一粒粒油汪汪的米饭就像一颗颗晶亮亮的珍珠，吃在嘴里三日留香。阿新为人慷慨，又爱热闹，但也不是人人都吃得到他的菜饭的，宽宽就一粒也没有吃到过。

阿新拎了壶开水，穿马路时还在哼《四季歌》："忽然一阵无情棒，打得鸳鸯各一方……"一辆卡车从他脚旁擦过，惊得他差点摔了水壶。"妈拉×！你找死啊！"驾驶员伸出头来冲着阿新大骂。阿新气得跺着脚，对着车影也愤然骂道："操×！""老听人家骂操×，哪能样子的？"美方问宽宽。宽宽说："我知道的，喏，就是这样！"他抱着美方，叫美方也抱着他，过了会，宽宽说："你会生小囡的。"

美方说："那我就要这个小囡，不要布娃娃了，布娃娃没有劲的不肯吃东西……"

就是这个宽宽，现在跟云云要好了，把美方冷落在一边。美方也不觉得孤单，她躲在阁楼里听他们玩，既神秘又兴奋，既紧张又快乐，每次只要一爬上阁楼，她的心便怦怦地在小小的胸腔里甜蜜地跳了，她静静地睡在地铺上，灵魂开始游离了，追逐着宽宽和云云的声音，直到悄然入睡。

一次，云云笃落笃落从楼上下来，她站在阁楼外，看见里面的美方，她们彼此相望，都感到有一种神秘的召唤。我进来好吗？她的眼睛真好看。好的！她真是像我吗？

云云爬进来了，她四面看看，又伸直手摸摸横梁，真好玩！美方给云云看那本图画书，里面有老太婆打小姑娘，还有把小毛头塞在马桶里……云云第一次看，美方一个一个地讲解给她听。多少年后，她们都忘不了这一幕。后来，美方又拿出了她的布娃娃，这是她最宝贝的了，阿五头要抱，也必须在她的严密监督之下，可现在，却在云云手里颠来倒去的一点也没有宝贝的威风了。布娃娃是娘亲手做的，眉眼是大哥用毛笔描的，樱桃小嘴，朝天鼻孔，大哥边描边讲，阿五头坐在小凳上咯咯咯笑。云云对布娃娃不感兴趣，对那本图画书感兴趣。美方还有好几个古币，上面有"通宝"之类的字样，是三屋阁老奶奶送给她的。老奶奶一个人，美方见了她总是笑。都说小孩笑，兆头好，老奶奶相信这一套，老奶奶见了美方，总要上下摸摸，捏捏她的小手，间或塞给她一个古币。美方给云云看用古币做的毽子。云云说，她从前的家里也有这种古币，是放在小匣子里锁起来的。我回去带几个小匣子来送给你。说着，云云忽然不响了，过了会，她说：我不回去了，我的爸爸妈妈换过了，叔叔阿姨变爸爸妈妈了。

"开心吗？"美方问。

"不晓得。"云云回答

正在这时，宽宽来了，宽宽站在阁楼下面，不好意思地朝美方笑，美方只当不看见。

"宽宽进来进来！"云云代美方邀请他。宽宽爬进来了，美方也就算了，小孩子是不记仇的。三个人玩起倒马桶的游戏来了。"马桶拎出来吗？"宽宽站在阁楼外喊。"马桶拎出来啰！"美方笑着，右手装得像拎马桶的样子，云云在一旁捏着鼻子。三个孩子嘻嘻哈哈，玩得很高兴。后来，他们又轮着拎，可都没有美方拎得像样。宽宽和云云当然不能跟美方别苗头，他们家里都是用抽水马桶的。

美方也到云云家里去了，她还从来没有进过二楼杨先生的家呢。好像是很小很小的时候，阿爸就关照过她：楼上不要去！三层阁的老奶奶说她生下来的时候，哭得不得了，一幢楼都被吵醒了，杨先生困不着，评论说："这小囡将来要不得了！"

美方也确是绝顶的聪明，她的一双手葱管一样极细，三岁时，对过弄堂口摆测字摊的先生说她是文曲星的命，测字先生每每看到美方蹲在门口用那葱管似的小手捏那拌过水的煤屑，一只只参差不一的煤球被创造出来，那双手却乌脚爪似的墨黑，便会摇头叹气，连呼可惜！可惜！不过，贵人自有后福。四岁时，后弄堂有个唱评弹的女人，大清早便在窗口捧着琵琶叮叮咚咚地弹，边弹边唱："门不对，户不当，丫头怎配解元郎……"美方见了，便捧了块洗衣搓板，在那条楼上轻拨慢拢的，学着唱："你是门也对，户也当，可惜终身伴踱郎……"学得惟妙惟肖，把个女人惊得目瞪口呆，当下便找了美方娘，要美方到学馆去，"将来一定红！"美方娘和美方阿爸商量来商量去，终究因为"开口饭不好吃"，没有应承。这家人家只相信读书，"唯有读书高么！"阿爸总是这样说，尽管他识不得几个字。

美方去学馆唱戏虽然没成，但她的聪明却在四周传开了，连隔马路的陌生人也都来看她。"给我们宽宽做新娘子好吗？"一次，沈家伯伯抚着美方瘦嶙嶙的小胳臂，看着她那双大落落的眼睛，忽然心生爱怜。美方正在用宽宽的蜡笔画房子，房子上是高高的烟囱管。"啊？"沈家伯伯问。她只顾点头应承，手却不停地轮换着各色蜡笔，红黄蓝白黑，一张铅画纸居然被她涂得五彩缤纷，比宽宽画得漂亮多了，沈家伯伯对着画呆了半天。后来，沈家伯伯随口对美方娘说："想办法送她去学画！"美方娘不以为然地笑笑。

美方到了二楼，这里好像是另一个天地，房间与过道之间的隔板是厚木板，而不是楼下那样的三夹板，还涂了湖绿色的漆，门半开半掩的，透着陌生的阳光。她怯生生地一只脚踏进门，另一只脚便不肯动了。杨太太坐在圆凳上对着梳妆镜在描眉毛。樱桃小嘴朝天鼻孔阿五头咯咯咯笑。

"进来！进来！"杨太太站起来走到门口拉拉美方。美方走进去，脚步有点迟缓，她在光溜溜的暗红色的方凳上坐下来，后来她才知道这是红木的。她的手搁在膝上，朝杨太太笑笑，她实在很规矩，很有教养。杨太太便一下子欢喜她了：

"不要拘束，跟云云白相呀！"

云云已经拿出一只彩色大盒子来了，盒子里是个奇怪的外国娃娃，衣服、身体都是用一种半透明的珐琅质材料做成的，云云用一把小钥匙在洋娃娃的两只脚底心咯落咯落地转了一阵子，把它放在同样光溜溜的暗红色的圆桌上，于是奇迹发生了，洋娃娃居然走起路来，又居然转起圈子来，像跳舞一样。

云云又让美方开了次钥匙，洋娃娃又走路又转圈子，美方看得都忘了说话。可惜阿五头没有看到。阿五头在楼下抱小毛头，娘在踏缝纫机，炉子上烘着小毛头的尿布……她忽然跟云云说，她要回去了。

三

该上学读书了。附近有两所小学：一所是中心小学，是老学校，解放前就办的，绿树红墙的，清静幽雅；另一所在三角地菜场上面，是两年前新办的，据说在操场上上课体育老师要放开喉咙才能压过下面菜场里的喧闹声。此话有点夸张，但周围人们只当是真的，他们都不喜欢这个学校。这个学校的学生常常朝下面菜场里吐痰，你若额角头高被流弹击中了，只好自认晦气。两个学校不仅环境截然不同，而且教学质量也有天壤之别。上中心小学要经过口试，才郑重录取，而上菜场小学则无需口试。凭美方的聪明伶俐，她完全可进中心小学，可结果偏偏进了菜场小学。说出来叫人想不通，差错竟出在口试上。这天，主考的女教师问她："你叫什么名字？"她呆了呆，摇摇头，她听不懂，她的腿紧张得发抖，昨晚哥哥姐姐帮她预习过，比如：住在哪里叫啥今年几岁，她都有问必答，哥哥教了三两句就说："好了，笃定！"可今天，这是怎么搞的？她只觉得头有点晕，而女教师似乎一下子退到了很远很远的地方，她眨眨眼，女教师又在眼门前了。"你叫什么名字？"她依旧是一副呆不弄懂的样子。女教师很潇洒地挥挥手，轻轻说：

"你回去吧！"

这句话她听懂了，她转过身，走出教室，阿爸在门口等她，问她怎样，她伏在阿爸身上哭了。后来才知道女教师是北方人，说的是普通话，可她，阿爸是无锡人，娘是崇明人，她只会说上海话。

开学了，她背着红书包，书包是娘亲手做的。料不够，娘在拼接处索性添了条白白的斜边，还用白的滚条镶边，比买的还要漂亮。铅笔盒子是阿爸用木头做的，姐姐用印花纸在上面印了美丽的花蝴蝶。哥哥说，上头几个都没有她这福气，哥哥的第一只书包只能说是蓝布袋袋。

一切都叫人开心，叫人兴奋，她高高兴兴地往菜场小学走去。哥哥送她。在转弯的地方，她不由看了看不远处的中心小学，学校门口插着旗子，红的，绿的，黄的，许多人聚集在校门口，有大人，也有小人，她终于看见了她想看的情景，宽宽和云云手拉着手跨进了中心小学的校门，他们不孤单，不像她没有伴。

"一样的，美方，只要书读得好，一样的，中心小学和小菜场楼上……"大哥俯身对她说，声音又轻又可靠。她抬起头，她看见大哥两眼湿润润的，她不明白，大哥为什么伤心。

　　十年、二十年后，一辈子她都忘不了这开学第一天的情景，她上了人生第一课，她发誓要好好读书。

　　她佩上了两条杠的标志，她捧回了一张张奖状，三好，五好……杨先生开始注意起这个小铜匠家的"三丫头"了，他欢喜这样称呼小铜匠家的四个女儿：大丫头，二丫头，三丫头……小铜匠家也是怪气，六个孩子像栽葱一样，插一棵活一棵，一个个都是水灵灵的，面目清秀，就连那个阿五头，原先只当是瘫了，现在也居然会跑会跳了，不治自愈。这次阿大、阿二考高中，也有人劝过小铜匠，阿二就算了，女孩子么，早晚要出嫁的，小铜匠不听，他知道，他们这种人家，不读书翻不了身。也真正叫做天数，比小铜匠条件好的人家周围也不少，却大都名落孙山，唯独小铜匠家的阿大阿二却双双金榜题名，考进的北虹中学是旧社会有名的圣方济，杨先生所在公司的副经理就是这学堂毕业的。眼下，这个三丫头势头更是不得了。虽然她不是独生女，也不是阿末头，小铜匠夫妇却不知为什么，特别看重这个三丫头，有时还给她烧烧小灶，红烧猪肝什么的，说她人瘦，要补补。她有新衣服穿，她不做家务活，也不抱小毛头，她上有姐姐，下有妹妹，还有爷娘的宠爱，真有点得天独厚！令杨先生刮目相看的是美方代二姐做算术题，"看看例题就会了！"那天，美方淡淡地朝杨先生答了句，便和云云下楼去玩了。莫不是测字先生的话真要应验了？杨先生心惊肉跳地思量。他加紧了对云云的管教，相形之下，他总觉得云云有点不开窍，究其原因，他怪罪于杨太太，杨太太描眉毛照镜子，云云也老是在镜子前晃来晃去，横照竖照。叫他光火的是，娘俩在镜子前像走马灯一样，一个在照，一个便在后面候着了，一个刚走开，另一个就上场了。他以前是用欣赏的眼光来看的，一个是风韵犹存的娇妻，一个是洋娃娃一样的女儿，只觉得其乐无穷人生足矣，现在却觉得祸害非浅，他下决心便把梳妆台卖了。卖梳妆台的前一天晚上，美方他们正在吃晚饭，上面楼板上忽然发出很响很响的声音，像有东西摔在地板上，接着是杨先生的胖喉咙，哇啦哇啦的，不知在叫啥，还有嘤嘤的哭声，既不像杨太太的，也不像云云的，再后来就没有声音了。美方娘说："神经病！"她依旧喂孩子吃粥，这是第七个了，跟美方相隔九岁。

第二天，杨先生上班去了，美方上楼去找云云，看见杨太太背朝外侧睡在床上，床是抛在当中的，像只船，晨曦像金色的滚条镶嵌在杨太太的侧影上，那侧影凹下去又升起来，弯弯曲曲的，美方觉得就像她画的水浪一样，好看极了。"神经病！"娘是这样说的，美方不相信。后来梳妆台没了，美方隐隐觉得那吵声、哭声，跟梳妆台有关。多年以后，杨太太果然发神经了，被美方娘讲中了。

梳妆台卖了以后，再加杨先生盯得紧，云云的功课果然上去了，四年级时，居然也捧回来一张奖状。一次学校有外宾来，老师又叫她去送鲜花，还拍了照，乐得杨先生趴在临街的窗口上，扯开喉咙跟隔壁沈家伯伯开大道，把云云大大吹嘘了一通。

"云云！云云！"沈家伯伯隔窗叫着，云云从杨先生的胳肢窝里探出头来，接待外宾时戴的蝴蝶结还在，一张小脸白里透红，像只无锡水蜜桃。沈家伯伯喜不自禁，问"给我们宽宽做新娘子好吗？"

云云红着脸，笑笑，缩了回去，杨先生和沈家伯伯乐得直笑。

楼下，美方娘自然也听到了，她把门关关紧，跑到后面灶披间洗衣裳去了。这天晚上没有什么小菜，美方娘单独给美方煎了只荷包蛋，"吃好点！读书好点！"娘看着美方吞下去，关照着。美方点点头，心里一热，眼睛便湿润了。

美方和云云照旧来往，谈不上亲密，也谈不上疏淡，双方家长都分外热情地扶助这对小女孩的友谊，杨先生每次办公回来，只要看见美方，总要叫："三丫头，上来跟杨云云白相！"或者说："成绩报告单发了吗？带上来让杨伯伯看看！"他总是连姓带名地称呼自己的女儿，但对美方，却又似乎是无名无姓的了，弄不懂他啥名堂经，好在也叫惯了，不奇怪。

何况他这样看重美方，美方娘也未免暗暗得意，要知道，杨先生是有身份的人，他在外滩的高房子里办公，每天皮包挟进挟出的，有几次还有小车子送他到家门口呢！

四

有段时间，美方、云云、宽宽三个人像甩龙灯一样，一会儿楼上，一会儿楼下，一会儿家里，一会儿隔壁。他们常常一起扮家家，到了五年级，仍然做那不长进的游戏。一次在宽宽家，不知怎的玩出花样来了："看医生"。三个人轮流你摸摸我手，我摸摸你头，还露出小屁股，一针连一针地打退烧针、预防针、青霉素、链霉素……宽宽的哥哥浩浩在一旁看了好笑。浩浩那时正在读初二，戴副眼镜，高深莫测的样子，平时对美方和云云总是爱理不理的。这天他先是看看，后来也玩起来了，他是当然的医生，三个小学生都是病人，垂头丧气地坐在候诊室的长椅上等医生叫。

浩浩先叫美方。美方乖乖地在宽宽家那只大铁床上躺下来，床上罩着雪白的珠罗纱蚊帐。浩浩撩起帐门，坐在她身旁，轻声问她什么地方难过。她望着浩浩，忽然觉得这就像真的一样，她真的生病了，浩浩来看她，幸亏她生病了，要不，浩浩是不会来的，她又觉得像做梦一样，身子沉沉的，想翻个身也不行，更不要说讲话了，嘴唇皮像缝过的一样，粘牢了，张不开。见她不开口，浩浩便也不问了，只是随便地摸摸她的额头，又用一块金属圆盒按在她的胸脯上，认真地听心跳，慢慢地手又移到她那平平的小乳房上，他的手指轻轻捻着她那绿豆一般大的乳头，很久很久，她感到头像被人敲过一记一样，晕晕的，连身子也在膨胀，像是泡在水里。她一动不动地躺着，两眼含泪，她想哭，她快乐，她只觉得一切都软软的，身子软软的心软软的，她感动，并不是经常有人这样关心她的，可眼下浩浩却是这样亲热，这样细心，这样温柔，她真想永远这样下去，像乘着小船，摇摇晃晃的，漂漂荡荡的……

终于，浩浩叫她起来了，浩浩似乎没有平时那么善于辞令了，他只是一个劲地说着：好了好了好了。她对浩浩莞尔一笑，便跳下床，她觉得奇怪，刚才还觉得时间是那么长那么长，眼睛一眨，却又是那么短那么短了。"云云！"她听到浩浩在叫，心里顿时像压了块石头，闷闷的透不出气，她坐在宽宽旁边，也不说话，看着帐子里隐隐约约的人影，云云穿了件粉红的衣衫，那颜色从蚊帐里透出来，把雪白的蚊帐也染红了一块，像浸在水里一样，她看着那团水红，她觉得时间又变得那么长那么长了，她还听见云云轻轻的笑声，云云怕痒，触到她一点点皮肤，她便会这么轻轻地笑的。她觉得压在心上的那块石头越来越沉了，她想到他的抚摸，两颗泪珠顺着她秀气的面颊慢慢淌下来……

后来，在楼梯口，在后门口，在过道里，在宽宽家里，她都碰到过浩浩，她希望他再叫她去"看医生"，可浩浩却像不看见她一样掉头而去，即使在过道里相向而过，也是一言不发地擦身而过，连招呼也不打了，她不明白，浩浩为什么这般喜怒无常？她赌气，看见浩浩她也不吭不哼了，有时还昂着头，从他面前走过。走过后，她又偷偷回头看，浩浩没有看她。她有些恨他，假如他跟云云也不说话，她便也没有什么了，可浩浩跟云云不但说话，而且还似乎比以前亲热点了。有几次，她看见浩浩站在后门口，云云从楼上下来，一只手递给浩浩一本书，另一只手接过浩浩递过来的书，云云欢喜看书。可她也欢喜看，浩浩却不借给她。浩浩站在云云面前，两条腿绞过来绞过去，就像他比云云小一样。云云也确实大变样了，她不知怎的，一下子高过美方半个头，脸颊越发粉嫩，胸脯也像大人一样隆起了，她只是个六年级学生呀！

"早发育的人早死！"美方悄悄告诉宽宽。值得庆幸的是，她还跟男孩子一模一样，他们又跟从前一样要好了，因为云云已不大跟宽宽玩了，不再跟他们在弄堂里玩捉强盗、捉野人头了。

五

这一年，洗衣店的阿新失踪了。

"美方，叫云云一起来！"每次阿新烧了菜饭，总要这样叫她。美方便兴冲冲地去叫云云。

"去吧去吧！"每次，杨太太都十分爽快，因为云云在家里只吃得下半碗饭，而在阿新那里却能吃两小碗。杨太太的话音刚落，云云便跟着美方一蹦一跳下楼去了。

两个小姑娘小鸟一样地飞进阿新那幽暗的楼梯间。这是一个神秘的世界。楼梯间里总是亮着盏低支光的灯，板壁上是一张美丽牌香烟的招贴画，也不知挂了几年了，都发黄了。房间里书很多，中国的，外国的，神话书，小说书，还有画报，全堆在只老式立钟里，钟早就坏了。云云和美方一来便是翻书、借书。云云拣中的美方也要，美方拣中的云云也不放，两个小姑娘常常争得面红耳赤。"吵吵吵烦死了烦死了！"阿新握着把青菜，堵着门口喊，脸上却笑嘻嘻的。他喜欢热闹。

好几次吃菜饭，后弄堂最漂亮的姑娘国英也来凑热闹，每当这时，阿新第一碗总是盛给国英，然后是云云，最后是美方。几次三番的美方这个小人精感觉到了什么，以后阿新再来喊，她也假模假样地搭搭架子，虽然家里只有南瓜面疙瘩。

突然地，阿新不见了，那间楼梯间挂了把大铁锁，静静的。美方站在那里，惆怅了好久。隔壁好婆跟娘又鬼鬼祟祟地在说着啥了，美方猜是跟阿新有关的，真不知她是凭什么猜中的。她们果然在说阿新。美方躲在阁楼上，听好婆跟娘嘀嘀咕咕，说是杨先生有一天去楼梯间找云云，撞见阿新正抱着云云亲嘴巴，杨先生大发雷霆，派出所、阿新的上级机关杨先生都去过了……听着听着她看见阿新笑嘻嘻地站在门口对着她和云云喊：来！吃菜饭！最早的时候，阿新还抱过她们，后来渐渐大了，便不好意思了，可此刻，阿新又伸出手亲热地喊：来，让舅舅抱抱！她往后一缩，阿新便不见了，楼下只有好婆和娘。

她一直没有搞清阿新究竟是判刑坐监牢去了，还是调离了或者回乡去了，好像都听她们说过。反正阿新是不见了，一去不返。她不敢问娘，因为阿新也抱过她、亲过她嘴巴，亲嘴的时候隔着张薄薄的纸，她怕他的胡子。她不知道云云是不是这样。

六

阿新失踪以后，美方和云云仿佛约好似的，谁都不去提他。过了很久，两个人已是中学生了，有一次，云云在美方的阁楼里看到一本《悲惨世界》第一册，便淡淡地说："这是阿新的，第二册在我这里。"

美方诧异地看了眼云云，她们之间的友谊已经很淡薄了，两个人很少往来，但此刻，美方却觉得两个人又一下子靠近了，因为一个她们曾经共同亲近过的人。两个人都不说话，只是把那本《悲惨世界》你翻翻，我翻翻，传来传去，说不出的凄凉。过了会，云云说"这一册就给我吧，成套。"美方说："好。"两人又不说话了。又过了会，云云拿着那本书告辞了。

看着云云跨出阁楼，看着她转弯消失，只留下咯咯咯的皮鞋声在头顶上碾过，美方觉得自己的心在一点一点扩大，而里面却是空空的舀什么也没有，有一只手在掏，就像在空锅里舀粥，一无所获。她躺下来，她静静地思量，发觉她失去了许多，或者说，有许多她原本就没有得到过。

云云有一本照相簿，里面全是她的照片，从一个月到两个月、三个月，从一岁到两岁、三岁……而美方连一张照片都没有，她似乎生下来就这般大，她从来不知道她过去的模样。她看到的只是镜子里的自己。出于对神秘的从前的探寻，她便一遍遍地去看云云的照相簿，云云拍了新的照片，也一定请美方来看，两个人一起议论：这张眼睛怎么眯起来了，那张像电影演员王丹凤……久而久之，欣赏云云照相簿成了美方的业余爱好了，她比云云还要清楚：这张照片是十岁生日在上海动物园拍的，那张照片是六月一日接待外宾在少年宫拍的，这咪咪照是在岷山照相馆拍的，那小方照是在蝶花照相馆拍的……那熟悉的程度简直使杨太太都吃惊。照相簿是云云和美方两个人关系的缓冲器，假如彼此有什么不和睦，三两天后，云云想讨好美方，便会来找美方："美方，来看照相簿好吗？"或者美方想缓和，便会问云云："上个礼拜天拍的照片印好了吗？"

还有，云云欢喜看的电影，总是看两遍、三遍，一张《红楼梦》电影票要一元，她也居然看了三遍，美方呢，只能问云云讨电影说明书看。好在她也聪明，同学之间议论起电影来，她凭说明书上看来的一点点，竟也能从头说到尾，比看过电影的人还要讲得精彩。"美方电影看得最多！"同学们这样评论她。

咯咯咯地笑着互相推来推去地上了楼梯，这是云云的同学，市五女中的学生。她没有同学来，她那个"赤膊"中学，又远又差劲，学生们一个个都是粗里粗气的，不爱读书。她和她们合不来。考中学时，班主任老师一定要她考市重点，考好后美方就觉得不顺心，又说不出个道道。阿爸试着用筷子帮她求过卦："筷子娘娘筷子娘娘，我家美方若考中，筷子头便接拢！"阿爸两只手里的筷子对着她手里的两根筷子摇摇晃晃的，但筷子头终究没有接拢，"唉"阿爸叹口气，把筷子掼在桌上，筷子娘娘在阿哥阿姐身上就显过灵。美方呆呆的，她这时才悟到，她的命运中总有什么东西在阻遏她。她落到了一所新建的、离家很远的初级中学——长白中学，一无操场，二无图书馆，人们都轻蔑地称它为"赤膊中学"。

美方躺在阁楼上，这阁楼载着她童年——她那恼人的又其味无穷的童年。墙角里，那本婚姻法图解还在，她都看了百来遍了，她说得出每一个条例：凡男满二十岁，女满十八岁……不歧视私生子……不许虐待妻子……她本来还有一本《悲惨世界》，现在也没有了，还是没有好，要不，她也会看上个百来遍，记住每一个细节……还有报纸可看，她欢喜看任何有文字的东西。"报纸送来了吗？"杨先生哇啦哇啦的声音从楼板中流下来，流进这个躺着的姑娘的耳中，她闭起眼，她觉得那扇骨似的横梁像杨先生那只大手朝她压过来压过来。

原先，杨先生订的报是送在后门口的信插上的，美方总是候好时间，乘杨先生还没下楼来取便先看了。有次被阿爸撞见了，阿爸一把夺过来，还顺手敲了她一个麻栗子，叱责她："人家的报纸，看啥？！"说着他便拉开楼梯门，高声喊："杨先生，报纸！"

"噢——"是杨太太软绵绵的声音，接着便是咯咯咯的皮鞋声，杨太太下来拿报纸了。

美方一赌气便从后门跑了出去，在外面游荡了许久，她猜不透阿爸是什么意思，为什么要那么火，又为什么要喊杨先生？她感到委屈，她是不会弄脏报纸的，她那么小心。她感到孤独，不但命运，而且连亲人也跟她作对。

她仍旧偷偷地看杨先生的报纸，只是背着阿爸。每次看，她那颗心总是扑扑地跳，越是这样越要看，一天不看到，便像掉了魂，睡不着觉。一次，让杨先生撞见了。这天，杨先生下楼来取，美方没有听到脚步声，她正看得起劲，报纸上登着九评苏共中央公开信，还有附件，热闹得很，她觉得有趣，想不到共产党与共产党之间还吵架。杨先生站在旁边，看这个初中生对大块头的政论文章如此津津有味，不觉大为吃惊，他有点酸溜溜，他想到自家云云，从来只看文艺小说，劝也劝不听，这不是好兆头，他越想越悲哀，重重地叹了口气，让美方大大地吓了一跳。美方急急地把报纸往杨先生手里塞，杨先生冷丝丝地假客气："你看你看！"

"美方！"娘在前面客堂间喊，美方像讨得救命符一样撒脚就跑。

报纸不再送到后门口的信插里了，而是送到对马路弄堂口的裁缝老王那里去了。每天黄昏头，老王便在外面叫了："杨先生！杨先生！"于是，从二楼窗口放下一根长绳，绳的一端系着一个小篮子，老王把报纸小心地叠好，放进小篮子，便张着嘴，摊开手，看着小篮子一颤一悠地升上去，一副时刻准备着的模样。娘说，老王是个马屁精，拍有铜钿人家的马屁。老王能不拍吗？杨家是他十多年的老主顾了，而美方他们家算啥？半次也没有光顾过他的裁缝摊，相反，有时候还会来讨点布条筋什么的。

旁边人看到老王送报这么吃力，弄不懂了，为啥报纸不送到一幢房子里，而要送到对过？杨先生笑嘻嘻地回答："牢靠！"美方娘听了气得差点晕过去，她要强了一辈子阿大阿二都是大学生了，他们读的都是师范大学，学费饭费全是国家的，将来毕业了，要赚大工资的。美方么，只是运气不好，看她那看书看报的痴迷模样，也总有出头日子的。她咬咬牙，便也订了份《解放日报》。从此，只要邮差远远地过来，随着一串铃声，全家人便像迎接国宾一样，一起涌到门口等待，每次总是美方伸出手接住。这是他们全家最骄傲的时刻。

老王常常要回乡下去，不知做啥。他身边有个女儿叫"小眼睛"跟美方家阿五头一样大，又难看，又馋痨，老王每次回乡下去，总要托美方娘照管几天的，后来因为送报的事，关系搞僵了，便不好意思了。他想托杨太太照看，杨太太开头答应的，可临到老王动身一天却生病了，连自己也照管不了了。老王乡下终究再也没去成过。

阿五头、阿六头坐在门口朝着对过唱："阿王炒年糕，吃力不讨好！"美方娘也不出来阻止。"小眼睛"也不过来玩了，只是站在弄堂口，咬吮着手指看他们。

宽宽在寄宿学校读书，早就不跟美方、云云来往了。

该疏远的都疏远了。孩子们渐渐大了。

美方弓着腰从阁楼里跨出来，小小的阁楼已容不下她那渐渐长高的身躯了。她发育了。

七

终于有一天，杨家突然涌来许多人，手臂上都戴着红袖章，是居民小组长带的路。于是大家才知道杨先生以前在香港住过，还做过什么大头小头生意，杨太太从前在百乐门跳过舞，是杨先生的小老婆，等等等等，全是闻所未闻的。

上面楼板上脚步纷乱，还有重东西倒下来的声音，楼像要坍了，隔壁好婆跟美方娘说："不得了了，要掘祖坟了！"美方忍不住，便溜上楼去看。杨家三口子都挤在亭子间，有人看着。这亭子间平时不住人的，是杨家的厨房间，地上铺白瓷砖，墙上砌白瓷砖，以前看上去清洁雅致，现在却像医院太平间一样惨白暗淡。楼梯拐弯处已经有好几个邻居在观看了，大家悄悄议论着，总不外乎是舞女、香港之类的，杨先生低着头，谁也不看，杨太太眨着一双美丽的大眼睛，哀哀地不知所措地看着周围，云云站在煤气灶旁边，紧闭着嘴，左顾右盼。美方一来，她便看着美方不动了，美方也看着她，双方都感到有种什么东西被颠倒了。云云眼睛里流动着像火样的东西，那里燃烧着骄傲、失意、难堪和仇恨，是的，仇恨。此刻她最不愿意看到的就是美方，这个灰姑娘般的女孩子眼里闪烁着茫然的冲动，她是来讥讽她的！云云的眼睛死死地咬着美方的眼睛，差一点点，美方就能听见她的呼叱了：滚！你滚开！

也许是云云那灼人的眼光，也许是自己嘴角无意间漾起的一个得意，美方忽然感到有些羞惭地转身，走了。美方下楼的时候还想着云云的那双眼睛，那双刺人的眼睛。她凭什么要那么盯着她看？难道这是她的过错吗？美方觉得胸口气闷得很，只是从此刻起，她才明白，原来她们已经较量了很久，很久。她无意间承受了一份她不应该承受的仇恨，她的心变硬了。活该！她想着邻居的议论。

第二天一早，美方在后面灶披间水龙头刷牙，云云下来了，她走得很轻很轻，可美方还是听出来了。美方慢慢转过头，看见那楼梯门开了半扇，露出云云那张很标致的脸。她真的像我吗？美方望着云云。云云静静地望着她，好长一段时间，两个人都不说话。一夜之间，她们各自都明白了许多，又糊涂了许多。

"美方！"云云终于叫了声，她似乎已忘记了昨晚那片刻的仇恨。刚才她站在自家窗前，望她窗外青森森的云天，怀里捂着那本她一直引为骄傲的照相簿，朝不保夕，谁知今晚又将如何呢？她想到了美方。她从身后拿出那本照相簿，那丝织锦缎封面的精致的照相簿，这是美方最欢喜的了。"给你好吗？以后还给我不还给我随便你……"

美方不由自主地接过来，她抬起头，她又看见了那双眼睛，那双流动着火的高傲的眼睛，她被这眼光激怒了，她跑到前面，打开门，奔到对过老虎灶，移开那炉膛门，把照相簿塞进去。炉膛口不大，她狠劲地塞，就像阿爸过年杀鸡一样狠。照相簿落下去了，金红的火把它映照得五彩斑斓，那美丽如梦的色彩只一刹那便消失了。

美方无力地垂下手，她走下上街沿，想过马路，抬起头，看见站在对面的云云，她不明白云云为什么要站在那里，冰冻似的，抱肩而立，一双眼睛微微发红，盯着她。她也不明白自己怎么会站在这里，我是来干什么的？我还想干什么？我是谁？我叫美方吗？

灰黢黢的马路没有车子，没有人，平素热闹非凡的早晨一下子静寂了，像一条死沉沉的河，河两岸站着两个年龄相仿，面目相像的女孩子。

杨家搬走了，再也没有回来过。

二十年后，云云成了遐迩闻名的女作家，上过北京，采访过西藏，出过国，她的照片登在文学杂志的封面上、报纸的新闻上，她妩媚漂亮，风姿绰约。美方是一家工厂的图书管理员，云云的每张照片、每篇文章，她的手几乎都触摸过，她似乎命定要跟云云有某种神秘的联系。

云云写了篇文章，叫《往事》，她写了那本照相簿，她说那是她童年最珍贵的东西，她写了那次残酷的"火葬"，她袒露她有过的仇恨，"我永远忘不了那个早晨，忘不了对马路那个怀着恶意的女孩子，我曾经下决心不宽容这个童年的伙伴，这个我给了她那么多友爱的伙伴……随着时日的流逝，恨没有了，宽容吧，人类历史上由于不宽容而造成的悲剧再也不应继续下去了。于是，我宽容她，但我永远不原谅她！"

美方看完了这篇文章，把杂志搁在膝上，双手搁在杂志上，她沉思了许久，她似乎又看到了云云那本新的照相簿，她依旧像过去一样，熟悉那里面的每一张照片：这是在青海湖拍的，在《文艺生活》杂志上登过；这是在九寨沟拍的，在《旅游报》上登过；还有那张白宫前的照片，是去年出国时照的。

炉膛里的火还在烧。

1987年12月

仇澜

一

水国玲躲在过街楼的扶梯下面哭了很久。"四角菱，四角菱，拖油瓶子叮铃铃……"小朋友们叫着她的绰号，这样唱她，她只得躲起来，哭。

阿姆要嫁人了，这实在是件叫人沮丧的事。阿姆年轻漂亮，阿姆迟早要嫁人的，隔壁好婆早在一年前就这样说了。那阵子爹爹刚过世。为这事，阿姆有半年多没有跟好婆说过话。国玲心里对阿姆是没有什么的，她只是不欢喜福林爷叔。有一次福林爷叔抱着她，要亲她嘴巴，被她狠狠地咬了一口，打这以后，福林爷叔对她总是很冷淡的。

她哭着，心里茫茫然的，不知道以后的日子会怎么样。白天的弄堂很静，很空寂，也很孤独。她不知道，这就是她未来的命运。她还小，她不会知道的，她只有十二岁。

福林爷叔原先是爹爹的朋友。他第一次来国玲他们家，还是五年前的事了。那一夜，国玲记得很清楚，她在迷蒙中被什么惊醒，她睁开眼，从阁楼上望下去，只见一个陌生人扶着爹爹站在门口，爹爹垂着头，像是生了病，又像是睡了，很倦怠的样子。阿姆很惶惑地迎着他们。

"你爹爹喝了点酒，醉了……"那个陌生人对阿姆说。阿姆有点羞涩地回答说："我是他……女人……"

"噢……"陌生人拖长了音，有点不相信似的盯着阿姆看，看了很久，看得阿姆低下了头。"阿嫂，阿嫂。"那陌生人亲昵地唤着阿姆。"老面皮。"国玲在心里羞他。他看上去比阿姆大好多，比爹爹还老相，居然喊阿姆"阿嫂"。

"不要紧的，阿嫂，阿哥只是多喝了点……不要紧的……我叫福林，跟阿哥是老朋友……"福林说着，帮阿姆把爹爹扶到床上，还替爹爹脱了鞋，很热情地抢过阿姆手中的面盆，奔到下面厨房里盛了一盆清水来，看着阿姆替爹爹揩面。

弟弟国健在哭了，那阵子，国健只有两岁，白天黑夜地缠着阿姆，一脱开娘的怀抱就要闹的，阿姆只得去抱他。偏巧爹爹又要吐了，他"唔唔唔……"地叫着，抬起身，福林很活灵地端出痰盂，擎着接了。爹爹吐完后，又要毛巾又要茶的，也都是福林侍候了。阿姆因为腾不开身，便也由着他去了，难免有点不好意思，说两句客气话，福林总是摆摆手，"自家人，自家人，不客气的，不客气的……"

一股酸涩涩的苦酒的气息在小屋里弥散开来，一种异样的感觉在国玲的心上漫过，她闷闷不乐地翻了个身。爹爹只有在每月领工资的一天上小酒店喝点酒，而且从来不醉的，这次不知怎的，她想来想去，觉得福林这个人有点阴险，一定是他劝爹爹喝多了酒，说不定还是个强盗，她这样想着，便睡不着觉了。她又重新抬起头，从阁楼上望下去，爹爹已经睡了，打着很响的呼噜，福林和阿姆坐在一条长板凳上，福林在跟阿姆说话。

"阿嫂有几个小孩了？"

"嗯……自家养过三个，两个女孩子，一个男孩子，"阿姆有点为难地说着，指指阁楼，"大的两个睡在上面……"

"噢，难道说，阿嫂是填房？"

阿姆默认着点点头，一笑。

"前一个女人养了个女儿，已经十七岁了，叫国英，在一爿五金厂做工，住在集体宿舍里，不常来的，脾气也……"阿姆没有说下去，只是轻轻叹口气。

"人大了，都是这样的，我也有个女儿，也十七八岁了，对我也是冲头冲脑的，倒过来管我了……"福林摇摇头，也叹口气说，"我女人两年前生病死了，我本来想再讨的……唉，算了，还是一个人清静……"

阿姆抬起头，一双眼睛很温柔地看着他。

"你倒也是个苦命人……"

福林不说了，只是盯着阿姆看，看得阿姆低下了头，才喃喃地说了句："难得嫂子关心我……"

他们不说话了，一时间屋子里安静了许多，外面弄堂里的一盏路灯昏昏然地斜照进来，把屋子里照得灰蒙蒙的。国玲困惑地闭起眼睛。她朦朦胧胧地觉着福林在讨好阿姆，她不知道这应该不应该，她只是不喜欢。

福林就这样常来常往了，孩子们都叫他福林爷叔，日子久了，他似乎真的成了他们的爷叔。后来，他的女儿结婚了，他就跟女儿一起住，平常没什么事，到国玲她们家来便成了他日常的功课。他在一家妇产科医院做杂役，而且做很古怪的工作，他总是在夜里上班，因此他总是白天来。他是来帮忙的，买煤球、籴米……因为爹爹身体不好，力气活做不动。后来爹爹病在床上起不来了，他更是天天要来跑一趟，看看有没有要帮忙做的事。阿姆觅到了什么药方，也总是由福林东奔西走地去赎了来，熬了给爹爹喝。国玲也不知爹爹得了什么病，只晓得是很重的病。

有一次，阿姆觅到一张祖传秘方，要有一味尿垢做药引子。尿垢是积淀在小便池里的那种又黄又脏又臊臭的东西，福林爷叔亲自去刮了来，弄得一身尿臊臭。衣服自然是阿姆去洗了，为了表示感谢，阿姆叫国玲去拷了二两高粱酒，买了三角猪头肉，招呼福林在厨房里喝酒。

因为是白天，厨房里也没有旁人。那是一个秋日的下午，阴冷而寂寞，房子里一片灰暗，国玲一个人在楼上陪着爹爹。爹爹睡了，周围很静很忧伤，谁家的金蛉子在低低地叫着凄清的长声。妹妹国琴、弟弟国健都到国英姐家去了。国玲一个人坐着，许久，忽然她听到阿姆低低的叫唤，她知道阿姆又要叫她干什么了，总不外是拷油买酱油之类的。她一步一挨地走下楼去，扶梯有个一百八十度的大拐弯，在拐弯处便能看见厨房间了。她惊异地看见福林爷叔正搂着阿姆在亲嘴巴，阿姆不出声地挣扎着，她听见阿姆在说："你要死了……"福林很强横地抱紧着阿姆，边亲边说："我是不会死的，要死的是上面的那一个……"

国玲有一阵子是吓呆了，她知道亲嘴巴是不可以的，没有什么人告诉过她，但她懂。她看见阿姆无力地挣扎着，便决心帮助她，待到她听到福林咒爹爹死，这决心很快便转换为一种仇恨了。她不假思索地冲过去，她抢起刀砧板上的菜刀就朝福林劈过去……

"啊……"她听见一声低低的惨叫，这是阿姆的声音。阿姆一把推开福林，抱着国玲，一只手颤抖着夺过国玲手中的刀。国玲屏住呼吸，她看见阿姆脸色惨白。

"我说，"福林呆了呆突然跑过来，两拳举在胸前，低低喝道，"这太过分了，她竟想杀我，天哪，我一直在照顾着你们，可我成了什么……她像是疯了，一个小疯子……你难道不说她几句？"

他说着，耸耸肩，拿过搭在椅背上的外衣，做出想走的样子。阿姆先是不动，继而跑上去，不顾一切地拉着他的手，她求他：

"别生气，别这样……你别理她，她是个孩子……"

他本来就不想走，他知道眼前这个女人早晚是他的，因此他心安理得地重新坐下了，并细细地打量起这个险些杀了他的女孩子。他记起她曾经咬过他一口，有朝一日他得狠狠地揍她一顿。他这样想着，嘴角边便露出几丝嘲弄几丝残忍。他淡淡地说：

"算了，叫她别张扬了，我饶了她……"

国玲也怕了，她是被自己的举止吓坏了，她默默地站着，一直到阿姆轻轻地搂过她来，她才低低地哭起来了。"阿姆……阿姆……"她轻轻地喊着，她哭得很伤心。福林冷冷地看着她，她害怕地搂紧阿姆，她心里对这个男人从此便怀着憎厌和惧意了。

现在，这个福林要跟他们成一家子了。昨天吃晚饭的时候，阿姆是这样跟他们说的。"福林爷叔要过来住了。"她一边说着一边紧紧盯着国玲看。国玲毕竟十二岁了，而且还有过那次"厨房事件"，阿姆心里未免有点担心，她怕国玲会再闹出什么新花样来。

国玲先是不吭声，慢慢地吃饭，吃完了，她放下筷子，低着眼皮问：

"我们要喊他爹爹吗？"

她那口气是很冷峻也很坚决的，其中的意思是再也明确不过了。阿姆心里虽然有所准备，但也未免伤心，她叹口气说：

"还是按原来的称呼叫吧。"

她是无可奈何的，假如不是因为忌讳国英那丫头，她兴许会在某一天让国玲他们改了姓的。大凡一个女人，跟了一个男人，便总想把一切的东西都归属到那男人名下的，但也不是每个女人都有这份自由的。

二

"四角菱！四角菱！"

又有人远远地在叫她了。国玲揩了揩眼睛，本能地想逃。她怕他们再叫她"拖油瓶"。

来的是她的两个要好同学，一个学习小组的。她爹爹去世那阵子，她们一起摆过祭台，陪国玲哭过，虽说是闹着玩的，但也居然弄假成真，哭出一种凄凉悲切的气氛来。此刻，她们看见国玲在哭，也不劝她，只是陪着哭。哭声号啕，因为没有眼泪，不免有点滑稽，自己想想也好笑起来。

国玲也笑了，于是她们又缠着国玲讨喜糖吃。那年月，小孩子只有逢着过年才有糖吃的，平素谁家有什么好吃的，她们总要偷点出来彼此分享的，比如泡汤吃的虾皮啦，大人过老酒吃的油炸花生啦，等等，国玲吃过她们好多次，她很少有还情的机会的，因此今天她们一跟她讨糖吃，她就一口答应了。

糖放在一只蓝莹莹的玻璃盘里，玻璃盘放在窗前的一张八仙桌上，她叫她们候在窗下，自己悄悄跑上楼。房里正好没人，阿姆领着国琴、国健到小菜场去了，福林爷叔大概回家搬铺盖去了，一时还回不来。她胆子大了许多，她大大方方地抓了一把糖，抛了下去。两个小朋友在下面跳着蹦着笑着拾着，她们叫着还要，国玲便又抓了一把。她同时犹豫地看了看玻璃盘，盘子里已经没有多少糖了，差不多要见底了，她毕竟也是很少有吃糖的机会的，自私的心理使她迟疑起来，她那只抓了糖的手举着，思忖着要不要再抛下去，但她又想到如果连她们也背叛她，叫她"拖油瓶"，那她即使有再多的糖吃，也是没有味道的，因此她决心讨好她们。她把手伸出去，刚要把糖抛出去，却被一个人抓住了，而且头上被狠狠地敲了两下。她抬起头，是福林爷叔！

福林爷叔笑眯眯地看着她，那笑意带点残忍的嘲讽。他不欢喜这个小姑娘，这是明摆着的，那次在厨房里要不是她，他大概早就占有那个女人了，也用不着现在这样兴师动众地"新开豆腐店"了。后来因为他一直没有机会，先是那个半死人，一直躺在床上，虎视眈眈的，后是国英那个泼辣的丫头，居然天良发现，负担起这一大家子的生活，还索性锁了自己的新房间，拖了丈夫儿子住过来，天天热热闹闹的。他简直无隙可钻，讨不着便宜，便下了狠心，撩拨起那女人再婚的念头。今天他总算如愿以偿了。把国英赶跑了，他成了这个小天地的主人了，他那压抑着的积怨和不满因为国玲的发糖便爆发出来了。他有一个很奇怪的习惯，他在惩罚那些比他弱小的人时，总要先耍笑耍笑他。他先是笑眯眯地、阴阳怪气地说国玲："小姐倒是派头大唻……抛呀，嗯，再抛呀……"他见国玲困惑地看着他，忽然脸色一沉，变了腔调，"嘿嘿，拿老子的钱当锡箔灰使，今朝算你运气，碰到老子高兴，要不的话，就不客气了……"

他说着，晃了晃拳头，便扔下国玲的手，往旁边的太师椅上坐去。他从口袋里摸出烟，衔在嘴上，又掏出火柴，拉开来看了看，便往窗外一扔。他摸出两分硬币，朝着国玲说：

"去，到弄堂口烟纸店去买包洋火！"

说完，他把眼睛一闭，头往椅背上一靠，养起神来。

国玲站着没动。她怔怔地望着福林那张哭不像哭笑不像笑的面孔，心里明白这仅仅是开始。她还知道这是一个挑战。国英姐临走的时候关照过她：不要怕，水家的人不是那么好吃吃的。她想起常在弄堂口游荡的阿三，他的爹爹也是后爹，阿三小小年纪已经在小菜场摆摊刮鱼鳞了，身上的衣服比裤子还要长，她是不愿意落到阿三这样悲惨的地步的，她还要保护好妹妹和弟弟。"你们三个人要团结，你大，你要照顾好小的……"她想起国英姐一遍又一遍的关照，当时国英姐哭了，她也哭了。无形中，她觉得，他们离阿姆远了，却跟国英姐近了，国英姐比阿姆更可靠更贴心。而且，她看出来，福林是有点怕国英姐的，国英姐不许他把户口迁过来，他便不敢迁。想到福林也有人怕的，她便担子壮了许多，她不去拿那两分钱，她决心要违抗他。

屋子里很静，两个人其实都在暗暗盘算对方。福林虽然闭着眼睛，可他能感觉到围绕着他的那种不友好的气氛。他在想，第一天究竟来软的呢还是来硬的？既要让这些小讨债们畏惧他，又要注意不要伤了夫妇间的和气，既然结了婚，总得要作长久的打算。

楼梯上响起了零乱的脚步声，国琴和国健上楼来了。

"四角菱！四角菱！"他们喊着，他们学着别人的叫法，因为惯了，国玲也不怪他们。"今天吃肉了，阿姆说要烧红烧肉，随便我们，欢喜吃几块就吃几块……"

国玲像是解了魔法，动了动身子，她跑到门口，迎着他们。国琴和国健高兴得要死，一进来就抱着国玲，三个人在地板上滚作一团。他们逢着高兴的时候总是这样的，从小就在地板上厮混惯了，好在阿姆总把地板揩得像台面一样干净。但是他们不小心撞着了八仙桌，八仙桌不由自主地移动了一下，台面上的那只玻璃盘本来就被国玲动过了，搁在台角上，这一卜便理所当然地滑了下来，"砰"的一声跌在地上，碎成了几块，那蓝莹莹的玻璃和美丽的糖果散落成一地。

这只玻璃盘是福林在旧货店里淘来的，还是车料的，也算是名贵的装饰了。这只特殊的盘子在今天这个特殊的日子里破碎了，未免叫福林感到丧气。福林一直忍着的怒气爆发了，他拍着太师椅的扶手骂起来：

"触霉头！娘××，不吉利！你们这些小鬼头，找死啊……"

"它自己倒下来的！"国玲尖着嗓子回答，她被福林的责骂激怒了，他们爹爹活着的时候从来没有这样骂过他们的，虽说家境贫寒，却也是千娇百爱地宠着的，哪里受得了这样的责骂！

福林勃然大怒，他不假思索地撩起脚就朝国玲踢去，连踢几脚，他看着国玲在地上打着滚哭着，他忽然觉得他是恨死她了。她一直冷冷地睨视着他，扫他的兴。他踢她，他觉着一种肆虐的快意。

"阿姆吧——阿姆吧——"国琴和国健哇哇哭着喊了起来。他们吓坏了。

阿姆在楼下听到响动，三步并作两步地跑上来，喘着气。她看到的是一番混乱不堪的场面：三个小孩子在哭，新官人板着脸在生气，玻璃盘碎成一地。

"福林爷叔踢四角菱了，踢了好几脚……"两个小的看见阿姆便哭诉起来。国玲哭得愈发伤心了。阿姆伤感地倚着门框，她的心沉了下去，她眼看她对这个家的美好的设想在新生活的第一天便遭到破灭，她心里的痛苦淡淡地慢慢地滋生出来。她看着福林，她以一个新娘子所特有的口吻责怪他：

"你也真的，怎么跟小孩子缠不清……"

母性使她不由自主地袒护起孩子。她扶起哭着的国玲，帮她整好衣服、头发。她心疼极了。

"还分不分大小？你这样逗着他们，以后有你的好日子过！"福林收敛了一点凶相；但仍旧是气鼓鼓的。说实在的，他对眼前的这个女人还是满意的。她比他要小十七岁，差不多可以当他女儿了，而且生得娇小玲珑细皮嫩肉的，横看欢喜，竖看也是欢喜，他不想在今天扫了两个人的兴，因此他叹了口气说："你的孩子也就是我的孩子，我是为他们好……可我好心得不到好报，国玲她领头跟我闹……"

阿姆见男人口气软了，不由一阵伤心，她想她是两面都欢喜的，看来今后要当三夹板了，她觉着从她嫁给国玲她爹开始，她就担当了一个不幸的角色。女人生下来就好像注定要受苦的。她这样想着，也叹了口气。

"好了好了，你们都到阁楼上去，到阁楼上去玩……等会叫你们的时候再下来……"她哄着孩子们，看着他们一个一个地爬上阁楼，没了影，才松了口气，然后半怨半嗔地盯了福林一眼，说："你呀，也真是的……等一会，菜好了，你先吃老酒吧……"

说着，她一个转身。福林笑眯眯地伸手在她胸前捏了一把，说：

"老店新开，有什么好菜呀……"

她羞红着脸，嗔怪地白了他一眼，下楼去了。

这个轻佻的举动让国玲看见了，国玲立时便有一种不洁的感觉，仿佛她自己受了侮辱一样。母亲的胸脯总给她一种神秘而甜蜜的感觉，她把它看作她自身的某个部分、某个神圣的禁区。使她感到悲哀的是：阿姆似乎很高兴。她看着阿姆在门口消失，她听着阿姆下楼的声音："哒哒哒哒——哒——哒——哒——哒哒……"那声音有时候是一连串，脚不点地的，有时候是很单调很迟缓的两下，断了，又连上了。她觉着阿姆那原本熟悉的声音变得生硬和遥远了，而她身上被福林踢过的地方又隐隐地痛起来，她悄无声息地又哭了起来。她这一天流的眼泪大概相当于她前十来年的总量了。

三个孩子呆在阁楼上，他们不说话，这是一个沉重的时候。阁楼还是爹爹在的时候，叫人相帮着搭的，又宽敞又干净，纯粹是孩子们的天地，阿姆他们是很少上来走动的，他们直不起腰来，而且没有楼梯，爹爹只在墙边装了四五只巴掌大的木块块，作阶梯排列，让孩子们上下。孩子们走惯了，竟比小猴子还要敏捷。这阁楼夜里是他们的床铺，白天是他们的游乐场所，有时候为了逃避父母的责骂，他们也躲进这阁楼。现在，阁楼对于他们，似乎更亲密了，眼下再也没有比这个阁楼更好的地方了。

接下来叫他们难以忍受的是，他们闻到了肉香：阿姆把烧好的菜端上了桌子。

阁楼上有条很长的地板缝，从这条缝可以看到下面的动静，这个秘密只有孩子们知道。

国琴和国健趴在地板上朝下望着，他们不时地抬起头来，很激动地小声告诉国玲，福林吃了几块肉了。他们心里又急又气，这肉是他们跟了阿姆在小菜场排队买来的，阿姆说好是随便他们吃的，这个"他们"自然是不包括福林的，在他们的心灵里，他们还没有接受这个福林。阿姆和爹爹从来都像老鸟似的，即使口里有了也要吐出来省给他们吃的，哪像福林现在这样独吃的。他们的愤怒是可想而知的。

国玲先是忍着，没有像他们一样趴在地上看，因为她恨着福林，她不愿显示出对他的一点点兴趣，她甚至想，以后只要碰到福林，便给他白眼看。她心里慢慢地也怨起了阿姆，为了让福林一个人笃悠悠地吃肉喝酒，阿姆竟让他们弃物似的蜷在阁楼上等。她伤心地想：阿姆变心了。

国玲后来也趴下来看，她是担心那碗红烧肉的命运。国琴他们已经数到十三块了。国玲从地缝里看见福林半仰起头，把一块半精夹肥的红烧肉往他那猩红的嘴里塞。她第一次从这样的角度看到一个人的嘴，她觉得那嘴简直深不可测。她惊讶之余又感到恐惧和憎厌。她还看见福林跷起一只脚，搁在屁股旁边，一只手无意识地慢慢地逐一剥着脚趾头，红烧肉也慢慢地逐一被他吞噬。国玲忽然跳起来，猫着腰（她已经要顶着天花板了），在阁楼上蹦跳翻滚，她受不了福林那咀嚼的声音，那声音又响又刺耳，她莫名地吵闹起来，就是为了抵御这声音。国琴和国健也跟着闹起来了。

可怜他们，也只是为要人们记起他们，不遗忘他们，才在这寂寞的世界上弄出这么一点点喧嚣来。

仍然没有人理睬他们，阿姆大概以为他们在嬉闹，反有了一种太平无事的感觉，她跑上楼看看，又下厨房忙去了。福林依旧继续着他那伟大的吃喝。

这天国玲没有吃到红烧肉，国琴也没吃到，仅剩的一块，带点软骨的，给国健吃了（国健从此便喜欢吃那种带软骨的红烧肉了）。

晚上，他们惊异地发觉阿姆和福林睡在一只床上。素来跟着阿姆睡觉的国健也到阁楼上来了，他们不明白为什么要这样安排。他们不满。整夜的，他们被楼下古怪的声响骚扰得难眠，他们为自己的阿姆担着一份心，他们想，只要阿姆喊一声："国玲，国琴……"他们便要冲下去的，去解救她的，可是他们等了很久，末了他们听到阿姆一声轻轻的笑……

没有比这笑声更刺他们的心了！国玲埋下头，她在心里哭，她觉得这个世界漫无目的地膨胀了起来，又巨大又可怕。她伸展开两臂，拥着她的弟弟和妹妹，她心里无比的凄凉。

第二天一早，阿姆发觉三个孩子不见了。

三

国英看见他们的时候，她正在后阳台上，她刚刚起来。她看见他们三个慢慢地在新村的空地上移动，她不相信这是真的，他们简直是同黎明一起来的。

她和他们不是同一个母亲的孩子，但他们共着同一个父亲，这便足够了，足够使他们心心相印，息息相关。她默默地走下台阶，她看见他们站在绿莹莹的早晨里，像三颗孤单单的小星星，她心里涌起一种很久长很沉重的情愫，这是一种呼唤，爱的呼唤，它只存在于同胞骨肉之间。这是最简单不过的最初始的感情，也是最神秘最永久的。

她拥着他们。黎明顿时变得迷惘起来，灰暗起来。

她没有看到过自己的阿姆。爹爹年轻的时候，在宁波市里一个木器行里学生意，他的任务就是当小姐的陪读。三年后，手艺没有学成，字倒识了不少，慢慢地，竟然做起账房先生来了，老板有什么文书往来的事，也总是由他做了，他成了老板的心腹，与小姐的接触也自然比别人多些。那时候，小姐已不再读书，闲在家里，有时也到店堂间里来看看、玩玩，一来二去的，竟被爹爹勾搭上了。在一个很平常的日子里，爹爹困了小姐，事情很快败露，小姐怀孕了。这还了得，人家是黄花闺女千金小姐，爹爹只是个一文不名的穷光蛋。爹爹被赶出了店门，小姐他们也搬家了，不知去向。十个月以后，有人给爹爹送来了一个襁褓中的女婴，这就是国英。至于小姐如何了，那人无论如何不肯说，最后轻描淡写地说了声：死了。

后来爹爹领着国英迁到了上海，做做小生意。一个男人，拖着个小毛头，那日子有多艰难！日子恍恍惚惚的一年一年过去，国英会喊爹爹了，会帮着烧饭洗衣了，不过爹爹年年都要回宁波去的，他是去寻人的，寻国英的阿姆。他不相信小姐是死了，即使死了，他也要找到她的坟，到坟头上去烧支香也算死了心，然而小姐他们一家竟像是上了天入了地似的，全无踪影。国英十岁那年，爹爹在宁波乡下娶来了一个十六岁的农村小姑娘，也就是国玲的阿姆。阿姆跟着爹爹来到上海，不过三个月的光景就出落得亭亭玉立光彩照人了，乡下小姑娘嫁到上海，当初也为的是吃口饱饭，眼下自然是勤勉肯干的，而且待国英也好像颠倒了似的千依百顺，恨不得要喊她娘了。

国英天性倔强，自小跟爹爹过惯了，现在突然冒出个漂亮女人，横在她和爹之间，她对这女人哪里热得起来。开口喊阿姆，也还是出嫁以后的事了。只是爹爹，却渐渐地把寻小姐的一份苦心移到了阿姆身上，从此以后，他再也没有回过宁波家乡。

国英不相信自己的亲娘是死了，她的心里还隐隐地有着一份寻娘的念头。见爹爹没了那份心，她也便慢慢地疏淡了父女之情。对于国玲他们，她倒是亲亲热热的，国玲可以说是她抱大的。阿姆十七岁就做娘了，没有经验，小孩子常常要闹个头痛脑热的，亏了国英相帮领着，才省却了阿姆许多心事。国英把国玲驮在背上，和小朋友们跳橡皮筋、造房子、捉强盗……一切的麻烦和辛苦，只要国玲喊一声"姐姐"，便全烟消云散了。后来她又驮国琴、国健。不过她最欢喜的还是国玲。国玲跟她一样的秀眉大眼，不知道的人，还以为她们出自一个娘胎呢！

对于爹爹和阿姆，国英依旧是那样的淡漠和生疏。随着年龄的增长，她跟阿姆日益地合不来了，参加工作后，她索性住在单位宿舍里，想到了回家看看，也没个定规的日子，有时候见着了国玲他们，领他们玩过了吃过了，竟连家门也不入，便走了。她爱打扮，且男朋友多，又不在家住，在弄堂里的名声便一点点地坏了起来，多少人看着她摇头，没有办法的，她没有亲娘，眼前的这个阿姆只比她大六岁，哪里管得了她。爹爹见她总是犟头倔脑的，跟后娘合不好，对她也慢慢地失去了爱心。后来，她嫁人了，也难得走动，一直到爹爹过世，她才像换了一个人似的出现在左邻右舍面前：她抚养弟妹、孝顺阿姆，俨然是贤女的风范。而且她有能力，自己工资不小，丈夫的工资也大，撑持这么一个家是绰绰有余的。起先因为阿姆悲伤过度，不能操持家务，她便放手让国玲管账，给她每天的小菜钿，让她去做主，国玲居然应付得可以，从未乱花过一分钱。后来日子久了，阿姆这个角色便也越来越显得无关紧要了。国玲国琴逢着开学付学费都是开口跟国英要的，仿佛国英成了他们的娘似的。阿姆先是不多说话，后来变得越来越沉郁了，再后来，她突然地宣布说：她要结婚了。

国英第二次离开娘家。走的那天，连周围邻居也愤愤不平，说阿姆是鬼迷心窍，"图他点啥？五十来块工资还不及国英夫妻俩一半……" "年纪轻，守不住哇……害子女的……"有些老人拉着国英的手落了眼泪。国英也哭了："我不放心的，是阿弟阿妹……"

现在，他们就在她怀里，每一双眼睛都是一份期待一份信赖。从昨晚起，她就忐忑不安了。她是恨着福林的，他无端地占据了他们爹爹的位置，她担心弟弟妹妹还小，需要她这个大姐的保护，可是她跟他们隔着几个区，她看不见他们的小脸，听不见他们的声音，她只能猜测，只能揣摩。入睡了，她做了一个长长的梦。

她跟着爹爹一家家地走，每敲开一扇门，都有一只手伸出来拼命摇，那意思是：不知道，实在不知道，真的不知道……后来又是一张张脸孔，很陌生很疲惫的，像是电影镜头似的，推近了又拉远了，发出一阵阵呼啸，爹爹拉着她的手说，不找了，不找了，碰到也认不出了。她哭了，她大声地喊"阿姆——阿姆——"她一个人走着，她迷失在城市幽暗的小巷里，神秘的微光忽东忽西地闪烁不定，她听见一个很温柔的声音在低语，它离她那么远又那么近，她伸展开双手，她触摸到这渺茫的声音，她心里忽然充满了失意的伤感，她抱怨地坐下来，坐在一个台阶上，有人从她身边轻盈地走过，她看不见他们，但她能感觉到空气中他们走路的窸窣声，她忽然听见说话声，她熟悉的。她站起来，回过身去，她这才发觉这是她的家，她度过童年和少年时代的地方。一种陌生的冷漠的气息从那里流溢出来，她缓缓地走进去，她的心莫名其妙地跳荡起来，她看见她的三个弟妹，还有阿姆、福林，他们围坐在八仙桌边不知吃着什么，她看见国玲回过头来，便唤她："四角菱，四角菱。"国玲怔了怔，轻轻地说："我不叫四角菱了，我叫六（陆）角菱了……""不！"她叫起来，她听见福林在笑，狰狞的放肆的笑声充塞所有的空间，可怕地挤压着她，她挣扎着要扑过去，她一边叫着她的弟妹的名字，一边喊着："你们姓水，我也姓水……我们都姓水，永远姓水……"她哭了，周围是昏天黑地，仿佛无尽的旷野……

他们哭着，在这个平凡而美丽的早晨，在新村寂静的一隅，他们很认真很动情地哭了一场。

国琴和国健终究还小，哭过了，便忘了，他们和国英的儿子强强在空地上奔跑起来，追逐起来。只有国玲，她闷闷地坐着，恍恍惚惚的。是她领头逃出来的。昨晚，她先是迷迷糊糊地睡了，天快亮的时候，她的心像是被谁猛揪了一下，很痛切的，她被惊醒了，她听见很遥远很遥远的地方有人在轻轻地喊："四角菱四角菱"，那声音游丝似的断了，又连上了，"四角菱四角菱"这分明是一种召唤，一种神秘的感应。她谛听了很久，她决定逃，她小声唤醒了国琴和国健。

"四角菱，"是国英在唤她，"你也去玩吧。姐姐的家就是你们自己的家，你们安心住好唻……"

"可是……"国玲抬头望着姐姐，"家里……阿姆要来找的，她会要我们回去的……"

"她不会来的，"国英安慰她，"我跟阿姆的关系，你也知道一些的……阿姆就是来了，我也有办法的……而且，来了只有好，事情总要解决的……"

国英边说边抚着国玲那黄黄的细头发，那头发又柔软又稀薄。一种轻微的伤感刺痛了她的心。她深知阿姆并不是一个尖刻和无情的人，她是必定要来寻回她的儿女的，面对这样一个软弱善良的女人，国英心中有数。可是她一想到福林，她心中的怒火便倏地升腾起来，她明白，她需要面对的是他！可是，对于阿姆，也得给她一点……颜色看看，她想。

中午的时候，阿姆打电话来了。一听到有虹口来的传呼电话，国玲他们便集体停止了活动。国英见他们一个个又紧张又激动的模样，她忽然明白，他们其实早就等待着了，等待着有人来寻找他们，当然，他们自己未必知道自己的心思，但她从他们顷刻间明亮起来湿润起来的眼睛中看出来了。她觉得一切都是天数，一切都无法改变。她去听电话，出门的时候，她依旧温柔地安慰他们，可是她心里清楚她该怎样回答阿姆。

三个人挨在门口，等着国英，把一扇门挤得满满的。这情景真是再凄惨也没有了。他们小小的年纪，就体味到了离愁。他们先是都不说话，后来国玲问国琴、国健：

"怎么办？我们要不要回去？"

"我不想回去了，"国健摇摇头回答，"我想做国英姐的孩子，跟强强一起玩……"

"戆大，阿姐就是阿姐，跟阿姆两样的……"国琴用胳膊撞了一下国健，她没有表态。

国玲一个人折回房里去了，她坐在地板上（地板跟虹口家里一样，又干净又光滑），默默的，不再说话。不知为什么。此刻她的脑子里没有一丝阿姆的影像，全是福林的，福林的笑脸，福林狰狞的眼光，还有福林踢过她的脚……

国英回来了。国玲他们细心地观察着她的脸色，他们希望又不希望一下子就找到某种答案，他们那仰着的脑袋沉甸甸的，他们自己也不知道，那脑袋里面究竟藏着什么？

"都坐下来，都坐下来……"国英一个一个地安抚着他们，和他们一起坐在地板上，四个人围成一个小小的圆圈。国英说，"刚才，我本来想瞒一瞒的，不告诉阿姆，让她去急一急的……可阿姆在电话里哭了，唉，没有办法，她要来接……我劝她在家里等，让你们好好玩一天……到了晚上，我送你们回去。你们不要怕的，那个福林，阿姐有办法对付的，现在不是解放前了，可以随便欺侮孤儿的……回去后，你们仍旧喊他爷叔，当他外头人。国玲，他再要踢你打你，你尽管闹好了，阿姐会替你做主的……大不了，你们都过来，阿姐养得起。无论什么日子，总有头的。不要怕……"

他们听着，不由自主地朝国英姐偎过去，渐渐地，四个人又拢成了一团。他们又哭了。国玲哭着说：

"假如那次我杀了他就好了……"

国英听了一震，忙捂着她的嘴，沉着脸喝道：

"不准胡说！"

国玲边哭，边把那天厨房里发生的事告诉了国英……

四

傍晚时分，国英领着他们回家了。

他们是从小弄堂口拐进去的。弄堂里人声嘈杂，家家门口都有人坐着或站着，人们喜欢在这个时候聊天、谈家常。他们一见水家逃出去的孩子跟在国英后面回来了，一个个惊异得瞪眼珠子。

国玲不明白姐姐为什么要挑在这个时候回家，对于周围这些熟悉的人们，她有一种陌生的感觉，她不习惯这些异样的目光，她觉着羞耻和厌恨，她把这一切都归咎予福林；因此，她在心里诅咒他。是啊，假如不是因为他，现在她便可以笑着跳着，拍着手从这些散坐着的人丛中穿越而过了。

邻居们围着国英打着招呼。从国玲阿姆流着泪打电话开始，弄堂里就沸沸扬扬了。他们暗暗地为孩子们担心，他们想，一开始就闹，以后的日子还不知怎样了。眼下他们簇拥着国英，慢慢地走着说着，不知不觉地到了国玲家门口，人头数数也有二三十人，声势谈不上浩大，但也可以了。

楼上福林听见响动，先是从上面窗口探头望了望。他大概怕被动，赶忙下来，笑嘻嘻地喊了一声国英，说是阿姆出去接他们了，"怎么没碰到？别是走夹岔了，要不要我去找找看？"说着便要溜。国英一把拦住他，脸带三分笑容说：

"这件事本来就是弟弟妹妹的不是，哪能好意思再劳你驾呢？"

福林有点摸不着门道，只能含糊其辞地咕噜了几句似是而非的话。国英又说：

"我国英虽说是嫁出去的囡，但总还是水家的老大，爹爹在世的时候，我管不了……"她朝福林很尖刻地盯了一眼，脸上却依旧带着笑，那笑很镇静很有深意。她分明是在提醒他，他与阿姆那不要脸的勾搭她全知道。

福林心里有鬼，自然听得出话头，他脸色有点变，灰白色的。他恼怒地朝国玲望去，他看见她慌乱的目光，顿时明白她已全告诉国英了！他恨不得再去踢国玲几脚，这个叫人讨厌的丧门星！从昨天开始，她就不断地跟他闹别扭了，今天又领头出逃，叫他在左邻右舍面前丢尽了脸皮……他原以为国英一搬走，这个家就由他说了算了，现在看来并非这么一回事，国玲是个眼中钉，而国英是后台老板，闹不好还要到前台来唱唱主角，眼下就是，话里带刺，叫你笑也不是，恼也不是。

"……爹爹不在了，我代我爹爹做一半的主，"国英还在那里说着，"这次他们年幼无知，得罪了福林爷叔，我代他们向福林爷叔赔个礼，还望福林爷叔宰相肚里能撑船，大人不计小人过，饶了他们……"国英说着果然向福林施了一个礼，众人看了觉得有点滑稽，不由哄然一笑，福林像是发热度一样，脸涨得通红，只是"嗨……嗨……"地干笑着。国英转身又向众人施礼说，"国英在这里拜求各位了，看在多年乡邻的面上，稍加关照，阿弟阿妹如有什么不是，福林爷叔不好意思管，你们大家管，或者通知我国英，我国英还是喊得到跑得快的……"

国英的一番话说得既漂亮又得体，柔中含刚，绵里藏针，周围邻居一个个点头颔首，感慨万分，有人大声对国英说：

"全是几十年的老邻居了，讲什么拜求，世上的事，是非曲直，我们自然明白的……有事用得着的话，喊一声，能动的人都会来的……"

这不啻是一种宣言，对于国玲他们是有力的保护，对于福林则另当别论了。生活在这里的人们，由于长年累月的相处，形同部落，对于外人总是心怀戒意的，即使福林是个十全十美的男人，人们还是不愿接纳他的。他们也不能原谅国玲阿姆，虽然她温柔胆怯，很少与邻里争吵，可他们却觉得她身在福中不知福，放着个挣大工资的孝顺女儿不要，却去找这么个窝囊的糟老头，而且福林的工资还不及国英呢。"要是我，才不嫁呢……"好多女人在自己的丈夫面前这么说。男人笑着摇摇头，不置可否。他们现在听着国英这一番话，自然明白这些话的意思，于是一呼百应，形成了一种声势。给狗屁的福林一个下马威。

福林自知势单力薄，便悄悄地溜进了门。在黑暗的屋角里，他咬着牙，眼里流泻着恼恨的火，他想他这是自作自受，放着自由自在无拘无束的日子不过，偏要跑进这个劳什子的弄堂，受这帮无赖的奚落，而且日后还要时时受他们窥视，稍有出格，他们便要跑到国英那里去报告的。他想到国英，就仿佛看见了她那双凶相毕露的大眼睛，他心里对她又恨又怕，他觉得她就像这屋子的顶似的，时时罩在他的头上，压着他。国英刚才那番话，叫他骂不得，恼不得，只得含笑应付。他想着，一股怒气直冲喉咙口，他在心里杀千刀杀万刀地咒起她来。他骂着骂着，忽然想到了国玲，正是这个国玲给他带来这一切的羞辱、讥讽、难堪，国英跟他隔着千条路万堵墙，她又不是千里眼，顺风耳，全是这个国玲！国玲十来岁时就想杀他了……他重重地吁了一口气，摊手摊脚躺倒在床上。不管怎么说，现在他是这儿的主人，这床的主人，以及那个年轻柔弱百依百顺的女人的主人……

阿姆很快地就赶来了，她是到电车站去候他们的。她从大弄堂口走出去，没想到国英他们会从小弄堂口拐进来。要不是有人来喊她，她还睁着一双眼，不敢挪一下脚呢！听说国英他们已经到家了，她三步并作两步地跑回来，一见国玲他们，她便扑过去。搂着国健就哭了。国琴也哭着喊阿姆，只有国玲，红着眼睛，很忧郁的样子，没哭。她已经哭得够多了，倦了。

人们渐渐散去，他们一家子上了楼。福林待国英很客气，待国琴国健也很亲热，只是待国玲像是没有看到似的。国英把一切都看在眼里，她最心疼的就是国玲。今后国玲的日子将会怎么样呢？她当着福林和阿姆的面，把自己的电话号码抄给了国玲，她关照国玲：

"家里有事就打电话来……"

国玲接过条子，把电话号码默默地读了几遍，又把条子给国英：

"我记牢了，不忘记的……"

她说得很淡漠也很生硬，像石块一样。她仿佛下了很大的决心。

五

日子一天天地过去，平平淡淡的。福林对他们既不苛刻，也不亲热。只是他看国玲的时候，眼里总有一种很阴冷的光。

福林对阿姆特别的亲热。他常常当着孩子们的面，在她身上捏捏摸摸的，当他看到孩子们眼中闪过的那种惊慌和妒忌时，他会高兴得哈哈大笑，他想，他是找到了报复他们的武器了，他恨蒙罩在他周围的那种仇恨和轻慢，左邻右舍看见他都爱理不理地沉着脸。好在他总是夜里去上班，白天在家睡觉。他不跟周围的人多话，也不跟孩子们多事，他只是一心一意地爱着或者说是缠着他的女人，尽性宣泄，这是他拥有的权利。

每天，天蒙蒙亮，惊醒国玲的是福林下工回来的脚步声。只要那声音一踩上楼梯，国玲便开始数数了，一、二、三……无论国玲睡得多么熟。她总会在这刹那间醒来，仿佛她一直在等着它似的。

福林慢慢地上楼。阿姆早替他热好菜和酒了，披着衣候他，见他进门，便替他摆开酒菜，侍候他吃早饭。这是福林一天中最重要的一顿饭了，一个人静静地抿着酒，心爱的女人坐在身边，世界仿佛都属于他了。酒喝到一半，福林便要讲新闻了，他讲的都是些外面听不到的奇闻，什么一天妇产科来了个七十岁的老太，说是肚子痛，检查下来竟是怀孕了，陪同来的儿子一听到这个诊断当场就打了医生一记耳光，说他娘守了四十多年寡，七十岁了，你还吃什么豆腐……事情闹大了，医生叫老太自己讲讲清楚，不然的话，他要上法院去告她儿子，老太万般无奈，只得承认是怀孕了。

"你知道是谁的种？"福林笑眯眯地盯着阿姆看，嘴里喷着酒气。昏暗的灯光下，阿姆依旧是很漂亮的。

"是……"阿姆想了半天，摇摇头，说，"猜不出。"

"你猜猜看，一定要猜，快点猜，猜呀……"福林催促着阿姆。

福林说完了，便要在阿姆身上乱摸的，阿姆假如要推开他，他会一把扯过阿姆的头发来，把阿姆的头仰起来问：

"是那个死鬼好还是我好？"

"你好，你好……"阿姆的头仰着，喘着气，轻轻地娇弱地回答着，然后倒在他的怀里，又熄了灯……

睡不了一个时辰，阿姆便又轻轻地下床了，一个漫长的忙碌的白天在等着她呢。他们当然不会知道，一切的一切都有一双眼睛在默默地注视他们……常常地，在黑暗中，国玲咬着嘴唇，偷偷地哭，她哭得又缠绵又凄惨。

"有一个杭州农村来的产妇，"福林爷叔说，"肚子痛了九天九夜，生下了一个比天仙还要漂亮的女儿，那个女孩子奇怪得很，浑身软得没骨头似的，后来到爱克斯光室去透视，把个医生吓得昏死过去，你猜猜看，他看到什么了？"福林又要阿姆猜了，阿姆摇摇头，谜底都在福林的肚皮里，她怎么猜得出！"唉，你呀，不肯动脑筋，"福林仰起头，喝了一大口酒，"告诉你吧……他看到的是一条蛇，一条小白蛇！白娘娘再世了……那母女俩后来就不知去向了……白娘娘再世了，据说法海和尚也转世了……你等着吧，十八年以后，杭州城里又要乱了……"

"可是人怎么会生蛇呢？"阿姆不解地问。

"这还不容易……"福林的笑声很轻，但有点令人毛骨悚然。

有一次。国玲看见福林喝完了酒，也是这样轻轻地寒凛凛地笑着，拉过阿姆的一只手，就往自己裤裆里按，国玲的心噗噗地狂跳起来，她把头蒙进被里，小身子微微发抖，脑子里嗡嗡嗡的，一片空白。她吓坏了，她后来又哭了很久。

有时候，阿姆大概太累了，陪在一边竟然打起了瞌睡。逢到这个时候，福林便端起酒杯逼着她喝一口。阿姆喝了就呛，咳老半天，脸憋得通红，睡意也没了，只是一双眼睛，红红的，仿佛汪着许多泪，还疲乏地笑着……这时，国玲真想冲下去，把福林那酒杯砸了：你喝什么酒哇，你别在这屋里喝，你跑到外面去，你醉死了也活该……

有一回，她忍不住，悄悄地给国英打电话。

"大姐……"她喊了一声，忽然说不下去了，她想着那无数个可怕的清晨，在那朦胧的灰暗中，阿姆那纤弱的瘦身子，头灌了铅似的沉甸甸地低垂着，许久许久，突然身子向前一倾，头磕在桌上，砰的一声……

"怎么了？挨打了？"国英在另一头很焦急地问。

"不，不是的，是阿姆……"

"阿姆怎么了？她骂你了？打你了？唉，我来……"

"不，不要，"国玲求着阿姐，"是阿姆和爷叔，他们，……"

"不要说了，"国英的声音严厉起来，"他们的事我不管，也不要管！"

她说着就挂了电话。

国玲捧着那只圆鼓鼓的听筒，她想她这电话打错了？

福林不知怎么知道了国玲打电话的事。"妈×，这小娘×样样事体都要报告……"他恨恨地在阿姆面前说。

国玲听见了,她还听见阿姆幽幽地叹了口气,阿姆什么也没说。

六

福林不是没有努力过。春天的时候,福林说要到城隍庙去。国健在跟他学下棋,他是第一个邀请国健的。

"小弟,城隍庙有个花鸟市场,那里有猴子,有鹦哥。鹦哥会说:小朋友,你好!还会说:恭喜发财。"

"我要去看,福林爷叔,我跟你去。"国健高兴得颠着身子喊。

"好,好……"福林很慷慨地答应着,又看了看国琴和国玲,说,"大家都去吧,啊……"

他这天的兴致特别好。吃早饭的时候,阿姆悄悄地告诉他,她有喜了。她皱着眉问他怎么办,还说这孩子不能要,丢死人了。他盯着她那忧伤的眼睛看,他看出她其实跟他一样,想要一个孩子,假如他连这个孩子也不能保护住,他可真是要丢死人了。"怕啥?我们又不是轧姘头!"他握着拳在桌子上轻轻捶了一下,又叮嘱阿姆,"这孩子一定要生,说不定是个男小囝呢……你假如背着我做什么手脚,我饶不了你……"

国玲在阁楼上听得迷迷糊糊的,只听到"轧姘头"、"有了"之类的话,她一个十三岁的女孩子,自然是不懂这些话的确切含义的。她只是发觉福林今天很随和,他耐心地跟国健描述着城隍庙花鸟市场的珍禽异兽,他还这么主动地邀请她和国琴,她毕竟是一个普通人家的穷孩子,城隍庙在她心目中,仿佛画片上的一抹青山似的缥缥缈缈若隐若现,她止不住它的诱惑,她默默地跟去了。

"城隍庙五香豆你们吃过吗?一粒豆有五种味道,甜、咸、香、辣……"福林介绍着,慷慨地说,"我买给你们吃。"

买五香豆是要排队的,看着弯弯曲曲的队伍,福林皱皱眉,说恐怕等上半天也轮不到呢，怎么办？国玲因为经常跑小菜场，排队插当，鬼得很，她对福林说："我有办法的，你想不想买？"这是她第一次主动跟福林商量一件事。

"买两包吧，多吃点。"福林很爽快地拿出一元钱，"五角一包，正好……"

他们说话的口气，好像都有一种谦让和讨好的意思。这种心情是突然降临的，他们都有点不自然。国玲到前面转了转，她看见一个白胡子老头快要轮到了，喊了一声老伯伯，她的眼睛里满是期待和希望，很少有人能拒绝这样一双可爱的眼睛的，老人笑眯眯地让她插了当，五香豆很快就买到了。

三个孩子一边走，一边嚼着五香豆，九曲桥、花鸟市场都逛过了。花鸟市场根本没有什么金丝猴、波斯猫，只有十几个老太太排着队，等着买鸡苗。"我们也买两只小鸡回去嘛……"国琴见了黄茸茸的小鸡，心爱得不得了，便跟福林说了。福林想了想，说：

"也好，你们阿姆身体不好，小鸡养大了，熬熬鸡汤，让她补补身子……大家也吃一点……"

福林这样提到阿姆，孩子们觉着一种亲切感。可是，让它吃什么呢？他们排着队，又讨论起来。配给的粮食人吃都不够了，蔬菜也是要凭菜卡买的，少得可怜。

"有办法的，把淘米水积起来，沉淀下来像米浆一样的东西，拌上烂菜皮什么的，鸡吃了营养特别好，长得壮……弄堂里好婆就是这样的……"国玲很兴奋，她想的办法也确实是好。福林朝她看了看，她那双眼睛亮晶晶的，很温柔很单纯的，他觉得她跟她的母亲好相像好相像，他心里对她生出了一种奇怪的感情，怜爱中夹杂着感叹，夹杂着疑惑和戒备……

他们后来又到庙里去烧了香，是福林要去的。福林在供桌边的化缘箱前站了一会，想了想，掏出几张钞票，少说也有四五元，很虔诚地放了进去，他这时候的脸色很温和很忧伤，在缭绕的香烟中显出一种老态，他毕竟五十来岁了。国玲惊异地望着他，这似乎是另一个福林，一个善意的陌生的福林。她看着他在蒲团上跪下来，五体投地，很慢很恭敬地磕了三个头，嘴里不知念叨着什么，他那黑黝黝的脸膛在香火烛光的映照下，显出一种孤独的肃穆的神采。一种委婉的伤感，在烛影下徐徐弥散，慢慢地感染了她那颗小小的心，她觉着福林并不完全是她原先感到的那么坏，他苍老、孤单，而且他毕竟要比弄堂口阿三的后爹好多了，她们毕竟没有像阿三那样在小菜场里拾菜皮、刮鱼鳞，过苦日子。她想着，不知不觉地随着福林的指点，捏着香，跪在蒲团上，也磕了三个头。袅袅的香烟在空旷的大殿里缭绕不已，笃笃的木鱼声既单调又幽深，她心里的苦恼、忌恨和伤感，随着飘袅的香烟，断断续续的，说不出究竟是有还是没有了。

后来，国玲把烧香的事，吃五香豆的事告诉给了国英听，她特别提到福林烧香拜佛时的令人感动的神态。大凡一个小孩子有了什么新的感受，总要迫不及待地陈述出来的，她也是。

国英听了，一股子气从鼻孔里出来，她点着国玲那颗大脑袋说：

"亏你还是个精乖的，一点点五香豆就迷住了你们的心，真是丢我们水家的脸面，哼……城隍庙里有的是好吃的，五香豆是顶顶便宜的了……他倒肯下大本钱去化缘，他这是怕来世报应！国玲，他做贼心虚，看见菩萨怕了……"

国玲听了，先是脸羞得通红，她想她也未免太贱了，三两粒五香豆就被打倒了、买通了，再想想那天福林花在他们身上也不过两元钱的花头，而在那个化缘箱里倒是丢进了大把的钱，可见他并非真心待他们好，还有买五香豆时，他那犹豫不决的口气……可是她居然辨不出山水，抢着去插当，她想着，恨不得把那些五香豆再呕出来，还给福林。她心里好懊丧好气闷。

国英姐不知是赌气还是争气，那天领着他们重游了城隍庙。小笼包子、油豆腐线粉汤、天津水饺、春卷、百页包汤……各式各样的点心让他们吃了个够！吃小笼包子时，国健心急，张口一咬，滚烫的汁水竟喷射出来，溅在国玲国琴的面孔上，两个小姑娘尖叫起来，国琴伸手一捋，看了看油光光的手指头，想也没想就放在唇边吮舔起来，惹得旁座的两个老太太也笑了起来，一时间，真是吃得又热闹又快活，跑回家来，连着三天还回味不已，齿龈留香。

从那以后，福林再也没有带他们到外面去玩过。不出去，倒也相安无事，一家子不冷不热，一天天地打发着这平平淡淡的日子。国健跟着福林学会了下棋，两个人，一老一少的常常要摆开棋局，杀将起来。后来，国健在全区小学生象棋赛中得了个第一名。从城隍庙买来的两只小鸡一直由国玲负责喂养着，米浆水果然营养丰富，两只小鸡渐渐地长出了新羽，屁股开始圆满起来，一看就知道是母鸡。福林喝的酒，大都是差国琴去酒店拷的，当然，跑一次腿总有两分走脚钱的。国琴把钱储着，有时也买点萝卜干盐金枣之类的零食吃吃，她常常要跟国玲国健分享，只是国玲从来不吃的。

国玲他们和福林彼此之间不再有期待和冲突，大家都习惯了这种平静的毫无生气的日子，仇恨渐渐被冷漠所消融。但他们谁都无法违抗，这死水一样的平静日子又涌起了新的波澜。

七

阿姆的肚子一天天大了起来。国玲是在一个早晨突然发觉的。

那天，天蒙蒙亮，福林还没下工。国玲不知怎么先醒了，她是被一种忧伤的寂寞唤醒的。四周静静的，静得令人难以置信，她仰起身子，她看见阿姆一个人默默地站在窗前，勾着头，像在想着什么，她那庞大的侧影衬着窗外灰色的天空，沉重、忧愁。国玲惊异地发觉，阿姆不如以前漂亮了，阿姆显然憔悴了，头发凌乱地披散着，脸容疲惫，她的一只手轻轻地小心翼翼地抚着腹部，一遍一遍的，像在慰藉着什么人，这个深情的动作使国玲的心猛地一动，一个模糊的念头闪电似的植入她脑中，她注意地看了阿姆的腹部，腹部明显地隆起着。阿姆怀孕了！她这么想着，脸马上绯红起来，她不顾一切地喊了一声：

"阿姆！"

她这样喊着的时候，心里重又升起了对福林的那种憎恨和厌恶，她觉得这是他窃来的胜利，她原以为已经消散的敌视、戒意和彼此间的较量不仅仍然存在，而且更加强烈，她被前所未有的失败和羞愤击倒了，她的眼睛酸涩涩的，像被风沙刮过的一样痛……

阿姆回过身来，惊异地看着她，看着她那秀发蓬松的大脑袋，还有那双闪烁着亮光的美丽的眼睛，阿姆本能地觉着了什么，她不由担着心问：

"什么事？"

阿姆一直没有把怀孕的事告诉孩子们，她羞于启口，一种近似于犯罪的感觉竟使她在孩子们面前变得胆小了，对于腹中的婴儿她的心情是复杂的，将来生下来的孩子还没有强强大，虽说强强不是亲外孙，可自己总是做外婆的人了，讲出去难免要被人笑，国英会怎么样呢？这个脾气暴烈的女儿，她是不敢得罪的，还有国玲他们呢？他们要伤心要难过的。她曾经想不要这个孩子了，可是又舍不得，与福林夫妻一场，总得为他留点骨血啊！可眼下，大家又都在喊吃不饱，小孩子生下来怎么办？家里经济已经紧绷绷的了。福林是不管这些的，他只要有酒喝……

前思后想，阿姆左右为难，一天比一天忧愁，因此，她现在面对着国玲，目光是迷惘和忧悒的。可是这激怒了国玲，她觉得阿姆与他们是愈来愈生分了，她大声地责问阿姆：

"你不要我们了，是吗？你要有新的孩子了，你欢喜他了……我们怎么办？我们是拖油瓶……"

她说着就哭了，委屈地哭了。阿姆身子微微发抖，说不出她是恼怒还是怜悯。哭声惊醒了国琴和国健，他们翻身起来，莫名其妙地看着国玲和阿姆。国玲反过身来，抱着他们一边哭一边说：

"……阿姆要生小孩子了……"

国琴和国健也哭开了。从福林进门的一天起，他们就担惊受怕了，生活的磨难使他们变得既孤僻又内向，他们不希望，有新的生命来与他们争这块天地这份母爱，这份因为福林而变得不完全的母爱。国健是被阿姆宠惯的，他可怜兮兮地望着阿姆：

"阿姆，这是真的吗？"

阿姆忧伤而无望地看着他，点点头，也说不出什么来了。国琴想了想，哽着喉咙问：

"我们住到哪里去呢？……要到孤儿院去住了吗？"

"傻孩子，"阿姆忍着泪，抚着国琴的头，"你们跟阿姆在一起，除非阿姆死了……"

国玲揩干眼泪，向阿姆宣布："你生了孩子，我就住到国英姐那里去，不回来了。"她说得很坚决很郑重。

阿姆忽然蒙着头哭了。她无法安抚他们，她觉得生活真是糟透了。她伤心地动情地哭着，她哭她的初嫁，她的再婚，她觉得生活像一团米浆，稀稀糊糊，她朦朦胧胧地想着她的童年时代的宁静的小山村，她想不起她是怎么落入这纷繁的人生的……

国玲他们安静了。他们是在阿姆的哭声中体验到了某种无可奈何的命运，他们明白了他们是无法阻止命运的安排的。

不知什么时候，福林已经站在门口了。他显然听见了一些。他沉着脸，不吭一声，在八仙桌旁坐下来。他替自己斟酒，酒"滴溜溜"地细细地流进酒杯，那声音在重又沉寂的屋子里仿佛绵绵不尽似的，回响了很久。福林满满地干了一杯，突然扬手一挥，酒杯"哗"地跌在地上，碎了。压抑了许久的怒气终于爆发了，他骂爹骂娘地发泄了一通，他后来挂着泪说了几句很伤感的话：

"我要一个孩子，犯着你们什么了……你们爹爹不也是第二次结婚？他还生了三个呢……难道我连一个也不能要，这算是什么规矩……"

国玲听着，忽然有了一种感悟。一种对自己的出生感到羞愧和苍凉的感悟，她不由想到了国英姐，她想她出生的时候，国英姐也必定是哭过的，她猜不透国英姐第一次抱着她时是不是想摔脱她的？这个倔强而美丽、懦弱又多愁的女孩子第一次认真地思索着自己。生命和人生的奥秘，她永远也猜不透，她只是比以往更苦闷更孤独了，她对国英姐莫名地生出一种陌生感和负疚感。

福林却是一天天地快乐起来了。那次发作，国玲他们意外地没有吭声，这使他感到满足。他变得啰嗦和温顺了，平时除了讲一些妇产科医院的奇闻外，他有时会盯着女人看半天，说是根据她眨眼睛的次数能判断是生男还是生女，单数是生男的，双数是生女的。"是个儿子！"他这样高兴地叫着。他不是没有做过父亲，只是他唯一的女儿与他并不亲近，自从他重新结婚后，女儿索性与他断了往来。因此他现在的心情无异于初次当父亲的人，而且没有儿子总是人生一件憾事，现在他又有了新的希望，他简直是要欢呼雀跃了。

他有时又会寻来一支铅笔，用细绳悬着，对着女人左腕上的脉搏，看那铅笔是左右摆动还是来回摆动，左右摆动是生男的，来回摆动是生女的，结果又卜出生儿子。总之他的花样经百出，弄得国玲他们也好奇地关切起来，有时也聚在阿姆旁边看着。

阿姆依旧是那样温顺那样无奈地笑着，说实在的，她不是没有一点点喜悦的，尤其是在男人这样热切的期待中。以前国玲的爹爹就没有这样过，他很沉默，尽管待她不错。可是福林，却叫她体验到一种激情，一种做女人的满足，他啰嗦、粗野、随心所欲，她在半推半就中感到快意，现在他因为未出世的孩子，变得更加热情了，这使她有一种醺醺然的微醉感。然而她毕竟不是只生活在福林的世界里，她在生活中感受得更多的不是做母亲的喜悦。每天，她挺着肚子到手套加工组去上工时，她简直不敢正眼看人，好像她肚里这个孩子是偷来似的。弄堂里几个不懂事的孩子也会跟着她跑，唱着："冬瓜皮，西瓜皮，来了一个大肚皮……"要是她年轻，要是她是初嫁，她会羞涩且喜悦地撵他们走的，可是现在她只能逃也似的躲着他们。

更叫她难堪的是，国英已有两个月没来了，按月给家里的补贴也是打电话叫国琴去取的，国玲不知为什么不大肯走动了。关于那未出世的孩子，国英更是一个字没提过，她像是故意用沉默来折磨她。国玲他们也奇怪地沉默了。他们闹了一场以后，便再也没有说过什么。叫她刺心的是：他们与她疏远了。国玲比以前更忧郁更消瘦了。国琴也学会了噘嘴鼓腮，替福林拷酒也不大情愿了。国健早就不跟福林下棋了，他现在忙得很，经常要参加各种集训，有时候就住在体育馆里连家也不回。她无法预料孩子生下来后一切将会如何，她只能听天由命了。

临产前的两个月，福林叫女人不要为他准备早饭了。"多歇着点。"他温和地看着她的肚子说。

一切都在等待。

这天晚上，阿姆烧了一大锅胖头鱼汤，一家子围着吃。鱼头照例是福林包了的，他嗜好吃鱼头。吃着吃着，福林又想出新花头来了，他吐出一根鱼骨头说："假如鱼骨头立起来，就是生儿子……"他把鱼骨头高高地举起来，嘴里不知念叨着什么。他那黑黝黝的脸膛在低支光的电灯下，显得苍老而深奥。这异样的神采唤起国玲心中的某种记忆，她仿佛又嗅到了城隍庙里那缕缕袅袅的馨香，于是她想起那神秘的大殿，还有那经久不息的木鱼声。她看见福林松了手，鱼骨头从他手中落到桌面上，像只仙鹤一样翘立着，难道果真是菩萨在保佑他吗？她想着，连自己也不知道，她的一只脚已经抵在桌脚上，她暗暗地用了一点力，桌子轻轻地难以察觉地晃动了一下，那只翘立着的"仙鹤"本来就没站稳，这时晃了晃，便倒下了……

这一切都是在一刹那之间完成的，福林先是屏息静气地看着，待鱼骨头倒下了，不由叹一口气。他重又捡起鱼骨头，说："一次不算的，要来三次。"他又念叨起来，可是他一次更比一次失望……连着三次，他全失败了，福林气得拍了拍桌子，骂了一声娘。

就在这时，阿姆喊肚皮痛了。

八

一切都是上天的安排，阿姆生了一个女孩。

福林只是轻蔑地扫了那孩子一眼，就忘记了她，仿佛她从未在这个世界上存在过。他又恢复了以往的习惯，每天清早下工回来喝一盅酒，酒菜依旧是阿姆替他准备好的。

阿姆产后第三天就起床了，她洗衣、烧饭、操持家务。很快地她又去上工了，里弄生产组是做一天算一天工资的，只是在喂奶的时候，她才急匆匆赶回来，让孩子吮两口奶。奇怪的是，孩子很少哭。

国英来看过阿姆，送了阿姆五十只鸡蛋，五斤红糖，一只老母鸡。

"你一个人吃。"她对阿姆这样说着，又喊了一声国玲，"国玲，你看好，谁要动一动这些东西，就打电话给我……"

她说这话的时候，家里人都在，福林也在，她那些话的意思是再明白不过了，福林不由臊得脸一阵红一阵白的。只是国英对那孩子，连看也没看一眼。这孩子仿佛是一个不受欢迎的小生命，她头发稀疏，五官平平，皮肤干瘪，没有一点光泽。她躺着，像一个陈旧的失去光彩的布娃娃，她一点都不招人喜欢。福林连名儿也不肯替她起，说猫儿狗儿的，叫什么都一样。阿姆没法。只得叫她小毛。

只有国玲他们在关心她。他们不由自主地被某种神秘的缘由召唤到她身边。他们望着她，感觉到她的肢体她那双水灵灵的眼睛她唇边的浅窝甚至她的哭声，无一不体现着他们的存在。也许是因为她和他们的身上流着同一母亲的血，他们一下子便接纳了她。但他们又一次次地看到她那属于另一半的血缘的特征，他们又感到厌憎和痛苦。五个孩子，从国英一直到小毛，被一根奇特的人生锁链牵在一起了。

国玲最疼小毛了。常常地，她由着小毛的手轻轻拉扯着她的头发，在微痛中她感到一种甜蜜。小毛断奶的时候，是她搂着睡的，那几夜，小毛拱着她的胸脯，带给她一种神奇的微醺，她伸出手，轻轻地抚着小毛的面颊，她觉着她的手指被一股温热的吸力吮进了柔软的孔道，她低头一看，是小毛在吸吮着她的手指。小毛微闭着双眼，长长的睫毛像密篱覆着眼睑，唇边的浅窝仿佛流水中的圆圈，波涌着，又幸福又满足……国玲由着小毛慢慢地吮，她觉得一种荡漾一种流动遍布全身，她感到某种胀痛，她快乐得伤感地合上了眼睛。她搂着小毛一起沉入甜美的梦乡……

一天天的，小毛在变化中。小毛水灵灵的眼睛越来越亮，亮得发蓝，她的稀疏的头发浓密起来，并微微地有点拳曲，她的皮肤仿佛被甘露滋润过似的，闪烁着乳白色的迷人的光泽，她牙牙学语的声音潺潺地流进入的心田，像猫爪子轻轻抓挠人的心一样，她像星星一样照射着这个灰暗的没有生气的小屋。因为她，家里开始有了笑声。国健拿出了他心爱的象棋，由着她把棋子当小轮子滚着玩，国琴老要牵着她出去玩，因为妹妹的美丽使她感到骄傲。稀奇的是，只要看见过一回，小毛就能老远地认出这个人。招着小手甜甜地叫他，因此小毛也赢得了邻居们的喜爱。

小毛一看见福林却畏缩不前。她仿佛生来就知道，他是不欢迎她的。他从未抱过她，亲过她。小毛只依恋国玲，从她断奶的时候起，她俩就钻一个被窝了，她们相偎着，度过了一个个寒夜，没有比她们更亲密更心心相印的姐妹了。小毛从不跟着国琴、国健叫她"四角菱"或是"二姐"，她只叫她"姐姐"，仿佛这是唯一的，也是永久的称呼了。

　　国玲总要等家里人睡了，四周都安静了，才做功课，她生来就讨厌嘈杂的声音。在那种噪声里，她是无法安下心来解那些几何题和化学方程式的。她已经读中学了。可是，她允许小毛守着她。小毛安静地坐在一旁，无限深情地凝望着国玲，只要国玲一伸手，她便会准确无误地把橡皮、三角尺、圆规之类的东西递给国玲。她们之间不是用语言，而是用心灵在对话。有时候，国玲也教她学写一些简单的生字，国玲喜欢看她捏笔写字的古怪姿态，她的小手捏着的仿佛不是一支铅笔，而是一条滑腻的小蛇，常常要被它逃脱了。逢到这时，国玲便会轻轻地笑起来，跑去捉着她的手，一笔一画地描着写着……

　　更多的时候，她们是没有声音的，她们让时光静静地缓缓地流逝。"去睡吧，小毛……"国玲心疼地催小毛。小毛摇摇头，一双亮得发蓝的眼睛默默地注视着她。"我们一块……阿姐，一块睡……"她这样小声地请求。没有人会拒绝这样柔美的声音的。橙黄的朦胧的灯光下，两个女孩子在流逝的夜色中互相厮守着。

　　星期天，他们常去国英家玩，原先是三个孩子去的。现在四个人了，多了一个小毛。

　　小毛很懂事，第一次去的时候，她总躲在国玲的身子后面。一双蓝眼睛默默地注视着这个陌生的大姐姐。她像小兽一样，凭着她天生的灵敏，嗅出了这里的某种不友好的气息，她怀着谨慎和小心，踩着这里的地板，她不多话。叫人沮丧的是，她一去，强强就要闹，也许是他不甘心叫这么个小不点儿当他的"小阿姨"，强强对小毛总是蛮横得很，他抢她手中的糖果，夺回他的小板凳和那些早已被他拆得七零八落的破玩具。国健看见了，要打抱不平，总要想去再抢回来，她却认真地摇摇头，说不要了。

　　"我是小阿姨，我大……大的让小的……"她说罢，便默默地站在那里，成人似的，表现出一种超然和豁达。

　　国玲他们和国英说话时，她是不参加的，她似乎知道她与他们之间是有着某种隔阂的，她只是坐在一旁，翻阅着小人书，安安静静，文文雅雅……

不喜欢这样一个女孩子，简直是罪过。国英常常要沉思默想地盯着她看老半天，然后叹一口气，她无法像当初爱国玲一样地爱她，她拉着她的手，感觉不到一种亲情的呼唤，没有那种神秘的感应。

国英对小毛始终是客气而冷淡的。最初她看到国玲他们对小毛的喜爱，心里不免感到一种悲哀的失落，因此她由着强强去欺负她，她甚至因为国健的庇护而暗暗恼怒过，她想他们是跟她生分了，为着一个他们不喜欢的人的孩子，他们竟然与她生分了……然而小毛的温柔美丽和顺从，却在徐徐地打动着她的心。有一次，小毛站在新村的空地上，扬着手臂朝着她喊："大姐姐——"旁边是亭亭玉立的国玲，阳光轻轻薄薄地洒在她们身上，迷迷茫茫的，又纯洁又朦胧……小毛穿着件白衣衫，一片云似的飘逸、透明，她那只细细的小手臂柔弱得叫人心疼，她们那样站着，两个美丽的身影浮雕似的映在蓝莹莹的天空中……国英的眼睛忽然涌出一股酸辛，她的心就像她初次看到国玲时那样搏动起来，她情不自禁地张开两臂，迎着他们……

九

小毛长到五岁的时候，阿姆病倒了。这一年国玲初中毕业，她没有考高中，进了一家电表厂当学徒工。

国玲出落得比当年的国英还要漂亮，只是她没有国英那般活泼那般招人。不过还是有她的闲话，说是厂里有两个男孩子在同时追她。弄堂里一起长大的小伙伴中也有被她迷住的，常在窗前吹着哨音走过："阿哥阿妹情意深，好像那流水长又长……"

阿姆先是还撑着身子去上半天班，每天天不亮还依旧挣扎着起来替福林准备早饭，可是她两脚乏力。她只能摸着桌沿，扶着墙，慢慢地做她该做的一切。后来她渐渐地不行了，无法起早，便叫国玲相帮着为福林准备那顿必不可少的早饭。她知道国玲不情愿，她也是万不得已才差国玲的。这么多年了，儿女们不是没有相帮着替她分担过家务，唯独这件事她总是一菜一碟地亲自操持的，这几乎是她和福林夫妻生活的全部内容。她在这酒桌边笑过、恼过、爱过、怨过，她倾注了她一个成年女子所能具备的全部温情，她无法想象，一旦她离开这酒桌，生活将如何黯淡。可是现在，她不行了，她的身子在一点一点地虚弱下去，体内正在肿胀着的某种恶疾，吞噬着她的血、她的活力，她已经无力再继续在福林喝酒时陪伴他了，她只能躺着了。她原以为躺几天就会好的，她哪里知道她是再也不会起来了。国玲打了电话把国英叫来。国英一见，便暴跳如雷，她指头差点要戳到福林眼窝里去了

"你还是人吗？"她骂福林，"你居然还不送医院，吭啥事一样！"

福林两手一摊。"你去问你们阿姆自己！"

阿姆摇摇头说：

"是我自己不肯去，福林倒是提过的……我想，不会是什么大病，困两天就会好的……不要紧的……"

福林听着，在一旁抖着腿竟然笑起来。国英气得手直打战，她骂福林是瞎子戆大猪头三大头鬼，她逼视着他说："阿姆要真有个三长两短，我是要找你算账的……"福林这才借了辆黄鱼车，送阿姆去了医院。

医院的诊断很快就出来了，晚期子宫癌，而且病房不收。

"她想要吃什么，你们就买什么，尽尽心意吧。"医生叹了口气，这样关照他们。

孩子们都哭了。是小毛第一个哭的。他们都听懂了医生的弦外之音。阿姆只能等死了。

国玲他们是第二次承受这样的灾难了，他们顿时感到无边的黑暗在他们身后一步一步地袭来，世界空旷而又苍茫，而他们是多么的孤独，有的

人家三代同堂、四世同堂，而他们却连一个阿姆也留不住！这个可怕残酷的现实使他们更加觉得孤零零了……

一切都瞒着阿姆。国英关照说，谁也不许泄漏病情。国英三天两头地来看看，料理一些家务。福林也急起来了，他不时买点时鲜货来，让女人吃，他在这个家里依赖她惯了，他也不愿意失去她。他隐隐地担忧失去女人后，他如何撑得住这个家！说实在的，他是爱着他的女人的，她给过他一长串快活的日子，他原以为她会侍候他一辈子的，因为她毕竟比他年轻十七岁呀！可现在，他将要为她送终，她竟走在他前面了。医生的诊断出来那天，他也哭的。他蹲着，一个人抹着泪。从他那里弥散出来的绝望和悲哀打动了一个人的心，她便是小毛。小毛慢慢地向他走去，她长到五岁，爹爹这个概念在她的脑子里是淡漠和生疏的。她看不到父爱，她只看到母亲形象的完美，兄姐的善良，她一降生到人间，就沉浸在这个家庭母性的爱抚中，可此刻，她向爹爹走去，这也许也是一种血缘的呼唤，她两手环抱着爹爹的腰，她把脸贴在他的身上，温柔地伤心地哭着。福林搂着她，下意识地搂着她，这是他生平第一次搂抱自己的女儿。他哭得更伤心了。

阿姆吃不下东西了，她总是喊痛。她痛的时候就紧紧抓住小毛的手，只有小毛总在家里，总陪伴着她。小毛本来就好静，她几乎不和那些同龄的孩子玩耍，她比他们要长一辈，她命中注定跟他们合不来。她从小的伙伴就是国玲他们。姐姐哥哥都不在，上班的上班，读书的读书，她守着阿姆，她替阿姆端菜端饭，她还唱歌给阿姆听："小皮球，小篮篮，落地开花二十一……"

一个月、两个月过去了，福林的悲哀显然不能持久，他开始在下工回来时买点猪头肉、鸡头鸡脚爪之类的熟菜，拷好老酒，替自己安排多年来已经习惯的早饭。他在病人旁边优哉游哉地喝酒，有时也劝他女人喝两口，说是安神止痛的，女人便也就着他的手，小孩子一样地顺从地啜上两口。如果被国玲撞见了，国玲是要吵的，她骂福林是害人精，她这时的脾气不知怎的跟国英一样烈。福林也不睬她，只当没听见。有一次她骂得凶了，福林性起，便青筋凸起，拍桌子骂。"你没有叫我太平过，我早晚要弄死你！"他的眼睛喷着仇火，这是他灰暗心理的外泄。国玲自然不示弱，她站起来，动也不动，淡淡地说："我等着你……"阿姆被他们的吵闹吓坏了，她悲哀地恸哭起来，她发觉她是不能死的。她死了，这个家也完了。她努力挣扎着要活下去。

国玲现在忙得很。她差不多担起了全部的家务。她豆蔻年华，刚刚显露出她青春的光彩，她便差不多被琐碎繁忙的家务埋没了，她在镜子前顾盼的时候实在短暂，阿姆的病剥夺了她全部的空暇，她成了一个尽心尽职的小主妇。她从不玩什么，好在她天性沉郁、孤僻，耐得寂寞。

这是一个夏日的清晨，正是台风期间，天色灰暗阴冷，阿姆在一夜的呻吟之后，吃了安眠药，睡了。她晚上闹得很厉害，两只手总在空中抓挠着什么，有一阵子，她眼瞪瞪地看着半空，对国玲说："我看见你爹爹了……你爹爹要杀我……要杀我……哇呀……"她惨叫着，国玲回过头看，只见窗户开着，窗帘飞掀着，朝着黑沉沉的天空。国玲吓坏了，抱着阿姆只管哭。现在阿姆睡了，睡得很安详很沉酣。小毛蜷睡在阿姆的脚边，她也差不多有一夜没睡了，近来不知怎的，她总闹着要陪阿姆睡。福林已经回来了，一个人独斟独饮，下酒的菜是油氽豆瓣。国玲要上早班，她端了一碗泡饭站在窗前吃着。她的一头黑发还没来得及扎辫，松散地披在肩上，风轻轻地吹着它们，它们轻盈地飘逸起来，仿佛比这风更柔和。她扬了扬头颅，让发丝飘拂到后脑，她那处女的胸脯像春天的花蕾一样，又娇羞又迷人。爱她的小伙子几乎可以编一个班了，她心里也隐隐地憧憬着爱的甘露的滋润，她想起她的师傅，一个聪明剽悍的小伙子，她想到他宽阔的前额，还有他赤裸上身时那男人的浓烈的气息，她不知道为什么想到他，她也不去细细揣摩这其中的奥秘，她只是甜甜地如梦如幻地微笑着，想着他那明亮如火的双眸，在这片刻的遐思之际，她淡忘了围绕在她周围的痛苦和死亡气息。世界也安静了，因为一个少女的遐思……就在这时，她感觉到有一双眼睛在盯视着她，就在她的身后，在那片苍白暗淡的朦胧中。她徐徐地回过头去，她心里有点儿明白又有点儿不明白，脸上还留着遐思时的微笑。她果然看见了一双眼睛，幽幽的沉默的凝然不动的眼睛，这是福林！

不知道他是什么时候过来的，他就站在她的身后，他的眼睛、鼻翼、唇角都澎湃着一股狂热，他见她转过身来，便一下子把她拉到身边，低下头就吻。她拼命挣扎，不出声地挣扎，他抓紧她，他的有力的手粗野地抱着她的腰接着她的脖子，她微微发抖，这抖动愈发激起他心中的欲火，他眼睁睁地看着她由一个黄毛丫头变成一个千娇百媚的少女。他突然明白，他长久地憎恨她、排斥她，这一切的意义，全都是为了等待今天这个时刻，他要占有她、毁灭她、虐待她……他全部的激情因为怀里颤抖着的柔软的身子而燃烧起来，她跟他一样害怕发出声音，这使他有恃无恐。他把她按倒在地上，撩起她的裙子。她那处女的长腿立即蜷缩起来，她在作最后的努力，但她无法推开这山一样沉的身子，她感觉到他的嘴唇，他的手，它们带给她湿漉漉的死水一样恐惧的感觉，当有什么尖利地刺痛她的时候，她突然放弃了反抗，眼泪先是缓慢地，继而是成串地奔涌出来……

天网恢恢，一个纯洁无邪的生命目睹了这可怕的罪恶。

小毛站着，衣衫不整，她默默地看着他们，看着这两个亲近而又陌生的人。她在晨光的朦胧里，美丽苍白，精灵似的，风吹散了她的秀发，她的那双亮得发蓝的眼睛惊愕而痛楚地凝视着他们，轻轻地、一个字一个字地吐出声音说：

"阿姆死了！"

十

阿姆的后事料理完毕之后，福林便走了，他回到他的大女儿那里去了。是国玲坚持要他走的，她说他不走她就自杀。其实，从阿姆死的一刻起，她也死了，她是一个活着的死人。她变了，她不再是那个温柔美丽的姑娘了，她实实在在地成了一个阴郁、冷漠、孤僻的女人了。她被那个人毁了。她相信阿姆就死在她失身的片刻。这个可怕的时间上的重合，使她成了永久的罪人。无论岁月如何久远，她都将忏悔着孤独地度过终生。

国英姐又搬回来了。这个家不能没有她。姐夫、强强，都来了。

"……从现在起，我们要同心协力，你们只要书读好、工作做好，其他的，我负责。等你们出道了，我完成历史使命了，仍旧要回去的，回天山新村……"这天晚上，五个兄弟姐妹团聚在一起，国英这样宣布。大家痛痛快快地喝了酒，又在阿姆遗像前哭了一场。

悲哀慢慢消散之后，这个家反比以前更有条理了，显得温馨而又安静。每天早上，强强携着小毛的手，送她去幼儿园，然后自己去上学，他们已经十分友好了，放学的时候也是强强去幼儿园接小毛。国琴和国健快读中学了，他们在一个学校读书，国琴留级过，因此现在他们同班。他俩也是亲亲热热的，同来同往，国琴的功课也比以往好了。只是国玲，愈来愈沉默寡言，她有时甚至住在单位宿舍里，一连几天不回来。叫人不可思议的是，她开始吃素，还经常到玉佛寺去敬香，但她从不到城隍庙去，这里面似乎有什么隐晦的苦衷，国英是怎么也猜不透的，只能随她的便了。到了夜深人静时，国英想想这么一个如花似玉的妹妹竟成了心如死灰的人，心里不免诧异和伤感，她想究竟是她，还是阿姆，还是福林，熄灭了国玲的生气？她还发觉原先与国玲形影不离的小毛，现在也疏远了，两人好像在故意躲避似的……她觉得这个家似乎笼罩着一层神秘的色彩，她想她这样苦苦地维护着这个家，到头来又如何呢？

福林来过了。他们再也不必喊他"爷叔"了。六年来，他们没有沾过他的什么好处，倒是他给他们带来了无尽的痛苦和创伤。他们集体认定，阿姆是为他死的，确切点说，是被他折磨而死的。他那每天必不可少的早饭，熬尽了阿姆的全部心血和精力，六个春秋，多少个早晨，寒冬酷暑，日复一日，阿姆简直服苦役一般。

"我来看看，看看你们……"福林笑眯眯地对国英说，他的一双眼睛骨碌碌地四下乱转，他是在找国玲。他无法忘却这么个娇女孩，有机会的话，他还要玩玩她。他没有发觉国玲就坐在靠里墙的方凳上，国玲正默默地打着一件毛衣，是国健的。即使福林看见她了，他也不会相信眼前这个苍白、瘦削、阴冷的女人竟是国玲！但是他感觉到了两道犀利的寒光朝他射来，他本能地朝国玲那里望去，那眼光如同锋刃一般。恨一个人到了入骨的地步才会有这样的目光。福林畏怯地掉转了头。

"我们过得很好，比以前好。"国琴冷冷地回答他。

福林也冷冷地哼了一声，说："我以前是多管闲事自讨苦吃，铜板丢到井里头，还会扑通响一声，唉……人有良心喂狗吃，当初你们一大群孤儿寡母的，还不是靠了我……"

"啪！"的一声，众人都吓了一跳，只见国英杏眼圆睁，拍案而起：

"福林，今朝把话讲讲清爽，究竟是谁养谁了？你一个月五十来块工资，你每月只交给阿姆三十块，你要她天天侍候你老酒小菜，顿顿都要吃新鲜的，你这三十块养你自己还不够，你连你老婆、女儿小毛都养不了，还说什么良心不良心，你连狗还不如！你叫阿姆吃了多少苦，受了多少难？你今天还有什么面孔踏进这扇门！六年来，我水国英月月贴阿姆四十块，我的弟妹没有沾过你一点点光！我们不欢迎你，过去不欢迎，现在更不欢迎，你走吧！"

福林诡谲地一笑，说："你们请我来，我还不高兴呢！我是来看小毛的，看自己的女儿总可以吧，不犯法吧？"他为自己的缓兵之计而得意，实际上他哪里想到过什么小毛。

国英冷笑着，针锋相对地说：“既然你没有忘记还有个女儿，很好，做父亲的应该抚养自己的女儿，你拿赡养费来了吗？”

福林愣了半天，他最害怕提到钱的事，他从来就是一个不负责任的人，当初，他之所以很爽快地离开了这里，就是害怕挑这副烂担子，这些孩子一个个都是不好惹的，社会舆论他也吃不消，他这个后爹到头来总是吃力不讨好的，还不如三十六计，走为上策。国玲要让他走，正中他的下怀。现在，他听国英提到赡养费，心里未免叫苦不迭，他干咳着，不作声。

就在这时，小毛和强强从外面进来。小毛又长了一岁，她双腿颀长，六岁的女孩子竟要和十岁的强强一般高了，她的眼睛乌溜溜蓝莹莹的，明星般璀璨发亮，她的鼻子她的嘴唇都是世界上最可爱的，她整个的是个惹人注目的小美人儿。福林呆瞪瞪地望着这个从天而降的女儿，他从来没有这样细细地打量过她，他凭她眼前的这番俊眉秀目便能断定她今后的光彩夺目，他欣喜地发觉，她就是他的一笔巨大财富，他的晚年、他的困顿潦倒的终生将要有一个翻天覆地的变化。在他的一生中，他看到过多少女人凭着青春和美貌攫取到权力和金钱！而眼前的这个女孩真应得上曲子里唱的那样了，有着“沉鱼落雁之貌，倾国倾城之色”。

“国英，我不想为难你，我知道你挑这个家不容易，今天小毛就跟我回去吧。”他忽然认真地说。

国英他们没料到福林会来这么一手，一下子都懵住了，不知该如何回答才好。一时间，屋子里不可思议地安静了下来。

国英毕竟是老大姐了，她很快地回过神来，说：“没有这么简单的，小毛是我们的妹妹，跟你住还是跟我们住，她有权利选择的。这事就是上法院也讲得通的。我看你还是把赡养费拿来，其他的就不要啰嗦了。”

“上法院就上法院，你们等着传票吧！”福林看着面前那一张张冷峻的脸，知道今晚是讲不明白的，还是先脱身再说。他说完就走了，临走时亲了亲小毛，也不管小毛愿意不愿意。他对小毛说："你已经没有阿姆了，你难道连爹爹也不要了？你跟他们不一样的，他们都姓水，只有你姓陆，你应该回到我那里去，跟爹爹……"

福林走了，却给这个已经安定的家重新留下了不安。他勾起了他们每一个人的痛苦的回忆，其中最痛苦的莫过于国玲和小毛了。一个是被摧残的少女，另一个是对一切了然于胸又混沌未明的孩子，她们共同体验着孤独和寂寞，她们彼此回避又彼此相爱。国玲喜爱小毛，但夹杂着深沉的怜悯和愧疚，在这个世界上只有她能理解小毛的沉默，她本能地觉着，她们最终是要与小毛分手的。那一晚，福林走后，小毛偎在国玲身上，什么话也不说，只是一双蓝眼睛亮得出奇。她已经很久没有这样地依偎国玲了。一连三天，小毛不再肯和强强出去玩了，她乖乖地呆在家里，她漫无目的地四下打量，有时候盯着橱顶的某一角默默凝视，有时候神情肃然地抚玩着那些通往阁楼的木踏脚……年长日久，这些木踏脚变得又光滑又洁净，褐色的木纹波浪似的层层叠叠，它们镶嵌在墙上，给灰白色的呆板的墙壁增添了某种生气，不知道的人初次见了还以为是一种别出心裁的装饰呢！它们在小毛的心中，犹如一种图腾，它留有哥哥姐姐童年和青春的脚印，它也留下了她的。

家里弥漫着烦躁和忧悒的气氛。一天晚上，国健突然跟国英说，他准备退学了，他想到码头上去做小工，"我不放小毛走，我来养她！"他说着便一个人坐着，大口地喘气。国英见此不由眼圈发红，"多一张嘴巴多一双筷，要你担啥心事？福林什么时候再来，我就什么时候回头他，我也不要他什么短命赡养费，我们大家苦也要苦在一起……"

国玲也劝国健："我们每人少吃一口饭，小毛也饱了，要你去做什么小工，你读你的书！"她转身又对国英姐说："下个月起。我再多补贴家里五块。"

　　国英摇摇头，说：“你一个月只留两块零用钱怎么行？从前我做学徒的时候，十几块钱我一个人用，不给爹爹的……我不能叫你吃苦，赡养费的事我也只是气不过，随口说说的，福林这个人实在是狼心狗肺……”

　　国玲不再响了，依旧漠然地打她手中的毛衣，这是一件大红的毛衣，是为小毛打的。小毛伴着强强在做功课，她默默地削着铅笔，她把她手中的一块橡皮在桌沿上来回摩擦，把橡皮擦得雪白雪白的。她没有说话。她居然也不哭。

　　第二天傍晚，强强放学回来，一脸惊慌地奔上楼。国玲正好在家，见他一人回来，心头倏然一紧。“阿姨，不好了，小毛没有了，小毛没有了……”他结结巴巴地说完，只见国玲身子一软，人倚在门框上，慢慢地朝下滑。“阿姨！阿姨！”强强吓得只是叫，却不知道搀她一把。国玲跌坐在地上，“哇”的一声哭出来，一边喃喃地喊着：

　　“小毛，小毛……”

　　小毛是跟福林走了。不知道福林是怎么打听到小毛所在的幼儿园的，这天他早早地来到幼儿园，说是有事，要先领小毛回家。老师见是一个陌生人，未免心生疑窦，便把小毛唤来，问小毛是不是认识他？小毛一见福林便低低地叫了一声“爹爹”。福林亲热地应了一声，搂过她，还问一声：跟爹爹回去好吗？小毛点点头。老师见是父女，便也不再留难，让他领走了小毛。

　　“小毛点点头，”老师在国英国玲面前一再重复说。这说明福林没有强迫小毛。“不过她走的时候哭了。”老师补充道，“这孩子很奇怪，你猜不透她……”

　　还有什么可说的呢？水家的四个儿女，国英、国玲、国琴、国健，沮丧地从幼儿园的大门口鱼贯而出，没有什么可以责怪老师的。他们只是走着，沿着幼儿园外的九龙路走着，旁边就是河堤，汩汩的河流扬着水声，在这寂寞的世界上缓缓地流淌，他们边走边哭，这是生离的痛苦，生活中没有比这更残酷的了。

国健替小毛送去了衣物，没见着人。福林不让见。

十一

小毛像是消失了。不再有关于她的任何消息。

直到一年以后，才传来了她的死讯。她是跳楼自杀的。她只有七岁，便选择了死亡，真是不可思议。

据说是她那异母同父的姐姐待她不好。姐姐的孩子也欺负她。她没有这个家的房门钥匙，家里没人的时候，她只能游荡在外，姐姐不许她一个人在家，怕她偷好吃的、好玩的。她终日地蜷坐在一幢大楼前的石阶上。石阶高高的，一层又一层，她小小的。当白云飘过的时候，她那双美丽而孤独的蓝眼睛会长久地追随着它们。她兴许想去很远的地方。

据说她死的时候，只穿了一件大红毛衣，是国玲给她打的那件。当她从那大楼的顶上飘下来时，远远的有人看见了，还以为是一片流霞。也许她真是一片流霞，美丽的转瞬即逝的流霞。

在阿姆遗像的左下角，多了一张小照。那是小毛的小照。小毛是美丽的。很少有女孩子称得上美丽，尽管她们都很漂亮。每年的清明和她们的忌日，案前总有一束淡雅的鲜花。这是国玲安放的。

国玲现在一个人，孤零零地守着这个家，守着这两张遗像。

国英一家早就搬回天山新村去了。前不久她又生了个女儿。国琴和国健在黑龙江军垦农场，他们在那里过得还不错，国健都当连长了，而国琴也差不多快结婚了。上海虹口这个小屋、小阁楼在他们的记忆中也许已经如同云雾般遥远了。

只有国玲，她是永远也不会离开这个家了。她无声无息地活着，粗衣淡饭的。她每天总要把装着遗像的镜框抹了又抹，以至于那框架都擦得发亮了。在这间灰暗、古旧的小房间里，这亮光叫人感到阴冷、空寂。偶尔的，有人不经意地指着小毛的照片问她："这是谁？"

"她死了。"她一个字一个字地慢慢地告诉他们。

她说这句话的时候，连一点点悲哀的影子也没有了。她的语气是淡漠的，无动于衷的，仿佛这一切是很自然也很普通的，连同她的孑然一身。

1987年9月

哥哥的罗曼史

我还是个小学生的时候，哥哥就是个大学生了。他在西安军事电信工程学院读书，后来又到了重庆，那里有他们的分校。学校的待遇很好，供给制，吃、穿、住全由他们包了。每月还有津贴，因此哥哥常能寄点钱回家。母亲把这归功于哥哥的生肖属相，哥哥是属羊的，"男属羊，出门不用带口粮"。哥哥离家的时候，别说口粮，就连行李也没带，还把他心爱的卫生衫剥下来送给了二姐。"部队里什么都有。"来带队的人说。哥哥他真是吉人天相。头一次写信来，他说那里吃饭不定量，一顿早饭，他喝了三大碗稀饭，吃了两斤包子！馋得我们口水横流，恨不能生个长嘴，伸到西安他学校里的碗里。

哥哥并不是每次寒暑假都回家来的。他似乎很用功。

三年后的夏天，哥哥写信来说，暑假他要带他的女朋友来，"她也是上海人，我们在一起读书，她父亲在上海警备区……"我一个字一个字地念着，我体验到某种欢快的情绪，有什么非凡的不同寻常的奇迹要出现了。父亲、母亲在一旁听着，他们有点惊愕，事情来得突然了。他们一心指望的是哥哥能早日挣大钱贴补家里。父亲重重地叹了口气，说："学生仔哪能可以轧朋友呢？领导上要批评的……部队里规矩严……真是的，再有一年的工夫也等不及了……"再有一年，哥哥就大学毕业了，据说出来就是连排级，将来还要升团长、师长……父亲皱着眉，零零碎碎地说着，一边仍旧听我念信，"……团支部安排我，叫我帮助她温习外文，日子长了，就有人讲我们，议论纷纷的，我们就索性好了……请爸爸妈妈能够同意我们……"我慢慢地念着，我觉得这实在太简了，怎么温温功课就谈成"朋友"了呢？难道就没有别的"过程"了吗？我那时已经是个初中生了，对于男女之间的事好奇死了，就像小时候徒步走到虹口公园，趴在那镂空的围墙上张望那满园秀色一样，我渴望能够走进去看一看。我想知道世界上的一切，自然的奥秘，人的奥秘。

母亲摇摇头，盯了父亲一眼，大声地说（她总是大声说话的）："也不能怪他啊，是人家先讲他们的，人家不讲，就没事了……"

"这又不是强迫的事……再讲，这小姑娘条件那么好，会看中我们这样的人家吗？我的徒弟春英，既会做又肯吃苦，讨这样的媳妇就好了……"父亲瓮声瓮气地回了几句。他很少跟母亲争。近来他带了个女徒弟春英，他老是夸她。

"海水不可斗量，小弟将来会怎样，你晓得啥？春英，春英，她斗大的字不识一个，配得上小弟吗？"

母亲很生气地嘀咕着。"小弟"，在我们这里，一般是称呼最小的孩子的，母亲刚有了哥哥时，一定不曾想到以后还会有我们五个小鬼头钻出来的，或者说没想到还会有阿六、阿七两个小光郎头的。我为还在母亲怀里撒娇的阿七感到遗憾，他不是"小弟"，他像是没有身份似的。我是个女孩子，天生没那福分。

我念完了，也不看他们，只顾掏信壳子，我发觉信壳里还有一张小小硬纸片，我只扫了一眼，便意识到这是一张照片，是"她"的照片。她梳着齐耳的短发，身着军装，佩戴肩章，还斜背一根武装带，又神气又好看，我只看见过女民警，在分局的门口，我和阿五头一回看见两个女民警，便稀奇得不得了，至于女兵、女军官，我还没见过呢。她微仰着头，笑着，一双眼睛随意地望着什么，她真是潇洒。我望着她，心里没有什么很强烈的感觉，只是觉着一种莫名的羡慕和隔阂，她显然是高贵的快乐的，小的时候她一定不会为了没有五分钱买公园门票而懊丧很长日子，她不会没有书看，她也无须穿她哥哥不要了的破旧衣衫，她在画片里的那幢少年宫里唱过歌跳过舞……她拥有我们未曾有过的一切，她是另一个世界里的人，那么遥远。

母亲接过照片去看，她看得很仔细，正是黄昏的时候，客堂间里特别的灰暗，父亲例外地拉亮电灯，房里亮了许多，蹲在一边不知玩什么的阿五头、阿六头竟然高兴地欢呼起来。我们这幢房子，只有二房东杨先生家有电表，杨先生是按灯光收取电费的，他对灯泡的功率和开灯时间的长短都很在意，他常常借口来聊天，四下里张望，生怕我们会偷装了电灯，他希望我们开了灯就熄灯，最好整夜的黑灯瞎火。父亲一生的信条是：人穷志不穷，为了显示他的志向，他总是挨到很晚才开灯的，并且催着我们做完功课，早早地熄灯上床，要想看什么闲书，对不起，坐到路灯下去。好在对面是老虎灶，每晚总是日光灯开得敞亮的，我躲在小阁楼上，借着那里射过来的余光，也偷着看了好多书，只是后来弄坏了眼睛，有点懊悔，也有点怨父亲。

母亲见父亲开了灯，似笑非笑地瞥了他一眼，想说什么也没说。电灯光并不强，但由于摸黑的关系，一下子见着了亮光，母亲不由眯起了眼睛，她伸出手臂，把照片移得很远，那样子仿佛总看不够似的。不过她眼睛里流露出来的不是我们熟悉的那种随和那种善良，而是一种淡淡的冷漠和疑惑。父亲也凑上去看。许久，母亲说了句：

"老相唻……"

父亲很持重的样子，没有说什么。这天晚上阿七头老是哭，不知他吵什么，母亲扬手打了他好几下屁股，噼噼啪啪的，很烦似的，父亲也不高兴地叫了几声："吵死了……"

隔壁沈家姆妈来收三角五分马桶费了，她是居民小组长，很负责的，她生得小巧玲珑，比我们母亲漂亮多了。她的丈夫沈先生是一家厂里的账房先生，工资很多的。沈家姆妈走过来，一眼就到母亲手中的照片她笑吟吟地问：

"又是小弟寄来的？长胖了吧？"

"不是小弟的，是……"母亲突然高兴起来，很神秘地笑了笑，没有说下去。然而，那一切的话语全蕴含在那一笑之中，沈家姆妈怔了怔，便长长地"噢——"了一声，问：

"小弟有女朋友了？"

她真是够聪明的。

母亲仍旧笑而不语，只是把照片伸到沈家姆妈眼前，自己也凑上去，斜眼看着沈家姆妈的脸色，很紧张的样子。沈家姆妈一看，就赞不绝口。

"真趣啊——"她拉长了声音说，她赞美"她"的鼻子、"她"的眼睛，"……眼角、嘴角，真是没说的了……"

我听了觉得奇怪，眼角、嘴角跟漂亮有什么关系？沈家姆妈见我不懂，点着我的前额说：

"不是每个人都有眼角、嘴角的，有好些人，这些地方缺了一块似的，难看死了……"

她边说边在自己脸上比划，我这才发觉她的眼角、嘴角都特长，而且果然漂亮非凡。

后来记不清是谁把这张照片夹进大镜框里去了。照片被安置在镜框的正中，镜框里夹有好多照片，重重叠叠的，有些已经发黄了，有一张是个不认识的老人，瞪着一双大而无神的眼睛，眼窝很深很大，母亲说他是三太公。我有点怕他，怕他那双古怪的眼睛，有几次，我借着整理镜框的机会，把他压到别的照片下面，可慢慢地，不知不觉地，上面的照片会歪斜、滑落，于是他又会重新探出头来，瞪着一双大而无神的眼睛盯着你，真是可怕。现在，他就被压在"她"的下面，消失了。谢天谢地。

镜框里有一张是我和阿五头并排站着的合影，两个人穿着一式的格子棉袍，手里还捏着一只苹果，因为我记忆中没有这苹果的滋味。"是你们阿爸，过年的时候带你们出门，路过照相馆，心血来潮进去拍了这张照，水银灯亮了，你当时吓得只管哭，还不及阿五头出道，后来有人递给你这只苹果，你这个馋痨坯手一伸，就笑了，真没出息……"母亲这话说了总有一百来遍，可我总是听不够。我觉得关于这苹果，母亲的叙说未免语焉不详，后人难以考证。

引人注目的是哥哥和项恢、董小蕊的合影照。项恢和董小蕊都是哥哥中学时代的好朋友，项恢高鼻子大眼睛的，风度翩翩英俊潇洒，他不但漂亮，而且富有，他是教授的独生儿子，他母亲是一家大医院的护士长，他就住在离我家不远的一组欧式洋房里，峨嵋路一百十四弄。

在我的记忆里，那里似乎从没有什么小孩子，总是冷冷清清安安静静的，偌大的弄堂很少有人影有喧嚣，偶尔地能远远地看见一两个不相识的男孩在学骑自行车，有时候也有小车开进去。一百十四弄有个独身女子，她总是身穿黑衣黑裤，黑色衬着她那洁白细腻的脸庞和颈项，浑身透逸出一股神秘的高贵的气息。但凡她走过，看见阿六头、阿七头趴在地上嬉闹，她总要停留下来，站在我家的门槛外，默默地看上老半天，若是我母亲过来，她便矜持地笑一笑，说声"真好玩……"便走开了。我父亲是铜匠，到她家去帮她开过门，听我父亲说，这个美丽的独身女人养了两只蓝眼睛的猫，每天要给它们喝三瓶牛奶呢。真想不透，她为什么一个人过。

董小蕊她迎风站着，美丽的短发像浮云一样飘着，花格子裙被风折叠出几条很优美的褶纹，她抬手指着前方，很快乐地笑着。她真是美极了，哥哥和项恢分别站在她的两边，也微微笑着。他们彼此靠得很近，自然、潇洒，总之这是一张令人羡慕的合影。家里什么人也没有的时候，我对着这张照片会无端地生出许多的遐思，老实说，我妒忌董小蕊，我觉着她在哥哥和项恢之间有一种迷迷蒙蒙的什么东西，我一琢磨便会有一种酸溜溜的感觉。怎么说呢，我偷偷地爱过项恢，傍晚的时候，我搬个小凳坐在街沿上，看见项恢腋下夹着书，大步地走过来，我便觉着黄昏的阳光全落在他的身上了，他匆匆地走过去，他没有看我，他不认识我，尽管我是他同学的妹妹，他远远地拐进了一百十四弄。我这样默默地看着他有一年，一年后他考进北京外语学院，离开了上海。早就听哥哥说项恢的志向是当一名外交官，我原以为他会如愿以偿的，很久以后我才知道他未能遂愿，我不免有点失望。哥哥是在高二时就被军事学院破例招去的，据说学校里当时推荐了五个人（当然没有项恢，他不是当将军的料子），哥哥是唯一被录取的。我听见他跟母亲在讨钱，说是要好的几个同学要聚一聚，拍照留念。后来母亲在向父亲报日常开支流水账时提了一下，父亲很反感，说："就他花头多……我看他轧道不好，尽跟些有钱人家的孩子来往……拍什么照，浪费钞票……"我觉得父亲真是英明。"已经给了，就不要说了，也是难得的……"母亲振振有词地反驳了几句。她总是有理的。我望着那张迷人的合影我把自己想象成董小蕊……我想，人长大了是多么快乐。

有一年的暑假，哥哥、董小蕊和我在黄浦游泳池游泳，票是我排队去买的。黄浦游泳池是当时全市唯一的一家室内游泳池，入夜，我隔着苏州河，看见它灿烂的光亮映照着河面，闪烁着神秘诱人的斑驳光影，还有那隐约的水声嬉语，我向往它。它近在咫尺，远在天涯。那时候，学游泳是很流行的，我也迷上了它，可一个暑假我至多游两场，学生场，优惠价，一角，虹口游泳池，建工游泳池，得步行一个半小时，走得脚酸腿疼的，才远远望见游泳池的大门口。我总是和长脚结伴走的，也有同学乘电车去的。值得庆幸的是，长脚比我还要差劲，她要少吃一顿饭才能讨到一角钱来游泳，回家的时候，她老说走不动，我们就坐在街沿石上歇一息，我们看着电车叮叮哨哨地过去又过来，车厢里很空，有时连位子也坐不满。我们希望它小辫子掉下来开不成，所有的人都下车来走，这样心里就好过了。

"黄浦游泳池离我们家近，过了外白渡桥就到，五分钟……室内的，晒不着太阳，皮肤不会黑的…"我对哥哥陈述着黄浦游泳池的好处。是哥哥先说要游泳的，问我哪儿好，似乎他去读了两年大学，就认不得家乡了。

"好，就黄浦吧……"哥哥很慷慨地掏出一张壹块头钞票给我，说，"去买三张……多余的归你。"三张？我犹豫了，我捏着一块钱，我懊悔为什么不说虹口游泳池、建工游泳池，我情愿走一个小时、两个小时，我可以轻而易举地得到五角五分了，可是现在……

"怎么？不想游？"哥哥扫了我一眼，伸手像要收回钞票似的。我忙着摇头，我说是钞票不够，票价四角一张，三张就要一块两角了。哥哥怔了怔，然后又掏出两角钱塞给我，像是打发叫化子一样地说："去吧，去吧……"我跑着跳着出了门，一半是兴奋，一半生怕他变卦。

一直到买好票，我才想起哥哥为什么要买三张票？这第三个人是谁呢？大姐在内地工作，二姐怕羞，夏天连裙子也不穿的，别说光着大腿往水里跳了，难道是阿五头？阿五头也有份？真便宜她了。虽说阿五头跟我最好，可我们俩也经常要吵的，晚上睡觉合盖一条被子，总要你拉我扯地吵上半夜。

后来在游泳池里见到董小蕊，我倒反为阿五头感到委屈了，我想哥哥花钱买了票干吗不叫自家人，倒让外面人得着便宜了呢？而且，怎么说呢，我在烈日下排队等着买票时，根本没想到过她，我觉得自己像是被什么人耍了。

董小蕊穿着大红的尼龙游泳裤，它要比游泳池里出租的那些布游泳裤漂亮多了。看得出，她很快活，她的每一个微笑、每一次回眸相视都带有一种温雅一种洒脱，这是她的贵族家庭遗传给她的气质，据说她的祖上是清朝一个声名显赫的人物。她是满族人。她说一口纯正悦耳的京话。假期里有什么老同学来找哥哥，我总听见他们说董小蕊怎么怎么的。董小蕊在北京清华大学，她的祖父祖母都在北京，在政协工作。"她将来是不会回上海了……唉，多好的妞……"男孩子们叹着气，像是失去了什么。他们总站在门外说话，有一次我听见他们跟哥哥开玩笑说，"这世界只有两个人配得上董小蕊，一个是你，一个是项恢，不过项恢也在北京，是近水楼台……你可得抓牢哇！"我在屋里紧张得站直身子，我想知道哥哥怎么说的，可哥哥什么也没说，他只是笑，爽朗的自信的笑声延续了很久……

董小蕊游得多好啊，她把身子轻轻一纵，便像窜条鱼似的滑了去，她向深水区游去，哥哥在那里朝我们，不，朝董小蕊挥手。我站着久久不动，这里没有小孩子，满室灯光把池水映照成神秘的深黛色，荡漾着一种陌生的恼人的气息。水下一个个人影过来又过去，听得见有人从水里钻出来时的哗哗水声，但没有那种我熟悉的喧嚣。又一个人影慢慢地过来了，靠近我时，他没有从我身边滑过去，而是猛地站立了起来，他大口地喘着气，摇着水淋淋的头发，那水珠淅淅沥沥地滴在我的身上，我打量着他，他很魁梧，身板挺拔，肌肉清晰，颇有点美男子之风。"游泳池高级，人也不同凡响……"我这样羡慕地想着，却不料那男子拉了我一把，喊着："美方，你傻乎乎的怎么啦干吗不游……"天哪，原来是哥哥！他只穿着那么一条小裤衩，他挺男人气地站在你的身边，你不由得会感到骄傲也会感到羞怯。我那时刚升入初中，我想要有同学在身边多好，她们先是会胡思乱想，以为我跟这个美男子有什么深奥的友谊，真相大白后，她们会羡慕会娇滴滴地看他几眼，说不定还会脸红，那阵子我们在走道上跟男同学相向而过也会红脸呢……我正这样想着，我忽然听见董小蕊银铃一样的笑声，我只能用银铃来形容这笑声，虽然我没见过银铃，可我知道那是世界上最好最可爱的。她就站在中水区域，戴着白色游泳帽，朝着我们招手，不，是朝哥哥。"美方，游呀……怎么站着不动……待会儿……"哥心不在焉地看看我，犹豫了一下，便纵身一跃，朝董小蕊那儿滑过去。我哪会游泳呵，玩水罢了，虹口游泳池的浅水区有个小喷泉，站在那里淋着，喔，要多快活就有多快活……我忽然渴望起阳光，渴望起平素总互相斗气的长脚了，她常常替我占好位置，虽然她也赶过我，把我推倒在水里。

后来我再也没有见到过董小蕊，我不知道她在哥哥和项恢之间究竟发生过什么，我猜一定有过什么。每次假期回家，哥哥总要去项恢家玩，行李一放，漱洗完毕，天再黑他也要去一百十四弄，好在只有五分钟的路。回来的时候，常常夹回两本小说，"借的"，他说。除了外出，他就在家里看书。他不在的时候，我就偷着看，废寝忘食的，这些书很配我的胃口，恩恩怨怨，痴男怨女，看得我脸红心跳想入非非，被他发觉了他就抢了去，藏好。我想这些书是不大好见人的，后来才知道这都是些好书，《复活》、《奇婚记》、《初恋》、《贝姨》……

哥哥很少跟父亲说话，我想他们彼此都有点瞧不起。父亲很反对哥哥跟项恢来往，"他家里有电视机，有钢琴，你有什么……志不同道不合……"那时是六十年代，电视机这玩意儿什么模样，我也无法想象。父亲要哥哥跟他学点手艺活，配钥匙开门锁什么的，父亲有一大把形状古怪的铅丝钩子，用它们能开各种各样的门锁、保险锁、抽屉锁……他挑了最好的三把送给哥哥，说带在身边，人家有什么难，你就帮帮忙……千万不能干坏事。哥哥笑嘻嘻地把它们奉还给父亲，说："我一不想接你的班，二不想当嫌疑犯，你还是留着给你的徒弟吧。"所以我说他们互相瞧不起。

我们家是不过什么节日的，只有哥哥姐姐回家来的日子里才有点节日的气息。"过节"这个词的全部意义对于我们小孩子来说便意味着：吃，吃几顿实实在在的喷香松软的白米饭。至今我还常常抱怨母亲，抱怨她的偏心和死心眼儿，她老让我们喝稀饭，吃南瓜面疙瘩汤，还有豆渣伴着面粉的烙饼。她原以为自然灾害会没完没了，粮食也会越来越少，哪想到三年就结束了，三年里她总共囤积了九万八千克粮食，她本来想靠这些维持到世界末日的，她饿得我们真够呛。她从此就有了收藏食品的习惯，前不久她藏着的黄鱼鲞还生了蛆虫。这就是她的死心眼儿。一直到现在，我们还是豆芽儿身材，弟弟因为长得像僵瓜，找不到合适的女朋友，这些都是后话，说了也没意思。不过她对哥哥和大姐倒是挺大方的，只要他们在家，她便顿顿供应白米饭，我们"小的"自然也沾着光的，所以我们巴望着哥哥他们年年回家，最好一年三百六十五天，天天呆在家里。不过这样的话，可能我们反吃不成白米饭了，二姐、我，还有阿五头、阿六头、阿七头，不是天天都在家里吗？母亲从来没有注意过我们，她只用"小的"两个字便把五个姐妹兄弟全部包容了。在她的心目中，只有小弟、毛毛（大姐的小名），才是她的母爱的骄傲和全部希望。关于毛毛，我将在另一篇小说里把她介绍给你们。

因为哥哥要回来，而且还将带着他的女朋友来做客，母亲熬的稀饭就更薄了。她用一只旧的洋铁皮罐头来量米的，舀一罐头，再抓一把，可以熬一大锅稀饭，现在她就不抓那一把了。有时候她也差我去量米，这大都是她忙不过来的时候。我乘机搞点小动作，我把米罐头深深地扎进米缸里，然后慢慢地小心地挖出来，米堆得高高的，都垛成了尖，稍一摇便会摇落下来，我把米"哗"地倒进锅里，因为慌张总免不了要有些米粒落在地上，让母亲看见了，不用问她便能猜出我的鬼把戏。"你舀得那么满干吗……真浪费……"她会数落我，然后小心地捡那些米粒子。我一直猜不透她说的浪费是指锅里的米呢还是地上的米？管她呢，只要有顿又香又稠的稀饭喝，半夜里不要此起彼伏地抢尿壶。

夏天的时候，我们都是在户外吃晚饭的，父亲总是用凉水把上街沿冲洗得又干净又凉爽，然后搬出小桌子小凳子"摆摊头"，他总是这样说。这样的"摊头"家家门前都有，一家人团团围着，在朦胧的黄昏中共进晚餐。吃饭时，隔着条马路，母亲还会跟对面的宁波好婆拉话呢，他们吃的臭冬瓜的臭味飘过来，还怪好闻的。

客气归客气，各家门前的一块地盘是不容人侵犯的。隔壁后客堂苏北人的小老婆就常常会越界的，她的一把很庞大的竹躺椅总有一半要越过来，她悠闲地躺着，她的几个小把戏趴在地上，不知玩着什么。母亲是不许我们跟他们一起玩的，他们也确实不招人喜欢，一个个都粗俗不堪。他们的父亲一个月来一次，送生活费。他不在这儿吃饭，小老婆不留他，说是他的口粮不在她这儿。他也真够窝囊的，一点也不像有两个老婆的男子汉，而且他也不像个有钱人，衣着落魄，挺潦倒的。逢着小老婆"越界"，我们也采取相应行动，我和二姐偷偷地提一桶水，乘她不注意，一下子把水倾倒在门前，汩汩流动的水从她的躺椅下穿过，把她的木拖板冲得很远……

小老婆看见我们总是横眼睛的，不过她对哥哥倒是很感兴趣，哥哥假期在家，清早捧着俄语单词本咕噜咕噜背诵时，小老婆会笑吟吟地站在一旁看上半天，一双眼睛对着哥哥上下打量，父亲开头还以为那女人不正经，是要勾引"童子鸡"，后来才知道是想把她的妹妹许配给哥哥。我们家穷归穷，却是清清白白的人家，"哼……癞蛤蟆想吃天鹅肉了……"母亲这样冷冷地打发了提亲的人。不知道媒人是怎样去回禀小老婆的，她看我们不再是横眼睛了，而是死盯着我们，一双三角眼陷进肉里去了，充满了愤恨和嫉意。她的竹躺椅也"越界"得更过分了，还冷言冷语指桑骂槐，她指着她的小三子骂："想读大学……哼，自己也不掂掂分量看……大学生有什么了不起，天鹅肉……我看将来癞痢头也不肯嫁给你的……"小三子跟我同龄，不过我们从小不一起玩，据说他的功课还是不错的，他很委屈地站着，脸羞得通红。

小老婆这样恶死做，母亲倒也无可奈何，只是避而远之而已。现在哥哥有了女朋友，而且未来的丈人是上海警备区的大官，这消息母亲有意无意地放了出去，小老婆似乎有点吃瘪了，见了母亲未免神色悻悻。我摸不透母亲的心思，她一面很高兴很爽朗地笑着，和邻居们拉家常，另一面，她回到家里却格外沉默，她似乎并不喜欢那个未来的媳妇，常常对着她的照片叹气。

"小弟要回来了？"宁波好婆，沈家姆妈，她的沈先生，还有二楼的杨先生，三层阁的小辫子娘，对过弄堂口的南京外婆……那简短的问候里包含着无穷的意思，有期待有羡慕有妒忌。

是呵，是呵，再有五天……再有三天……再有二天……我们的小弟要回来了…哈哈哈……母亲一天比一天快乐，也一天比一天沉默。

哥哥回来了。他是半夜里到的，他跨过横睡在门口的父亲，父亲给惊醒，欠身喝问：

"谁？"

"是我，小弟……"

哥哥的声音很平常，平常得跟笼罩在四周的这种期待的羡慕的妒忌的气息格格不入。我们都醒了。附近有好几家也似乎有人惊醒了，传来隐隐的人声。夏天，我们这里的人家都是开了门睡觉的，沿马路的上街沿也是搭铺的搭铺，睡躺椅的睡躺椅，有的干脆把两根长凳一并，睡在上面，不过翻身的时候，弄不好并缝移动了会夹痛你的肉。我吃过这个亏。一直到现在，若是有凳子裂缝什么的夹痛了我，我会大喊大叫，其实未必真有什么剧痛，只是条件反射而已。

父亲拉亮了日光灯，日光灯只有在过年过节的时候才开的。屋子里比白天还要亮堂，杨先生看见了不知会有何感想。

母亲马上打发我和阿五头去小菜场排队，给了我们两只破篮子。破篮子踩不扁踏不烂，即使给我们弄丢了也不可惜。"……五点钟我会来的……肉摊头摆一只，鱼摊头摆一只，还有……人可以站在蔬菜摊……看牢了……"母亲关照我们。

小菜场是五点半开秤，父亲看看天色，说现在是一点半光景，排队太早了吧。父亲估时间是很糊涂的，上下会相差五分钟，本来我们可以看北虹中学大操场上的那只大钟，可此刻黑天胡地的，千里眼也看不清了。就算是一点半吧。我和阿五头互相挤挤眼，不等母亲犹豫，便跑了出去。

小菜场里已经有不少老人和孩子了，每个摊头前都有人用破篮子、旧盒子、碎砖块象征性地摆了位子，有的地方弯弯曲曲地盘起了长蛇形。我和阿五头拣了几只摊头，摆好位子，便找熟人玩去了。

我们这里的小菜场是全上海最大的。据说百来年前，这里原是一家大地主的庄园，周围都是错杂的村落，后来辟为菜场才热闹起来的。菜场有半个跑马场那么大，菜场上面的峨嵋路小学还是我的母校呢。可我从不告诉我中学的同学，我觉得这样寒酸的母校有点丢人

长脚也在。还有小梅。小梅的父母亲都在内地三线工厂工作，她是当家人，家里又是外婆又是阿弟阿妹的，因此小菜场她是天天要来的。不过有时候她并不买什么菜，只是四处转悠着拾些菜皮。"给兔子吃……给兔子吃……"她每看到一个人就要声明，她是很要面子的。偶尔的，她也会拾到几棵好菜，若被人看见了，她会羞得满脸通红的。小梅是老实人。

我们在一起聊天，我们谈"希望"。你希望什么？

"我希望工作。"长脚和小梅抢着说，"有工作就有钞票，有了钞票就有一切，想做啥就做啥。吃得饱穿得好。"

"我希望世界上的人越少越好，"阿五头说，"死光了最好，百货店食品店随你进去，想拿啥就拿啥，想吃啥就吃啥。"

"你呢，你呢？"她们问我。

我想了很久说，跟你们一样的。

一辆劳动车从我们身边过去，车上是堆得高高的"光荣菜"。小梅不知怎的跟了过去，她寻寻觅觅的，快转弯的时候，她朝我们招招手，动作很小心很神秘。

我们不出声地跑过去，我们看见地上有棵菜。我们紧张起来。我们一齐朝小梅望去，她发觉的，自然是归她的，可是……这是一棵菜，而不是菜皮，菜皮是别人扔掉了的、不要了的，而这棵菜……

"应该追上去，还给人家……"长脚边说边盯着菜看，像是要生吞了

它似的。是的，谁舍得呢。

"我外婆说的，天上落的，地上拾的……又不是偷……"小梅低声说。她一个人不敢拿。

"分掉算了，"我说，"掰开来就是菜皮了……"我真是够聪明够狡猾的了。不过我心里不好过，照现在时髦的说法，有点犯罪感。

我们一人掰了两瓣，最后剩下一只菜垛头。我们把它扔了。后来这菜垛头被个垃圾瘪三拾了去，他啃一口，笑一笑，再啃一口，再笑……据说这玩意儿又甜又脆，味道好极了。

阿五头一直跑去看钟，小菜场的中央天棚下有只大钟，很准的。她看了就来报告我们。"四点钟了……"她远远地就喊。人多起来了，队伍横一条竖一条的，仿佛一团乱麻，阿五头索性在人群中钻进钻出，快乐死了。阿五头是有点痴头怪脑的。"阿哥回来了……阿哥回来了……"她断断续续地喊着，告诉每一个她喜欢的熟人。

母亲来到菜场的时候，天色已经发灰发白了。她叫我们各就各位，她把小菜卡交给我，说最好在买菜的时候跟营业员缠，缠得她七荤八素糊里糊涂，记号就忘记做了，"这样好多买一份菜了……唉……"她叹口气走开了，她大概有点怨我们这些"小的"，一碗菜眼睛一眨就光了。

我只是点头，一只耳朵进一只耳朵出。开秤的铃响了，小菜场里顿时人声鼎沸，杂乱的队伍蛇似的蠕动着，人们都把篮子举在头顶上，"像轧户口米一样……"有个老太力气很大，话也很多。

这天我们买到了很多鸡骨头，鸡骨头是食品厂里出来的，那些鸡肉据说都做罐头出口了。鸡骨头是不大有得卖的，买到就是福气，想到要有鲜美的鸡汤喝了，我们的心竟会怦怦地跳得加快了。太高兴的。一切都归功于哥哥。我想。

晚上，我们没在门口上街沿摆"摊头"，哥哥反对我们在户外吃饭，说是不雅观。倒也是，有一次我们不留心，让两个过路的外国人拍了照去，桌子上就一碗吃剩的咸菜，一桌子人端着饭碗，巴巴地盯着那咸菜，现在想来也够寒酸的，为这事当时一家人议论了好几次，担心要坍中国人的台。"这些外国赤佬不安好心，会瞎宣传的……父亲是个伟大的爱国主义者。后来听说海关检查会没收胶卷的，我们才放了心。

吃饭的时候，我们全都坐在小板凳上，围着张小方桌，父亲坐在方凳上，高高在上，他摇着把大蒲扇，不时地挥几下，给我们降降温，看到有谁吃饭不端牢饭碗，他也不说话，只是用蒲扇兜头拍你一下，像拍苍蝇一样。冷不防来一下，很有点昏头六冲之感。这样训练的结果，使我们很小就懂得了"饭碗头"的重要，以致对后来的"铁饭碗"就百倍珍惜了。

哥哥吃得并不多，他还没有阿六头吃得多。这天母亲允许我们放开肚皮吃饭喝汤，阿六头吃得肚脐眼都凸出来了，小肚皮像只大西瓜。鸡汤油水很足，有的鸡骨头旁边还留有不少鸡肉，我捞到了好几块。阿五头、阿六头，还有二姐都盯着看我，那眼光像是群饿狼。我管不了那么多，只管自己吃。母亲专拣鸡屁股吃。她顶顶欢喜吃鸡屁股了。外国人是不吃鸡屁股的。"外快——"母亲每吃一只鸡屁股便要这样赞美声，好像鸡屁股是捡来的一样。开饭之前母亲提醒过哥哥，要不要留一点鸡汤，"明天会有人来吃饭吗？"母亲满怀希望地问哥哥。哥哥没有说什么，只是摇摇头，便端起了饭碗吃饭。我注意地看了哥哥一眼，他沉默寡言，不同寻常。没有人比我更关心他了，我觉得此刻的他比任何一部书都神秘都深奥莫测，我爱看书，同样也爱窥探人的心灵。

连着几天，哥哥都出门。他先是对着镜子梳理头发，左一下，右一下，再左一下右一下……没完没了。然后，他穿上便服，他不爱穿军装了。我觉得他没有原先那么英俊那么精神焕发了。他不穿军装真是一种失误。而且他还剃胡子，天哪。他的下巴原先又光滑又细腻，现在却粗糙起来，并且添上了一层浓黑的胡子，我觉得他"老"了，不漂亮了。他梳洗完毕穿戴整齐便匆匆出门，他一面走，阿五头和阿六头就一面跟在后面唱山歌："阿飞good（美）得来，小脚裤子花衬衫，走起路来一二三……"
哥哥回过身，像赶小鸡一样嘘他们，他们咯咯地笑着逃回家来。我也笑。
我们全都笑嘻嘻地站在门口看着哥哥的背影。他走得很急，拐了个弯，便
不见了，不知他去哪儿。也许母亲知道，我回过头，看见母亲忧虑的神
色。我不明白母亲担忧什么。

　　每天我都等待着，等待着非凡的不同寻常的奇迹。母亲也很紧张，她
开始常跑南货店、食品店了，她希望能意外地买到诸如虾干、豆腐衣、碎
粉丝之类的好东西。斜对面的拐角子是爿南货店，横帘上写着很大的两个
字："华福"。母亲一看到"华福"门口有人排队，便要打发我们去。

　　队伍慢慢地延伸过四五家门面，拐排到老虎灶再拉长，过了一百十四
弄，很快地，拐弯看不见尾巴了，而前面的，会画蛇添足一样生出几条小
队伍来。人头济济，于是就会有人出来维持秩序，在衣袖上用粉笔写上号
码，严禁插队。至于究竟买什么，谁心里也无数。管它呢，无风不起浪，
既然有人排队，便一定有紧俏商品供应。有时候等久了，人们失去了信
心，三三两两地走了，队伍也就散了，不过只要一有个风吹草动，队伍又
会迅速地重新聚集起来，仿佛这些人始终都在家门后等着似的。

　　母亲慢慢地买到了一些东西。她把它们藏在一只旧的火油箱里。我看
着她一次次地开箱，有时候她什么也不为，只是看看，然后似笑非笑地沉
思半晌，我明白，那盛满了期待的一天快要到了。

　　这一天悄悄地来了。我隔夜心里就有数了。隔天夜里，我和阿五头
通宵未睡，照例在小菜场里"值夜"，排了好几只位子。明天有客人来。
"肯定是她……"半夜里阿五头睡眼惺忪的突然冒了这么一句。她就蜷坐
在水泥地上，晃着身子，有时候猛地一沉，怪吓人的。我看她要睡着了，
便给她一小截甘草。甘草是花钱从药房里买来的，五分钱可以买一小把，
附近的女孩子们都爱嚼这玩意儿，这玩意儿香甜耐嚼价廉物美。不过嚼多
了有一点不好，要出鼻血。母亲是禁止我们嚼甘草的。"馋得虫都爬出来

了，连药也吃了……"她看见了就要骂我们的。

从小菜场回来后，我和阿五头就困了，我们困在阁楼里。不知道过了多久，恍恍惚惚的，只觉得楼下人来人去的，总是母亲在忙碌吧。后来，我们被一种陌生的笑惊醒，我先抬起身子，我发现楼下客堂里搁的床也拆了，屋子打扫过了，干净明亮，接着我看见哥哥大学里的同学"张眼镜"旁边坐着一位陌生的姑娘，我看见她漂亮的乌发和有着白皙颈窝的后颈，我无法看到她的脸，我听到的笑声就是从她那里传出来的，我的心一下子膨胀起来，扩大到胸腔无法容忍的地步，我觉得自己的耳朵根发热发烫，我不明白这是因为什么，我想这一定是"她"了！而且她跟董小蕊一样会优雅快活地笑。她坐着，手按在一边，轻轻地无意地弹拨着，就像学校里的音乐老师在弹拨风琴似的。她的手指像开花一样舒展开又蜷拢来，我觉得她实在是高贵、与众不同。我想我为什么不是她？我突然地讨厌起我来，我真想哭。我看着自己纤细的手，想假如我也会那样不经意地像开花一样舒展它们，生活会怎么样呢？哦，没有用的，什么也不会改变的，我还是那么丑陋，家里也是。我突然意识到：哥哥，他是多么幸运！我于是寻找哥哥，我不明白为什么是"张眼镜"陪伴着"她"。哥哥不在，家里人都不在。"张眼镜"是上海郊区人，跟哥哥很要好的，假期里经常来往，一块儿玩。当然他没有哥哥那么英俊潇洒，因为他姓张，又戴着眼镜，我们就这样叫他了。现在，他和"她"挨得很近，亲热地说着什么，不时地做着各种手势，她常常发出欢乐的笑声。她是多么快活。

我悄悄地爬起身，从阁楼的后门小门里下楼来，楼梯直通厨房。我看见厨房里母亲呆呆地站着，不知在想什么，用洗衣板临时搁的桌子上摆满了菜，红红绿绿，清清爽爽，都搭配好了，只等起油锅了。显然她在等什么人。只有贵客来了，母亲才会点火炒菜的。好在有煤气。本来我们这幢房子只有二楼杨先生家有煤气，后来哥哥参军读书，煤气公司拥军优属，给我们家装上了煤气灶，要不，少说也得等上十来年。一切归功于哥哥，我想。

父亲还在水龙头上忙着洗什么，他是做下手的，阿六头阿七头在弄堂里挖墙缝里的泥灰，没人理他们。我悄悄地穿过过道，绕回到客堂里，我一心一意想看看"她"究竟如何漂亮如何优雅，只有漂亮的优雅的姑娘才配得上我的哥哥，或者说才能得到哥哥的青睐。

她抬起头来。喔！我真是失望，她脸蛋又圆又扁，她一点儿也不漂亮。她的两只眼睛分得很开，像是一对闹意见的小兄弟，还耸着肩膀儿彼此不看似的。她的模样还比不上阿五头，自然更没法跟我比，跟董小蕊真是差得远了。我下意识地朝镜框望去，找寻"她"的小照，照片似乎要漂亮得多。我惊异地发觉"她"的照片歪斜滑落了，头朝下，五官颠倒了，而原先被压在"她"下面的那张三太公的照片却不动声色地显露出来，他张着双大而深的眼窝睨视着我，神情古怪。我打了一个冷战，我忽然觉得四周有些空寂，冷冷的。我不自觉地咧开嘴朝"张眼镜"笑了笑，我觉得我有点不怀好意。"张眼镜"也下意识地矜持地朝我一笑，他不像以前一样随和爽朗了，他有点心怀鬼胎。就在这时，哥哥匆匆地从外面跨进门来，他满脸是汗，他瞥了"张眼镜"和"她"一眼，什么也没说，只重重地把身子往凳上一扔，喘着气，只有进的份没有出的份了。"张眼镜"和"她"一起站起来，走到他面前，急急地问：

"她呢？"

哥哥摇摇头。

"张眼镜"又问：

"她人不在家？你问过吗？"

哥哥顿了顿，像是要咽下什么似的，又吐了一口气，说：

"没见着人……连门也不让进……大门上开了扇小窗，一个用人就说了句：她不在……"

"真是势利！""张眼镜"愤愤地跺了跺脚，又朝着身边的"她"

说，"小雅，你再去跟她打个电话……问问她，到底来不来！"小雅"嗯"了一声，刚挪了挪脚，"张眼镜"又一把拉着她，想了想说，"你再问问她，她还有没有一点人性……她对得起建放吗！"

建放就是我哥哥。至此我才知道，哥哥的那个"她"没有来。很久以后，我听大姐说了，小雅是"张眼镜"的女朋友。"张眼镜"现在是国防部所属的一个什么部的部长，他的夫人是不是小雅我就不得而知了，哥哥从来不跟我说那些旧事旧人的，他有他的朋友，他的生活圈子。

小雅出去了。我们这里打电话要跑老远。

母亲来了几趟，她在厨房里大概有点呆腻了。她只是忧伤地望着哥哥，轻轻地问：

"小弟，要开饭吗……"

哥哥惘然地抬起头，说：

"随便……"

"张眼镜"摆摆手，说：

"再等一会，小雅打电话去喊了………"

母亲叹了口气，她慢慢地折回身，往厨房走，只是在拐弯的时候又回过头来，深深地望了哥哥一眼，那眼光里是说不出的温和说不出的怜爱……

阿七头在喊肚皮饿了。还有阿六头。母亲给他们舀了满满一大碗肉汤，他们两个人站在门口，四只小手齐心合力地端着那碗汤，你喝一口我喝一口，小眼睛你盯着我我盯着你，生怕对方喝多了。

后面厨房里母亲不知对父亲说了些什么，隐隐传来父亲抱怨的声音："……我早说过了，急什么，高攀得上吗……我的徒弟春英她聪明活灵，人也漂亮，就是文化浅了点，可这有什么要紧……"

哥哥忽然站起来，他整个身子靠在墙上，头抵着墙，他默默地举起拳头，重重地叩击着，墙发出沉闷的声音，这声音绵绵不尽，声声相和，我觉着整幢房子整个世界都在呜咽。这是我记忆中最沉重最伤感的时刻。

　　门外传来一声浅浅的笑声，我回过身，是一百十四弄那个神秘的独身女子，她身着高雅的黑色衣裤。她见我们看她，便矜持地作了一个手势，指着阿六头、阿七头说"真好玩……"

　　她说完便走了。她手里提着一个网兜，里面有三瓶牛奶，我想她大概是去喂她的小猫了。

　　小雅还没有来。

1987年11月

悄然而去

这是老一辈的故事了。恩恩怨怨。

那天我坐在大门口，我看对马路老虎灶的伙计在捅炉子，那烧得红幽幽的煤渣哗啦啦地耀起一片红光落进下面的水坑里，哒哒地慢慢由红变青，又由青泛黑，而继续落下的继续闪着晶莹的红光覆着那青的黑的，一点一点地黯淡下去……那伙计捧起一畚箕一畚箕煤块，倒进炉膛，合了盖，便坐在八仙桌旁，就着一把黑黢黢的小壶喝茶，默默的。我失望地转过身子。没半天时间，你别想再看见那奇境。

一双脚。

一双很脏的大脚就在我近旁。它套在一双旧皮鞋里，鞋的两头都绽开了。它慢慢地挪动着，脚趾奇怪地不断地张合着，像是在说着什么。我顺着那脚慢慢地仰起头。嵌条长裤。宽皮带。灰溜溜的衬衫。衣裤脏兮兮的，却很漂亮，那式样我没见识过。两只裸露的手臂。脖颈。我没再往上看，我发觉那里长满了一个个奇异的水疱，红红的。一种浓黄的液体像蚯蚓一样缓缓地从破水疱里爬出来，泛着油样的光泽，淤积在一边。渐渐地，黄颜色深了些，而那继续流出来的继续闪着油光覆着那深黄色，慢慢地蔓延……我凝望了很久，我竟然觉得自己熟识它们，只是一时想不起来是在何时何地，我一个水疱一个水疱地琢磨过去，我显然看入迷了，我没有意识到自己跟着那双脚已经转了一百八十度了，我也没怎么看见母亲出来，我只是惊异地听见她一声奇怪的呼唤："小弟！"声音又短促又尖厉，这只有在母亲发怒的时候才会这样，可我敢保证我没有惹她，我也不叫小弟，他们都叫我美方的。我一下子抬起头。

母亲在哭。

母亲的眼泪跟水一样地淌下来。她两只手互相盘着，身子一动不动的，只是默默地哭，眼睛一眨不眨地看着他。衣裤脏兮兮的漂亮的他。

这是我第一次看见舅舅。他的脸上也长满了那种水疱，听妈妈说这是癞疥疮。当时看见的时候并不觉得怎么样，现在回想起来却有点恶心。

舅舅是一艘海轮上的船员，三年前，船在太平洋遇到风暴，全船覆没，他是幸存者。他遇救后在东南亚一带辗转流浪，吃尽苦头，总算是回来了。只是这身癞疮！

这以后舅舅就住下了，这以后我每看见舅舅吞咽一块鱼、肉，我都要哭，还连带着阿五头一起，大呼小叫的，直到舅舅把他碗里的那鱼肉重新夹到我们碗里为止。后来母亲就变着法儿，把好吃的藏在舅舅的碗底，上面扣着满满的米饭，瞒哄了我们好一阵。母亲真狠心。

那一年我六岁。阿五头也四岁了。阿五头还不会走路，站着老晃，可嘴倒挺能的，老是咿咿呀呀地唱："电灯开开来，台子拖出来，搓搓小麻将呀，来来白相相呀……"

家里够挤的了，我们全体从阿大到阿五头，一字儿排开睡在二层阁上，舅舅也跟我们困。母亲他们睡在下面店堂间。父亲是铅皮匠，自己摆摊修修配配。店堂间里堆满了破锅烂桶，臭痰盂，还有汤婆子什么的。夏天发大水的时候，这些破玩意儿漂浮在水面上，晃晃悠悠的，醉了似的东倒西歪，那才好玩呢。

对面老虎灶的灯光总要亮到半夜十一点钟，那灯的光照到二层阁，阁楼里居然也灰蒙蒙的，比白天还亮了些。哥哥姐姐早睡着了，我和阿五头还睁着眼，静静地听舅舅讲故事："从前有座山，山上有个庙，庙里有个老和尚，老和尚跟小和尚讲，从前有座山……"无穷的循环。每一个轮回都带有一种新的神秘和紧张，灰暗的阁楼里仿佛出现了鬼怪，它们在轻盈地飘荡，发出种种奇异的谁也听不见的声音。可我能感觉到，还有阿五头。"有人……"她搂着我的胳臂轻轻说。"我也觉得好像是。"我告诉她。就在这一刹那，对面灯灭了。世界不仅安静、冷峻，而且黑暗。一切都仿佛隔得很远了。阿五头伸出手，摸索着我，她叫我美方姐美方姐。我听见她隐隐地像要哭了。我没动。我依旧听着舅舅的故事：从前有座山……

舅舅讲了无数个山上的故事，可从不讲海上的故事。

在慵懒的午后，看妈妈给舅舅洗伤口，可是惊心动魄的事儿。母亲用针尖挑破那些晶莹欲滴的水疱，我在一边龇牙咧嘴的，一副傻样。那黄黄的脓水开花似的涌出来，一朵，一朵的，可真叫好看。阿五头有点装腔作势，一边看一边叫，两只手遮着眼，眼珠子却在指缝里骨碌碌地转。母亲管自慢悠悠的，就跟平时缝缝补补似的心定，还说着话。

母亲有说不完的话题：

小妹嫁人了。男人把她送到乡下去了，说是上海开销太大，其实呢，是不放心。他是撑船的，一年半载的不回来，留她一个人不放心。听说在乡下也不开心，跟婆阿妈合不来。唉，生得漂亮有什么用？苦命……

娘死了，死不瞑目。你不在，小妹也没有来……你姐夫胆子大，上去合了两次，还是合不上。就这样睁着眼去了。跟爹葬在一个公墓里。一家人死的死，散的散，在上海的只有我跟你了……等来年清明一起去扫墓吧。

阿五头的脚？舅舅突然地冒了一句。

大概是软骨病吧！也没有去看过。自己会好的。阿三头小时候也是这样的……

想到么就买点肉骨头熬熬汤，让她喝……

我看看阿五头的脚。我想：从明天开始就不抢她的汤喝了。

舅舅在家里一住就是半年，有时候他也帮父亲立立柜台敲敲铅皮配配钥匙，再慢慢地逢着有人喊上门开锁，大都是舅舅去了。后来有个机会，正泰橡胶厂招铅皮匠，有人介绍父亲去，据说待遇还是可以的。母亲说：让小弟去吧，我们好歹总还有个摊头可守。父亲当晚没吭声。那一夜，舅舅没有讲山上的故事。

他两眼睁得圆圆的，射出奇异的光芒。老虎灶的灯光早灭了，可是外面依旧嘈嘈杂杂的，仿佛有什么东西在奔突、流动，使人感到不安。我仔细地嗅，我觉得那一切的声音似乎都是融合在空气里袅袅地飘进来的，我推了推阿五头，"你听见什么吗？""没有呀。"阿五头呆呆地喃喃着。忽然我们都感觉到了什么，我们一起爬到舅舅身边，我们惊异地看见他在哭，我们一起呼叫起来。所有的人都醒了，包括楼下母亲他们。

父亲拉亮了灯，问：什么事呀？

舅舅哭了。我梦见海了。舅舅低低地回答。他依旧在哭。我看见海了。

谁也不再答话。父亲拉灭了灯，一切又都归入寂静的黑暗中。真是寂静，听得见空气流动的瑟瑟声息。低低的。微妙的。连续不断的。世界变得急躁起来，像是在等待某一个时刻的来临，又像是凝滞了似的，不再移动。

舅舅进橡胶厂做工了。他不再和我们困了。他困在单位宿舍里。

我猜舅舅不是好东西。他在我们家的那些日子，家里少了好多东西。柜上的无线电啦，妈妈无名指上的金戒指啦，都不明不白地没了。我所以猜舅舅不是好东西，那是因为我亲眼看见他兜里的银烟盒了。银烟盒是妈妈的宝贝，锁在梳妆盒里的，连父亲讨了几次都没给，怎么就到了舅舅手里了呢？讨厌的是母亲睁一只眼闭一只眼，看见了也只当没看见，至于那些无线电啦金戒指啦，母亲更是只字不提，仿佛那些从未有过似的。

讨厌归讨厌，可每一个星期天依旧是我们的节日。

"叮铃……"一大早舅舅就来了，他总在门口按一阵自行车铃，算是敲过门了。店堂间早已做了房间了，父亲的摊头并到别人家去了。

阿五头已经会走路了，她一声欢呼就抢在前头开了门。我，还有阿三头也连带着跳出了家门，连最小的阿末头也咿咿呀呀地跟在后面。阿大阿二是不跟我们一起玩的，他们已经是中学生了。

"兜风啰！"我们齐齐地喊着，实在地有点骄傲。我们四个人排着队，轮流地坐在舅舅自行车的书包架上，让舅舅带着穿过几条马路，来到虹口港边的九龙路。那河边的马路既宽，人又稀少，简直可以闭着眼飞了。舅舅敞开了衣襟，双脱手，把车子蹬得疯了似的腾飞。在这时候，我坐着，感觉却仿佛躺倒了似的，听任风呼呼地摩挲着我，身子化作了一片迷蒙的薄雾，在这片薄雾里，心悠悠地飘浮着，像纸船飘浮在海里……最叫人难忘的还是下桥，上桥时在缓缓的爬坡中人已陷入了一种紧张的期待和渴望中了，待到来到桥面上，看见桥下一泻无余的坦途，竟会感到一种奇怪的冷峻的狂喜，低低地呼喊着，打一个寒战，然后闭着眼，由着身子在滑翔中轻盈地荡飞起来，心仿佛被利刃刺中了似的，不再跳动……

回来的时候，每个人两根油条，雄赳赳气昂昂地一路吃过来。为了这个，我暗暗消释了对舅舅与失踪的无线电、金戒指的嫌疑。在母亲的手里，一根油条是要分成四段的，一人一段，红酱油香油蘸蘸，咬一点点，是过泡饭最好的小菜了。

有时候还有水果糖、棒冰。但都及不上油条，既好吃又饱腹。

扫墓也去过了。母亲在坟头烧纸钱、磕头，舅舅带着我们在附近的河湾里捞蝌蚪。阒无人迹的荒野里弥散着一种异香。香烛的气息和着花草的温馨。风细细的，丝丝缕缕地和着柳枝轻荡。小蝌蚪在玻璃瓶里凝玉似的滑动。我们排着队，捧着瓶子，挥舞着折下的柳枝，跟着舅舅满世界跑。

快乐的难忘的童年。

　　后来，舅舅结婚了。房子就找在我们家附近，十来分钟的路。也是母亲做的主。在这期间，不知发生了什么不愉快的事，母亲一次也没去过舅舅家，新舅妈也从未登过我家的门。舅舅很少来了，即使来了，也是闷闷的，没有什么生气。自行车没有了。油条没有了。水果糖、棒冰都没有了。住在舅舅楼下的有个叫秀珍的女人却不知怎么跟母亲熟识了，常常走过，要停下来跟母亲说些什么。而母亲总是轻蔑地撇嘴，有时要咕哝一句：怕老婆没出息。

　　舅舅爱喝酒了。对舅舅的一切，母亲总是特别宽容的。有一次，母亲叫阿三头送二两高粱酒去。那年头，酒特别紧张，也许跟粮食有关。斜对过的小酒店里堂吃是要提早排队去等的。男人们也不要什么菜，就这么一仰脖子喝了，嚼两片油氽豆瓣，匆匆地就走了。母亲因为跟小酒店老板娘熟识，难得地也能偷偷买二两回家来。酒是装在一只玻璃杯里的，阿三头小心地捧了去，回来后告诉母亲，舅妈在家，酒她搁在桌上了。"她说什么？"母亲急急地问，似乎这里面有什么蹊跷似的。"没有说什么呀……"阿三头淡淡地答了句，就做功课去了。母亲轻轻地叹口气。

　　第二天，秀珍就来说了。她一摇一摆地走过。她一天要来回走过十几趟。去买小菜啦，去拷酱油啦，总要经过我家门口的。

　　昨天小弟被桂花骂哩，不知为啥事体。二两高粱酒被桂花甩到面盆里……还好面盆里没有别的水，小弟又一滴一滴地倒回到杯子里。今天听桂花说居然一滴不少，原来多少后来还是多少，你看你的小弟，本事大哦？

　　蜡烛！母亲愤恨起来，第一次骂起人来。继而她又有点伤心。算啦，她对秀珍说，从今后黄牛角水牛角各归各。

　　渐渐地，舅舅和我们的往来更疏淡了。母亲也只有在大年初一早晨，才像派遣出国大使一样，叫我们去舅舅家拜年。

　　楼下的门照例是虚掩着的，我们只需轻轻一推，门就开了。宽宽的客堂间没有什么人，是房东家吃饭用的。穿过客堂间转弯就是楼梯了，古老而阴暗。拐弯的地方楼梯像扇子一样呈放射状。在底楼和二楼之间有一个很大的平台，我们摸到这里总要停一停的。"看见舅舅舅妈要拱手作揖，要说恭喜恭喜发财发财……"阿三头关照我们，又叫阿五头阿末头练习一遍。对于我，他算是放一马了，叫我和他一起扮演舅舅舅妈。阿五头、阿末头嘻嘻嘻地笑着，穿着新衣裳，像木偶似的鞠躬。我一笑，阿三头就要敲我麻栗子。他是很严肃很认真的。"重来！"他低低地喝一声，于是翻来覆去，总要玩上个两三遍才算罢休。

舅舅住在三层阁。二楼左面有扇小小的门，拉开这扇门就能看见一排又陡又狭的楼梯，我们就喜欢走这样的楼梯，一个个头仰得高高的，依次而上。边爬边已经迫不及待地喊起来了：舅舅舅妈，恭喜恭喜……

"吃糖吃糖，吃长生果。"舅妈年年是这么两句话，边说边一一地朝我们张开的兜里塞。说实在的，要不是看着这一把一把的长生果、香瓜子、水果糖，我们也不会叫得那么起劲的。

一年一次的拜年，两三分钟便结束了。三层阁的屋顶是倾斜的，两头低中间高，走着走着，额角头就会碰到天花板的，是没什么好玩的。跟舅舅，我们也早已没有什么勾当可干了，他忙着杀鸡宰鸭的，从生的到熟的，全是他一个人包了的。

舅妈烧不来小菜。她抱着小毛头走来走去的。舅舅已经有两个孩子了。

小弟会做，桂花福气好呀。秀珍这样说。

哼，老婆讨了看的！？母亲不平地叹口气。不知是在生哪一个的气。

小阿姨从乡下出来了，是姨夫送来的。听到姨夫悄悄地告诉母亲，小阿姨有点精神失常，这次是特地来上海养病的。

老听到姨夫叹气。

当初就不该去乡下。母亲小声地说姨夫，你不在家，让她守着一个古怪老太婆，不发病也要闷死的。

小阿姨要住到舅舅家里去。那里好歹也是沈家门，是自己的家门。

"去看看小弟。"小阿姨不好意思地解释说。她提着来时的包裹走了，什么也没留下。

很晚了。母亲还不睡。她用两块铺板搭了个临时床，上面铺了洗净的被褥。她叫我们把门虚掩了，不要关死。

小阿姨要来的。母亲说。

等到第二天早上醒来，我们从阁楼上望下来，果然看见小阿姨蜷在铺板上。母亲实在是能掐会算的。

小阿姨天天坐在家门口补洋袜，她把破袜子套在一只木脚上，把补丁缝得圆溜溜的，竟然比新的还好看。破的补完了，母亲叫她把新袜子也套个补丁缝牢。亏了母亲的深谋远虑，后来我们好几年没有穿过裸露脚趾头的袜子。小阿姨又去舅舅家把旧袜子、新袜子一并搜罗来没日没夜地缝。她后来又教阿五头绣花，绣的是镂空花，朴实雅致，好看得叫人捏着不肯放手。母亲说她做姑娘的时候，手就巧得出名了。小阿姨和舅舅小孩子的时候，还在庙会上扮过金童玉女呢。

怪不得小阿姨跟舅舅要好，绣的台布、手巾都送到舅舅那儿去了。只是猜不透小阿姨为什么不住在舅舅家里。"他们结婚就好了。"阿五头说。

要死啦！母亲打了阿五头一记头塌，自家人不能结婚的。

大家忽然都讨厌起桂花舅妈来了。我们莫名其妙地把小阿姨的一切不幸都归咎到舅妈身上。

小阿姨走的前一天晚上，舅舅来了。大概是秀珍传话过去的。舅舅塞给小阿姨几张钞票，还关照说不要让秀珍知道，免得传到桂花耳朵里。母亲火了，吵了几句舅舅没吭声。我们悄悄地从阁楼上探头张望，昏黄的灯光下可以看见舅舅的头顶毛发稀疏，他已不再有往日骑自行车兜风时的那股神气了。

小阿姨走后，舅舅更少来了，连每天上下班，他也不从我家门口过了。听母亲说，他绕圈子走了。大概是因为看见了，彼此也无话可说，还不如不见面的好。

两家的往来就这样时有时无。岁月悄悄地流逝。母亲有什么事要找舅舅，诸如阿大要结婚了，或者乡下有信来了，都是托秀珍传话过去的。也怪，秀珍一回去，无需隔夜，舅舅就会来的。每次总少不了要讲到钱，大家总有些不愉快。叫我们不明白的是，母亲为什么变得越来越爱斤斤计较了。

阿五头要到东北吉林朝鲜族那里去。启程在即，一切都是那么神速，叫人来不及留恋缠绵。左邻右舍送来了糕饼点心，连扫弄堂的朱老太也送了一袋糖果。"你家小把戏个个好呐……"朱老太一遍遍地絮语着。小时候，我们从未朝她扔过石子。

母亲一天比一天沉默了，她忙着裁衣、缝纫，炒炒麦粉。

舅妈来了。她把阿五头叫了出门去。

你喜欢什么，告诉舅妈。舅舅他拿出五块钱，叫我买样东西，你自己挑。北京鞋？花面盆？尼龙围巾？阿五头你讲呀，舅妈自家人，你讲呀。阿五头，走。

阿五头站在四川路万红服装店橱窗前。她不走了。橱窗里有一件粉红色的的确良衬衫，像一团染红的云彩漂浮在阳光里。

我要这衬衫。

阿五头轻轻地告诉自己。她后来告诉我，她当时觉得身边的一切都没有了，她在恍恍惚惚中融进了这片飞翔着的云彩里。她和它是分不开了。

你看见没有，旁边有一行字，要斗私批修，这衬衫不是你这种女孩子穿的。听舅妈的话，来，到对面大荣布店去扯块好看的衬衫料子，让你娘做得漂亮点。

我不要娘做。我要买现成的。我从来没有穿过现成买的衣裳。阿五头想着，还是不走，她指着那团粉红色的薄雾，点着名要。她当时大概想，机不可失，时不再来。

阿五头也真有她的。

舅妈叹口气，领她走进了店堂。衬衫的标价是九元八角。还算是便宜的哩，清仓物资，打八折的。营业员是个面孔胖胖的男人，挤着眼说话，不知是献殷勤还是推销商品。

舅妈忧心忡忡地看看阿五头。阿五头点点头，一副横下来的腔势。

舅妈的手紧捏着钱夹子，思忖了很久。买吧，她说。不过，你舅舅只拿出五块钱。这样吧，还有四块八角我给你垫上了，你回家后，要跟你娘讨的。

阿五头没有吭声，她一听到舅妈松了口，心里早乐得忘了形，哪里还听得进别的话。她根本没有听进舅妈下面的解释，只管一个劲地点头。阿五头小时候生过软骨病，阿五头有点戆的。

衬衫买来了。衬衫套在透明的玻璃纸口袋里，上面有烫金的字。装潢是第一流的。多好看的衬衫啊，每个人都由衷地赞叹着。衬衫连同它的装潢一起被母亲父亲哥哥姐姐弟弟妹妹抚摸着传递着。久久没有说话的母亲忽然说道，阿五头，不要带到农村去了，乡下穿不出好东西，以后回家探亲时穿吧。

阿五头点点头，眼睛却一眨不眨地盯着衬衫看。我猜她凭着她那出神入化的玄奥的感觉，一定把那衬衫连同那玻璃纸一起穿着在身上了。

阿五头走的那天，母亲没有去送她。这是我们全体的决定。母亲一去，火车大概就开不成了。母亲一个人留在家里，扫弄堂的朱老太陪着她。下面的事就是朱老太告诉我们的，因为母亲已经哭哑了嗓子，欲说无声了。

母亲木木地数着钟点，眼泪一颗一颗地跟钟的滴答声一起没完没了。还有半个钟点，嗯，还有半个钟点。她翻来覆去地念着，弄得朱老太的眼泪也淌个不停。还有半个钟点，阿五头乘的火车就要呜——地开了。

阿姐。

舅舅来了。他是知道阿五头今天走的，隔天就打了招呼，说请不出假就不来送了。可他还是急匆匆地赶来了。

走了。来不及了。母亲说完了，竟号啕地哭起来。大概是因为看见了舅舅的缘故吧。大凡一个人，无论如何骄傲如何矜持，在软弱的时候，也跟小孩子一样，需要亲人的安慰和体贴的吧。

舅舅含糊地劝了几句，总是一些大路的话。后来就不吭了，只是一支烟接着一支地烧。他用的是那只银烟盒。

一直到母亲慢慢地平息下来，舅舅才起身讲，走了。他走到门口，一只脚已经跨出门槛。又缩回来。他很随意地，似乎是刚刚想到，他说：听桂花讲，那件衬衫。她答应送五块的。桂花她垫进了四块八角，阿五头知道的。阿五头没有告诉过你吗？

母亲茫然地望着他。她的脑子里出现了暂时的空白，随之而来的是记忆的跃现复苏。

你的癞疥疮是哪能好的？她突然叫起来。我的无线电呢！我的金戒指呢！我的钱呢！你好了疮疤忘了痛，良心喂了狗。你、你、你……

母亲抓起桌上的杯子就摔。舅舅是好汉不吃眼前亏，拔脚就溜。

像是潮汐起落，一阵猛似一阵。母亲拍手拍脚地哭开了。

当当当当，时钟敲了四下。在彭浦车站，汽笛长鸣，我跟着阿三头，阿六头跟着我，一起拼命地追赶着缓行的火车。阿五头探出半个身子。听不清她在叫什么。听不清。四周是一片惊天动地的呼喊，眼前一片迷蒙……

晚上，缠不过母亲，我揣着那件衬衫，到舅舅家去。

是不冷不热的天气，我不急不慢地走着。该说些什么呢？从今后，大家只当是死了。能这样说吗？可母亲是这样关照的。从今后，大家只当是死了，我练习着。风细细的，似乎从很久远的年代过来，模模糊糊的记忆仿佛着了火似的，在遥遥的地方燃烧，迸发出奇特的光亮，令人心碎。我觉得，世界实在地是很凄凉的。摸着了门，我轻轻一推，开了。还是那样伸手不见五指的楼梯，慢慢地旋转着，伸入到黑暗的中心。我一级一级地攀着，我完全不用我的眼睛，凭我的记忆和感觉，我摸到了那个难忘的平台，我想起我们小时候穿着新衣来拜年的那种傻相，我不由久久地抚摸起那件衬衣来。阿五头知道了一定会责怪我的。

我走上了三层阁。隔着两三级楼梯，便能看得见他们了。不知道怎么搞的，他们竟然没有察觉到我上来。一家子真像死了人似的，坐着，都不说话。一盏低支光的灯下，他们低垂着黯淡的无神的脸。舅舅，舅妈。两个表弟显然睡了，地上打着地铺。

我举起手，把那件衬衫，那团迷人的粉红，缓缓地放在眼前的地板上。我转过身，滚石一般的脚步声从楼梯上泻下，我听见连绵不断的巨响系在我的脚踝上，我被我自己弄出的脚步声响吓坏了。我听见舅舅的一声呼喊："美方——"

我什么也没有回答，我扑到了街上。

在这个晚上，在这片泛着昏黄的凄凉和悲哀的沉默中，所有那些恩怨那些眼泪都沉没在永久的黑暗中了。

我再也没有见着我的舅舅。他们搬走了。

记得秀珍第二天来说过。她拉着母亲说。

昨天半夜，你的小弟与桂花吵了。从来不吵的，嗨，老实人发戆劲了……

1988年9月

畸人

一

房间里很暗。虽说是前三层阁，可因为天气不好，老虎天窗又关着，便显得格外地暗。

大妹慢慢地走进来。她走得很轻软，飘逸得像一团云，她那灰白色的上衣在黑暗中闪着奇异的光亮，她歪斜着头的身姿带着一点女孩的妩媚。她走着，边打量着房里的一切，她显然很少到这里来。

她走到床边，床很宽，比她和奶奶睡的那个后三层阁还宽。她好奇地抚弄着床沿，而后，她看见了他。

他很小，小得让她觉着奇怪，仿佛是只神秘的小兽。他的颈上套着白晃晃的银项圈，上面挂着长命锁，他的柔软的黑发拢在脑后，编织成了一条精致的小辫子。他注视着她。他还不会说话，可他似乎懂得了她的心思，他的小眼睛里闪烁着温暖的气息。这使她感动。

她想他想了好久。她的手小心地伸过去，她摸着了他。有什么细细的音乐似的东西在她心上流过，她摸了他的头、他的脖子，它们很好，一点也不歪斜，不像她那样，是个歪头姑娘。她想着，不由伸手摸了摸自己的头，头失重似的朝右倾斜，脖子是无法转动的，她要看旁边的什么东西，就得移动整个身子。她似乎听见孩子们追着喊她："小歪头，小歪头！"她不由又去摸他的头，柔嫩、自如、滑爽，她真不想放开它。她的手无意中用了力气，他"咳、咳、咳"地放声哭了起来。她忙缩回手，怔怔地看着他哭，后来她听见了脚步声，她匆匆地跑出来，拉开移门，钻进后面她的房间。在她跨进自己房门的时候，她看见他妈妈从晒台上下来。她等着的正是这个。

她住的地方与小辫子睡的床仅是一板之隔。这里原是一个统三层阁，是她爹为了娶小辫子他娘才一拦两间的。后面一间小了些，靠楼梯处另外开了扇移门，让人进出。她与她奶奶，只是在这里困困觉。里面席地打了地铺，横头放了只暗褐色的大箱子，除此以外，便没有什么了。

她靠在壁角上，留心听着那一边的声息。她等着那个她也唤作妈妈的女人来。

她早已不记得她亲生母亲的形象了，她爹说，"她死了。"她爹说这话的时候很鄙视的样子，因此她想，她母亲兴许还活着。她这样想着的时候，心里便会生出怨恨，她恨她母亲为什么不带她走。这里处处散发出令人气闷的霉味，而且她很孤独，没有小孩子跟她一起玩，她唯一的伙伴便是奶奶。奶奶是这里扫弄堂的，在她还不会走路的时候，奶奶把她搁在一把竹坐车里，扫一段路，推一段坐车，吱吱嘎嘎的，坐车发出一种苍凉、疲乏的声音；她在坐车里，歪斜着头，从弄堂的这头到那头，从里弄堂到外弄堂，曲曲折折，弯弯绕绕的，她从小看见的路就是这样。

她听见小辫子还在哭，她猜不透他怎么有流不完的泪。她想着他的模样，就明白自己有多么丑陋，她因此而喜欢他。在她的记忆中，她还从未这样近地接触过一个孩子。在学校的时候，她是一个人坐的；她长得高，已经留了两级了，没有人愿意和她同桌，都嫌她丑，而且笨。体育课她早就免了，因为她总是完不成那些规定的动作。同学们都在操场里跑啊跳啊的时候，她一个人坐在教室里，这是她最自由的时刻，周围没有那些鄙夷的和打探的目光。她坐着遐想，她挑那些最好玩的事想，她想起小辫子有一次无端地哭了，她去抚拍他，谁知他突然地撒起尿来，因为他躺着，那热烘烘的细细的水流竟像喷水一样喷出来，溅在她的脸上、鼻孔里，有的还溅进了她张开的嘴里，热乎乎咸涩涩的……她想着想着，一个人竟会笑出声来。她有点戆。

有人拉开了移门，一点微弱的光透进来。是妈妈，小辫子的妈妈。

"大妹，你驮小辫子到弄堂里去，小人心野了，要出去……"妈妈舞着两只手，不大情愿地说。她的手指上沾着没洗净的煤灰，她在做煤球。

大妹在黑暗中无声地笑着，这正是她所盼待的。她喜欢驮着小辫子满弄堂地跑，听着小辫子在她背上叽叽叽的笑声，她心里便有一种微醉的快意。妈妈空闲的时候，她是没这个福分的。女人喜欢自己领着儿子玩。

弄堂里有三四个小姑娘在跳橡皮筋，大妹驮着小辫子疯跑了一阵后，便倚在墙上很累很木讷地看她们。因为老是歪着头，她右边的那个嘴角就总是湿漉漉地淌着口水，像拖着鼻涕似的。她看着看着，不由自主地慢慢地在移近她们，脸上带着羡慕和跃跃欲试的神情。女孩子们早就发现了她，她们依旧快活，依旧笑，仿佛这世界上从来没有大妹，这个畸形人。她们已经习惯了这样。一个黄头发的小姑娘忽然领头唱了起来：

芋艿头，

癫痫头，

阿姐是个大歪头。

冬瓜子，

西瓜子，

阿弟是个小辫子……

"哈哈哈……"小姑娘们笑得站不直身子，像是肚肠也绞起来了。正在开心的时候，不知是谁喊了声："老奶奶来啰！"她们一边喊着："欧呜……"一边逃散了。她们都有点怕老奶奶。

老奶奶掮着把大扫帚，眼睛大大的，很威严很神秘，身上透出一点点恐怖的气息。据说她扫弄堂几十年，天天早起晚睡的，知道许多鬼鬼祟祟稀奇古怪的事。她扫到过死婴，也撞见过"剥猪猡"的，至于说偷、盗、淫、赌的……种种十恶不赦的丑事，在她的肚里都有一本账，弄堂里的男女老少，甚至连自命清高的账房先生，看见她也要敬她三分，喊一声"老奶奶"的。

老奶奶走到大妹和小辫子面前，骂了一句："死妮子！"也不知是骂大妹呢，还是骂那些逃散的小姑娘。她拉拉小辫子的手，喊他"小乖乖……"算是逗他，然后抖抖索索地从唐装上衣的大门襟里探手进去，摸了半天，掏出一粒硬糖，剥了皮，用老牙磕成两半，一半给了小辫子，另外的一半便赏给了大妹。

"晚饭的羌饼在搁板上，你吃大的那半，小的留给我，我要晚点回来困……"老奶奶仔细地关照着大妹。

大妹是跟老奶奶的，从大妹失去亲娘的一天起，大妹就跟着她了。后来她儿子又讨了女人，大妹便完全地归属于她了，吃的穿的用的，全由她包了，似乎大妹不是她的孙女，而是她的小女儿。她与儿子虽然住在一个屋顶下，但她一直是独立门户的。她疼儿子疼孙子，却从没起过要合着过的念头。她一则怕烦，二则是担心女儿要闹。她的女儿阿彩也住在这条弄堂里，常常嘀咕母亲偏袒了儿子。阿彩有时跑来看看她，明拿暗偷的，连双筷子也要的。本来么，老奶奶扫扫弄堂，一个月也有三十好几元，可她跟大妹俩常常是羌饼、萝卜干、青菜汤的，剩下的钱飞到哪儿去了？阿彩本来就有疑窦。

"嘻嘻……"大妹听到奶奶又要晚点回来困，笑着问奶奶，"搓麻将地？要不要我来相帮吵？"

老奶奶吓得四处张望，瞪了她一下。

"哇啦哇啦叫啥，你怕没人听见？出了事体当心我抽你的筋……天一黑就去困，不要出来，听见伐？"

大妹怯怯地点了点头。上次奶奶在南京外婆家搓麻将，她偷着去看，明明看见南京外婆家的几个女孩子脚钩着脚绕着圈子在唱小曲："二呀么二郎山，中国人爬高山，一爬爬上喜马拉雅山，红旗插上山；美国人看了眼睛馋，也来爬高山，一爬爬上喜马拉雅山，一跤摔下来，摔得屁股粉粉碎……"奶奶笑微微地从上衣的门襟里摸出几粒硬糖分给她们吃："乖乖，唱响点，脚踏重点，吵耶！"那些个笑声、歌声、顿脚声淹没了老太太们搓麻将的声息……可是奶奶为什么不要她去吵呢？她不高兴地想着。

这一天晚上，她困到半夜的时候，想小便了，她先是忍着。奶奶还没回来，四周黑洞洞的，处处都像有怪脸藏着似的，她不敢起来。她翻来覆去的，竟又睡着了。一入梦，她便四处找马桶，后来在晒台上她看见了小辫子用的花痰盂，她欢喜得一屁股坐上去，美美地尿了一阵……

在她最开心、最轻松的时候，她被奶奶赶出了被窝。在昏黄惨淡的灯光下，她发觉并没有什么花痰盂，她看见那湿了的被絮冒着袅袅的热气，呈现着一种幻景似的迷茫。她呆怔怔地看着。奶奶愤恨地喊道：

"我要熬到哪年哪月哇……"

二

小辫子长到三岁的时候，是最好玩的了。他像块橡皮膏，整天地粘在大妹的背上，谁抱他也不要，他娘真没办法了。

天热的时候，大妹驮着他，跑过三角地小菜场，再穿过一条马路。那里有一个很大的冷藏库，离着它远远的，就能看见袅袅的冷气弥散在大门口，空气里充满了浓烈诱人的腥味，甜甜的，酸酸的，门口的长椅上坐着两个裹着棉大衣的老头儿。大妹和小辫子在这儿能转悠个老半天，沐浴着冷风腥气，真是个避暑的好地方。逢着运气好的时候，他们还能拾到一些干净的碎冰块，他们捧着冰块，嘴里咝咝地直叫，那个凉啊，实在是透心。玩过了，他们便把冰块含在嘴里，让清冽的凉意一直洒入心肺。这是他们最快活的好时光。

冬天里，大妹驮着小辫子跑到附近的一个荒场里，那里阳光无遗无掩，遍地的碎砖断梁是他们天然的玩具，大妹领着小辫子扔呀踩呀踢呀转呀，小辫子玩疯了，就不想回家，总要他娘来找。

有一次，在一个卸了屋顶的破厢房里，他玩倦了，偎在大妹的身上，两个人竟昏昏地睡着了，夕阳淡淡地照着他们，风搓揉着他们枯黄美丽的头发，那情景好温柔好凄凉。他娘寻来，见了竟怔怔地老半天没动。这个苏北籍的女人当初来上海投亲靠友，很受了一番凌辱，还过了一阵子流浪生活，扛大包、捡破烂，什么苦没吃过哇，现实使她的心变冷漠了，她能够在一群穷孩子的饥饿的注目下吞嚼吃食，她关心的永远是她自己。经人撮合，她嫁给了大妹的爹，她从没有把大妹看作是家庭的一员，生理上心理上她对大妹都有一种憎恶感。她不像一般做后娘的，狠心毒打折磨前妻的孩子。她对大妹不管不问、漠然视之，好在她们不在一个饭桌上吃饭，她尽可以从精神上排斥大妹的存在。她这样，反倒在周围邻居的眼里博得了个宽容的好名声，况且大妹这个丑陋的畸形人也唤不起人们多少同情心。

此刻，她看见自己健康可爱的儿子与一个歪头姐姐亲昵地偎在一起，心里突然领悟到一个痛苦的事实：这是一对骨肉相连的姐弟，无论她如何回避，血缘的锁链无法裂断。这使她感到一种隐约的恐惧，她回想到孩子群中也很少有她儿子的欢声笑语，小辫子似乎跟大妹一样的孤独、寂寞，她意识到儿子因为大妹将要失去很多很多。想到这里，她不寒而栗，她一把抱起睡着了的儿子，也不叫醒大妹，逃似的离开了那个阴冷荒寂的瓦砾场。从这以后，女人开始小心地看护着儿子，她不让大妹接近他。她怕儿子吵，让他去亲戚家住了几天，希望他回来后，能把大妹忘掉。

大妹浑浑噩噩的，背上一下子没了人，似乎挺不起腰来，反比先前更加佝腰曲背了，那本来拢在她额前的一丝灵气、一点活泼，此时也黯淡消失了。她依旧常去那个荒场，丢了魂似的跑。那阵子，她奶奶正病着，开头两天，老人还撑着，一大早就扶了把大扫帚出门去了，那竹枝扫帚拖过地面，发出一种哗哗的声音，在早晨的空气中流得很远。黄昏的时候老人也扫。后她不行了，躺着起不来，那扫弄堂的事便自然而然地由大妹接去做了。弄堂里的枝枝杈杈，每一条小巷、夹弄，大妹都相当熟悉。不过，她只在早上的时候扫，她起得比她奶奶还早，在灰漾漾的天色中，她从弄堂的支弄里扫出来，"刷——刷——"她的手势跟她的歪脖恰好连成一条折线，因此看上去很奇特很别扭。四周很静很沉，只有她那畸形的身子映着弄口黯淡的孤灯，晃晃荡荡的，反射出一种神秘的与生俱来的痛苦。早起买小菜的人从她身边走过，很少有人细细地看她一眼，人们习惯了昏黄的黎明里扫街人的身影和她特有的声息，它同早晨的含义和未尽的睡意连在一起。

因为早起的缘故，她在学校里上课竟然伏在桌上睡着了，老师也随她去，大概对她早已失去了信心。有一次，她醒来的时候，教室里竟然空无一人，连门也反锁上了，她只能从窗子里爬出来回家。想到没有一个人关心她，提醒她，那天她感觉着一种伤感、凄凉的情绪，她明白总是因为自己的歪头和迟钝，让同学们讨厌，她因此对自己痛恨到了极点。她绕过家跑到了荒场里，她找了一根枯树枝，抚弄了半天，忽然抽打起自己的歪脖来，一下，两下，三下，火辣辣的，她涩重的心膨胀起来，她觉着难受，便哭了起来。

有一个很柔很柔的声音在叫她。她睁开眼，她看见小辫子站在一个小土堆上，背后是灰色的天幕。他那双可爱的眼睛里汪着泪，两条小手臂举得高高的，他的脖子是那么优雅挺拔，她入迷地看着。她忘了自己的痛苦，只是战栗着，凝望着眼前这个美丽健康的小身子，这个唯一亲近她的小孩子。她觉着背脊灼热起来，心中燃烧起一种很深的渴望，她怀着很多的希冀，狂喜地叫了一声，便向她心爱的弟弟跑去……

小辫子是上午回家的。他在亲戚家里吃不好、睡不好，老是吵吵嚷嚷的，像只烦躁的小兽，他们拿他没办法，只好提前把他送回来。他一到家就往后面跑，可后面的小房间里空空落落的，没有大妹的影子，他也不问他娘，就跑下楼，坐在后门的石阶上，默默地等着。他知道到中午吃饭的时候，大妹总要回家来的。他娘偷偷地观察他，发觉他依旧迷着他的姐姐，心里不免发酸，她很想一把拉他起来，拖上楼打一顿，可是一看见他那细瘦的身子，还有变得忧郁的眼睛，她就不忍心了。小辫子等了好一阵，后来就跑到荒场里来了。谁也不知道他是怎么想的，他又是如何一个人横穿三条小马路，绕过一条迷宫似的小巷跑来的。他果真找到了她。

大妹的背上又有了小辫子，也有了活泼的气息和闪烁的笑意。她驮着他到处跑，她希望所有的熟人：邻居、同学，都能看见她那健康可爱的弟弟，他的存在似乎已经超越了她自身的存在。

跟一只成熟的果子落地一样，慢慢地，小辫子喜欢自己走了，他不再要大妹驮他了。他在前面跑的时候，大妹就在后面追，两个人依旧是形影不离。后来小辫子进了幼儿园，是他娘执意要送他去，他爹先是不同意，说是浪费钞票，到时候进学堂就可以了，何必去闻洋味呢。幼儿园办在从前的一个天主教教堂里，所以他说是闻洋味。可女人吵得不行，似乎孩子不进幼儿园，便一辈子亏了。

小辫子进了幼儿园后，学会了唱"小鸟飞，小鸟飞，你要飞到哪里去……"还学会了跳新疆舞，重要的是他有了许多小朋友。他的小辫子已经剪掉了，留了一个漂亮的小分头。为这事，他奶奶跟他娘闹翻了，老人的意思，辫子得留到十岁方能消灾免难。有一个漂亮的小姑娘跟他特别好，吃饭、游戏、排队，都要跟他在一起。她住在马路尽头的一幢红砖楼房里，她每天去幼儿园路过小辫子家，便要停下来等他。看着他们手拉手地一起走路，陌生人都会停下来微笑的。这一对小人儿情深意笃，未免引起旁的孩子的妒忌。有一次，小辫子刚刚踏进教室，有个男孩子叫了一声："歪头来啰！"教室里顿时哄的一声。孩子们又笑又闹，把个小辫子窘得满脸通红。他狠狠地瞪了一眼那男孩子，便闷声不响走了进去。那一天他没认真玩过，他坐在小方凳上，有点忧郁地望着窗外，他那双明亮的眼睛，像小鸟垂下的翅膀，不再扑闪扑闪的了，两颗亮晶晶的泪珠慢慢地沁出他的眼角。他一下子大了许多。

那一天他回家，他破倒地没搭理大妹。大妹迎在路口，她张着两手，茫然地看着扭头而过的小辫子，她叫了他一声，他却撒腿跑得更快了。大妹看着他头也不回地跨进了家门，她的心像进了水的小船，在缓缓地、可怕地沉坠下去，她模糊地意识到她将失去他了。世界顿时苍茫起来，她更觉孤独。

奶奶的病时好时坏的，大妹便也时常去扫弄堂，早上的时候，弄堂里还很灰暗很僻静，那时候四周有一种浓郁的神秘气息，处处回荡着令人不可思议的声响和隐约的低语、暗泣，它勾起她无端的遐思，她觉着有什么东西在靠近她、温柔地抚摸她，她的身子快乐得战栗起来。她认真地扫着，每一个旮儿，每一堵墙后，她寻找那撩人的东西。她猜那东西准是小妖精或是狐狸精什么的。

有时候，她也在黄昏的时候出现，那是她奶奶要去搓麻将了，让她"顶班"。她也乐意。现在小辫子老躲着她，她孤孤单单的，无所事事，她觉得扶着扫帚柄有一种牢靠实在的感觉，而且她可以走遍弄堂的每一个小角落，她喜欢那些人迹不到的冷角，它们的神秘和鬼祟之气时时在激动着她的想象。

她在黄昏的时候扫弄堂，总有一群调皮的孩子跟着她，有时候竟有长长的一串，他们拍着手边笑边唱：

大歪头，饭榔头，

吃饭吃了一钵斗，

跑出门口跌斤斗，

夜里撒尿湿被头，

…………

　　大妹有时候半倚着扫帚，默默地听他们唱，她不动，她总盯着那些健康而且美丽的孩子看，她喜欢健康美丽的东西，她的眼睛里有一种温和善良的神情，它温顺得仿佛不是人的眼睛。等他们唱完了，她一挥扫帚，小孩子们就哄地笑着跑开了，这个时候，她也会露出几丝笑意，她不会发怒。只有一次，她在孩子群中看见了小辫子，小辫子和一个漂亮的小姑娘手拉着手，嘴巴朝天跟着唱，她原本和善的眼睛里流露出一种很伤感韵怨艾的情绪。她定定地看着他。小辫子发觉大妹看见了他，他羞红了脸，他本来就在队伍的后面，这时候不由得又退了两步，他身边的小姑娘却一把拉着他，把他推到前面来：

　　"问呀，你问呀，你答应问她的嘛……"

　　小辫子就站在她面前，离她那么近，她听得见他的呼吸，还有她所熟悉的气息，那种淡淡的甜甜的奶味，这仿佛是很久以前的事了。她有一种恍惚的感觉，觉着她依旧驮着他，寒去暑来的，走过一个又一个白日。她真想满街地跑着，喊着他。她温和含情地看着他，她听见有人在催着他问什么，她不明白他为什么踌躇着不开口，她等着他，她觉着心里有一种东西在细细地沁出来，炽热不已。这个时候，她愿意为他去死。

　　"呃，你的头，不，你的脖子……是……怎么歪的？"小辫子支支吾吾地问她，他脸含愧色，尽管他曾经多么骄傲，可他现在显然很沮丧很为难。旧日的情意毕竟还不至于完全湮灭。

　　"是鬼吹的……一阵鬼风吹歪了我的脖子……"大妹迟疑了一下，用一种令人心颤的平静的语气回答。

四周很静很静，孩子们都不说话。有一种苍凉可怕的感觉，一种对命运无着的恐惧悄悄地袭入他们的内心，他们觉着身子涩重起来。就在这时，一股阴森、急剧的穿堂风平地而起，奔马似的掠过他们，每一个人都不由自主地伸手摸了摸自己的脖子……

三

大妹十四岁的时候，辍学了。她勉强地升到三年级，便无法再有长进了。她奶奶想省钱，便让她退了学。没有人责怪她奶奶，她智力低下，三天两日地要尿床，经常发呆，每学期付出去的学费、书费原本就花得冤枉。

大妹离开学校的那天，孩子们在跳集体舞。广播喇叭里放着轻盈的舞曲，同学们拍着手，绕着圈子跳着走步，她提着书包远远地走过，只看了看，便又继续走她的路了。她已经长得很高了，歪着脖子，她温和的眼睛里没有忧伤，一副豁达的气度。

大妹一退学，她的大姑妈阿彩便神经紧张起来，生怕大妹真顶了老奶奶的班。阿彩住在弄堂底，与老奶奶隔着十来个门户，母女间并无什么亲密的往来，只是彼此有个什么动静，都一清二楚，就在眼皮底下嘛。

阿彩早就窥探着扫弄堂这个美差了。早先她是个不挂牌的媒婆，可现在时兴自由恋爱了，年轻人看见她都逃之夭夭，她无形中就失业了。后来她到里弄手套组去做过，一整天站在剪刀机旁，手脚不停，还得闻那橡皮手套的臭味，一天也只有六毛钱，她吃不了那份苦，勉强做了半年，就逃回家了。她因此而眼馋起她母亲的工作来，一天扫两遍弄堂，算破天也只有两个小时的生活，一个月倒有三十好几元的收入，这样的钱来得轻松唯。她现在接点手工生活，比如拆纱头啦，粘贴盒子什么的，弄点钞票贴补家用。她寻思等老奶奶爬不动了，或者归天了，就去接管那把扫帚，女承母业，此事只要居委干部点头就可以了，因此她对居委干部总露出一副朝圣者的面孔，巴结得很及时。这件事本来已十拿九稳了，可现在冒出个大妹，这个歪头姑娘一日大似一日，整日捏着把扫帚，从弄堂的东头扫到西头，勤快，肯用力气，已经有不少人当着老奶奶的面称赞大妹了，久而久之，大妹不就正式接班吗？阿彩这样想着，心里便窝了团火，她决心要让老奶奶明白，要一脚踢开她这个女儿，没这么便当。一天，她趁大妹的爹妈都在家，闯到老奶奶那里，老人正邀了几个老女人坐在"榻榻米"上摸纸牌玩呢，见了阿彩，也没招呼她坐，只是眼皮抬了抬，算是问过了。阿彩也不客气，往那大箱子上一坐，便发难了。

"娘，听说你要办移交了？我等你呢！"

"没的事，我还没死呢！"老奶奶撇了撇老嘴，没好气地回答。

"正是啊，我想你还没有老糊涂，亲女儿也不要了。我先把丑话讲在前面，扫弄堂的事你哪天不干了，我就哪天接了去……大妹的事，你养得起，我这个姑妈也成，做父母的狠得下心，我倒狠不起来呢！让年轻姑娘去扫垃圾，真是不要脸的贱坯……"阿彩拔高了喉咙，先是话中带刺，后来索性指名道姓地骂起隔壁的哥哥、嫂嫂来，她还连带着把小辫子也骂了，说这个小杂种把老屈死的钱都骗光了，穿得像个洋货店小开，眼睛朝天不得了啦，走过她大姑家也不晓得进来问候，抖开来什么底呀？阿奶是扫垃圾的，娘是讨过饭的，爹是江北猪猡，阿姐是歪头……

阿彩越说越来劲，前面她弟弟一家子自然是听见了，也有声音反响，闹不清是哭泣还是拉扯，总之像是有人要冲过来，但又始终没人露面。后面陪老奶奶打牌的几个老女人早已悄悄溜走了，她们都有点怕阿彩，阿彩的凶悍是有名气的。

老奶奶不怕，她从来不靠儿女，说话用不着低声下气的。她颤着双半大脚，跑到晒台上，拿了把大扫帚，嘴里骂着"烂污×、臭×、骚×……"就向阿彩挥去。阿彩早就料到这一着了，她机灵地一闪，便逃到门边，拉开嗓子骂娘：

"老蟹！老货！老屈死！老糊涂……"

老奶奶把扫帚朝她扔去，她飞也似的下了楼梯，扫帚也随之骨碌碌地滚了下去，楼梯上扬起一片迷蒙的灰尘。

第二天，当老奶奶带着大妹出来扫弄堂时，弄堂里已是干干净净、一尘不染的了。老奶奶疑疑惑惑地望过去，只见弄堂的尽头，阿彩正握着扫帚，朝她挥挥手，那样子既得意又张狂。这一招差点没把老奶奶气了个半死。老人脸上不动声色，她沉着地挥起扫帚，在那扫过的地面上又细细地扫起来，每一条石缝，每一个旮旯儿，她熟悉它们就像熟悉自己的身子，不知道为什么，今天她扫过它们的时候，身上就掠过一阵凄凉，这是她赖以生存的土地，她心里有一种萎靡的痛苦，她想，"我是不放弃它们的。"

大妹提着长柄畚箕，默默地跟着奶奶，一步一步地走。

翌日，老奶奶起得更早了，她依旧带着大妹。随着她挥动扫帚，在水泥地上发出哗哗的声响时，弄堂的另一头也响起了同样的声音。两个声音，一沉一浮，在这寂静灰暗的早晨组合成一种奇特的音响，经久不息。

这样默默的竞争持续了一个月，老奶奶照例挨家挨户地去收扫街费，使她气恨的是每一家主妇都惊异地告诉她：

"阿彩来过了，她代你收去了……"

老人没有绝望，她走进了居委会，她懂得如何维护自己的权利。结论是公道的：阿彩交出了收纳的扫街费，大妹也不再去扫街。居委会答应一有机会就给大妹介绍工作。

老奶奶似乎更老了，她扫地时发出的"哗——哗——"的声音里含有一种疲惫和怨愁，似乎在诉说着"老罗——老罗……"。

小辫子已经上学了。他只在家里跟大妹说几句话，到了外头，尤其是在同学面前，他从来不跟大妹说话。大妹也习惯了这样，她只是温顺地热情地望着他走过。他俊美挺拔，含着一点忧郁高傲的神情。她驮过他，替他系过鞋带，拉着他跑过……他现在是这一带最聪明最漂亮的男孩子，她因为这个而感到骄傲。逢着小辫子在家里做功课，她还喜欢探头探脑地看，出出主意，像是有一肚皮学问似的。小辫子也不听她，只是一笑了之。有一次做作文，他托着脑瓜子发呆，大妹走来一看，作文本上写着一行字：

　　我最喜欢的地方

　　"咦，这有什么难的？"她想了想，两只手合在一起，眼睛望着低低的天花板，怀着一种幸福的激情，轻轻地说，"你就写那个荒场，那里太阳像烧起来似的，灰尘翻卷着，一片安静，连小鸟也喜欢在那里筑窝，你还记得那个破房子吗，连屋顶都掀掉了，还有截断的柱子……喔，多么美丽的地方……"

　　在瞬息之间，小辫子也感受到了那种飘逸的幸福，他似乎也看见了那纯洁和严峻的天空，他想起了那潜隐得很深的过去，在那个又快乐又伤感的黄昏，他看见她抽打自己的脖颈，他想到这里，他的心便紧缩起来。他忽然合上作文本，跑了出去。

　　不久，里弄里开始动员社会青年到新疆去。老奶奶替大妹报了名。在她看来，把大妹交给国家，这是最好的归宿了。没有什么人替大妹惋惜，居委会还替大妹虚报了年龄，连她的尿床、智力低下、残废，也都瞒了。为这，老奶奶差点要跪下叩谢他们了。

　　大妹自己也很高兴，一直呆在三层阁上，她已经腻了。虽然她对于新疆是一无所知，她只知道那里很大很大，有工作做，还有饭吃，这就够了。而且，由此而来的每一天，对于她都是那么新鲜、快活，领军装，买新牙刷、新毛巾，不时有奶奶的老朋友来看她，送给她鞋子或是衬衫什么的，连不大与她多话的妈妈也对她亲切地微笑，还陪她逛了一次南京路，送给她一只帆布包，一条羊毛围巾。生活一天比一天热烈、兴奋，她不明白这都是因为什么，她仿佛不再是歪头歪脖子了，不再是撒尿泡了，晚上的时候，她问奶奶：

"我不去新疆了吧？"

"为什么？"奶奶紧张地问。

"这里开心来。"她笑嘻嘻地回答。

奶奶呸了她一下，骂她：

"你晓得个屁！"

接着又爆出个大新闻，大妹的亲生母亲还在。原来当初她是离了婚走的。她要来看大妹。大妹初听到这个消息时，并没有什么异常的感觉，她很早就猜测到了，她并且对她母亲生有几分怨恨。

阿彩来找老奶奶，说要带那女人来，老奶奶先是阴沉着脸不说话，后来叫大妹到她跟前来，看了她好一会才开口。

"事到如今我也不能瞒你了，"奶奶说的时候脸上毫无表情，"你娘走的时候，你正病着，一阵一阵地抽筋，吓死人了，你那脖子就是那时候弄坏的……离婚协议上，你归你娘抚养，可你娘带走了你姐姐，你姐只比你大十个月。她们走的时候，你爹不在家。他回来后，吵着要去找她，要用你去换你姐，是我劝住了他。这样你就归我了。她走的时候，我在床上，醒着呢，我听着她们一步一步地走远，我心里说：走吧，走吧，永远不要回来了……可现在，她又好意思来看你，看了又怎么样呢？她不会带你走的……"说着她又把脸转向阿彩，"阿彩，我不知道你们鼓捣在一起搞什么鬼，我不管，反正这个门我是不让她进的，随你们到哪儿去搅，只是不要把大妹教坏了……"

老奶奶说完了，就不再出声，只是默默地坐着，也不看阿彩。阿彩的脸一阵儿红、一阵儿白，竟说不出什么来。她猜老奶奶是看出她心思来了，怕言多必失，灰溜溜地走了。

阿彩是半年前找到大妹的亲娘的，她原来的心思是想让大妹回到她亲娘身边，她看到大妹吃老奶奶的饭，她做女儿的反轮不到份，心里就有气，而且让大妹母女团聚，再怎么着也是一份为人的功德。阿彩是相信轮回报应的。想不到大妹的娘根本就没这个打算。那女人后来嫁了个海军军官，当官太太了，生活安安逸逸，若让大妹去一搅和，家里不是要乱套了吗？因此，她瞒着丈夫，磨磨蹭蹭的，挨到现在知道大妹要走了才来看，也算是送行吧。

母女相见安排在阿彩家里。大妹疑疑惑惑地打量着眼前的女人，那女人端庄娴静，与她想象中的母亲全然两样。她想象中的母亲是衰老、满头银发，跟她奶奶一样的。那女人叫了她一声："大妹！"就眼睛红红的了，她拉着身边一个漂亮姑娘对大妹说：

"这是你阿姐……"

大妹愕然地看着这个陌生姑娘，老半天没说话，忽然又犯傻地笑起来，她的笑声温顺、自然，没有激情。

那姑娘有点厌恶地退了一步，搀着她母亲的胳膊。

大妹的母亲给了她好几件衣服，还给了她十来块钱。大妹捧着这些东西，看了看，很欢喜的样子，她害羞地看看她母亲，阿彩在一旁催着她：

"叫人呀，叫呀……"

大妹嘻嘻地笑了两声，忽然没头没脑地叫了声：

"奶奶。"

那女人见大妹又丑又傻，心里便冷了许多，没多磨蹭就走了。

晚上，小辫子破例地跑到大妹的房里，东扯一句西扯一句地挨了半日，临出门的时候忽然悄声问大妹：

"那个阿姐跟我像吗？"

大妹身子打了个冷颤，竟回不出话来。

四

过年的时候，大妹给奶奶寄来了二十块钱。小辫子替奶奶到邮局去取钱的时候，外面正下着雪，三角地小菜场旁边的一长龙吃食棚，顶上覆着一层白雪，竟有点像童话中的小房子，漂亮极了。

收到钱的时候，老奶奶哈哈哈地笑得合不拢嘴，后来她慢慢地垂下头，沉思似的不再出声。那二十元钱飘飘洒洒地散落在地铺上，小辫子一张一张地拾拢来，递给奶奶，见奶奶不动，便推了她一下，这才发觉奶奶已经死了。医生说她是老死的。

大妹还在上海的时候，老奶奶也发过一次病，昏迷中是阿彩送她上医院的。老奶奶的好朋友南京外婆啦，老虎灶阿姨啦，都跟了去的。老奶奶醒转来，就从上衣的门襟里摸进去，她怔了怔，随后恶狠狠地盯着阿彩看，大声呵斥："拿出来，我的包……"她的口气威严冷酷，不容置疑。阿彩什么也没说，乖乖地掏出了一个灰布包包，扔还给了老奶奶。老奶奶不动声色地把它藏进了怀里。这灰布包是老奶奶包钱的，据说还是老阿太传给她的呢。南京外婆和老虎灶阿姨都觉着奇怪，她们一直在场，倒没发觉阿彩做过什么手脚，老奶奶混混沌沌的，怎么就一下子吃准是阿彩趁火打劫抢了她的钱了呢？大概是知女莫如母吧。

办丧事的时候，有人提到了大妹，应该叫她回来。提虽是提了，可终究没人出面去通知大妹。他们连乡下的姨奶奶也没去通知。来了，谁负责她们的膳食和路费呢？

看着奶奶的遗像，小辫子不由得想到大妹，她和奶奶相随着，风风雨雨地清扫着弄堂……那些个很平常的日子，此刻竟很清晰地浮现出来，历历在目。这个聪明可爱的男孩子，心里被一种初萌的伤感触动着，他含着泪，悄悄给大妹写了封信，告诉她奶奶故世的事。奇怪的是，大妹竟没有回信。从这以后，便很少有大妹的消息传来。

又过了很久，有人从新疆回来，竟说大妹已经结婚了，男人是个农场老职工，还有了儿子，聪明漂亮。一切既不可思议，又难以否认。

　　岁月无言地流逝着，当人们渐渐地淡忘了大妹的时候，她忽然来了封信，说是要回来探亲了。

　　屈指算来，大妹离家也有二十年之久了。信是写给她爹的，小辫子也看了。那晚他在圆明园路的高房子下与女朋友荡马路，告诉女友他是家中的独子，回到家中却意外地看到饭桌上搁着大妹的来信。他淡淡地扫了扫，什么话也没说，就钻进了后三层阁。自从奶奶故世后，那里就成了他的小天地，很少有人进去。

　　读书的时候，小辫子的功课一直很好。假如世道中兴的话，他当个硕士生、博士生是不成问题的。可是那时候，大学都关门了，中学毕业后，他只得进工厂当了一名普通工人。"身在下层，心比天高"，因为他写写画画很有几手，先后在厂政宣组、技术组、团委筹建组、一打三反办公室等处混迹，多年下来，竟一事无成，最终还是回到车间里去挥锄头了。几经磨难，他变得阴沉并且寡言了。

　　大妹是一个人回来的。原先以为她会带儿子来，可是没有。后来才知道她的儿子十来年前就没有了，死于火灾，据说火起的时候，她只晓得抢那些家什，却忘了儿子。

　　"真戆呵！"老人们叹息着，却没有责备她的意思。只要看看她粗糙多皱的皮肤，就明白生活多含辛茹苦的了。

　　晚上吃饭的时候，饭桌上多了一个大妹，一个阿彩。阿彩是听到消息就跑来的，自然就留下吃饭了。她现在很老了，她接了老奶奶的班，也快扫不动了。小辫子还没回来。大妹提筷子的时候，踌躇了好几次，问她娘：

　　"不等弟弟了？"

　　她娘没看她，只是狠劲地摇摇头，说：

　　"吃吧，吃饭……"

　　大妹夹了一块红烧肉，笑嘻嘻地，又有点害羞地说：

"我带了钱来……"

她说得很轻，也没人接口，大家都像没听见的样子。

吃到一半的时候，她爹忽然问她：

"小孩呢？你的小孩做甚不来？"

大妹想了想，说：

"有一个丫头，七岁了。是坏脚，咋来？"

"喔……"她爹怔了怔，随即又问，"叫甚呢？"

"小妹。叫小妹……"

阿彩"扑哧"笑了，喷得半桌子都是。她的兄嫂都诧异地看着她，不高兴的样子。阿彩忙着收拾桌子，又大声地嚷嚷着：

"哎呀，是不是小儿麻痹症啊？上海儿童医院能治的，报上登过的，你带来就好啰……"

大妹兴奋地半抬起身子，问阿彩：

"真的？那我明年来，把小妹带来……"

她娘吞了一大块饭团，乜了一眼阿彩，说：

"报纸上的事好相信的吗？都是骗人的……浪费钞票。"

大妹看看她娘，疑疑惑惑的，张了几次口，可终究还是没说什么。

晚饭后，阿彩看了看房间，还是老样子一只大床，就问：

"大妹晚上哪能困啊？"

"搁只帆布床……一个人，也蛮惬意的。"大妹她爹打量着四周，指了指板壁那里的空当说。

"那后面呢？"

"后面现在是你阿弟的了……"她爹和她娘一起回答。

大妹若有所思地点点头，脸上忽然漾起一丝神秘的笑意。

阿彩临回去的时候，对大妹说：

"还是住到我家里去吧，我那里有床空着……"

大妹摇摇头，不肯。

阿彩走到楼梯的拐角，想了想，又别过身，朝着站在上厨小平台上的大妹：

"明天，明天我来接你，你再想想看……"

大妹没有回答。她只是望着这弯弯的楼梯，黑黝黝的，她得阿彩很像一个人，又威严又神秘，她又听见暗中有人在叫她："乖乖……"她恍如又回到了过去。回到房间里，她对着老奶奶的遗像愣了很久。奶奶的眼睛大大的，空落落的，冷冽冽，她心里不由生出了几分惧意。

一直到灯熄了，小辫子还没回来。

帆布床很柔软，大妹静静地躺着，她觉得很累很乏，可她睡不着。她不明白自己怎么会睡在这个房间里，这里宽敞、陌生，高高的天窗像只怪眼深不可测。她觉着四周活跃着某种怪诞的气息，像有什么在接近她，摸她似的，楼梯上还有连续不断的细微的响动。她不时抬起身子，深深地倾听着，她心里的希冀和渴望伴随着时钟的滴答声持续地膨胀、收缩，她感到一种生育般的痛苦……

午夜时分，一阵迟缓沉重的脚步声在弄堂里响起来，她坐起来，脉搏"扑扑"地跳得快了，她张开两臂抱着自己，她觉得脚步声慢慢地近了，她的心看见他摸着扶手，仰着脸走，她觉着背脊上忽然温热起来，充实起来，有什么柔软的小身子在甜蜜地蠕动，似乎是一个，又似乎是两个，像是小辫子，又像是那夭折的儿子，健康，漂亮。不管怎样，她又驮着他们了……

脚步声在门外停顿了一下，又折回去，移门拉动了，后面房里重重地响了一下，便没有声息了。她双手蒙着脸，手指抠着眼睛，眼泪很涩重地跌落下来。

第二天早上，她在那扇移门外徘徊了好几次。她闻着一股淡淡的甜腥的气息，原先那么熟悉那么了然的地方在她心中一下子变得神秘和温馨起来。她甜蜜、羞怯地犹豫着，那股迷人的浆果似的气息浓郁起来，她不由自主地去扶那拉手，就在这时，门开了，一个她全然陌生的男人出现在她面前。他清秀沉郁，昂首而立，这是她见过的最出色的男子了。她心里升腾起一股令人心醉的骄傲，儿时的那些个迷人的日子像倒流的水一样重新回来了，那时他依恋她，爱她，离不开她……

"阿弟！"她喜悦地叫着他，温顺的眼睛亮闪闪地凝望着他，这是个充满渴望而又令人拘谨的时刻。她张着两只手，她不明白自己究竟想要什么，她像个混沌初开的孩子，羞怯地热情地微笑着。

可是他默默无语。他似乎没有听见她的呼唤，只是兀立着，她觉着他的目光像扫帚一样慢慢地扫过她的歪脖。

她垂下目光，然后，她听见他下楼的声音，一步一步，就像踩在她心上。

阿彩来看她的时候，她已经坐在门槛上等着了，身边撂着她的旅行袋。

阿彩喜滋滋地把大妹接到了家里。她替大妹搁了一只床，铺上松软的新被褥，她还天天跑小菜场，买鱼买肉：他们夫妻俩、大妹、还有他们的三个女儿，六个人天天吃得嘴上冒油，像过节一样，快快活活的。只是大妹常常一个人发呆，她身上有一种忧愁的气息，她会久久地坐在阳光下，眯细着眼，她仿佛在缥缈的、炫目的光束中看见了什么，脸上充满了幸福、痛楚和苦恼。

她的亲生母亲也来看过她了。那女人也老了，她表现出一个母亲的温柔和慷慨，她带大妹到北四川路上的凯福饭店去吃了烤鸭，还给未见过面的外孙女买了漂亮的布拉吉。"让她去学跳舞……"她兴致勃勃地说。

大妹没好意思提醒母亲，小妹是个坏脚。大妹在她亲生母亲家里过了两天。那两天不知为什么，那个海军军官和她的阿姐都没有露过面。

大妹被包围在一片温情的纱幔中，日子如梭，假期结束的时候，阿彩忽然要把大妹送回来了。小辫子的母亲怀疑其中有诈，便直截了当地盘问起大妹的经济情况来。大妹先是不肯说，后来小辫子的母亲请了里弄干部来，左邻右舍也来了不少，都是一些老乡邻，众人连哄带吓的，才问出个究竟。原来大妹随身带的四百元钱，除了到凯福饭店吃饭、替小妹买了布拉吉等等，其余的都给了阿彩。她已经身无分文了，连回新疆的路费也没了。

众人闻言都对阿彩怒目而视，并叫她把钱还给大妹。可阿彩两手一拍，哭开了。她说她起早摸黑地排队买菜，把大妹当太婆服侍，"别说四百元，我自己的私房钱也用光了……到现在功劳没有，苦劳也没有，逼着我还钱，我就是抢银行也来不及啊……"

她边说边哭，一泡眼泪一泡鼻涕的，众人也傻眼了，原来他们一家子天天过节一样热闹，折腾的都是大妹的钱！

如果责怪阿彩黑良心，那似乎也太过分，她已经尽了最大的努力让大妹过快活日子。人们不能原谅的倒是大妹的亲生母亲。

通过里弄干部的一番交涉和努力，阿彩退出了一百元，大妹的亲母也拿出了三十元。只是她们都不再要大妹去住了，说是"讲不清"。

大妹是第二天中午上火车。她还要在上海过一夜，小辫子的母亲通情达理地留了她。吃了晚饭后，大妹提出要睡在后面一间。小辫子闷声不响地卷了自己的铺盖出来，走过她身边的时候看了她一眼，意思是：你去睡吧。

大妹缓缓地转过身，她细细地品味着小辫子那意味深长的眼光，他想说什么？她猜测着。

她慢慢地走进后面房间，然后关上移门，她把自己交给了这个她痛苦、爱恋和幻想过的地方，她觉着这里还存在着他，小搁板上放着一只烟灰缸，里面满是烟蒂，难道他晚上也睡不着？他铺边随意地扔着几本美术书籍，她翻一页便羞得脸红心跳，她捂着脸想了很久……

楼梯上有脚步声传来。有人上了晒台，是小辫子。

很晚了，他还去晒台，一个人对着广阔的夜空，想必他也很孤独。大妹支起身子，从上衣的暗袋里摸出一个灰布包包，灰布包包发出一种年代久远的温馨气息，她嗅了嗅它，在这瞬息之间，她似乎又看见了奶奶。她在暗中一笑，便轻盈地拉开移门，跑到晒台上去了。

小辫子倚在栏杆上，无边的背景衬出他的骄傲的侧影，俊美挺拔。世界空廓、幽静，远处外滩那边，上海大厦像座晶莹透亮的宫殿耸立在浓浓的黑暗中。大妹站在晒台的门槛上，心里充满了温情、幸福和忠诚，好像她的生命得到了另一个生命的馈赠。她在心里呼唤着他，在这个神秘奇异的时刻，她无法用语言和声音召唤他。

他回过头来，他的眼睛里闪烁着一种残忍和冷漠的光，有时也有几丝温柔。两个人的目光不可抵御地交接在一起，神秘、紧张而又坚定不移，往昔的甜蜜和苦涩掠过彼此的心头，摇曳着向远方沉落。这是转瞬即逝的时刻，他很快恢复了冷静，挥了挥手，就要往外走。她没有退步，捧着那个灰布包包朝他走过去：

"给你，我送给你，好成个家……"

她说话走了音调，她柔情地看着他的脖颈，他的眼睛。他犹如在梦中，他接过那个灰布包包，慢慢地把它打开，一层又一层……展现在他眼前的是一张又一张的"大团结"，整整有一百元。他抬起头，他看见她柔情脉脉的眼睛里闪射着占有和满足的光辉。他掂着手中这些钱，他需要它们吗？他想到这些的时候，心里对自己生出满腹的怨恨和嫌弃。他忽然冷笑了一下，把灰布包包狠狠地扔到了她的脚下，然后头也不回地走进了房里，门砰地关上了。

二天一早，天地还灰漾漾的时候，大妹拿了扫帚，从弄堂口开始扫了起来。她那大扫帚拂过路面的时候，声音坚定而沉着。四周回荡着窃窃的私语，有熟悉的也有陌生的，她分辨出了奶奶的声音，那声音慈爱而亲切，它召唤着她，从外弄堂到里弄堂，在每一个旮旯，每一个台阶处等着她：她扫遍了弄堂的每一个角落，她熟悉它们就像熟悉自己的身子。

中午的时候，她走了。她提着那只陈旧的旅行袋，一步一步的没有回头。

五

这事已经过去好几年了。没有人知道大妹现在的消息。

1988年5月

屋檐下的河流

我的一家是很不寻常的一家。我们家里充满了自由、浪漫和独立的精神。

我奶奶识字不多，她从小出生上海，跟着经商的父亲学会了用自由的商业精神来看待这个世界，她豪爽、粗俗、市民，且语言生动，出口就是俗语。我们家里文化很高的华子，她后来嫁到了十分高雅的阶层，但是只要她回到我们居住的弄堂，回到老家，她说话就必定是肆无忌惮，她话语间夹杂着的俚语在她那个文雅的阶层是会斯文扫地的。我老爸年轻时是弄堂里有名的美男子，在简陋的弄堂背景下，他衣着精美，身材颀长，一副海派男人的风格。老爸搞了六年婚外恋，奶奶没说过他一个不好，我也没因为这个而鄙夷过他。因为他让我认识了这个世界，他给了我别的孩子绝对没有过的自由。我十一岁的时候，老妈离开了这个家，老爸很快就和他姘了六年的小妖精同居了，我和奶奶轻易地接受了这个事实。我从小更是放纵不羁，可以说我还没学会走路就想着乱穿马路了，还没学会说话就口出秽语了，很多人都说我是个有异常禀赋的人。我相信我长大了必定是一个伟大的人物，到了这个时候，我要说我感激我的童年和我的一家。

我两岁的时候就知道"下流"这个词了。

我两岁的时候，特别喜欢跟着我的姑妈华子。那时候华子还是老姑娘、单身贵族。她个子不高，但是特别漂亮，身子白白的、软软的，不像我老妈，瘦瘦的、硬硬的。华子也喜欢我跟着她，她常常搂着我在床上滚，还让我骑在她的身上"坐巴士"，她一边嘟嘟地发出喇叭的叫声，一边还颤着身子逗我。家里没别人的时候，她会当着我的面换内衣，她显然没有把我当作男人。有一天我发现她一到卫生间就把门闩得紧紧的，我不知道她在里面干什么。

"让我进去！"我在外面大声地喊，我拍打着门。

"你走开，下流！"华子在里面笑着说。这是我第一次听到"下流"这个词。我觉得华子笑得和平时不一样，华子是在鼓励我。我敲得更起劲了。

华子后来老是要对家里人说起这个细节。她说我两岁的时候就很下流、很性感。在这里，性感的意思和敏感差不多，是指一种对别人的感觉。

那年过年的时候在伯伯建国的家里，我满地打滚、到处乱窜，玩得满头大汗。记得厨房里摆满了鸡鸭鱼肉，我在一大盆的猪肉下看见一种小小的细细的肉条，我后来知道这是猪尾巴。我那时候觉得这东西和我身上的小鸡鸡十分相似，我拼命地想把这些肉条抽出来，我的表姐晓荔过来，我告诉她我要这"小鸡鸡"。晓荔就吃吃地笑，晓荔的笑声和姑妈华子的很像，是掩着嘴巴有点暧昧的那种笑。我也跟着掩嘴而笑。晓荔后来笑着跑到客厅里告诉所有的人，然后所有的人都笑着跑到厨房里来看我。我还在那里傻笑。

我还想说一下，我的绰号之一叫"鸟虫"。

我们弄堂里很多人都是有绰号的。我的老爸叫"臭虫"，因为他放屁很臭。而且因为他的绰号是只虫，我也避免不了成为虫的一员。隔壁的金家爷叔叫"克腊"，据说克腊是指一种油漆家具的亮光，金家爷叔喜欢穿整脚西装，头发油光贼亮的，很像油漆家具的光亮。克腊是我老爸从小的同学、"穿开裆裤的朋友"。我们楼上蓓蓓的老爸叫"小姑娘"。蓓蓓的老爸是小白脸，长得比蓓蓓和她老妈都好看。蓓蓓是我的同学。

弄堂里还有很多五花八门的绰号，如烂袜子、屁眼、老蛤蜊、电灯泡、小辫子、新娘子……这些人的年龄都和我老爸差不多。我奶奶一辈的绰号就简单得多了，都是一些老无锡、老广东、老山东、老苏州什么的，听说当年他们就是从那些地方来的。奇怪的是，我那死去的爷爷绰号叫"小无锡"。我想不通，难道他永远不老的吗？还有隔壁再隔壁那个爱打麻将的"新娘子"，她的绰号也令我不解，她的女儿佳佳都和我一样大了，她怎么还是新娘子呢？

我喜欢老爸他们的绰号，好玩，有时候想到就要发笑。最好笑的绰号是弄堂里老山东的孙子"一梭"，老山东是个麻将迷，他的媳妇怀孕的时候，他开玩笑说，如果是个小子，就叫"一梭"，是个丫头就叫"一洞"，麻将桌上的人听了个个笑声翻天。老山东的孙子出生后人们果然都叫他"一梭"了。至于我为什么叫"乌虫"，说起来还是我奶奶的发明。据说我出生的时候我的小鸡鸡墨赤乌黑，简直和美国黑人的一样，奶奶那时候拨了一下那只乌黑的小鸡鸡说：是只乌虫么！

从这以后所有的人都知道叫我"乌虫"了。一直到我学会走路、学会乱穿马路、学会跑商店购物，我成了众人的小听差，人们又开始叫我"跑街"，有时候索性"乌虫跑街"地连着叫。我竟然有了两个绰号。我与众不同。

我三岁的时候就会独自穿马路东游西逛了。我学会了到商店买东西，上小饭馆吃点心。我一个人跑遍了附近的大街小巷。我还学会了打麻将。

我三岁的时候，正是麻将消逝三十多年后卷土重来、风行全国的时候，老爸老妈一学就会，一会就迷，他们天天玩到深夜。奶奶是老麻将了，她也忙着串门，拼凑麻将搭子，返老还童似的。那时候奶奶的身体还结实着。大多数时候，老爸在家里打牌，老妈在外面打。我挨在老爸的身边看。我就是在那时候学会打麻将的。但是我很快就坐不住了。我开始拼命喧哗吵闹。

"去困觉！"老爸眼睛看着手里的牌，大声呵斥，想打发我睡觉。

"不么！我要和你一起困觉！"

"烦死了。喏喏，拿两块洋钿去，到对面阿四店里去买了吃。"

"乌虫这么小，臭虫你放心让他一个人穿马路？"坐在老爸对面的克腊看看我，他吸的是一种古怪的雪茄。克腊是个很洋派的人。

"我带他过了好几次了，没问题的。"老爸随口回答着。

我看到克腊上过油的头发在灯光下闪闪发亮。我从那时候起对克腊的头发有了很深的好印象。

我拿了钱就到对面的阿四那里买了好吃的东西。我过马路的时候肆无忌惮，好几辆自行车都躲避不及差点摔倒，有一辆却绕了个大S形，很潇洒地扬长而去。阿四是开烟纸店的，阿四的老爸老妈是退休工人，他们一起帮阿四进货，阿四的烟纸店里就有很多别的小店没有的好东西。

我学会横穿马路到阿四的店里买东西以后，老爸、新娘子、老山东、克腊，总之牌桌上的人就常常差我做跑腿，差我买香烟、火柴、点心。我也因此会得到一些赏钱。楼上的蓓蓓有了零花钱也爱找我帮忙，她站在街沿上不敢过马路，我就替她来回跑，免费服务。当我捧着零食从马路对面过来的时候，我看见蓓蓓崇拜和喜悦的眼神，我心里充满了快乐。

我有时候也避开阿四的小店，到马路拐角漂亮的糖果店里买外国糖果吃，或者跑到更远的地方，横穿好几条马路到更陌生的商店里买东西吃。时间长了商店里的营业员都认识我了。我走进店堂不用开口，他们就会迅速拿出我喜欢的零食。奶奶说我的做派像旧社会的穷瘪三、假阔少。

我一天比一天跑得远。有几次驾驶员在我的脚边紧急刹车，然后恨恨地骂我一声：小赤佬！我回骂他：×你妈的！骂人的弄堂话我老早就学会了。

我还喜欢吃老山东包的小馄饨。老山东是无证经营，他每天清晨和他的老婆包了小馄饨，然后挨家挨户地送货上门，早上我等候在弄堂里总能看到老山东颠颠地跑动的身影。

家里夜夜是灯火辉煌，我习惯了这样的生活。不到深夜我是不睡觉的。老爸老妈在通宵达旦"砌墙头"的时候，我就溜出去玩，他们谁也不在意我。到时候我灰头土脸地回家，他们至多嘀咕一声完事。常常地，他们时间玩得尴尬了，错过了烧饭煮菜，他们就胡乱吃点残羹冷饭，然后再战。有时候我就跟着老爸在弄堂口的小店里吃排骨面。

从那时候起我对平常家庭一天三顿饭的完整印象就淡薄了。

我最开心的时候是夏天，我每天胡乱吃很多的冷饮。我老爸后来辞职在外面租了柜台做生意，他有一阵子做得很好，腰包鼓鼓的，我到阿四的小店里买吃的，就不用现金了。我在老爸的默许下用的是宕账的方法，到一定的时候阿四会找老爸结账的。可惜阿四是个不会做生意的呆大，他一般不会让我宕太多的账，有时候还要来问一声奶奶。奶奶是专门和我作对的，她自然不会轻易答应，这时候我就和她大吵一场。我一般总是声嘶力竭尖声大叫，以示抗议。奶奶先是憋着气力骂我，没多久她就累得只会喘气了。

"小赤佬！你要我命啊？三岁看到大，你这只强盗胚！你不要弄我的电视机！"奶奶最心疼她的电视机了。这个机子还是伯伯建国从坦桑尼亚回来送给奶奶的。建国是个建筑工人，他劳务输出到坦桑尼亚去，做过苦工造过房子。奶奶说这电视机来之不易。

"我要吃冷饮，啊……"我故意把频道旋钮叭叭叭地乱转。电视机上一片雪花。我还拔直喉咙嚎叫。我的嚎叫声之恐怖在弄堂里已经名闻遐迩。

"你吃了三只冰淇淋了，你还要？多吃坏肚皮，你吃坏，我倒霉。我要去寻你的爷娘来，不管教就不要养出来，都是赤佬！"奶奶捂着耳朵过来把我拖开，又把电视机调回到原来的频道。

"你是老勿死，老勿死！"

"你骂起我来了？是你娘教的，是不是？婊子的儿子！畜生！"

我知道奶奶其实是在骂我老妈。

老妈和老爸都和奶奶吵过。老爸有一次进货缺钱就偷了奶奶的积蓄，奶奶发现后吵着要老爸立时三刻还，老爸说，要钱没有，要命有一条！老爸的声音压得低低的，显出一种凶狠，奶奶就没了声音。我和奶奶吵的时候却拼命放大了声音，奶奶受不了就两手捂住耳朵。阿四有时候看我们吵得厉害就摇摇头走开了，这时候奶奶就叫住阿四。

"阿四，你就给他冰淇淋吧，不是那种有巧克力的冰淇淋，有什么办法！"

"我要巧克力的冰淇淋！我要巧克力的冰淇淋！"

"好好，讨债鬼！唉，世道变了，人都弄坏了，我索性睁一只眼，闭一只眼吧……"奶奶无奈地摇摇头，就自顾自地看电视了。奶奶的电视机是始终开着的。

我知道其实奶奶是一心宠着我的，要不我怎么敢对着她大声叫喊，甚至骂她呢。谁也没告诉我，我就是知道。奶奶骂的其实是老爸、老妈。

晚上我最喜欢去的地方是附近的三角地菜场。三角地菜场那时候还是上海最大的菜场。这是一种有屋顶但却没有围墙的建筑，里面的柜台一圈又一圈的，到处散发着鱼腥和青菜的气味，微弱的照明灯使这里显得空旷和深长，我在里面像小鱼一样，七绕八绕地游荡。我和一些也在那里游荡的孩子互相追逐，比如克腊的儿子小黑皮，还有老山东的孙子一梭，他们和我意气相投，也是拆天拆地的朋友。可惜这些家伙不能在外面待得太晚，他们的老妈晚上像老母鸡看小鸡一样颠颠地跟在屁股后面，所以最后总是剩下我一个。蓓蓓和佳佳也曾经跟着我到那里去玩过，她们在那里兴奋得尖声大叫。我有一个绝活，我能够从这个柜台跳到另一个柜台，当然我也曾经失足摔倒过，摔得鼻青脸肿。不幸的是蓓蓓跟着我也摔得小腿骨折在床上躺了一个月。从这以后蓓蓓的父亲"小姑娘"就再也不敢让蓓蓓跟我外面去玩了。

蓓蓓的老爸"小姑娘"是个令人讨厌的家伙，他在一家单位里当会计，架着眼镜，一副知识分子的干净模样，什么事都不爱和我们沾边似的。奶奶说他小时候就特爱干净，连吐痰都要吐在别人家门口的。我唯一敬佩他的是，他把单位里的空白报表带回家当手纸、当包装纸用，那报表白皙如雪、纸质柔软，蓓蓓和我用它们折纸飞机，飞翔起来真是棒极了。

我纵情地在菜场里奔跑。我感激我的老爸、老妈，他们沉湎于麻将和做生意，他们因此而给了我别的孩子最羡慕的自由。我后来被一对下棋的老头所吸引，他们总是在夜深人稀的时候出现，他们借着菜场的照明灯，在一张小方凳上下棋。我看着他们两个人各执一把宜兴小茶壶，不动声色、不言不语地拨弄那些小棋子，我感到好奇，我等着他们说话我等了好长的时间。一般下了两盘棋，他们就会开口。

"小鬼头，你还不回家？奇怪，你没有爷娘的？"

这时候我就一溜烟地跑回家去。

整整一个夏天，每天晚上我都在那里看他们下棋，不知不觉地竟入了门。有一次我偶然地和克腊下棋，我竟然一连胜了克腊两局，再后来我和老爸下、和弄堂里的象棋好手"电灯泡"下，我竟然做到了打遍"弄堂"无敌手。老爸惊讶得合不上嘴，说这个小赤佬下棋倒是有点儿天才，说不定能成为胡荣华。

"将来你会前途无量。"老爸看着我很认真地说。这使我感到意外。我在老爸的眼里头一次变得重要起来。

我至今还不知道胡荣华是什么人。老爸一本正经地为我找来象棋老师，老师要求我天天下十盘棋。有一个月的时间我被各种棋局缠得七荤八素，坐得我屁股肌肉都生出青瘀了。我很快就厌倦了。我觉得老爸的那些美好憧憬根本与我无关。我也不想成为什么胡荣华，我把胡荣华想象成一个丑八怪。

我对下棋感到厌倦的时候，老爸恰恰一头跌进了婚外恋的"前途"，他拼命追逐一个年轻的女孩，他无暇顾及我的前途。好在我也不喜欢所谓的前途。于是我继续东游西逛。

我在东游西逛的时候把家里附近的环境摸得清清楚楚。后来邻居们要买冷门的东西都会来问我。

"乌虫，电热水瓶的电热棒在哪里有卖？"

"乌虫，蜡烛和锡箔附近啥地方买？"

"乌虫，我想买鞋垫……"

只要有人问我，我总是有问必答。我还自告奋勇地为他们带路，楼上蓓蓓的奶奶买寿衣就是我领她到四川路桥旁边去买的。从那时候起，人们又开始叫我"跑街"。我一溜烟穿马路的时候，那些人都会吓得捂住自己的心口大喊大叫。

"当心！当心！你要吓死我了！"

"乌虫，跑街，你回来，我不要你领路了！"

我在马路对面哈哈哈笑。我觉得那些大人其实是要我领路的，他们也不是担心我出事，而是担心他们自己的心脏出毛病。我后来就看人头了，我喜欢的人，我才告诉他们、才高兴领路，比如克腊，比如蓓蓓，他们从来不大喊大叫，而是紧紧跟着我。

我们家里有辆破自行车，我伸腿刚够着自行车的踏脚，我就把它当作我的玩物了，这样玩耍的结果是，我后来成了车技高超的能手，我如虎添翼。

　　一般来说我比较喜欢女的，她们会摸摸我的头，会和我挨在一起说话。她们的手和老妈的手一样柔软。我老爸和老妈闹离婚闹了六年，六年里老妈对我时而亲热时而冷淡，她甚至很少挨着我说话，所以我比较喜欢女的。老爸他们离婚后，老妈就离开了家，从那以后我更喜欢和女的缠在一起了。我对老妈没有感情，她很少给我钱，她是个小气的女人。

　　老妈和奶奶经常吵架，她们相骂起来就像菜场里那两个旗鼓相当的下棋老头，谁也不谦虚。我最早的弄堂话就是从她们那里学来的。不过有些话我也骂不出口。我发现女人比男人更会说脏话。奶奶也会无缘无故对着我"你娘你娘"地骂我。我或者不理她，或者和她还嘴。有一次我认真了。

　　"不许骂她。"

　　"她是谁？啊，她是谁？"

　　"你骂我可以的，不许骂她。"

　　"喔吆，她管过你吃饭，管过你睡觉，管过你了？她什么时候像做娘的样子了？人家说，癞痢头儿子自己好，她当你癞痢头还不如！"奶奶不屑地撇了撇嘴巴。

　　"不许骂她，不许骂她！"我大声尖叫起来。

　　从这以后奶奶就不对着我骂老妈了。

　　"亲娘总归是亲娘，这个小赤佬，你对他好，买爆仗给别人放。"有一天奶奶对回家探望的华子说。华子在弄堂口糖炒栗子的摊头上买了热乎乎的栗子。我说过华子是喜欢我的，她每次回家都要给我带些吃的东西。

　　我现在十三岁。我出生在1984年。我出生的时候老爸老妈还在一家弄堂小厂工作，奶奶说那时候我们的家就像一个家，老爸和老妈上班工作、下班操持家务，很有规律，老爸跟着奶奶学会了烧一手家常好菜，而且是"青出于蓝而胜于蓝"，那时家里常常是菜香弥漫。奶奶说老爸在厨房里特别有样子，不慌不忙，不徐不疾，再怎么忙乎，衣服上也不会沾一点油星。后来社会开放了，允许工人辞职、个体经营什么的，家里就变了，变得七零八落了，老爸就再也没有认真下过厨房。

我看过那时候的照片，我胖乎乎的，大脑袋上几根稀毛，一副傻样，老爸和老妈发出一种虚伪而僵硬的微笑。我一点也不喜欢那时候的照片。我还是比较喜欢我在外面自由游荡的日子。我也喜欢我后来的老爸、老妈。

我学会在外面游逛的时候，老爸就辞职了，他在外面做生意。老妈也离开了原单位，她在一家小餐馆当领班。再后来老爸姘上了一个非常年轻的女孩，他偷偷在外面租了一间私房，从这以后老爸就经常找借口夜不归宿，再后来老妈也经常深更半夜才回家，据说餐馆的生意兴隆，餐馆的老板因此慷慨地邀请她去唱卡拉OK、跳舞、吃夜宵。我就是在那时候开始厌倦下棋的。

我和老爸、老妈很快就进入了一种默契。他们没有强迫过我再去摸那些臭棋子，我也没有对他们的行为表示鄙夷。我觉得这样的结局无论对谁都是一种解救。弄堂里的莞莞，天天在老妈的监督下练琴，莞莞说她恨不得把手指剁了。莞莞是一个非常苗条的漂亮女孩，她做梦都想和我晚上到菜场里去绕着柜台跑啊，疯啊。相比之下，我比她幸运多了。

我们家在上海虹口，前门是临街的，后门是通弄堂的，我们把弄堂称作"后弄堂"。后弄堂里都是老式的石库门房子，房子已经很旧很破了，只要有人走动，楼梯就会咯吱咯吱响，我们住在楼下，楼上是蓓蓓家，上楼的楼梯有一个破洞，我每次到蓓蓓家去都会粗心大意被它绊了，我还扭伤过脚脖子。后弄堂里，家家后门口都排满了一只只的水龙头和水斗，有的还搭了披檐。华子说，他们小时候后弄堂里是很洁净的，没有这么多的人，也没有这么多的自行车、助动车，更没有这些形状各异的水斗，那时候自来水是楼上楼下合着用的，一切都很简单。可现在竟然还有人把废弃的水果筐、旧箱子堆放在门口，弄堂越来越狭窄了，越来越肮脏了。

"人口膨胀的恶果。"华子很深刻地归纳说。华子在单位里是个呼风唤雨的人物，她见多识广能言会道。她说最明显的是隔壁克腊的那栋楼，克腊的父母原先带着五个孩子住在那里，后来孩子大了，成家了，纷纷占据了楼里的某一个房间。那栋楼现在连克腊的父母在内已经有了六个小家庭、二十三口人。没准还会添第四代子孙。"简直是几何级别的递增。"华子很悲天悯人的样子。

我们那里的人一直在等待拆迁，有好几家财团都垂涎我们这里的地皮。但是户口都冻结十来年了，就是不见拆房子的人来。奶奶是个消息灵通的人士，她说问题出在一家非常重要的国家机关。这家机关有两栋小洋楼、一栋老式公寓大楼，据说他们开出的价位是以亿为单位的天文数字，它令那些财团望而生畏。于是大家只能耐心等待。

我们弄堂里有很多家都是三代同堂的。有些老人把面积大的、朝向好的房间给了下一代，自己住在小阁楼里或者是光线暗淡的小房间里。我奶奶就住在阁楼里。楼上蓓蓓的奶奶住在光线暗淡的小厢房里。他们都焦急地等待着拆迁。奶奶说拆迁后她要套一居室的，她不要和我们混在一起活受罪。奶奶并没等到拆迁，她在我十二岁的时候"没有"了。

我对拆迁不感兴趣。华子结婚的时候，我在华子的家里住了两天，两天后我就逃回家了。那种火柴盒似的房子太规范太整齐了，干净得我寸步难移。白天黑夜楼道里都静得令人胆战心惊。所有的人都不认识我，我也没一个熟人。华子看我像看囚犯一样。这样的日子我一天也过不来。

我最喜欢看的电视是足球比赛和拳击比赛。所有一切疯狂的游戏我都喜欢。我怎么可能呆在屋里足不出户？！

有一件事我从来没告诉奶奶，华子的家里经常有人上门请客送礼。那些名酒、补品、服装，和各种古董、字画、瓷器堆满了华子的储藏室。我从来没看到华子把这些好东西给过奶奶或者老爸。我是个小心眼儿的孩子，我因此而对华子心生不满。相比之下，我觉得老爸是个慷慨的男人，他所有的东西都和奶奶的东西放在一起，不分你我。

听奶奶说，我特别像老爸小时候的样子。

"你老爸从小就是个闯祸胚。十二岁的时候，他去高房子里看热闹，差点被打死。"奶奶非常乐意和我抖老爸的丑事。高房子就是我们附近的那幢机关公寓。据说有几年高房子里天天晚上是哭喊声和打骂声。老爸小时候显然和我一样好奇。

老爸说，那时候他什么也不懂。那个时代，只要你年轻你就可以随心所欲，你会在一夜之间成为英雄或者狗熊。老爸说他被人打过，后来他也打过别人。再后来他就拼命锻炼身体，举杠铃、练拳击、甩石锁，他说周围的伙伴无所事事都把身体练得棒棒的，四肢发达、头脑简单。他还曾经梦想当一名连长，他小时候和伙伴们曾经唱过这样一首儿歌：连长连长，炮声一响，黄金万两。连长的官阶在弄堂的孩子群里曾经显赫一时。老爸十八岁报名参军，才知道他十二岁打相打的事情被写进档案，他当连长的梦想就此破灭。生活使他明白了，这个社会充满了伪饰、欺诈、暴力和丑恶。

相比之下我差远了，我没有经历过如此惊心动魄的时代。

"你不要轻易流露你的好心，你看那些乞丐，他们的生活也许要比我们好得多。还有那些西装革履、手掌柔软的家伙，他们打起人来，也许会是致命的无可救药的。你要警惕。"老爸和我走在街上的时候，他总是抓紧时间教导我。他是我人生最好的导师。

老爸老妈不在家里的日子，我发疯般地没日没夜地在外面"野"。后弄堂里常常回响着奶奶呼唤我的声音。

这时候奶奶的身体已经大不如以前了，她的两腿经常莫名其妙地痛，走路有时候就一瘸一瘸的。她脚痛的时候或者赌气的时候老爱躺在床上，骂一阵子人，喊一阵子难受，再就是打电话给华子和建国诉苦。有一年春节，华子和建国他们都在我们这里吃年夜饭，不知怎么说起了爷爷当年的病情，据说爷爷病危在医院里痛得龇牙咧嘴（晚上医生慈悲给一针杜冷丁止痛），爷爷咬破了自己的舌头也没哼一声，连一边的护士小姐都忍不住流下了同情的眼泪。饭桌上华子和老爸他们都异口同声地赞叹爷爷的刚强。

"老娘，要是你生病，肯定要作死了，我们要被你作得晕头转向、七荤八素了。"老爸和奶奶开玩笑。

"对，对，老娘一直老作的。如果生了病不知会怎么样了。到时候肯定作得我们先掼倒！"华子和建国笑着附和着起哄。

"×那，我作？我算得好弄了，你们看，我脚不好，今天还照样烧年夜饭给你们吃。人不是铁打的，作孽噢，脚一蹶一蹶的，邻居看了都说罪过。"奶奶边说边抬起腿炫耀着。

"你看，你看，开始作了吧？"老爸和华子他们开心地叫起来，奶奶也不好意思地笑了。

那次的年夜饭带有某种先验的预兆。两年后，奶奶果真患了糖尿病，平生第一次住进医院。奶奶在医院的两个星期里老爸和华子他们都懒得去探望，他们并不觉得糖尿病是什么了不起的疾病。

奶奶知道自己患了糖尿病以后，果然如老爸预料的那样开始无穷无尽地抱怨，她不是痛苦呻吟要华子和建国他们立时上门送药，就是反复强调自己病情的严重和不同寻常，她细心捕捉电视新闻里关于糖尿病的种种报道，然后结合自己的病情加以综合分析，她在那个时候就明白自己是患了恶疾，她总是哀叹说自己活不了多久了，"要死了"。四年以后奶奶果然因糖尿病引起的综合症而离开了人世。奶奶是个有先见之明的人。

但是老爸和华子他们对于糖尿病缺少很深刻的认识，他们只是先入为主地认定奶奶是"作"。他们还发现奶奶一边喊缺医少药一边却藏匿了很多止痛药和消渴丸，他们认定奶奶其实是在赌气，是老人的怪癖，他们先是假装孝顺，替奶奶找了个洗衣服的钟点工，后来就在电话里一味地说好话，却迟迟不露面。华子还和老爸、建国开玩笑地说起一个"狼来了"的寓言故事。华子把奶奶比喻成那个说谎的孩子。

"老娘老是说自己不行了、要死了，总有一天狼来了，我们却麻木了。"

"老娘异出怪样的。后弄堂里的阿婆，也是糖尿病，人家照样买菜、烧饭，还汰衣服，和好人一样。"建国附和着华子的口气。

"老娘养了我们五个子女，年轻的时候老勤快的，浆洗缝补，样样拿得出，现在老了，变了，懒了。"华子回忆着过去的日子。

"×那，老娘有多少难弄，你们不住在一起，不知道的。"老爸也发牢骚。

"是呀，我是空口说白话，在作死。当心你们将来后悔。"奶奶听见了华子和老爸的议论，插进来说话。

奶奶去世以后医院里的医生总结说，奶奶的糖尿病由来已久。回想起来，奶奶蹶着腿在弄堂里蹒跚，大声呼唤我吃饭的时候，在那个时候奶奶已经是恶疾在身了。

华子他们却不知道。或者说他们没那份耐心去知道。

"跑街哎！乌虫哎！吃饭了！"奶奶蹶着腿，散乱着白发，一副邋遢相地在弄堂里亮相。很多人都摇头叹息。

"这人家完了。一大家子人只剩老的老、小的小，完了。"

"老太养了几个？"

"五个吧？现在就臭虫在身边，臭虫又不是好料。其他人也死人不管。"

"哪能管？你没看到梅子来，经常被她骂的。这也不好，那也不好的，梅子一气就再没来过！"梅子是我安徽的姑妈。

"噢，你看，乌虫跑街来了！跑街，你当心外面有人贩子！"

"跑街才不会上人贩子当了。拆天拆地的人，要么倒过来卖人贩子。"克腊夹在人堆里大声地说笑着。

我在这样的呼唤和议论中大摇大摆地走进弄堂，在众人的注目中我觉得自己是个极其重要的人物。

我的铁哥、铁弟是小黑皮和一梭。我们在弄堂里四处巡逻、惩恶扬善。比如有一天我和小黑皮、一梭发现弄堂里有户人家老是门户紧闭，还安装了一只门铃。我们觉得愤愤不平。我们弄堂里家家户户都是大门敞开，我们从不掩饰和隐蔽我们的生活。我们决定报复。我们轮流上阵踮着脚尖不断揿那只讨厌的门铃，然后迅速逃避。我们躲在暗处观察，看到那户人家随着铃声不停地开门关门，愤怒和绝望的咒骂随之而起。我们乐不可支。他们也曾经设下陷阱企图逮住我们，幸亏我很早就从老爸那里懂得了世道的险恶，我们的行动更隐蔽更敏捷也更频繁了。

一个星期以后他们终于把门铃拆了。

和小黑皮、一梭跑遍了苏州河上的大桥：四川路桥、河南路桥、乍浦路桥、外白渡桥……四川路桥堍旁的邮政大楼是我们的游乐场，我们居高临下从宽宽的扶梯把手上滑下来，吓得女人们尖声嚎叫。我们在外滩游荡的时候，和那些金发碧眼的老外落落大方地打招呼："哈罗，我打脱侬头！"逗得老外一个个哈哈哈地傻笑。在外白渡桥的桥堍，我还翻越过俄国领事馆的铁栅栏，我在草地上撒了一泡尿就很礼貌地原路返回了，我没犯傻跑到屋里，我知道屋里会有警铃还会有保镖。有一年夏天我还试着下了苏州河，我在河边摸索着挪步的时候，一梭和小黑皮在驳岸上吓得大叫。我后来很快就逃上了岸，我在河里看见了一只漂浮的死老鼠，我天不怕地不怕，怕的就是老鼠。河水的臭不可闻也令我逃之夭夭。那天我在阳光下暴晒了好一阵子，直到我的小裤衩不再湿淋淋地裹着屁股我才回家。我至今还以为苏州河是一条肮脏的但是有趣的河流。

莞莞的老妈有一次打量着我说这个孩子真可怜。莞莞的老妈是在学校里当老师的。我后来背上了书包，可是我坐不住，我在教室里度日如年，我看到老师就讨厌，他们不是告状就是罚我写字。老爸常常拿他柜台里的商品打发他们，勉强换取他们给我一个及格。我被迫写字的时候我会想到莞莞练琴的样子，莞莞不仅要写字还要练琴，我想起我在邮政大楼和俄国领事馆里得意忘形的潇洒，我觉得莞莞的日子才说得上可怜呢。

后弄堂里我最喜欢的女孩子是莞莞，虽然我讨厌她练琴。我跟莞莞说将来让我老爸和老妈住到阁楼上去，你要和我住在一起。莞莞摇摇头说，她将来不会在这种破地方过日子的，她要住到花园洋房里去，房子前面还有漂亮的游泳池。莞莞让我到她的花园里去当钟点工修剪花草，我凶巴巴地说假如我在那里当钟点工我会用剪刀把你杀死，莞莞就哭起来了。

有一次我还真碰上了人贩子呢。那是我六岁的时候。是冬天吧，很晚了我还在外面玩，一个很瘦很瘦的女人拉住我，还亲热地摸我。我不喜欢瘦的女人，我不要她来摸我。瘦女人提着一个很大的旅行袋。

"小弟弟，你知道火车站往哪儿走？"

"你叫一部差头么。"我不以为然。

"差头是什么？"

"差头就是出租车。你是乡下人呀？"

"你不要老嘎嘎的，你肯定不认识火车站。你有本事领路吗？"

"火车站？飞机场我也认得的。你跟我走。"

我和那个瘦女人走了百来步路，我们经过一家医院，我在那里就开小差了。

白天的时候我和蓓蓓、一棱在医院里玩，我们隔着产科门诊室的玻璃窗偷窥。我看见墙上挂着"孕妇操"的示意图，我和一棱在外面模仿着做操，我觉得很好玩。蓓蓓被我们俩逗得乐不可支。她说她将来一定要到这里来生孩子，生一个美丽的孩子。这时候两个女医生在我们身后走过，肆无忌惮地说着话。

"今晚要热闹了，产科大概有十个孕妇要生吧，还有两个说不定要剖腹产呢。那些产妇叫起来真讨厌。"

"你知道今晚是什么日子？是88（发、发）的日子呀。都说今天出生的孩子是财神转世。你没看见八床的女人？吵着要朱医生在今天给她剖腹！谁知道这十个临产的女人吃了什么，都凑在一起了！"

"真是不要命了。唉，热闹啊，十个孩子要出世，上海住房更要紧张了。"女医生咯咯笑着走远了。

我和瘦女人走过产科医院的时候，我瞥见院子里的草坪静静的，大楼的灯光参差不齐地亮着，我感觉到一种等待的气息，等待孩子出世的气息。我觉得这时候的医院比破火车站要好玩得多，我就悄悄躲进了医院的围墙，我听见瘦女人在外面压低了嗓音叫我。

"小弟弟！小弟弟！你躲在哪里？出来吧，我们一起去乘差头！"

我说过我不喜欢瘦的女人，即使她请我乘航天飞机我也不稀罕。我头也不回地溜进了医院大楼。

那天晚上我在医院里也没看到什么好玩的东西。我在紧紧关闭的产房外面看到十几个愁眉苦脸的男人，我还听到里面有恐怖的叫声和凄厉的哭声，我后来设法钻进了产房，我一眼瞥见门边的产妇张开着两腿，有人发狠地按住她的双臂，一个穿白大褂的医生爬在她身上，正使劲用膝盖顶她的大肚子，产妇痛不欲生地喊着、哭着、挣扎着，突然，鲜血从她的下身喷涌出来，我脑袋"嗡"的一下以为这是在杀人，吓得我拔腿就逃。

我后来听到孩子的哭声，我没有想到孩子出生是这么恐怖和血腥，我晕头转向在院子里绕了好几个圈才找到大门，我在深夜的大街上狂奔，对着空无一人的城市我发问：我也是在如此黑暗的时刻，在老妈的惨叫声里来到这个世界的吗？我一溜烟回到家里我跟奶奶说了瘦女人的故事，我没敢说我在医院。奶奶说，鸭肫难剥，人心难料，这瘦女人肯定是人贩子呀。

"你知道吗？人贩子把你拐到乡下，白天逼你做苦工，晚上把你剥光衣服绑起来，吃的是糠、穿的是草，或者抽你的脚筋剁你的手，把你弄成坏脚、坏手，逼你到城里当乞丐、当垃圾瘪三……"我在床上躺下的时候，奶奶还在嘀咕。

　　我哇地尖声大叫，一半是害怕一半是抗议。奶奶捂紧了耳朵不再恐吓我。刺耳的叫声拖得很长很长。好莱坞电影里的警车在大街上追捕，一溜烟要撞翻好几辆林肯、凯迪拉克，我的叫声惊醒了整个弄堂。无数的窗户在顷刻间都打开了。

　　"是着火了？地震啊？到底发生什么事了？"

　　"什么地震？胡扯！我说呢，又是跑街！"

　　"有其父必有其子，臭虫小时候也是小流氓。乌虫跑街这只小赤佬将来要当强盗的！杀人放火都会的！"

　　"这个小孩没指望了，无法无天！你没看到白天他捉弄他的奶奶。真是作孽哦！"

　　"有什么办法？他父母都不管，你急什么？皇帝不急急太监！"

　　那阵子家里基本就我和奶奶两个人。老爸很少回家，他是要造成既成事实来逼老妈离婚。老妈白天睡觉晚上出门，独来独往的。她显然无暇顾及我。只有奶奶不得已地在照顾我。我不明白老妈为什么总是做晚上的班，而且她涂脂抹粉的，还喜欢把头发染成金黄色，像是去参加外国使馆的盛大舞会。对此奶奶有很恶毒的解释。我绝不在这里重复。我不喜欢我的老妈，但是我也不愿意听奶奶损她。我觉得奶奶和老妈是隔了一层的。而她们对于我，意义虽然不同，却都是无法抹杀的。

　　老妈有一阵子突然说要出国到日本去。她到处张罗借钱，打电话找华子、建国，还打了长途电话到北京，我有个老伯在北京。按照奶奶的说法，他在一家非常重要的国家机关里当非常重要的官。我从未见过老伯。爷爷过世的时候他匆匆回来奔丧（至今还有人说起那两天弄堂口停着的他的黑色专车），至此他再没有回过上海老家。据说他因公务几番到过上海，但是他大公无私没有顺道来看望看望奶奶。奶奶对这样的传说不置可否，她说皇帝也有穷亲戚，不来也好，哪一天他回来了，一定轮着我到阎罗大王那儿报到了。

老伯并没有应我老妈的请求而资助她，他只是给奶奶打了一个电话，奶奶说这个好吃懒做的女人到日本能干什么？现在是笑贫不笑娼，她是要去做东洋煤饼，去卖×卖肉！老伯就没再给老妈任何回音。

老妈找老伯的事让老爸知道后，老爸怒不可遏狠狠地揍了老妈。老妈痛得趴在床上痛哭流涕、滚作一团。

"你找天王老子，你也不要去找我老哥！你丢人现眼！"

据说老爸小时候被文攻武卫打得皮开肉绽的时候，是老伯去把老爸保释出来的。老伯比老爸大整整十岁，他那时候已经穿着公安制服在街上耀武扬威了。

"你看你，一副小流氓的样子，真是塌台！单位里都知道了，知道我有个弟弟是流氓，关在文攻武卫指挥部，你让我抬不起头来，我今后怎么革命？要不是姆妈一把鼻涕一把眼泪，我不会来丢人现眼的！"老伯愤怒地抱怨着，他大步流星地走在前面。

"你放屁！你才丢人现眼呢，你点头哈腰的，你是缩货！×那，我没要你来过！我现在就回进去，我情愿被人打死！"老爸气冲冲地回头就往高房子里跑。老伯飞身过去，一把攮住了老爸的胳臂。

"就这一回，臭虫，你以后别指望我来帮你！"老伯怒不可遏对老爸饱以老拳。他后来不由分说连拖带拽地把老爸拖回了家。

从这以后老爸和老伯就势不两立，形如路人。不久以后老伯就晋升去了北京，他们俩再也没有和好。

老妈借钱的策略在华子和建国那里也吃了闭门羹。她最终没去成小日本也没做成东洋煤饼。奇怪的是老爸倒慷慨地给了老妈五千元钱。后来我无意中知道老爸其实是想用这五千元钱打发了老妈，让她走得远远的。我知道真相以后很同情老妈。尽管我已经和她疏远了很久。

　　不管怎么说，老妈终归是我的老妈。记得有一天老妈心血来潮突然给我买了一只大蹄膀，煮熟后我整整吃了三天。三天里我每天都要在蓓蓓面前夸耀。

　　"这是我老妈买的。有这么大、这么沉……"

　　"讨厌，蹄膀是肥肉，我看了就恶心。"

　　"×那，你妈从来没替你买过，你妈不喜欢你！"

　　"你妈才不喜欢你呢！你就知道三角地菜场，你到过锦江乐园吗？"

　　"锦江乐园算什么，过时的东西！你洗过桑拿吗，你按摩过吗？那里一个穿三点式的小姐搂着我替我挖耳朵，休息室里有空调有冷饮吃、有碟片看……哼，你没去过。土包子一个。"

　　"你是小流氓！垃圾瘪三……"

　　"你是鼻涕虫！你难看死了，没有小姐好看……"

　　我对着蓓蓓做鬼脸，蓓蓓呜呜哭着上楼了。我洋洋得意。迄今为止我们那些孩子群里，我是唯一享受过桑拿的。这得感谢我的老爸。至于三点式却是我编出来的，不过电视里经常有这种镜头，决非我胡编乱造。

　　那天老爸带我去洗澡，他喊了一辆出租车，我们一起到了家五星级宾馆，我们就在那儿洗的桑拿。其实我觉得坐在蒸气室里是活受罪，而且我不愿意光着身子和别人挨在一起，看着自己的命根，我想起我那"乌虫"的绰号不免害羞。我骚动不已，终于惹得老爸发火驱逐我出境。

　　我从蒸气室里逃出来以后，在豪华的休息室里玩了个痛快，也喝了个痛快，等到老爸通红着脸出来的时候，我已经喝了十罐可乐。我让老爸付出了高昂的代价。幸亏老爸口袋里有钱，他很潇洒很大方地付款。邻居们都说老爸从小到大就是脱底棺材。老爸带我出门扬手招车的时候，我就紧紧依偎着老爸，我感觉到路人注视的目光，我慢慢地上车，我希望有更多的人看到我的快乐，看到我备受老爸宠爱。

有一次，我和小黑皮、一梭拼了辆出租车，到五角场找我们的老爸，他们在那里打麻将赌钱。记得是元旦的深夜，待我们上了车以后，出租车驾驶员说看不懂了，现在六七岁的小孩子也会喊差头了。

我坐在驾驶员的旁边，我说我从小到大没乘过公交车，我是乘差头长大的。我一点儿也没说谎。我出生的时候是华子借了朋友的林肯豪华车来接我的，据说那时候这辆车在上海滩还是十分醒目的。华子是个很有办法的人。可惜我在林肯车上又是吐又是尿的，吵闹不休，把华子气得半死。后来半道换了辆差头，奇怪的是我上了辆破夏利就绽开了笑容，华子说我是穷人的命。以后我每每跟着老爸出门，要差头就叫夏利。

"幸亏我这辆车是夏利，要不我就见识不到你们这些小爷叔了。"驾驶员一口苏北口音，长了一只鹰钩鼻子。

"那当然。以后我自己买车，我就自己开了。"我一边说一边指点着路，我曾经跟老爸到过五角场他朋友的家，我知道怎么走。

"喔吆，口气比力气还要大。现在的小孩不得了，个个都开过眼界了。社会是开放了。"鹰钩鼻子呵呵笑着，一副少见多怪的样子。。

"买汽车又不稀奇的。有本事到虹桥去买洋房别墅。你不是要跟莞莞结婚么？莞莞就要房子，不要汽车。"一梭在后面敲敲我的肩胛，很阴险地嘲笑我。

"我不要跟莞莞结婚！ ×那，你去跟莞莞，你去！"我使劲把一梭的手从肩上拍下去，我脸涨得通红。

"你激动什么？脸都红了。你不要莞莞，你干吗一天到晚跟在她的屁股后面，你鸡巴发痒，你想××，你以为我不知道？"一梭又用力推了一下我的背，他欺人太甚。

"你自己想××，你是个下流胚！你是一梭！一梭就是鸡巴，臭鸡巴！"我怒不可遏地转身跳起来，抓住一梭的衣领就打。一梭也不是省油的灯，他抱住我的肩膀，用头撞我。

"竟然还有叫一梭的? 用在男孩身上倒是很形象的。好了好了,小爷叔,骂得文明点……不要打了,再打我送你们到警署去!"鹰钩鼻子又好气又好笑地警告我们。

"我们还不到犯罪年龄,你不要吓我们。"小黑皮在一旁很老练地反驳他,这时候我和一梭已经重新坐好了。

"我佩服,我佩服。上海有了你们,将来不得了,都是了不起的模子,和世界接轨了。"

那还用说? 我们三个得意地互相打量,忽然笑起来,很开心地笑起来,笑声就像老爸发怒的时候打碎的玻璃窗,在寂静的马路上哗啦啦落了一地。

到了五角场,我们各人出了五块钱和鹰钩鼻子拜拜了。我本来还想对他吹嘘我的艳遇,可惜没有机会了。我曾经在街上遇到过一个求爱的女孩,一梭和小黑皮为此而对我艳羡不已。

那晚我们在五角场的一栋大楼里找到了我们的老爸,敲开门他们一个个惊讶得吊起了眼珠子,不敢相信自己的眼睛。从我们的弄堂到五角场少说也有十站路吧? 深夜的公交车早已绝迹了。

"这么远的路,你们怎么过来的? "克腊打量着自己的儿子小黑皮,小黑皮看看一梭,一梭又看看我。

"一定是跑街这只瘪三,动的歪脑筋。是差头来的,是吗? "老爸从里面过来,用力把我揽在怀里。

我点点头。我扎在老爸的身子里很诚恳地向众人微笑。在这个世界上我最佩服的是老爸,他总是及时享受生活,而不像有些傻瓜怀里揣着大钱,却忍饥挨饿、节衣缩食。老爸说这个世界上总是有人想不开的。我很像我的老爸,有了钱就兴高采烈拼命想着消费,没钱就愁眉苦脸呆在家里,就和奶奶吵。

我跟着老爸学会了打架、骂人、要差头、洗桑拿,我们家里的那辆破自行车是我最好的玩具，我骑着它在弄堂里飞鸟似的穿梭。我感激老爸从不强迫我去做什么，我很小就有了独立和自由的精神，我在成人的社会里进出自如，我对这个城市一切的了解都是老爸放纵我的结果。

那晚老爸他们把我们安置在另一个房间，我们在那里玩得痛快极了。我们吃夜宵、打游戏机、看香港武打录像片，我和一梭、小黑皮还在地毯上来了一场拳击混战。不知道什么时候我们和衣倒在地毯上横七竖八地睡着了。第二天中午时分我们醒来，老爸他们还在稀里哗啦连续作战，我看到桌子上已经放着牛奶面包和龙凤馒头，我觉得这一天充满了节日的气氛。

老爸不在家里的日子，我和奶奶缠得特别凶，我总是和她作对。我自己也不明白为什么。每次奶奶烧好了饭我都视而不见，她收起了碗筷我却又嚷嚷着喊饿，我把饭粒撒得一天世界。我穿着脏鞋在奶奶的床上拼命跳跃，在床单上留下乌黑乌黑的鞋印。奶奶是个烟鬼和茶客，我就把奶奶心爱的茶叶罐偷偷扔到弄堂里，把奶奶的香烟浸在水里、打火机甩进床底下，我还一心琢磨着打算把奶奶的麻将扔到高房子的顶上。奶奶被我缠得焦头烂额。

"求求你小赤佬，停停了！我要叫你爷叔了！"

我无动于衷。

"七岁、八岁狗也嫌。讨债鬼！没有人帮我洗床单的，我要被你弄死了，作孽啊……"

"我要吃冰淇淋、旺旺米饼！"我趁机敲诈。我最后总能如愿。

有时候我也和奶奶串通一气，比如老妈常常一大早就霸占了卫生间，在里面故意磨磨蹭蹭的，奶奶在外面憋着急得团团转，我就拼命地打门，老妈以为是我要方便，就万般无奈地让出了"风水宝地"。待老妈前脚出来，奶奶就后脚蹿了进去，至于我，早就逃之夭夭了。为了这，老妈和奶奶都没少骂我"十三点"！

奶奶恨起来也会打我,这时候我就故意往后弄堂逃,左右躲闪地和奶奶玩老鹰捉小鸡。弄堂里常常有我和奶奶互相追逐的影子。奶奶后来发现我是在故意惹她,她就不再追我,只是站在弄堂里大声地骂我。

奶奶唯一令我害怕的绝招是她给老爸打拷机告状。"家有要事,请速回。"她要老爸立时三刻赶到家里,然后她就添油加醋地告状,把我形容得十恶不赦。老爸自然对我挥之以老拳。

有几次我被老爸打得遍体鳞伤,躺在床上起不来。奶奶就呜呜呜地哭,啰啰嗦嗦地抱怨老爸心狠手辣、下手太重。

"孩子有什么罪?你们自己平时做得像样了?现在是扫帚颠倒竖,爷不像爷、娘不像娘,也不怕人笑话!"

"烦死了。你不要指着和尚骂贼秃。我们小时候,老头子不要打得太厉害噢。现在算什么?"

"我说错了?你难得来,你就这样子?"

"是你打拷机找我的,我以后不管你们的事了。"

"你儿子要吃饭的,你老是依赖我是不行的,我七老八十了,弄不动了。"

"你让他外面买盒饭吃么。盒饭有什么不好?我们小时候有什么东西吃?一桌子人吃饭,一菜一汤,看不到油水的,还不是一样长大!"

"你们小时候都是西北风吹大、吹胖的?蹄膀、鸡鸭有少吃过吗,啊?你忘记了,你小时候吃饭像抢羹饭,吃得肚皮青筋起,不管爷娘死勿死……"奶奶气得老脸通红,老爸却已经拂袖而去了。

我们临街的地方,每天中午一溜地摆了好几个买破盒饭的摊位。吃的人大都是做小生意的外地人、民工,或者是差头的驾驶员,也有小部分附近的居民。

我不喜欢吃盒饭。有一阵子奶奶生病,没力气到菜场去买菜,我一连吃了好几天盒饭,吃得我看见盒饭就要呕吐。老爸和奶奶都是家里的烹调老手，他们现在都放下屠刀，立地成佛了。

老爸有钱的时候也曾带着我上馆子。老爸是一个慷慨的男人，他信奉的哲学是：吃光用光，屁股不生疮。他常常是喊一桌子的菜，请好几个男男女女，按照老爸的说法，里面有朋友也有仇人。我猜想里面一定还有他的小妖精。我不明白老爸为什么要请他的仇人吃饭。老爸说，你有时候不得不忍耐，你必须对你的仇人微笑。老爸总是说一些深奥的人生哲理，他相信我将来必定会付之于实践。

奶奶曾经很神秘地要我留心和老爸在一起的女人，但是我只管吃喝无暇顾及，而且我分不清那些女人，灯光下她们全都是面色如玉，宛若仙人。即使是那个经常坐在我身边的年轻女人，她照顾我的菜碟甚于照顾我本人，对这样好心的女人我也是印象模糊，我留恋的是菜肴丰富的饭桌。

尽管奶奶要抱怨老爸心狠手辣，奶奶忍无可忍的时候还是要打拷机给老爸告状。有时候她也借此威胁我，可是我没心没肺不到黄河心不死。所以我总是大劫难逃。

我六岁的时候第一次到苏州凤凰山公墓，去看我爷爷。我从来没有见过我爷爷，我出生的时候正好是爷爷过世的时候。听老爸说，那一年上海闹地震，很多人慌不择路跳楼逃生，摔得头破血流，甚至还有送命的，而躲在家里听天由命的倒个个安然无恙丝毫无损。爷爷和我在这样非常的时候循环生死，我想我和爷爷一定是有着某种神秘的联系的。我站在那小小的墓地前，我不明白这泥土下面怎么能有爷爷。我从老爸的嘴里知道了爷爷是个异常严峻的男人，他从来没给过老爸笑脸、也没让老爸爬在他肩上撒过尿，但是老爸说起爷爷总是充满了敬意，老爸说爷爷六十年前赤手空拳凭着手艺立足上海滩，养活了一大家子，这不算本事，爷爷的本事在于他坐在哪里，哪里的孩子就不敢吭声。

"我小时候走过老头子身边的时候，我都不敢大声喘气。"老爸在爷爷的墓前一而再，再而三地感慨着。

能够让老爸不敢喘气的男人一定是了不起的男人。所有的人说起爷爷都是怀着敬意，建国常常让我看他头上的伤疤，他说是"老头子"打的。"老头子"要求他们：行如风，站如松，坐如钟，卧如弓。当时就因为建国站相不好，被爷爷一巴掌打得从弄堂的这头跌到另一头。

"老头子的手劲哪能这么好？"建国毫无怨言地回首当年。也许死亡有一种过滤的作用，它把生命过滤得纯净、伟大和神秘了。

奶奶总是说爷爷当年等着我出世，他迟迟不肯闭眼。

"你不是一个好小人，你迟迟不肯降生，你就是不肯让你爷爷称心。你到了爷爷的墓前一定要认真磕三个头，答应做孝子贤孙，你爷爷才会饶恕你，"去苏州前，奶奶一再嘱咐我。

"阿爸，你孙子顾龙飞来看你了。邻居都说顾龙飞长得像你，你要保佑你的孙子……"华子像煞有介事地对着墓碑说话。除了幼儿园的老师，我很少听到有人叫我大名，我像当年的老爸和建国一样，站着不敢乱动也不敢喘气（尽管我觉得华子十分好笑）。这是一个难忘的庄重的时刻。

"阿爸，我现在学你的样做生意，你在阴间要保佑我发财噢。听老娘说，你年轻的时候做过黄牛、掮客，开过小烟纸店，阿爸，你也算是个小老板了，你要保佑我呀……"老爸在墓前嘀嘀咕咕的，他燃香，点烛，十分虔诚。

建国什么也没说，就是不断地鞠躬。我注意到他的站相十分挺拔。

我感觉到了爷爷活着的威严。

我想象爷爷是个英俊、高大、严肃、神秘的侠客。我想爷爷也一定有小妖精陪着他，要不他怎么会一个人住在苏州、住在这个怪怪的到处是白色墓碑的凤凰山呢？我在老爸的指点下认认真真、恭恭敬敬地给爷爷点香、磕头。这是我有生以来最最听话最最规矩的一次。

我在墓地学会了尊重死亡。我体味到死亡是比生命更神秘的一种生存。我十二岁的时候奶奶也突然"没有"了，我和老爸他们一起捧着奶奶的骨灰，把奶奶安葬在爷爷的身边，我听到老爸抽泣着对着奶奶的骨灰盒说，老娘，我让你担了四十年的心，我以后闯了祸，谁来提醒我？我和老爸同病相怜，我想没有了奶奶，今后我和谁吵闹、和谁发疯？又有谁再来亲热地喊我十三点？我这样想的时候，我的眼里流下了泪水。

我也有听奶奶话的时候，她叫我打电话找华子，建国（她记不住他们的电话号码），或者是她给我零花钱的时候，我都是十分听话的。华子和建国他们俩都很喜欢我，每次来都送我礼物和食品。不过他们对我的喜欢是有分寸的，比如建国，他送我的礼物从来没有超过十元的，但是他给晓荔表姐的礼物却都是价值百元以上的。我常常想起电视里的一个问答节目，说男人给情人的孩子买一百元的礼物，给自己的孩子买十元的礼物，我想晓荔表姐一定是建国情人的孩子。

我们家附近的南浔路上有所中学，听奶奶说老伯就是在那里上的高中，奶奶说很久以前这学校叫"圣方济"，是所教会学校，有一百多年的历史了。学校的尖顶上有一座大时钟，方圆数百米都能看清。我非常喜欢这个大钟，它的钟声从我有听觉起就荡漾在我耳边，甚至融进了我的脉搏。奶奶说这大钟也有一百多年的历史了，是清朝一个高官赠送给"圣方济"的。奶奶特别迷信这个大钟，无论是我上学还是别人赶火车，或者是奶奶自己要看电视连续剧，她都让我去看这个大钟，来对时间。我乐此不疲。日长时久，奶奶已经习惯了问我：乌虫，几点了？大钟成了我和奶奶之间共同的默契和快乐。

奶奶对我最好的称呼是骂我"十三点"。假如我跟老爸上了馆子回来沾沾自喜地夸耀我吃过的东西，或者华子来看奶奶时我在她身上爬上爬下纠缠不休，还有我看见漂亮的莞莞走过我们家门时我急切地和她打招呼，每当这样的时候，奶奶都会骂我一声"十三点"。我也毫不客气地回敬她一声"十三点"。这算是我们感情最融洽的时候了。

　　奶奶病重最后一次住院的时候，我跟姑妈梅子去医院看她，她昏迷中醒来看见我，低低骂了我一声"十三点"，我脱口而出地回敬她，梅子和吴阿姨（护工）听了先是一愣，继而哈哈大笑。被病痛折磨得愁眉苦脸的奶奶也很难得地笑了。梅子感慨地说奶奶是看见孙子高兴，笑的。我垂着头什么也没说，我在这样的时候懂得并且理解了一首歌所唱的：沉默是金。

　　我很早就知道我其实从来没怨恨过奶奶。我折磨她、和她闹是我的一种生存方式。我被这个世界忽略了太多，我唯有依赖奶奶。十多年来我和奶奶朝夕相处，她虽然骂过我，但是从来没动过我一个指头。她没为我买过山珍海味、名贵玩具，但是她蹒跚着为我烧水煮饭，给了我简单而实在的照顾，她脱口而出的那些生动的俗语，俗话不俗，胜过一切的教科书，她对我言传身教的是积淀百年的上海里弄文化的精粹。奶奶的生活费都是华子和建国他们给的，奶奶曾经说她有三十年没做过一件新衣服了，过年的时候，奶奶给我的压岁钱却比华子、比建国、比老爸都要多得多。平时我也没少从她那里敲诈勒索钱财。每次我从奶奶那里拿到钱的时候，我都有一种喜悦，我觉得奶奶对我的疼爱是仅次于老爸的。我是以金钱的多少来衡量人们对我疼爱之高低的。

　　弄堂里有很多户人家的门上都钉着一块小小的白底红字的牌子：五好人家。我们家没有。我们家经常充满了吵架声，奶奶吵，老爸吵，老妈吵，还有我，有时候华子、建国回来也吵，安徽的姑妈梅子更是来一回吵一回。我们家是五吵家庭。

　　蓓蓓说她在楼上听我们家吵成一团糟，她都搞不清是谁和谁吵。蓓蓓总是躲在楼上听壁角，然后再传播给她奶奶。蓓蓓的奶奶和我奶奶一样，爱好散布真实的流言。

　　吵架的时候，老爸常常摔东西，一般总是桌上随手可以拿到的东西，这时候家里就碗盏横飞。老妈说，这是发疯。有一次奶奶和老妈吵架，老爸听得心烦，发狠把小凳子砸在了窗上，玻璃窗哗啦啦顿时砸成了碎片。老妈冷笑着说，你有种你就把电视机、微波炉给砸了，你就这两样还算值钱的玩意！

家里一发生事情，奶奶就会打电话去华子那里告状诉苦，说她一天也呆不下去了，她会给我们活活气死的。华子要她过去，她又死活不肯，说，死也要死在老屋。

"你的弟弟臭虫，昨天逼我签字，要把房子的一半让给这只女人！这个末代子孙，真是末代子孙！他现在只要女人同意离婚。"奶奶总是很轻蔑地把我的老妈称作女人。

"我的弟弟？什么意思？他不是你儿子么！你签字了吗？"

"我没有签。我人老心不老，脑子是清楚的。我签了字，将来还有我的落脚地方吗？这个末代子孙把我的茶杯都甩了，还有你送我的沃克曼（袖珍收音机）也摔坏了。他叫我住到你这儿来。你没看到他的吃相，吓人！他要逼我，扫地出门……"

"那你就住过来，避避风头，你不在，他找谁签字？或者我过来看看？事情没有这么简单的，我的户口还没迁走呢，我到时候要发言的，房子也有我的一份。"

"避得了初一，避不了十五，我不来。这两天你不要过来，赤佬他现在六亲不认，他说过了，无论是谁来，他都不客气。昨天居委的李阿姨来调解，刚踏进门槛就被他赶出去了。十几年前他从农场回来还是李阿姨帮忙的，他也不买面子，李阿姨气得要死。赤佬，我本来还想劝他用这房子开个饭店，他柜台的生意不好，我知道的。"

"你还想着他！臭虫就是被你宠坏的，从小脾气就横对。我们家里兄弟姐妹哪一个像他？"

"又来怪我了。我哪里做错了？十个指头个个疼，你小时候我待亏你了？你十指尖尖的，我有叫你小姐做家务了？还有梅子，你问问她，插队落户时她吃过苦吗？生活费都是上海寄过去的，她有了钱就装病不下田，她不是去插队，是去旅游的……"

"好了好了，说不过你，我们小时候一个个都是你的掌上明珠，吃香的、喝辣的，过的是资产阶级的生活。行了吧？唉，臭虫真臭！房子是我们的，他老婆是嫁过来的，没有资格要房子的。不过，房子问题不解决，法院是无法判决的。他们离婚的事只好拖。没有日脚的拖。他人呢？"

"昨天吵了后就没有回来过，终归是到那边去了。今天一早这个臭女人对我说，房子她是要定了，我不签字也没关系的，她法院有人的。华子，你法院有没有人？"

"那边"是指老爸另外的家。有好几次我收到过一个女人找老爸的电话，我一听就知道是那个小妖精，我对奶奶说，是"那边"打来的。奶奶说你知道些什么呀，"那边、那边"的。

"哎呀，老娘，你不要听她的，这里是上海，大城市，不是外省小地方，可以瞎来的。她就是认识上海市长也没有用的，房票本上户主是你，没有你同意，谁也不敢判的。"

"你还是打听打听的好，这个女人在外面有些花头的，真的判了就来不及了。这房子我已经住了五十年了。想不到现在我要被赶到马路上去了，我已经八十岁了，我走路都走不动的人了，千作孽万作孽不如自作孽，千苦万苦不如老来苦，我前世作孽噢……"

奶奶捧着电话呜呜地哭了。

"老娘，你放心，绝对不可能的！离婚案中房子是致命的要害，法院不会轻举妄动的。万一真的判了，我可以为你找律师告法院！你不要哭么。你就等着，等他们上门来找你。"

"我现在是求你。你们都死人不管好了，我死了你们要懊悔的！老头子啊，你为什么走得那么早啊？我现在是孤苦伶仃啊！"奶奶边哭边擤鼻涕。

"好好，我去托人，姆妈，你不要这样好不好？我有个朋友是开律师事务所的，到时候，我就请他当你的代理。"华子一会儿喊老娘，一会儿喊姆妈的。我发现她喊姆妈的时候，一般都是比较严肃的时候。

"我跟你讲，还有乌虫跑街，我吃不消他，天天和我吵。"

"你和乌虫的事我不管，你当他是心肝宝贝，你以为我不知道？他不吵，你还要千方百计惹他吵，我看见过几次了。"

"对，我是自作自受，天下还有讲理的地方吗？跟你们说都是空的！噢，对了，你来的时候，到百货商店里买双塑料拖鞋来，天热了，我要用的。"

"老娘，我也不是包罗万象的。我哪里有空到商店去，你叫臭虫，或者跑街替你去买么。"

"臭虫像股鬼火，平时闪一闪就不见了，那里捉得到他？现在他更加放肆了，要骑到我头上来了，我哪能求他？你不肯也算了。"

"我是没有空去买的，我把我的新拖鞋带一双来。老娘，我这次到合肥开会，去看了梅子。"

华子在电话里又和奶奶说起了梅子的事。

"你不要提她，我没有这个女儿。八年了，连封信也没有。宁断千条路，不断娘家路，她眼里还有我老娘吗？"奶奶很生气地说。听说梅子十六岁的时候离开上海，在安徽农村插队，二十岁进了合肥的工厂当工人。八年前的冬天她回家探亲，和奶奶吵了个天翻地覆，一气之下她连夜踏雪拂袖而走，回到合肥后就音讯全无。

"老娘，梅子说她经常想你的，想得厉害了就要落眼泪。"华子显然是在包庇梅子。我发现华子对梅子的态度比较友好，对老爸却是惹不起，却躲得起。

"这个十三点，痴头怪脑想到哪里是哪里。八年前她带女儿来，我和她的女儿说普通话，她不开心，她认为我说的是江北话，是看不起她们，她说：阿拉又不是江北人……我普通话发音不准啊，十三点！她女儿临走也没喊我一声外婆，外孙狗，吃了走……"奶奶对华子发牢骚。

"老娘，这些都是鸡毛蒜皮的事，算了。梅子这个人没有坏心，就是头脑简单了点，她插队的时候不是被流氓打得半死吗？大概是那时候脑子被打坏了。梅子自尊心又特别强，最恨我们当她外地人……老娘，梅子的女儿志敏作为知青子女，是可以回到上海来的哎。"

"我晓得了，是梅子托你的吧？她想把女儿弄回上海了，她要用到我了，想到我老娘了？就想办户口了？捉鸡也要一把米，哪有这么容易的事？华子，这件事你不要插手，我晓得的，你就是会做人，会说好话。不过我不答应的！"奶奶斩钉截铁地警告华子。奶奶说完就挂了电话。

这是我头一回看到奶奶对华子发火，甚至讥讽华子"会做人"。

我们家的华子是个能人，她在一家超大型企业里当广告策划部部长，手里掌握着成千上百万的广告费，平时围着她转、求她办事的男人少说也有上百，在她的圈子里，华子说得上是呼风唤雨得心应手的人物，华子也利用她手里的权势借机给我们办点小事，诸如无偿借用小车、买出厂价的电器用品、逢年过节顺水人情给我们送份厂里发放的年货，她还经常给奶奶送烟。等等、等等。聪明的华子和建国一样，恰如其分地想着娘家的人，想着奶奶和我。

我从来没看到华子把藏在家里的拿破仑XO、白兰氏鸡精、皮大衣、羊绒衫还有漂亮的瓷器和字画搬到我们这里来，显然她认为这些昂贵的东西和我们弄堂平民的气氛不相适宜。

现在华子又来为梅子和志敏说好话，就因为华子的一句好话，奶奶后来为志敏的事到处奔波，差点跑断了老腿。梅子没对奶奶说一声谢谢，却把华子当作了大吉大利的福星。

奶奶责怪华子"会做人"，奶奶洞悉世事明察一切。

那次老爸和奶奶吵了以后有很长一段时间不回家。

那是一段最最黑暗的日子，奶奶赌气躺在床上，整天哭丧着脸思念老爸。我只能在外面吃盒饭。那正是冬至以后，寒流来临的时候，盒饭常常是冰冷和乏味的。谁都知道老爸是奶奶最疼爱的儿子，他家里排行最小，据说排行最小的孩子最具颠覆和自由的性格，是推动社会发展的力量。可邻居们都说老爸恰恰是兄弟姐妹中最最"不入调"的，他长得比谁都登样，却比谁都没出息。对此说法我不以为然。我觉得老爸身上有一种非凡的神奇的秉性。他和传统的规范总是背道而驰，他是普通中的不普通。老爸把这种出色的秉性遗传给了我。

据说老爸出生的时候，奶奶正在睡觉，奶奶醒来后突然看见身边冒出一个白胖小子，大吃一惊，以为是在做梦。奶奶说她生了五个孩子，除了老爸，一次次都是出生入死的性命攸关。奶奶因此而疼爱和放纵老爸。随着年龄的增长，奶奶对老爸的疼爱变态成一种依赖和抱怨，老爸在家里的时候，她嘀嘀咕咕横竖不好、左右不满，老爸一不在她身边，她就牵肠挂肚日夜思念。这不，奶奶又在自言自语骂老爸了：死赤佬，鬼影子也不看到。你有种就不要回来！回来我就死给你看！

厨房水沟里的老鼠肆无忌惮地来回乱窜，它们似乎也知道老爸已经销声匿迹。这些肥硕的老鼠，它们疾走的速度是我所羡慕的，它们出现的时候，大部分人只会吓得尖叫，只有老爸会沉着地举手凌空而降，他总能一把攥住老鼠，然后迅速往地上一甩，老鼠就摔得脑浆迸裂。每当这个时候，我就对老爸生出一种敬畏。

隔壁的克腊问我，你想寻你的老爸吗？我说我当然想，水沟里的老鼠越来越多了。克腊没听懂我的话，他两根手指优雅地挟着雪茄，捋了捋他那出名的贼亮的时髦头发说，你不要对你老爸说，我就告诉你。我是看你可怜。

我跟着克腊骑了自行车一路过去的时候，我想那个小妖精一定住在装饰豪华的新房里，她披金戴银，就像电视广告里的女人一样喝拿破仑XO，我却在寒冷的天气里吃冰冷的盒饭，待会我一定要恨恨地骂她一声：狐狸精！

"这个外来妹已经海派了，说一口地道的上海话，人很妖的。臭虫交了桃花运，可惜他没有交财运。你老爸的生意不好，你知道吗？"

克腊那天也许喝多了酒，他在路上告诉我，小妖精是个川妹子，事情的发生非常像电视里的故事，她先是在老爸那里站柜台打工，后来么，"后来的事你也知道了。"克腊把事情说得很简单很暧昧。我却一心想着到了那里要不要砸点东西，以表示我的愤怒？

事与愿违。我是在棚户区的一个小小的屋子里找到老爸的。我奇怪这里并没有我想象的一切。屋里只有一些简陋的家具，墙上糊着旧挂历，有欧洲风光也有上海夜景。我觉得闪闪发光的上海夜景要比那些普普通通的欧洲风光漂亮多了。我将来至老、至死都不离开上海。

破桌子上一目了然，放着电饭煲、电炒锅、电热水瓶，一切的布置都充满了一种临时的、拼凑的气息。我发现这里没有我们家里漂亮、舒适，周围的房子和我们弄堂相比差远了。我进屋的时候，小妖精坐在小凳子上正在替老爸剪脚趾甲，老爸半躺在床上，手不时地抚弄着她的长发。我从来没看到老妈和老爸这样亲热过，而且我恍惚记起老爸请我上酒店的时候，那个坐在我身边的好心女人，我没想到她就是小妖精。我愣着发笑，就像两岁的时候在建国家里看到猪尾巴那样傻笑着。我谁也没骂，什么也没砸。

"小赤佬，你怎么会来的？奶奶出事了？"老爸看见我，大吃一惊。他第一个就问奶奶的情况。我感到深深的震动。我想起奶奶说过的话："亲娘终归是亲娘"。真是这样吗？我以后对老妈会怎么样呢？她现在越来越令人讨厌了，眼圈描得像大熊猫，面孔涂得白白的，简直是一败（白）涂地。她而且不要我，她只要房子，关于这一点，我不愿意让任何人知道，尤其是蓓蓓和莞莞。顺便说一下，我是个电视广告迷，我特别对那些古为今用的"新"成语记忆深刻，比如：机（鸡）不可失、一见（机）钟情、百年好合（盒）等等。

"奶奶没事，就是不肯起床，老爸，你真的要把房子给她？"奇怪的是我提到老妈竟用了"她"这个代词。

"我是吓吓你奶奶的。我不吵，你老妈肯放我过门？现在她也看到了，你奶奶不肯，我有什么办法？！"

"我要去对奶奶说，让她放心。她放心了就会起来，就会烧饭给我吃了。老爸，我不想吃盒饭了。"

"你不要对奶奶说。×那，你中午饭是在学校里吃的，就一顿晚饭呀，你冤枉鬼叫的！我抽空会回来给你烧晚饭的。对了，你叫阿姨。"老爸皱着眉头，说。我暗暗庆幸他已经忘了问我是怎么找来的。

我很不情愿地对着小妖精叫了一声阿姨。我装作记不得她的样子。小妖精忙着讨好我，她剥了一粒糖果塞在我的嘴里。我发现果然一点儿也不像乡下人，她干净、秀气，说话像莞莞的老妈，声音轻轻的，软软的，很好听。我努力不流露出对她的好感。再怎么样，她也是一个第三者。

莞莞说她将来结婚一定要找米（钱）多的，她要住花园洋房，她不会在弄堂里过日子的。我不觉得老爸是个有"米"的人，我不明白，小妖精怎么甘心待在一个破房子里呢？

"奶奶，我去过了，看到过她了。"我一说，奶奶就知道是指谁了。

"小赤佬，你怎么找到的？她长得什么样子？你老爸说什么了？"奶奶从床上坐起来，很兴奋地眨着眼睛。

"他说他会回来的，你以后晚饭可以不要做了，老爸会来做的。她么……"我犹豫着，没说。我很奇怪地回味起她塞在我嘴里的糖果。

"你老爸什么时候说话算数了？他还不是三天打鱼两天晒网！我在一

天，他就会无赖一天，他舍得离开她？看你笑嘻嘻的，骨头轻死了。你当心晚娘的拳头，六月里的日头！"奶奶警告我。我算是讨个没趣。

其实克腊不仅把小妖精的住处告诉了我，还告诉了我老妈。克腊是因为生老爸的气，据说我老妈和小妖精最初都是和克腊来往的，但是后来她们都看上了我老爸，尽管如此克腊和老爸还是好朋友。

老妈也和我一样在那个棚户区里找到了老爸他们的小屋，老妈看到老爸独自一个在里面吃饭，老爸吃的是酱菜下饭，显得很潦倒。

"小日子过得蛮好么。噢，×那，你们儿子又养好了？这张照片是一岁还是两岁？狐狸精人呢，啊？"老妈这里看看，那里看看，像侦探一样指着玻璃台板下的小孩照片问。

"你不要胡搅。这是朋友送的照片。你到底打算怎么样？"

"我还是这句话，我要房子。"

"房子你想也不要想了，老娘的态度你不是不知道。还有华子，她也不是好弄的人，她的户口还在家里，她到时候肯定要讲话的。"

"我看是你不想给。我不管你老娘不老娘的，你要想办法。我问过了，重婚罪要坐五年牢。你不给我房子你就去坐牢。你这个瘟生！"

"你自己是瘟生！我等着你叫法院的人来。我进去倒省心了。我也不要日日赶过来替乌虫烧饭了。你和儿子去过吧。"

"你不要想得美。儿子我是不要的，以后我也不管的。是你对不起我，儿子也是你拆的烂污，凭什么要我管？"

"你不想管儿子，你逼我干什么？老实说，我现在生意也不好，柜台都退了，离婚也离不起。我现在不想离婚了，就这样熬着，大家淘糨糊。"

"你打的什么主意？我要离婚！我要房子！你这个杀千刀的，毒棺材！×你妈的，我和你拼了！"老妈发疯般地跳起来，披头散发地要和老爸拼命。

"你吵什么吵？你这个好吃懒做的泼妇、烂污×，你毁了我一辈子，你滚！"老爸一把拖了老妈的头发把她扔到门外。

"你打死我吧，你打吧。××！我不要活了……"老妈跌倒在地上，她挣扎着要起来。

"你再走近半步，我就要你的命！我一命抵一命！"老爸瞪着眼，铁青着一张长方脸，他显然活得不舒畅，他是豁出去了。

老妈没敢再走近那间小屋。

有一天来了两位律师找奶奶，说是受朱女士（我老妈）的委托，办离婚案的。两位律师都长得矮矮的，一个戴着眼镜，尖嘴，猴腮，另一个小耳朵、大眼睛，两个人都很精怪的样子。一听说是律师，奶奶就嘀咕着说来者不善，善者不来。那两个律师听见了也装没听见。

"老太，你知道你儿子犯了重婚罪吗？"尖嘴律师在奶奶的要求下出示了证件，然后撮着尖嘴很不高兴地对着奶奶发问。

"我怎么知道？我儿子又不是小孩子，他已经四十岁的人了，他小时候我管他读书、吃饭，他大了，我管他结婚、买家具、布置房间，但是我管不到他老死。我也管不着。我自己八十岁，半截子入土的人，我还有几年？"

"按照法律，重婚罪要判三年到五年的牢狱，你是当母亲的，你能坐视不救吗？"小耳朵律师翻着手里的本本很严肃的样子，他说话的时候不断地抖着他的两腿。

"一人做事一人当，他如果犯了法我有什么办法？不过，到时候吃苦的恐怕不是他一个人。"

"老太，你这话就说得对了，你是个明白人，我们就实话实说吧，现在，要么你签字，满足朱女士的房子要求。离婚，你总要让她有个落脚的地方吧。要么，你眼睁睁地看着朱女士告你儿子重婚罪，你儿子要受牢狱之苦。"

"重婚不重婚这不是说说的，要有事实根据的。她可以请律师，我们也可以请律师的。我女儿的朋友就是开律师事务所的。黑心女人她娘家的房子比这里大，为什么一定要我们这里可怜的小地方，你们看看，我们就这一间好房间，给了她，儿子、孙子和我一起挤在小阁楼上，你们看，这像样吗？讨饭娘还想着做官的儿子，她怎么不为她自己的儿子着想？"

"朱女士放弃儿子，也是不得已，她现在没有正式工作，没有能力抚养孩子。你们的困难当然是有的，但是可以想办法。你儿子、孙子可以照旧在外面借房子么。至于朱女士，嫁出去的女儿，你要她回娘家怎么可能呢？"小耳朵律师的腿抖得越来越厉害了，我担心他会从椅子上摔下来。

"你们先是逼我签字，再赶我儿子出门，我不答应！有理不在先告状，我准备和她打官司。你们不要吃吃我老太婆，我也有合法权利的。嫁出去的女儿怎么啦？我们弄堂里离了婚的女儿都是回娘家的。我虽然不出门，但是我天天看电视，我这里串门的人也是不断的，现在的规矩我都懂的！"

"我们没有逼你的意思。在婚姻里朱女士是个受害者，对于受害者，我们总是要给予更多的关心和支持，法律也是伸张正义的。你儿子在这方面是理亏的，到时候他不仅要让出房子，他还要支付一定的损失费。你如果不签字，不答应给朱女士房子，我们就将支持朱女士起诉你儿子的重婚罪，到时候，老太，你请再好的律师也是没有用的。你恐怕是房子、儿子都要失去了。"尖嘴律师振振有词，唾沫横飞。

"你们吓吓我的，其实你们是瞎子吃馄饨——心里明白，这个女人是不会去告的。"

"为什么？"

"她告了，她有什么好处呢？黑心女人是铜钱眼里翻跟头——想钞票想得发疯了！她要的就是房子、钞票！如果她把她男人送进牢房，她一分钱也捞不到，倒过来还要抚养儿子，她不是吃亏了么，她肯吗？"

两个律师一时竟无话可说。

我那天就躲在门后，把一切都听了个明明白白。我发现奶奶非常能言善辩。我为老妈请了如此两个窝囊律师而感到遗憾。尽管我并不希望老妈得到房子。

我不愿意离开我住了很久的房子。这房子里有一股酸酸的老旧的温暖气息，深夜的时候，我偶尔醒来，我能听见野猫窜进楼上晒台的声音，它们在楼梯上飞快地疯狂地互相追逐，我理解那种快乐那种自由。我在梦乡里和它们一起奔跑。天亮的时候，后弄堂里此起彼伏响着呼唤老山东的声音，要上班的和要上学的都要吃一碗老山东的小馄饨。我在奶奶大声的呵斥下醒来起床，我站在后弄堂刷牙的时候，老山东就来兜生意了。

"小大爷，早起。来二两小馄饨？"

"汤大点！馅要放足！"

"老吃客！"老山东嘻嘻笑着点点我的头。

我还喜欢骑着自行车在小小的弄堂里鱼儿似的游荡，每一次转弯都是一个诱惑，诱惑着我铤而走险。我尤其喜欢听"圣方济"的大钟，听它凝重久远的钟声，这钟声来自一百年以前，它象征着过去、现在和未来。

无论是白天还是黑夜，我都喜欢我们的弄堂，我们的房子。

就在尖嘴律师和小耳朵律师来过以后，奶奶开始很卖力地为梅子的女儿志敏办回沪的手续。我发现奶奶其实是口是心非、嘴硬骨头酥的人。

"梅子插队吃了很多苦。我帮她把志敏的事情办好了，我这辈子就没别的牵挂了。"奶奶和邻居的老姐妹们表白心意。

奶奶有很多的弄堂老姐妹。别看她们同气相求，到关键时候就互不相关了。比如佳佳的奶奶，弄堂里人们都叫她"姥姥"。姥姥和老山东一样做了好几年的无证经营买卖，老山东经营馄饨，姥姥经营油墩子。据说姥姥攒了很多的钱。奶奶和姥姥曾经是街道缝纫组的同事，她们在一起窃窃私语是传播流言的好友。但是有一阵子奶奶打麻将输了钱，一时之急，奶奶借了姥姥一百五十元钱。从这以后姥姥就天天要来串门。

"姥姥,你阿是生怕我突然断气,死人头上无对证,我借你的一百五十元钱到时候泡汤了?我给你一张借据。"奶奶有一天憋不住就说姥姥。

"这是啥闲话?老姐妹了,我看望看望你,难道错了?我走、我走。好心没好报,良心被狗吃。"姥姥申辩着逃之夭夭了。

"七十不借债。古人说得一点儿也不错。但是姥姥也太小看人了,我好歹也是有儿有女的,都是有出息有钱有办法的,我平时不开口要罢了。"个性倔强的奶奶一气就找了华子,让华子立时提钱来还了姥姥。但是从这以后华子就极力反对奶奶重振雄风再上麻将台了。

替志敏办手续的过程很复杂,奶奶踮着脚又是街道又是区委的到处奔波咨询、登记,还托了熟人。一有消息奶奶就和梅子打长途电话。

"你要到上海跑一趟的,志敏转学的事,到现在八字还没有一撇。区里说了,你在八月份之前一定要来办的,过期不候。"奶奶说话的口气居高临下,还咬文嚼字,仿佛她就是区里的官员。我发现奶奶对华子和梅子说话的口气截然不同。

"我马上来,我马上请假来。"梅子二话不说一口答应。

这以后梅子揣着志敏的户口证明、学籍证明在上海、合肥两地来回跑。梅子来的时候就带很多的花生米和野蕨菜。梅子说这些都是不要钱的,梅子是食堂仓库里的保管员。

梅子回来的头一个晚上,和奶奶在阁楼上说了很长时间的话。梅子的细而尖的嗓子在夜色里像一条长长的亮光,异常清晰。奶奶比梅子还要兴奋,她数落着家事,像解着一团过去的乱麻,没有头绪,也没有开始和结束,奶奶先是说老爸有两三个月没回家了,然后再倒叙老爸小时候被文攻武卫打伤的旧事,奶奶说着说着就哭了起来。

"这个末代子孙,良心被狗吞了。那个短命律师吓我说,他要判坐五年牢,我说一人做事一人当,他就是真坐牢我也不心痛的……你没有看到他吵的辰光，他的吃相，要吃我下去了，他摔我的茶杯，喏，这样子……"奶奶在阁楼上弄出了一点模拟的声音。

我躺在楼下的房间想象着奶奶在阁楼上模仿老爸的样子，奶奶是个很有表演天赋的人。我知道从此以后，茶杯的故事将成为我们家庭的经典故事。

"不得了。我们家里的人从来没有这样的吧？我以前跟你吵，也最多是顶嘴。老娘，我看到臭虫也有点吓的，他有一股横劲。记得他小时候打群架打得头破血流的……姆妈，你不计较我的过错，我很感动的，我在外面也想你的啊……"梅子哭了。梅子是个感情脆弱的女性，她总是用眼泪来表达她的感动、愤怒、痛苦和快乐。

我在奶奶和梅子的抽泣的话语里迷迷糊糊地睡着了。我梦见我在教室里被我的同桌欺负。我的同桌是个凶狠的女孩，我的手臂每每超过她划的三八线，她就要用铅笔尖刺我、捅我，我想起老爸告诫我的：这个世界充满了暴力和欺骗。我灵机一动就举手揭发这个女孩，我说老师，她上课缠着我说话，我没法听课了。受骗上当的老师把这女孩驱除出去，还百般表扬我的诚实和勇气。我听到这女孩委屈的哭声，我得意洋洋。

我在女孩的哭声中醒来，我发现已经天光大亮了，我意外地听见阁楼上梅子和奶奶的抽泣的声音。我一时还不过神来，我摸不准，我究竟是在梦中在教室里还是在床上在家里？我不明白，难道奶奶她们哭了整整一个晚上？

梅子一直自称是上海人。她说她在合肥无论走到哪里，人们都一眼看得出她是上海人。

我看梅子却觉得她是一个纯粹的乡下人，她说话粗鲁，皮肤黝黑，服装俗气，一点儿也不像华子那么苗条、白皙、漂亮，衣着典雅。梅子说话还带着一种怪怪的拖音，夸张、滑稽。梅子已经不会说纯粹的上海话了。

　　梅子也有一个绰号：酸梅子。听说小时候梅子和老爸总是互相嘲弄，臭虫、酸梅子彼此叫个不休。

　　梅子还特矮，和老爸和华子他们比简直是判若两家人。我常常听到华子开玩笑说，梅子是奶奶在产院里搞错的。奶奶对此有另一种解释。奶奶说，梅子十六岁的时候在农村，再怎么偷懒也挑过担子，梅子的个子就是在那时候压坏的。

　　我带着梅子去看过老爸。梅子带了她的花生米和野蕨菜。我们出门的时候，没敢跟奶奶说。那会儿奶奶正躺在床上，她踢了一下脚跟的包裹，显然有话要说。我们不得不止住脚步。

　　"去给这个赤佬！"奶奶说完就转身对着里床，再也不说话了。

　　我们到了外面打开包裹，发现里面都是老爸的换洗衣服，还有两包华子给奶奶的中华牌香烟。梅子看着看着，忽然又哭了。

　　梅子去看老爸，很大的原因是为了志敏，她担心老爸会容不下志敏。梅子猜想，奶奶起劲地为志敏的事到处奔波，多少和老爸闹别扭有点关系。

　　"你不要瞎猜。老娘的脾气我还不知道？她跟我赌气是真的，为你办事也是真的，我人虽然不在家里，我知道的。×那，老娘担心房子倒是可能的，这是针对那个臭女人的。志敏户口进来后，这臭女人要房子就更难了。"老爸用手捞着梅子的花生米吃，拍拍手。

　　"志敏来上海，还希望你当舅舅的多多关照。"

　　"这算什么话？你哪里学来这套东洋礼仪？按照政策可以回上海的，我会有什么意见？你放心，我没有意见的。"

　　"有你这句话我就心定了。听说有很多知青子女回到上海后，住在外婆家里，和舅舅舅妈的关系搞不好。有的还闹出人命呢。你不要误会，我当然不是说你不好。我本来想要求待岗的，和女儿一起回来，但是单位不允许。我也求过人，也白搭。这事我还没跟老娘说清楚呢。现在只有求你，照应我女儿了……"

"你不要看扁我。你我以前都到过农村，你是插队，我是农场，半斤和八两，同命相怜，就看在这个分上，这个忙我也帮。"

"那么女儿的生活费我就寄给你了？亲兄弟，明算账么。"

"生活费，你要寄，你就寄给老娘，我是不要你一分钱的。到时候，我吃饭，志敏不会吃粥；我吃肉，志敏不会吃萝卜干！"

"好，爽气。臭虫，以后你到合肥来，我一定请你喝老酒。在上海，我没法和你们比，我是穷人，是安徽人。在合肥的厂子里，我的日子才算风光呢，山珍海味、飞禽走兽，什么好东西我都吃过，我家里虽然是平房，三年前我自己搞了个卫生间，用抽水马桶，厂子里多少人来参观，谁不羡慕！都说到底是上海人，就是不一样的享受！可我一回到上海就没有感觉了，看你们，连喝的都是净化水。我成了乡巴佬、土八路……"

"我和你酸梅子还不是一样的——脚碰脚？结结巴巴的，过的是自己的日子，你别看我，西装笔挺，抽的是中华牌，喝的是净化水，这是另一回事，我靠的是什么？是自己！我办事还不是到处求人！借个柜台，工商所、税务所、环保，都要来拔毛，难啊……你看华子，吃公家的饭，要车有车，要房有房。她分的那套公寓，少说也要五十万，我得去抢银行！人和人就是不一样……"

"就是，就是。我想，人的命都是前世分配好了的，华子以前还不是和我们一样？她运气好么。我什么都想通了，我现在就巴望女儿争气，我相信我还有老来福，将来我还能和华子比一比呢……对了，你答应跑街回家烧饭的，听说你就回去了一趟，也没和老娘叫应。算了，自己的老娘，憋什么气呢？你看，老娘让我带来的，这是你的出客西装吧？"梅子把包裹打开，一件件地让老爸验收。

"你收起来。老娘的事我心里有数的。我看她样子还可以，我最近要到外地去送一批货，事情结束后我会回家看看的。你关照老娘，她弄不动，就给跑街一天十块洋钿，让他自己买了吃，用了多少钞票我会跟她结的。"

　　梅子和老爸俩说话直来直去的，没有一点儿虚伪和客套，这是我们家的传统。他们三言两语就说妥了志敏的事。也说妥了我的事。这以后我就天天缠着奶奶要十块钱，为了这一笔小财，我情愿奶奶整天躺在床上。

　　我开始期待着志敏的来到。

　　夏天的时候志敏终于来到上海，我突然有了一个朝夕相处的姐姐。

　　志敏来的时候老爸和老妈已经离婚了。但是老妈暂时还赖在家里，她没要到她渴望要的房子，但是她争取到了一笔巨额赔偿费。她说没拿到这笔钱谁也别痴想她会乖乖地走路。这时候奶奶老得已经爬不动楼梯了，糖尿病也经常发作。老爸和老妈争论了整整三天三夜，老爸最后以赔偿费要挟，结果是老妈搬到了奶奶的阁楼上住。八十岁的奶奶总算回到楼下的房间了。

　　志敏长得有点像华子，皮肤很白，只是个子小小的，这是梅子的遗传基因。算起来，志敏比我年长四岁。

　　楼下的房间里多了一张小床，铁的架子，木的铺板，混合着钢铁和木材的清香，非常可爱。原先是为志敏搭的。但是我捷足先登抢先占领了。第二天志敏来了就和奶奶睡在一起。

　　因为床的原因，我稍稍有点儿内疚，因此我对志敏格外殷勤。

　　"姐！"我大声地喊着志敏。我喊出这一声"姐"的时候，我觉得心儿轻盈得要飞起来了。我还从未这样亲热地叫过表姐晓荔。奶奶惊诧地看看我，嘴角不以为然地撇了一下。

　　"今朝太阳西边出了。志敏，你就叫他乌虫跑街。"奶奶学着电视里节目主持人介绍嘉宾的口吻，把我介绍给志敏。我挑剔地注意到奶奶的普通话其实是一口的苏北腔，口音和那个鹰钩鼻子的出租汽车司机一模一样。怪不得梅子为此跟奶奶吵个不休。

　　志敏犹豫着，初来乍到她自然不好意思喊我的绰号，她抿着嘴巴半天没开口，搞得我反不好意思了。我的大名叫顾龙飞，志敏终于在华子的倡议下掐头去尾地叫我"龙龙"。从此以后我有了一个小名。我听到志敏叫我龙龙的时候我有一种崭新的感觉，似乎家里的一切，连同小阁楼都格外明亮起来。我想努力表现得出色和引人注目，越是如此我越发疯疯癫癫了。

我拉着志敏的手，我们在屋里跑前跑后，我一一指点告诉志敏，哪个自来水龙头是属于我家的，哪个破脸盆可以暂时充当垃圾箱，煤气开关如何使用，卫生间的水箱如果漏水该怎么办，还有脸盆、脚盆该如何分辨。别看我们家的房子并不高级，但是我们家煤、卫俱全。据说半个多世纪前，我们的房子曾经是一个日本商人的住处，日本商人在这栋房子里安装了日本的蹲式抽水马桶、和式移门、煤气，直至今日，我们卫生间的蹲式抽水马桶，甚至那黑黝黝的铁制煤气灶据说都是那个时代的遗物。我长大以后才知道，上海虹口一带，曾经沦为过日本的租界。我们房子的格局竟然是讨厌的日本习俗的残存。

志敏是由她母亲梅子陪着来的。梅子说，她最多呆三天，就要回合肥的。奶奶一听就愣了。

"原先不是说好，你可以待岗的么？你不回来怎么行？跑街，我是没办法，沾了手，我不管他，邻居也要说闲话的。但是我没有精力管志敏的，我的糖尿病发起来，连自己也管不了的。华子他们又不把我的病当一回事的，我是泥菩萨过江，自身难保。"

"我和臭虫打过招呼，他答应帮忙的。现在单位里有生活做了，就取消待岗的政策了，如果我一定要回来，就要除名的，我的劳保福利、医疗待遇都没有了，二十多年来我吃了多少苦头，眼看要退休的人了，硬撑也要坚持到底的。"

"你们都有事，就是我老太婆吃饱饭没事干？臭虫是靠不牢的，你不是不知道。他千年难得回来一次，买点菜、烧顿晚饭，我是宝玉补天，一天不如一天，我只有青菜、蛋汤，至多摊两个荷包蛋，我是糊死日。我菜场跑不动。"

"你吃啥志敏也吃啥，实在不行就让她买盒饭吃。老娘，实在对不起了，艰苦两年，一有机会，我就回来。"梅子的脾气是吃软不吃硬，她没有留什么余地就回合肥了。

我这个人有一个很大的优点，就是自来熟，我很快就和志敏打成一片。我感到遗憾的是老妈对志敏就像对外人一样。也难怪，没人对志敏说起该如何称呼我老妈，除了和我，老妈和奶奶的一家已经没有任何关系了，他们甚至见面都不打招呼了。但是我发现志敏对老妈有一种格外的小心和警惕，也许梅子早就告诉了志敏一切。值得庆幸的是，老妈是个夜猫子，志敏和她打照面的机会少而又少。

因为我的自来熟，志敏对我竟有了一种依赖，特别是梅子走了以后，志敏和奶奶处得不好，她和我更亲近了。

梅子走以前和奶奶吵了一架。事情还是由我引起的。

因为志敏的到来，连续几天我处在一种亢奋的状态中，难免有一点失态。比如我格外喧闹，有出人头地的欲望，我尤其不愿梅子来管束我。她出手没有华子慷慨大方，说话不如华子面面俱到，梅子在我们家里最不被人当回事儿。

梅子想在我的身上树立她的自信。

那天先是奶奶扳着手指夸耀华子和建国，说电视机、微波炉都是他们送的，后来又夸老爸，说老爸有时候虽然脾气横对，但是细心起来，却是连当女儿的也及不上的。奶奶举例说夏夜乘凉的时候，老爸把臀下的竹榻让给奶奶，同时总忘不了绞了冷毛巾，擦一把，奶奶坐上去，屁股的感觉就不是火烧火燎的了。

"用冷毛巾擦过的竹榻凉飕飕的，赛过空调。"奶奶夸大其词。

提到北京的老伯，奶奶就炫耀说他工作如何如何忙，又是如何如何重要。奶奶夸了她所有的儿女，唯独就没提梅子。梅子沉默着，梅子什么都没说。

后来梅子不知怎么说起了男人和女人，梅子说，我觉得男人都不是玩意儿，吃着碗里的想着锅里的，有了老婆还要有情人，还指着我的鼻子说，你老爸也不是东西！我从来没听到有人这样非议老爸，老实说，即使奶奶连篇累牍地痛骂老爸也没叫我生气过，梅子让我生气了。

"你才不是东西！你是酸梅子！酸梅子！"

"你也叫我绰号？不得了，连小孩也要爬到我头上来，你没有规矩的？"

"酸梅子！酸梅子！"

"再叫，我不客气了，我要打的。"

"好了，好了，烦死了，吵什么！梅子你难得来一次，哪能这样不客气的？"奶奶出面了。

"老娘，你也听到的。跑街一点规矩也没有，他爷娘不管，你们不管，我是他姑妈，我可以管，我要做他规矩！"

"若要嘴巴讲得响，先要自己做得像。他对华子就很有规矩么。华子从来不舍得碰他的，喜欢跑街像性命一样。你就对他好一点儿么！"

"你不要包庇！你们都看不起我，连小孩子也晓得你们看不起我，他是仗势欺人！"

"你十三点！我好心劝劝，你猪八戒倒打一耙。你说我包庇乌虫，我就包庇，你敢打跑街一下？"

"我是他的姑妈，我为什么不可以管？小孩就要做规矩的，否则还了得？"

"就是不好打。我今天在，你要打就先打我！你敢打一下？你做规矩，我也做规矩。"

"你今天太气人了，你吃吃我，你就是看不起我。我穷呀，我们合肥工资低呀。我如果有钱我也会做好人的。我买一个微波炉、电视机送给你，买好吃的好玩的送给跑街，你们也会说我好话的。我心有余而力不足，就是没有能力，被人看不起。"

"你怪我了？×那，我哪里做错了？我帮你女儿办手续，求人送礼，我要过你一分洋钿吗？我脚痛，还要为你的志敏跑东跑西的，我做错了？我是阿王炒年糕，吃力不讨好了？你又要来气我。华子就是好，建国也好。我偏要说他们好。"

"我不和你争了。我人穷志不穷，我对得起自己良心就可以了。我每次来上海，请假扣的工资不去说，其他的开销要用去我们一年的积蓄，我还不是为了看看你老娘……可是我总是不落个好……"梅子说着就哭了起来。我发觉梅子和奶奶绝对是"钉头和铁头"，是冤家对头。

梅子哭的时候，志敏咬着嘴唇，两眼泪汪汪的默默地依在梅子的身边。我想志敏就是从这个时候开始和奶奶生分起来的吧。

志敏说话声音很轻，而且很少说话。奶奶不喜欢志敏，她形容志敏的说话声"像蚊子叫"。我却非常喜欢。我和志敏说话的时候我就和志敏头挨着头，我嗅到志敏头发上洗发水的清香，还有志敏的嘴唇里，饭后留下的甜甜的酸酸的气味。

梅子走了以后，志敏就和奶奶睡在一张床上。她们俩是同床异梦。奶奶日夜思念的是夜不归宿的老爸，志敏思念的是她母亲梅子。那一年志敏十五岁。梅子总说志敏还是个孩子，奶奶却说十五岁还小？令奶奶生气的是，自此以后梅子隔三差五地就来电话，梅子和志敏在电话里肉麻兮兮地互相发嗲。

"乖囡，电话你先挂。"

"你先挂。"

"好好，亲一口，啧啧……"

"再亲一口么……"

梅子和志敏在电话里无所事事地要纠缠好一会儿。有时候志敏放下电话的时候，还会哭起来。志敏和她的老妈一样，是个爱哭的女孩。志敏哭的时候，奶奶在一边气得扭歪了嘴巴刷白了脸。

奶奶终于忍不住了，她要了华子的电话，吵架似的抱怨起来。

"梅子这个十三点，一星期来了五个电话。她说她没有钞票，打起长途电话来怎么一点儿也不晓得肉痛了？"

"老娘，她是想她的女儿么，人之常情。你就让她去，反正电话费不是你出的。"

"人之常情？以前八年，她音讯全无，她有来过一个电话吗？她想到过我这个老娘吗？现在天天来电话，是打给她女儿的呀！和我？和我讲不满三句话的，和尚念经，有口无心。她做做样子的呀！我和她也没什么好说！"

"梅子十六岁到外地农村插队，那时候老百姓家里还没有电话，你不是也天天逼着我写信？你眼泪水像落雨水，你忘了？志敏现在十六岁还没到呢。你就算了，不要作了。"

"放屁！那时候梅子是到哪里？现在志敏是到哪里？上海和农村，飞机头比瘌痢头，这两个地方好比吗？这个十三点，我本来好好的，现在弄点气来受，早知今朝何必当初！"

"小姑娘好不好？"华子转换了话题，问起志敏的情况。不问还好，一问，奶奶更是火冒三丈。

"好个屁！吃饭挑食，小姑娘嘴巴刁透了，隔夜菜不碰的，蔬菜不吃的，我烧一碗虾，一碗红烧肉，她就只管盯着吃。俗话说看菜吃饭，她偏是吃菜看饭，吃相难看得我接待不起。还有一件奇怪的事了，小姑娘洗碗只洗她自己的，自顾自的。"

"你讲讲她么，她是小孩子，不懂事体。你是外婆么。"

"我是不讲，我讲了，梅子知道了，还以为我在虐待她的宝贝女儿。我要她回来，女儿在这里，她就这样甩手不管了？"

"她也没有办法，你就不要逼她了。我马上要开会，我不和你多说了，你自己放宽心，不要管她们闲事，随她们去……"

"好，我不管……华子，我关照你，我的脚又肿了，糖尿病又发了，一点力气也没有。你带点药来。"

"好的。老娘，你不要老是发病发病的，脚肿么，不要太吃力，注意休息。我有空就来看你。"华子急急地挂了电话。

"听到我发病就像避瘟神一样，平时做人都是假的。"奶奶一边嘀咕一边打量响着忙音的电话筒，叹口气。我后来才明白虽然奶奶有事就找华子，奶奶对华子其实是非常失望的。

尽管如此，我们最开心的时候还是华子来的时候。华子不仅给我，也会给志敏带来一份小小的礼物。华子是一个喜欢"做人"的人。每次她来看望我们，走的时候，我和志敏都会送她走出弄堂口，我们看着华子拦了差头，消失在前面的车流里，我就带着志敏到大街小巷乱窜，到医院、到车站，到一切我曾经深深迷恋的人声鼎沸的地方，我渴望和志敏分享这一切。遗憾的是三角地菜场已经是一片废墟了，那里将建起一座现代化的大商厦。我小小年纪已经看到沧海桑田世事变迁了。

"跑街，你送你华子姑妈是假，出去发疯是真，你有几根狗肚肠，我还不知道！"有一天我和志敏送华子出去，奶奶堵在弄堂口很得意地拆穿了我的把戏。

我嘿嘿嘿地傻笑。

"乌虫，你有了一个'姐'，又要有一个'姨'了，就是你老爸的那个'她'呀。你交桃花运了。"奶奶也嘿嘿嘿地故意学着我的笑。奶奶有一种奇特的幽默，高兴起来的时候，怪话连篇的。

"老娘，怪不得跑街要和你作，你看你，闲话乱说，和跑街两个人无大无小的，我早就说了，你和跑街，吵也是你们，好也是你们，插手管你们的事，没有意思的。"正要跨进车子的华子听见了奶奶嘲我的怪话，摇摇头，又忍不住抿着嘴笑，"跑街，你开心了，你交桃花运了？骚死了！"

我说过，华子回到老家，她说话就要肆无忌惮了。我朝华子扮个鬼脸。

"再见！"华子在车里摇着手。这时候的华子显得十分可爱，她令我想起她还未出嫁的时候，她搂着我在床上滚的日子。

奶奶老和志敏过不去。一样的事情，临在我的头上，奶奶没有任何异议，到了志敏的身上就不得了了。比如吃饭挑食，比如饭后洗碗，再比如出门玩耍，我日里夜里的在外面发疯，奶奶除了担心，从来没有生我的气，但是志敏就不行。特别是志敏到楼上蓓蓓的家里串门，奶奶非常生气。

楼上的蓓蓓是个死心眼的女孩，她总是把很多功课带回家，即使如此，蓓蓓的学业一点儿也不比我好（我是个贪玩无度、荒废功课的留级生）。志敏学历比蓓蓓高，志敏到蓓蓓家里串门，先是吃蓓蓓的酸奶，志敏特别喜欢吃酸奶。后来志敏就成了蓓蓓的义务课外辅导老师。

蓓蓓的老爸"小姑娘"十分欢迎志敏的光临。他曾经阻止过蓓蓓和我的来往，现在他一反常态，总是在超市里买了很多的酸奶回家。每次志敏辅导蓓蓓完了以后，小姑娘还慷慨地让志敏玩她的电脑。志敏正在课外学电脑，她在蓓蓓的家里如鱼得水乐不思蜀。

我不喜欢去蓓蓓家里串门，在蓓蓓的家里不能大声说笑也不能活蹦乱跳。蓓蓓的老爸总是用苛刻和严厉的眼光打量我，遏制我的活力，就因为四五岁时，蓓蓓跟着我在菜场里发疯摔得小腿骨折，我在他眼里永远是个闯祸精了。他还自以为是故作一副儒雅状。奶奶说他小时候老爱把痰吐在别人家门口，我留意观察，果然，他乘人不备就把垃圾往楼下扔。怪不得我常常在门前的街沿石上，发现他那些包了果皮瓜壳的空白的财务报表。

奶奶闲坐在后弄堂，和姥姥、老山东他们飞短流长的时候，奶奶就一个劲地说志敏的不好。

"你们都看到的噢，小姑娘进进出出，眼睛长在头顶心，嘴巴上贴封条，不认人不叫人的。"

"梅子也真是，就这样把女儿丢在上海，死人不管了？"

"她在合肥攒大钞票了！哼，三百元一个月，上海拾垃圾也比她强！她是怕服侍我这个破老太婆。我老早就说了，等我翘辫子了，到时候一个也不要来！让弄堂里看笑话。"奶奶提到梅子就没生好气，总以为梅子是在逃避责任。

"你不知道，弄堂里21号的黄家，她的外孙女和志敏一样是知青子女，从云南来，这只小姑娘是个角色，有一次外婆为什么事骂她，她不声不响竟然录了音，等她妈回来放给老妈听，她老妈心疼女儿，和外婆吵了个天翻地覆。外婆气得只会说好，好……"

"所以我不说。我就看，我不自讨没趣。姥姥，我昨天好容易托人买了六块大排，被这两个讨债鬼一抢光，我连味道也没尝着，我只好吃青菜汤。小姑娘不懂道理，没有孝心，将来报应的是梅子，不会是我。"

"算了，手心手背都是肉，外孙吃了，和孙子吃了都是一样的。"

"对不起，梅子给我几钿？我一个穷老太婆，供不起。乌虫是湿手沾面粉，没办法……怪了，乌虫跟她，像跟屁虫一样。小姑娘这几天晚上，又在往楼上跑了，到时候东家长西家短，生出事体来，来不及。唉，你们没看到，乌虫一个人留在家里，像无头苍蝇一样。"

"姐，奶奶又在弄堂里说你坏话了……"志敏放学的时候，我偷偷地在弄堂口堵住她。我把我听到的一五一十都告诉志敏，我一心一意想帮助志敏。我还幻想志敏也许会离蓓蓓远点儿。没想到志敏和奶奶说话更少了，她往楼上跑得更勤快了。

志敏在蓓蓓家里的时候我就待在家里，即使是外出玩耍，我也不敢跑得太远，我担心志敏会找我。我等待志敏回家的时候我坐立不安。这时候奶奶就特别生气，她恶声恶气地嘲笑我。

"跑街，你充军啊，急匆匆回家干什么？屋里有赤佬等你啊？"那晚我约了一梭去玩游戏机的，到了俱乐部门口我踩了一个污水坑，两脚顿时像撑船一样，灌满了水，我一气跑回家来换鞋，奶奶迎头就是一番嘲弄。

"赤佬有什么不好？我欢喜赤佬！"

"只怕是你有心，她无意，赤佬不想和你要好。"

"你不要挖苦，不要讽刺，我不和你说话了。我是来换鞋的。"

"事实如此，你以为我不知道？你天天一个人待在家里，她在上面早就把你忘记了。你干吗不发嗲叫'姐'？"奶奶怪声怪气地模仿着我的声气。

我气得用那双该换的脏鞋在奶奶的床上拼命践踏，乱喊乱叫地发泄一通。

"你出气出到我头上来了？我有亏待过你吗？你人有良心狗不吃屎！"奶奶大声地呵斥我，同时一记巴掌飞过来了。这是奶奶第一次打我。

我抚摸着脸颊和奶奶面面相觑，说也奇怪我们都安静下来了。挨打反而给了我一种安全感。因为我在奶奶哆嗦的嘴唇上确认了她对我的疼爱。就像老爸狠命揍我一样，我从来没因此而怀恨过他。

我是一个犯贱的可怜孩子。

有一天我放学回家，我发现老妈从我们家里消失了。我看见床上的羽绒被、羊毛毯和衣柜里老妈的衣服都不在了，我就明白，老妈走了。她没和我说一声就走了。我呆在房间里四处环顾，玻璃板下老妈漂亮的照片不见了，梳妆台上老妈的口红、乳液，还有她的金色染发剂都不见了……我找不到任何属于老妈的东西。我发疯般地冲到阁楼上，我觉得她还睡在上面，和平时一样睡得死死的，泛黄的脸颊上耷拉着一绺一绺的头发，就像楼上蓓蓓丢在墙脚的布娃娃。

阁楼上空空如也，没有老妈。我沉默地坐在凌乱的地板上，楼下房间里奶奶看的电视剧正在插播一个护肤用品的广告片，"……小时候，妈妈的手最温柔……"我知道有一天老妈终会离我而去，并且将一去不返。我想起电视上常常说的"家庭破裂"这个词。眼下我们家也算是"破裂"

了。但是我们家一切如故，生活得很好，奶奶躺在床上照旧看电视，老爸在小妖精那里快活，我心里还惦记着兜里的十块钱，这是我一天的生活费：早餐、晚餐，外加各种饮料和零食。那天我没吃早餐，为的是省下钱去打游戏机，我在游戏机里统率了无数人马，也杀戮了无数人马，那感觉真是棒极了。

我独坐在阁楼上的时候，我心里惦着游戏机我就没有为"家庭破裂"而感到悲哀和沮丧。我从小就知道家庭本来就是七零八落的，那是我们的生存方式。我只是有一种莫名的空洞的感觉，我情愿老妈还在阁楼上，还那样死死地白日睡觉。我不以为老妈在我的生活中有什么真实的意义，但是她的存在起码也是一种资本，足以让我大大咧咧地站在班级双亲子女的行列中。我们班有很多单亲子女，有一次过儿童节，老师要他们站出来，然后仁慈地分发给他们额外的礼物。我不愿站在那样的队伍里丢人现眼我也不愿捧着那些廉价的礼物傻笑。

重要的是，老妈的存在使我可以坦然面对幸灾乐祸的蓓蓓、莞莞还有小黑皮、一梭。令人可笑的是他们唯一可以对我炫耀的就是他们的老妈。尽管有时候他们恨自己的老妈恨得咬牙切齿。

我想到了老爸。我幸灾乐祸地想我将是一个没妈的孩子了，没有了老妈，老爸对我是否会更放纵更宠爱？我后来知道那天老爸正忙乎着准备搬家，他和他的小妖精离开了那个棚户区，他早就期待着这一天了。我觉得老爸表现得似乎太露骨了。

在后来的日子里我照样玩得痛快、玩得疯狂，但在老妈离家的那一天，我有点多愁善感，我总是想着老妈的睡态。我猜想她得到了她想要的钱，她就此一去不返永远不会再来看我了。老实说，她放弃我的高姿态令我灰心丧气。我情愿她和老爸为了我而大打出手。

在这个时候，志敏是我最好的朋友，她整晚都陪着我，没去蓓蓓家，在我的心里，志敏早就替代了一切的女性：老妈、华子、奶奶、莞莞……

那晚我和志敏下棋，我已经很久没有摸那些小棋子了，我想起我在菜场里发疯的日子，那两个下棋的老头，他们说，咦，你没有爷娘的？我想到这里眼里涌起了一阵雾气。

我告诉志敏我的隐私。我碰到过马路求爱者。那是夏天的时候，晚上我在医院附近的马路上闲逛，一个年长我好几岁的陌生女孩叫住我，她穿着紧身衣很性感的样子。

"喂，小孩，你没有方向了？"

"走开，我不认识你。"

"一见钟情么。怎么样，玩玩吧？"

"没空！"我一口回绝，刚转身想走，那女孩一把搂住我捧起我的脸颊，"叭"的一声，很响亮地亲了我一口。

"那口红印在我的脸上，香喷喷红艳艳的，喏，就在这儿中间……一棱和小黑皮看了都羡慕死了。"我在脸颊上比划着对志敏炫耀。

志敏咯咯咯笑。

"你不相信？"

"我相信。"

"那你笑什么？"

"她叫你玩玩，到底玩什么呢？"

"你是巴子。玩玩么就是和她睡觉呀。电视里经常有这种镜头的。我不睬她。她是女流氓，和她睡觉要得艾滋病的。"

志敏笑得更厉害了。

我没告诉志敏，一棱后来在街头买了有口红图形的橡皮印章，自己盖在脸上，令人可笑地到我面前来炫耀。我担心志敏知道一棱的故事后怀疑我的真实性。

志敏也告诉我她的故事。志敏说她原以为上海就像人们传说的那样，到处是高楼大厦和花园洋房，没想到我们住的地方还不如她们家的宽敞，弄堂里乱七八糟的，脏乱一片。志敏说她给合肥的同学写信就老是撒谎，夸耀她住在高楼里。

"不过上海的人民广场、外滩，还有南京路、淮海路实在是漂亮！广场上的鲜花亭子就像外国电视里的一样好看。上海人也比合肥人有钱，生活方式不一样，吃得好，穿得好，就是住得不好。"

"我们很快就要拆迁了。老爸说，到时候就要把新房装修得和星级宾馆一样，比华子的家还要高级。"我突然对拆迁有了紧迫感。

"我们合肥人是没有钱把房子装修成星级宾馆的。嗳，我的合肥同学早就喊我是上海人了。有个上海知青的老妈，同学们看你的眼光就不一样哎。"

"你就是上海人，你老妈是上海人么。"我讨好志敏。尽管我不认为梅子姑妈是上海人。

"我老妈老土，她的衣服都是在地摊上买的，连我也看不上眼。我老妈就卡拉OK行，厂里工会组织卡拉OK大赛，她一开口就把所有的人都比下去了。那阵子我也觉得光彩。老妈说插队的时候，知青们没事就唱歌，练的还都是美声呢。"

"唱歌有什么稀奇，我老爸说他们那时候读书无用论，就练拳击、举杠铃、吊环，一个个都练得很有本事的，弄堂里可以举行比武大赛了。他们小时候比我们开心。"

"也是。我们现在没劲。"志敏仰着头，一副无聊的样子。这时候我们正站在三角地菜场的废墟旁，阳光奇异地铺满了昔日的天堂。

我们都遗憾自己没赶上好时光。

老爸和小妖精搬回家后就住在阁楼上。我和小妖精早已在酒店的饭桌上见过面，我们在那时就合作得十分融洽，现在我们成了一家人，我们俩仿佛一对老熟人，没有客套也没有刻意的奉承，就这么回事儿。我后来发现在这以前，奶奶和华子都见过小妖精，我猜不出她们是在怎样的场合，在什么时候曾经坐在一起，究竟是老爸的刻意安排还是一种纯属巧合？我觉得大人的世界是那么不可思议。

老爸回家不久，因为柜台的生意不顺，积压了十来万的资金，就歇搁闲在家里吃干饭。老爸歇搁以后小妖精在外面找了个工作，是在一家夜总会里当服务小姐。小妖精干了不到一天，就让老爸给揪回家来了。

"你就给我呆在家里，做家务、打麻将、看电视，你规规矩矩哪里也不要去！"老爸命令小妖精。

奶奶说老爸是担心小妖精跑掉。奶奶还说老妈也是替老板做事，做得一去不返的。我争辩说是老爸不要老妈的。

"你不要颠倒黑白！"我警告奶奶。

"奇怪，你说我颠倒黑白，你到底是帮你老爸还是帮你老妈？"奶奶大惑不解地看着我，又骂了我一声十三点。

我眨巴着眼睛发愣，我真是不明白我自己。

无所事事的小妖精像个包打听，或者说是病态，着了魔似的一个劲地和奶奶打听老爸和老妈的过去。这正中奶奶的下怀，奶奶就爱回忆老底子的事。她们一老一少的两个女人坐在后弄堂里窃窃私语，很投缘的样子。

"臭虫十几岁的时候最神气了，身体练得很健美，卖相又好，弄堂里的小姑娘发疯似的成群结队地跟在他后面。臭女人是后来的，想不到一见钟情。你不觉得臭虫特别像香港歌星刘德华？"

"像个屁！现在轮到我，臭虫是老甲鱼了，×那，人也有点发胖了。"小妖精说着就站起来去拍老爸的屁股，老爸正撅着屁股在水斗旁洗菜，老爸身穿花纹典雅的羊绒衫，下面是一条真维斯的休闲裤，风度翩翩的。老爸有心做事的时候很有样子的。

至于老爸和老妈是如何结婚的内幕，也是小妖精迫切想知道的。

"这个女人钉着臭虫呀，臭虫自己不争气，把人家的肚子搞大了，他只好吃进。我当时是装糊涂的。"奶奶哈哈哈地笑着。这已经是在饭桌上了，小妖精给奶奶挟了一块鱼肉。

"老娘你胡说什么呀！×那，你把老娘花得七荤八素的，什么话都说给你听……"老爸喝了一杯啤酒，脸颊就有点发红。

老爸让我再到阿四的小店去拿两瓶啤酒和一瓶雪碧，雪碧是给我和志敏的。我飞快地奔出家门，在阿四那里买了东西就赶快往家里赶，远远地闻到我们家的厨房里飘出的肉汤的香味，和外面凉爽的空气缠绕在一起，令人心旷神怡。我满心欢喜，我觉得我们家变得热闹变得有劲了，我忽然觉得户外的一切失去了以往的那种神秘和诱惑，飘溢着菜香的家仿佛暗夜里的橱窗以一种奇异的光亮强烈地吸引着我。

我不再没日没夜地在外面发疯了，除了上学，大部分的时间我都待在家里。那时候老爸恰恰非常需要我这个跑街，他正在装修厨房，不时地要购买一些家用的小五金。我对我们家附近的商业环境了如指掌，我知道哪里有老爸需要的东西。

老爸大兴土木亲自动手在厨房里做了壁橱，安装了煤气淋浴器，又把用了半个多世纪的铁制煤气灶换成了不锈钢的，厨房顿时亮堂起来。老爸在忙乎着的时候，我是他的得力助手，我一次次地骑车外出购买钉子、水龙头、管子等等的杂物，有一次雷声滚滚的，老爸犹豫着，我却早已飞身上车，一眨眼的工夫我就没影了。我骑着破自行车飞也似的在狭窄的弄堂里穿梭自如的时候，弄堂里的人都说，现在跑街好了，现在跑街日里夜里都在家里了。

和老爸一样，小妖精也喜欢差我买东西，我很乐意为她跑腿。在我们家里只有奶奶差我，我才装聋作哑。我后来发现我一生总是亏待我爱的人。

这是我们家最像个家的一段日子。白天老爸和小妖精大都是在家里打麻将，他们轮换上阵，然后总有一个人去买菜烧饭，一天三顿很有规律的。有时候他们躲在阁楼里看VCD。片子都是隔壁克腊提供的。克腊是在一夜之间成为片子收藏迷的，那夜他在一个朋友家看见一千多张VCD片子，他就下定决心追上这个时尚了。老爸成了当然的最大的受益者。晚上志敏去蓓蓓家里串门，我就和老爸他们一起看片子。他们看黄片的时候我远远避开，我两岁的时候就知道下流这个词了，我对色情的东西敬而远之。我喜欢看美国好莱坞的警匪片、惊险片，还有科幻片，那种种火爆的奇异场面令我兴奋不已。

好景不长。奶奶的身体越来越不行了。她开始呕吐，吃不下东西。正是夏天的时候，奶奶瘫睡在床上，她已经没有力气用那种蹲式的抽水马桶了，就用一只小凳子和痰盂组成了临时马桶，放在床脚，她挣扎着起来方便的时候，小妖精也会伸手扶一把。小妖精扶奶奶的时候，奶奶的脸上会流露出淡淡的微笑。

老爸和小妖精有时候也出门办事，这时候奶奶就整天孤零零地躺在床上，她已经不看电视了，很多时候她昏睡着，半天不睁眼，志敏又不在，她报名读了晚上的英语补习班，我乖乖地陪在奶奶身边尽管我十分害怕。

“乌虫乖，不是好事体呀，说明我日脚不长了。小孩是有灵验的。”有一次，佳佳的奶奶，就是绰号叫“姥姥”的，她来探望奶奶，姥姥看我守在家里就夸我，奶奶却不以为然。我想奶奶大概还盼望着我在外面发疯、她蹶着腿在弄堂里追我的时候，也许那时候她是快活的。

奇怪的是，奶奶自那以后就不再叫我跑街了。她只叫我乌虫。她对我乌虫这个绰号显然记忆深刻。

“乌虫啊，你什么时候看到奶奶像死了一样躺着，你一定要大声地喊奶奶，否则奶奶就真的死了。”奶奶认真地关照我说。这时候正是黄昏，老爸和小妖精都出门了，饭桌上空空如也，只有冷气机在嗡嗡嗡地响。冷气机是去年华子和建国、大伯一起凑钱买的，花钱的事，华子他们是没的说的。

　　奶奶和老伯打过一次电话，是我拨的号码，转了好几次才听到老伯的声音。奶奶无力地和老伯说，我要和你再见了。

　　"老娘，你就是太悲观了，华子说你不肯活动，生命在于运动，你要动呀。"

　　"我要和你再见了。"奶奶依旧重复着，然后搁下了话筒。接着奶奶对我说："都是假的。"

　　后来奶奶索性不起床洗澡了，她身上发出一股难闻的异味。我和小妖精、志敏一起捏着鼻子喊臭。我看得出来，在平常的生活中，小妖精能和奶奶和睦相处，但是面对奶奶身上发出的异味，小妖精就束手无策了。这无可非议，老实说我也讨厌这种气味，我觉得奶奶很可怜。

　　老爸在后弄堂替奶奶找了个临时帮佣的老太，那老太按时来取奶奶换下来的衣服，也帮奶奶擦擦身子。华子来看过奶奶，华子大方地给了老爸一叠钱，说是给奶奶买营养品、请佣工的。

　　"老娘你要吃呀。老娘你要动呀。"华子匆匆而去。华子似乎比以前更忙了。我们后来才知道华子那阵子正忙着办出国考察的护照呢。

　　"奶奶已经看破红尘了。都是假的。"看着华子留下的那叠钱，奶奶又一次对我说。我似懂非懂。

　　这期间老爸叫了差头送奶奶去看了医生，做事喜欢地道的老爸挂的是专家门诊，大热天的，老爸和奶奶虔诚地等了老半天。求诊时老爸卑躬屈膝一心想让奶奶住进医院，没想到医生抢白老爸说，医院是你开的吗？医生还冷漠无情地说你们走错门儿了，你们该去看门诊。这时候门诊恰恰已经结束了。

　　"走，打道回府！"奶奶伤心地命令老爸。这是奶奶最后一次逞强好胜。老爸只得灰溜溜地背了奶奶回家。

　　后来老爸给华子打电话，华子说，你们不要老是找我、找我。我不是万能的。身体不好就去医院看，医生说没事就是没事么，我又不是医生。

"×那，老娘生病，不找你找谁？找外面人？"老爸很蛮横地提高了嗓子。华子那里就挂了电话。

"你和华子说，我要和她算账了，从小就是她最娇气，十指尖尖，我有叫她小姐做家务吗？毕业分配的时候，梅子和她，有一个要到农村去，华子娇气，我舍不得她去吃苦，就偷偷和梅子的老师商量，把梅子弄到乡下，我对不起梅子啊……"奶奶缓缓地无力地说着，哭了起来。

"老娘，这事我从来没有听到你说过。梅子知道吗？"

"梅子不知道。华子心里是清楚的。所以志敏的事，她要出头讲话。其实华子不说，我也打算帮志敏办户口的，户口办好了，我死也瞑目了。"奶奶抽泣着用手背擦拭着眼泪鼻涕。

志敏怔在一边，前两天奶奶又在骂梅子，骂梅子躲在合肥自得其乐。志敏忍不住和奶奶争了起来，志敏因此有三天没和外婆说话了。现在志敏眼睛红红的，什么也没说。我这时候才明白，奶奶心里记挂着的竟是梅子。我猜不透奶奶，为什么最挂在心头的，也是最疏远骂得最甚的。我哪里知道，其实我的秉性和奶奶的如出一辙。

那天离家半年的老妈突然打电话找我，说是有朋友在九江路的"合家欢"围炉酒店请客，她要我立时就赶到那里。我曾经和老爸去过"合家欢"，我知道那里的自助餐有烧烤有火锅，还有西餐和各色点心、饮料，你可以随心所欲挑肥拣瘦，但是我没好气地回答说不去。老妈在电话里一个劲地恳求我，老爸和小妖精在一边冷着脸使劲地瞅着我。我咽了咽口水。

"不去！"我拒绝了老妈，然后我挂了电话。我也没和老爸、小妖精说话就埋头认真操练功课。我发现自己还挺能假正经的。

我后来在暗夜里想念老妈，我偷偷地流泪，我到那时才了解了自己的禀性。

奶奶终于住院了。她时而清醒，时而糊涂，生活不能自理。华子和建国、老爸商量后给奶奶请了个高价护工吴阿姨，华子天天到医院去一下，来去匆匆。华子一身素雅的职业装，手提精美的坤包，在医院的环境里显得格外跳眼。奶奶和吴阿姨说，我们华子是个忙人。

"老太，你的福气太好了，女儿这么有本事。"吴阿姨讨好的样子，

华子就在医院里用手机给梅子还有北京的老伯都打了长途，告知病情，"老娘的医疗费加护工费，估计要五六千元打底，现在我们每个子女先拿出一千元，以后视情况再另行通知。"华子思路清楚，说话不拖泥带水，显示出她的办事才干。

据说梅子在电话里先是一愣，口气有点为难地说她第二天就设法寄来。

第二天梅子给华子打电话。

"华子，你是我姐姐，你一直帮我的。钱的事，能否通融一下？我一下子实在拿不出千把块钱，我想这样，你们不是请了护工么，花费大，又不贴心，我请假来护理老娘，护工的钱不是就省下来了吗？说心里话，就是不为钱，我也很想回来照顾老娘的。"

"我是很同情你的。不过这件事我不是一个人说了算的。再说你每次来，都和老娘吵，这件事，还要问问老娘，我做不了主的。"

据说奶奶听到梅子要来，眼睛顿时发亮。

"我当然要她，我自己的孩子我都要的。她人呢？"面对华子的询问，奶奶急切地回答。神智不十分清楚的奶奶还四处张望，以为梅子已经来了。

"好，我立即通知梅子，她明天就能到。老娘，这次你们不能再吵了。"

"我不吵。我不会吵。"奶奶听话地点着头。我发现病了的奶奶就和孩子一样软弱。

从那一刻起，奶奶就盼望着梅子的到来，她不断地唠叨说，明天，明天。

梅子到上海后，是我陪着她到医院去的。医院就是我从小玩耍的地方，我曾经在那里目睹孩子出生的恐怖。没有比这个地方更令我感到熟悉的了。

梅子和奶奶的见面是令人心碎的。她们抱头大哭。梅子俯着矮小的身子，凑在奶奶身边，不住地抽泣着。

"姆妈，我来了，我来照顾你，一直到你身体康复出院……"梅子一遍遍地含泪轻声絮语。她和华子一样，在某种特殊的时刻就不叫老娘，而改口叫姆妈。这是她们儿时对奶奶的亲切称呼。

"梅子，你来了就好，我想告诉你，志敏是个好孩子，你要好好培养她。不要叫她走你的老路。"奶奶说话时紧紧皱着眉头。这时候的奶奶已经大小便失禁了，她显然非常痛苦。

梅子泣不成声。从那以后梅子就没离开过医院。三个月，整整一百天，每天二十四小时，梅子都在医院里陪伴着奶奶，精心护理奶奶，她衣不解带，夜不成寐，一直到奶奶溘然长逝。梅子后来大病了一场，梅子在病中说起奶奶总是痛心不已、流泪不止。梅子是一个感情脆弱的爱哭的女人。

那天在医院里，我心血来潮、没心没肺地缠着吴阿姨，一定要她陪着到太平间去看死人，我在简陋的太平间门外张望，我只看到一个个紧闭着的铁的大抽屉，上面生满了锈斑。吴阿姨说，这里面就是存放死人的冰库。我以为这是吴阿姨吓唬小孩的伎俩，我不相信人死了竟然"睡"在那样的破地方。我正这样寻思的时候，有三个人推着有轮子的小床过来。小床上有个长长的蓝色布包。

"死人来了，"吴阿姨轻轻惊叫，捂住嘴逃之夭夭了。

推车的老头在太平间里打开一只铁抽屉，原来里面是一只长长的冰冷的铁匣子，我马上就明白了，这果然是死人"睡"的地方。当那两个假意哭丧着脸的家属在老头的指挥下，把蓝色尸包挪进匣子的时候，我觉得他们是冷漠的，无动于衷的。

"我们的老爸吃了很多苦头，现在总算解脱了。"其中一位家属在单据上签字，边签边对老头说。老头奇怪地笑了一下，他没说话。对于死亡，他显然看得太多太多了。

多么奇怪，我在这个医院里看到过孩子出生的血腥，我竟然又在这个医院里目睹死亡的冷酷。我明白了，生和死，它们平凡的痛苦和壮烈将永远互相观照，当这种痛苦不再存在的时候，生命也就完了。

我是在中午放学的时候听说奶奶去世消息的，梅子从医院打来电话，先是说正在抢救，话刚说了一半，又抽泣着说，没有了，老娘没有了。然后电话就断了。老爸和小妖精立时就赶去医院了。老爸他们走后，我突发灵感马上就给北京的老伯、建国还有华子打了电话。

华子出国去了。接电话的是她单位里的同事。

"奶奶没有了。"我在电话里这样重复着。

"是谁说的？你不要学奶奶的样，狼来了。你老爸呢？"建国不相信。

"奶奶没有了！"我嘟囔着。

此时，"圣方济"的钟声出乎意料地响起来了。也许是呼应吧，奶奶生前就迷信这个大钟。钟声敲在我的心上，我的眼泪不听话地流了下来。

我终于意识到我最爱的其实是奶奶。但是她已经躺在那个冷库的铁匣子里了，她再也不会追我，不会骂我，不会打拷机叫老爸揍我。时过境迁，我在这些往事里触摸到的却是奶奶的爱。

很久以后，有一天清晨，老爸准备出远门办事，临行前他在后弄堂里坐着吸烟，忽然伤感地揉起了眼睛。

"咦，你怎么啦？"

"没什么，我想到了老娘。要是老娘活着，知道我出门，她总要啰啰嗦嗦关照我的。"

"现在有我呢，我不是也关照你的吗？"

"不一样的。你叫我外面不要搞女人，老娘关照我冷热要当心，穷家富路，多带钞票。"

"×那，我错了？"小妖精"嗤"地笑了一声，她正在往冰柜里置放新做的酒醉梭子蟹，她现在是一个很能干的老板娘了。老爸在家里开了爿小饭馆，他的烹调手艺终于有了发挥的天地。

那天早晨我在家里的饭馆里吃了早点，我和老爸、小妖精挥挥手，说声再见。我没到学校里去，我独自去了殡仪馆里存放奶奶骨灰的地方。昨晚我在梦中看到奶奶还坐在后弄堂，奶奶说，你们为什么不给我穿袜子，我在那里冷死了。早晨我起床的时候我发现天气真的很冷。我在附近的小店里替奶奶买了一双毛巾袜，我会把它放在骨灰盒的旁边，但愿奶奶会喜欢。完了，我想对奶奶说，我今年升入初中预备班了。我还想告诉奶奶我上的中学，房屋的尖顶上有个大钟，那个大钟已经走了一百多年，它还会再走一百年、两百年……还有一件事，我很难把握，是否要对奶奶说，我和老妈在外面偷偷见了一次面。老妈显然很久没有染发了，金黄色的发根下长着很长一段黑发，口红也涂得不十分完美，我猜想她过得并不顺心，她滔滔不绝地对我倾诉对老爸的愤恨，她如此在乎老爸，也许她还爱着老爸。我这样想的时候我觉得非常心酸。

我后来还梦见我在家门前的河流里游泳，那河里有许多秽物和老鼠的尸体，就如苏州河的水一样。我竟然没有去细想，屋檐下怎么成了河流？我只知道我从河里上岸的时候，我已经长大了。

1997年1月

吉庆里

出租车不肯进去，司机对小雨说上海的弄堂太窄，车进出不方便，除非是新娘可以例外。这是行规。任言就很放肆地对司机说，你怎么知道她不是新娘？言下之意他就是新郎了。小雨不好意思地说任言，去去，就跳下了车。

小雨在搬家，搬到上海的弄堂房子里。男朋友任言替小雨提着行李，任劳任怨的样子。小雨从小在上海的新村房子里长大，她清秀文雅，大方活泼，十分讨人喜欢。但不知为什么，出差在外，总有人说她不像上海人。

"不像，不像。"那些内地城市里的朋友虽然说不出究竟差别在哪里，但是他们一口咬定小雨不像上海姑娘。他们这样说也许还出于一种善意的好感，因为上海人在内地的声誉显然并不十分美好。但是小雨是个热爱故乡的女孩，小雨因此而十分羡慕那些上海弄堂里的小姑娘，她们聪明细致、温柔骄傲，举手投足充满自信。也许她们的身上才积淀着上海滩的百年风韵和市民文化的底蕴吧？夏天的时候，经过弄堂，看到弄堂里进进出出的漂亮小姑娘，小雨觉得她们是这个城市最神秘的精灵。

这次办公室里的同事，其老婆在单位里神通广大，居然无偿增派分得了一间弄堂里的房间，空闲着要出租，小雨近水楼台以每月三百元的房价租了来，她想做弄堂女孩的愿望实现了。

"听说这里横竖都轮不着拆迁。这里将是上海本世纪最后的弄堂了。"任言抬头看着弄堂口的石门楣上雕刻着的吉庆里三个大字和吉祥花纹。

"那我就是历史的见证人了。"小雨也抬头看门楣。门楣上刻着1897年奠基。这么说来，吉庆里也有一百年了？在百年沧桑的弄堂里，游荡着多少过去的幽灵？

"这是红番区，回头还来得及。"任言看着深深的、窄窄的弄堂，提醒小雨。弄堂里的天空横着一根根的竹竿，竹竿上是各色洗涤好的衣服，甚至还有尿布，湿湿的，像老人沮丧的脸庞。

"我好不容易借来的房子。我以后就是上海弄堂小姑娘了。再差，也比你强。和父母挤在一起，没出息。"小雨说任言，又兴奋地吸了一口气。她刚才看到门楣上刻着的1897的字样，心里就对吉庆里有了丰富的想象。

"上海弄堂小姑娘有什么好？她们把弄堂当成自己家里的客厅，穿着睡衣在弄堂里走来走去，头发乱蓬蓬的，随随便便就咯咯咯痴笑。还欢喜凑成一撮堆，不知道在说些什么，惹是生非。"任言不以为然。

"你自己就是弄堂里长大的，你现在住在新房子里就忘记弄堂了？你再烦，我不要你帮我了。"小雨推了推任言的胳臂，笑嘻嘻地自管自地走在前面。

"弄堂里五花八门的，诈骗犯、吸毒女都有的，小心有你后悔哭的时候。"任言恨恨地跟在后面走。

任言的家在新开发的梅陇小区，是三室两厅。任言的父母就任言一个孩子，他们和任言的意思都希望小雨能住到三室两厅里面去。任言的前任女友就在那房子里住过长长的两年。任言和前任女友崩了以后，会过好几个女孩，都是不了了之，直到小雨出现。可是小雨把女孩最后的防线守得严严的，现在好，居然还独自住到石库门老房子里去，任言怎能不恨？

"你怎么比我老妈还唠叨？其实我老妈最担心的就是你，担心你对我心术不正、图谋不轨。"小雨不耐烦地回头说任言。

"我要有图谋不轨的手段就好了，就千方百计地把你生米煮成熟饭。"任言哭笑不得地说着。

"你黄鼠狼给鸡拜年，不安好心。不结婚，你别做梦。"小雨笑着，又转过身亲热地挽起任言的胳臂。这是上海女孩子的特点，对男朋友又温柔又蛮横，常常让男孩子无可奈何又喜不自禁。

"当心我想入非非。"任言有点色情的表情。

"你是不是在求婚？可惜你太年轻，现在流行的是中年成功男士。所以你必须耐心等待。"小雨调皮地刮了一下任言的鼻子。

弄堂里有一家门口挤着很多人，好像是有人在吵相骂。小雨就挤上前去看。任言无奈地站在后面，他对这种家长里短的无聊事不感兴趣。

"你这个狗卵子，你敢叫我签两金合同？我老婆已经死了，我反正无所谓了，什么都做得出来，杀人、放火，震动上海滩的事我都敢做出来！"一个矮矮的男人指着门口站着的男人破口大骂。那个站在门口的男人，年龄不大，嘴巴上生有热疮，他一点也不示弱，挥着拳头骂得更凶。

"我不怕的。你现在就来摆平我！你来！我不像那些效益好的厂长要请保镖、买人身保险，我无所谓！我哪里要当这个短命厂长？你看我住的房子，15平方米，连老婆也看不起我，我算什么狗屁厂长！银行、法院都盯着我要债，我天天升虚火，嘴巴生疮。这副烂摊子谁肯来接手，我喊谁阿爸！"这个厂长解开衣扣，一副视死如归的样子。矮个子男人倒也没辙了。

"你是秦始皇、法西斯！我不管，我就坐在你家门口，我回去也是没有饭吃的，我女儿还要读书……"矮个子男人呜呜地哭了起来。这时就有几个好心人上去劝阻他、拉扯他。

"你一个男人，年纪还轻，到劳务市场去找找看呀。再没办法，你可以去卖盒饭、做钟点工，天无绝人之路么，你盯着厂长有什么用，他只有一个人。"

"厂里现在一分钱也没有，只有地皮一块，又是国有资产，我不好动的。电话局还要来拔电话线呢。我每天看《人才市场报》，求爷爷告奶奶到处联络讨饭，鞋子都跑穿了，有什么办法？好不容易有一个就业名额，几百个人我分给谁？他有这个精神去坐在劳务市场，也比坐在我这里强。"嘴上生热疮的厂长看见有人帮他，就对聚在另一边的人说起自己的苦衷了。

小雨听到身边有个中年女人在非常详细地和邻居们解释，什么叫两金合同，就是下岗人员和单位签订《保留劳动关系协议》，自谋出路。单位保障其签约期内的两金（养老金、医疗保险金），但停发下岗补贴，说穿了就是失业。

"我也签了两金合同。找工作？哪有这么容易的！我还有四年才可以办退休手续，我现在是一天一天挨日子，人家吃肉我吃咸菜。幸好我小孩已经工作了。"那女人很有些兔死狐悲的感慨，又站了一会就先走开了。

"你看，弄堂里就是这样乱哄哄的。我小的时候住在弄堂里，那时候家庭妇女多，吵相骂一个比一个厉害。"任言来拉小雨，乘机诋毁弄堂的名声。

"但愿我们不要人到中年也被社会淘汰。你看过《网络化生存》吗？将来人的生存方式都要改变了。"小雨跟着任言离开了人群，但没有搭任言的腔。

小雨的新家是12号的亭子间。亭子间是上海弄堂房子里比较差劲的房子，它朝向不好，又小，且在一楼和二楼之间，亭子间的下面是几家合用的灶披间（厨房），夏天的黄昏，下面热气腾腾，窗外西晒的太阳又像火炉烤着亭子间的墙。

"以前没有空调的时候，亭子间的日子是很难挨的。"任言打量着小雨的住处，小小亭子间里装了一只窗式空调。房间里还有一只老式五斗橱，一些简单的桌椅。

　　"家具是同事的，现在借给我了。你知道吗？上海的亭子间很有名气的。中国有很多出名的大文豪在落魄的时候都住过上海的亭子间，你没听说亭子间是作家的摇篮？不过我不要做作家，我觉得现在的作家很虚伪。"小雨把自己的行李打开，放进五斗橱的抽屉里。

　　"我看你就是作家，老是要'作'的上海小姑娘。"

　　"我哪里'作'了？你没有碰到过作天作地的上海小姑娘你真是身在福中不知福！"小雨把手指点到了任言的额头上。

　　"好，我身在福中，身在福中！下次我把电脑搬到你这里来。放在你这里，以后来看你，就好白相了。"任言鸡啄米似的讨好说。小雨朝任言白眼睛。任言读大学时有过把宿舍折腾成电脑游戏房的劣迹。

　　"你休想把我的亭子间变成游戏房！"小雨故意凶巴巴地警告任言。

　　"我教你上网。"任言赶紧补充说，又讨好地搂着小雨要亲嘴。

　　有人在门口探头张望。叫了声"小姐"。小雨挣脱任言。

　　叫"小姐"的是住在前楼（二楼）的张家姆妈，以前看房子的时候见过面的。从一开始她就这样叫小雨。

　　"小姐，搬来了？怪不得我房间里的蜘蛛结网了，新房客来了。我下去烧饭。我儿子是开饭店的，这些调料都是他送我的。你要帮忙吗？这位是……"张家姆妈手里的提篮里是瓶瓶罐罐的东西，她客气地打量着任言。

　　"噢，是我的朋友，来帮忙的。"小雨赶忙回答。

　　"对对，小青年么。"张家姆妈文不对题地应了一句，很知情知趣地笑了笑，就下楼去了。小雨觉得张家姆妈的一笑里充满了太多的内容。但是被张家姆妈那么一笑，小雨的心里有什么东西被勾了起来，蠢蠢欲动。

　　"你看，住在弄堂里就是这样，没有隐私的。而且，弄堂里的老太特别精，看什么都一目了然。把门关起来。"任言对小雨抱怨说。

　　"我不关。人家以为我们要做什么见不得人的事了。你大方一点么。动手动脚做甚？你这样子，所以我老妈不放心。"小雨说着却主动去搂任言的脸，亲他。

"咦，你怎么自己动手动脚了？女人真是反复无常。"任言闪开脸，和小雨说话。

"不许说女人！我就动手动脚。你不喜欢？"小雨最讨厌"女人"这个词。她觉得女人应该是指那些已婚女性，或者是30岁以上的老姑娘。

"男追女，隔堵墙，女追男，隔层纸。我大大地欢迎你，多多益善。来吧。"任言索性扬起脸凑近小雨，死皮赖脸的样子。

"老面皮！"小雨简直笑不动。

两个人就边笑边亲。正闹着，小雨一转脸，发现对面的窗口竟有人在看，就放了手，又忍不住笑起来。

"哎，你说张家姆妈下去烧饭，拿着那么多瓶瓶罐罐干什么？"小雨忽然想起什么，问。

"这里灶披间是合用的，张家姆妈肯定生怕有人偷油、贪便宜，就每天拿上拿下，不厌其烦，自己的东西当宝贝。弄堂里的人就是这样。你住在这里和人相处，不要太随便噢。"任言提醒小雨。

"你和儿子打过电话吗？下个月你过生日，他也不意思意思？送个一千两千来？"楼下灶披间里传出一个老男人的声音，像是开玩笑。小雨后来知道这是张家姆妈的男人。

"你财迷心窍！去提醒他们过生日，我敲竹杠呀？现在只有孙子吃阿爹，没有儿子敬爷娘的。"张家姆妈的声音。

"这是什么话？我明天就搬到他那里去过，看他敢不端饭端汤来孝敬我！"男人拔直喉咙生气的样子。

"好了好了，你也是嘴硬骨头酥，儿子是你宠坏的。明年你过七十岁生日通知他们送礼，我就算了。"张家姆妈提了个折中的建议，那个老男人的声音才嘀咕着低了下去。

"你在这里可以天天听壁角了。不出钞票听白戏。"任言看小雨好奇地听下面人说话，就特意去把门再敞开些。

"你自己！"小雨没好气地推了任言一把，任言没站稳，跌倒在小雨的水壶上，水壶翻到了，水流了一地。

"小姐，上面是什么天落水？滴在我洗好的青菜里了？"张家姆妈在楼下着急地不客气地叫了起来。任言和小雨面面相觑。

小雨洗了发，坐在任言的对面。

"亲爱的，我就喜欢你洗发后的样子。"任言深情地看着小雨说。任言和前女友曾经同居了两年，因此任言身上有一种成熟男人的气息，也许正是这样的气息吸引了小雨。

这时候有一只蚊子飞了进来，在小雨和任言之间来回骚扰。小雨就要任言想法拍死这只不速之客。

"现在这时候，只有老房子才会有蚊子。"任言抱怨地东扑西扑的，费尽九牛二虎之力，总算把这只可恶的蚊子剿灭了。

记得第一次去见任言的时候，小雨趿着拖鞋，刚洗过的头发披散着，就被大学里的同学，一个叫小猴的女孩子拖着，糊里糊涂地到了家居附近的茶室。那阵子小雨身边有一个献殷勤的已婚中年男人，小雨是在某个社交场合通过莱尼认识这个男人的。莱尼是小雨的上司，一个德国女工程师。当时这个男人正在为莱尼鉴别一件据说是乾隆年间的青花瓷器，瓷器当然是赝品。这中年男人不仅工作努力，小有成就，生活也很有情调，常常约了小雨和莱尼到东台路古董市场逛街。渐渐地，小雨对上海过去的老货学会了欣赏和偏爱。

小雨十分珍爱的雕花梳妆盒就是在东台路买的。小雨对着这只民国初期的梳妆盒的小镜子端详自己，小雨在这样的时候，心里就缠绵起一种过去时代的情结。因为这个很生活很城市的男人，小雨就有些心猿意马，对结交男友不很感兴趣，甚至有点担心，担心现在的年轻男人会令她失望。

小猴不知道小雨的心思。小猴是一个非常热心的女孩，她总是把她认为相配的男男女女凑合在一起，她开玩笑地对小雨说她要亲自把一百对新人送上结婚的教堂，而她自己则是最后一对。这次她要塞给小雨的是和她一个公司做的同事任言，搞规划的，还是同济的高材生呢。据说业务非常出色，也非常讨女孩子喜欢。

"老实说我还舍不得给你呢。我想留给自己候补的。就当是存在你这里吧，将来取他的时候，还能有利息呢，比如更会讨女人喜欢了。"小猴也不怕老面皮地说。

"你想坐享其成呀？没准是血本无归呢？"小雨无奈地跨进茶室的时候，莫名地对自己说假如这个男人也披着湿漉漉的头发，就和他发展"友谊"。没想到任言果真也是一头刚洗过的头发，他随随便便地坐在靠窗的座位上，看到小猴和小雨憨然一笑。小雨当时就有怦然心动、投缘的感觉。

后来任言告诉小雨他当时坐在茶室等待她们，纯粹是一种无为而为的心态。他没指望小猴会给他带来什么超凡脱俗的美女，他只是想消遣一下时光。他在看到小雨的一刹那，看到她趿着拖鞋、她的披散的湿头发，就明白小雨其实比他更甚、更无聊。他的所有的懒散的感官于是就兴奋起来。

两个年轻人的爱情就这样莫名地发展起来了。交往以后他们才发现，彼此竟是如此相像。比如，他们正在看同一本书：昆德拉的《玩笑》，他们沉湎于同一部丹素·华盛顿的电影《爵士风情》，他们喜欢的城市是故乡上海，或者是美国纽约，喧哗而现代……小雨觉得最有趣的是和任言在大街上走，任言对那些老房子和新大楼的建筑风格、历史变迁一一加以解说，他的丰富的学识和比喻，还有他对建筑的理解，都令小雨心服。

小雨有了任言，就摆脱了那个中年男人的感情罗网。但是小雨在这个上海男人身上学到了许多的人情世故，有些待人接物、为人之道，父母都没有传授的，这个男人言传身教、谆谆善诱。重要的是小雨在他身上学会了生活的情趣，比如品茗、比如玩物、比如调情。小雨在一开始就明白这个男人只是自己人生道路上的客栈，而不是归宿。小雨并不是一味浪漫的女孩，她知道并懂得种种城市生活的规则。

小雨并不计较任言和前任女友的同居关系，但是小雨自己却执意不肯搬到任言的家里和任言同居。来往已经半年多了，小雨慢慢地接受了任言的亲吻、拥抱、抚摸，异性的接触令小雨激动，但是她拒绝和任言做爱。她自己也不知道这是因为什么？也许她只是不愿意让任言觉得现在的女孩都是可以发展到同居的？也许那个中年男人的殷勤的笑容还残留在心版上？

黄昏时分，小雨在楼下的水龙头洗一些简单的衣物。住在底楼的黄佳佳过来。黄佳佳年轻漂亮，身材窈窕，是个很迷人的少妇。

"你好。我叫黄佳佳，住在楼下，"黄佳佳似乎很寂寞，有一搭没一搭地和小雨说话，"你以后要用洗衣机讲一声，我有一个小神童洗衣机，拿进拿出很方便的，不要客气。"

"不要紧的，我可以拿到我姆妈那里去洗的。"小雨点点头，很感激。

"我在淮海路的一家百货公司上班，办公室里算账的，你呢？"黄佳佳很直率地问小雨。

"我在德国汽车公司的上海代理处当翻译。"小雨回答。

"喔吆，是和外国人打交道的？你老来事的。张家姆妈，这个新来的亭子间小姐，是翻译小姐，老来事的。"黄佳佳由衷地赞叹着，还对正上楼的张家姆妈大声地嚷嚷着。

"年纪轻，运道好呀。老话说，出道早不如运道好。你也不错。不像我们老的，做人好比做了一世牛。"张家姆妈捧着油瓶什么的，边说边踩着木楼梯上去了。楼梯发出轻微的咯吱咯吱的声音。听张家姆妈说一口弄堂里的话，手脚利索地下楼上楼，小雨有一种渐入佳境的感觉。

"上午来的是你的男朋友吧？长得很神气的，不错。"黄佳佳又说。小雨就笑笑。黄佳佳人对着后门。这里的后门要到晚上才关起来。她看着后门弄堂里，很神秘地告诉小雨坐在弄堂里的那个男人是花痴。当年这个男人的老婆到日本去打工，一去不返，他就发花痴了。

"你要当心，这个男人发起花痴来，看到女人就要搂搂抱抱，要亲嘴巴的。"黄佳佳关照小雨。小雨紧张得要回头看看，黄佳佳赶紧摇手示意。小雨注意到黄佳佳的手指涂着紫色的丹蔻，怪怪的。

"你不要回头看。他要多心的。他不管三七二十一冲进来，要吓死人的。"黄佳佳说着，又聊了一会别的，后来电话铃响了，黄佳佳就跑到自己房间去听电话了。小雨还是忍不住回头去看。

阴差阳错的，那花痴男人恰恰在黄佳佳走的时候也站起来走开了，同时又有一个男人过来坐了下来。那男人满头大汗的，显然刚做过剧烈运动。小雨回头看到的就是这个后来的男人。但是小雨不知道。那男人看到小雨看他，就对小雨笑笑。小雨慌起来，又怕他多心，要冲过来，就只好尴尬地赔笑，没想到那男人又笑着点点头。小雨的心别别地跳。

"是新搬来的吧？这么年轻呀？"男人和颜悦色地问。

小雨想，黄佳佳说得不错，这个花痴，说话这么色迷迷的，而且还满头大汗，热气腾腾的，妈呀！小雨又想，万一他扑上来抱她、亲她，怎么办？花痴杀人都不犯法的，我还是三十六计，逃为上策。小雨正这样想着，那男人已经站起来，并且朝小雨走过来。小雨一时慌乱，就逃到了黄佳佳的房间里。没想到那男人也跟了进来。

"黄佳佳，花痴，花痴来了……"小雨语无伦次的，双脚发软。

"哪里呀？"黄佳佳莫名其妙地问。

"后面，后面，"小雨指着身后的男人就瘫软下来，说不全话了。黄佳佳抬头看见站在小雨后面神情困惑的男人，不禁大笑起来。

小雨就这样很突然地跑到黄佳佳的家里。那个被小雨当花痴的男人原来是黄佳佳的丈夫。他知道亭子间里要搬一个白领小姐来，刚才陪着儿子在附近拆迁的空地里踢足球，搞得满头大汗回来，看见小雨就主动打招呼，没想到闹出一场天大的误会。

三个人笑得肚皮都疼。笑过后黄佳佳就请小雨在她家客堂间坐坐。小雨以前住在新村房子里，从来没有去邻居家串过门，现在就很好奇也很兴奋。黄佳佳的家，是前厢房连客堂间，还有一个小天井。黄佳佳热情地领着小雨参观，小雨是个聪明的女孩子，知道黄佳佳希望别人说好的心思。这是上海女子的通病。出于礼貌也出于真诚，小雨不住地赞叹。

黄佳佳的家确实布置得不错，客堂间里是传统的红木家具，小雨注意到客堂间的一角放着只单人床，床上有漂亮的绘着卡通的软枕。想来是小孩的睡床吧。厢房显然是黄佳佳夫妇的起居室，面积大概有二十个平方，宽敞、正气，厢房的上面还搭了个小阁楼。打量着布置典雅的欧式家具，还有音响、VCD、数以千计的小碟片、涂着紫色丹蔻的年轻女人，小雨没想到在这陈旧的老屋里还有如此奇妙的，洋溢着中西风格的所在。小雨想，弄堂文化的底蕴不正是由此而散发的吗？

站在那满架的碟片面前，小雨很节制地睃了两眼。尽管她心里对碟片十分喜欢。小雨的好处，即便你是最好的朋友，她也不会乱翻你的东西。这些小小的细节，构成了小雨的善解人意和优雅。黄佳佳说以后到我这里来看碟片。小雨点点头，又指着厢房里一张男孩的照片说，这是你儿子吧，和你一样漂亮呢。

黄佳佳笑起来。黄佳佳说，是田野，他到外面踢足球玩去了。他老爸叫金明，黄金的金，明亮的明。我儿子取了我们两个的姓，他的全名叫金黄田野。

金明插嘴说我的名字只有两个字，儿子有四个字，青出于蓝而胜于蓝。

这下轮着小雨笑了。小雨说，将来田野的儿子取名字就要有六个字了吧？听说比利时有个人的名字有一百五十个单词，念起来要好几分钟呢。

黄佳佳说当初金明到派出所去报户口的时候，户籍警坚决不同意他们替田野取的名字，说是崇洋媚外，后来金明要告他们侵犯人权，事情拖了半年，才算解决。黄佳佳说他们夫妇平时都在各自的公司里忙，田野就放在条件很好的全托幼儿园，当然费用也是天数，"金明还赚得动。"黄佳佳淡淡地说。小雨也没接嘴。小雨知道收入是一个家庭里最隐秘的部分，别人不说她就不问。小雨不知道，其实上海弄堂小姑娘的种种好处，比如察言观色、善解人意她都具备，一点也不落下风。

"我以前的身材比你还苗条，我是魔鬼身材。女人生孩子是一失足成千古恨。"黄佳佳看小雨婀娜的样子，十分羡慕地说。

"你本末倒置，男人结婚才是一失足成千古恨。从此失去人身自由。"金明插话说。黄佳佳说，去去去，我们讲话，男人不要参加。金明摇头作无奈状。黄佳佳又笑。

小雨很喜欢黄佳佳家里的天井，小小的，透着天光，给逼仄紧凑的老屋带来了一线光明和舒畅。天井里种着棵夹竹桃。最妙不可言的是天井里有一口井，很都市的小雨觉得很稀奇。天井和客堂之间的落地门窗，也洋溢着浓浓的旧韵。黄佳佳还告诉小雨，她的天井里居住着一条青蛇，老一辈的人看到过。"这是家蛇，是我们的守护神。"黄佳佳神秘而诡谲地说。

小雨后来和任言通电话，就不断地说黄佳佳的小天井。受了小雨的感染，任言也忽然神经搭错，怀旧起来，一个劲地说他小时候，说他住在石库门老屋里的日子。他经常在自家的天井里和小朋友摔跤，打得鼻青眼肿的，任言还说夏夜的时候在天井里捉蟋蟀，你寻踪到东边，它却逃到西边叫，待到你转身到西边，它又在东边叫了，害得你夜夜没好睡。总之，任言把石库门老屋里的天井描绘得仿佛鲁迅小时候的百草园，激动人心。

那天小雨和黄佳佳随便聊聊的时候，金明就躲在厢房里看电视，是足球比赛。黄佳佳告诉小雨，要不是足球，金明不会这么老实呆在家里。后来田野回来了。田野六岁，长得结结实实，笑容灿烂的，他很绅士地对着小雨说：你好，阿姨！那神态和出入在交际场合的成年男人毫无二致。小雨十分喜欢田野。

"弄堂里的女人真开心，用着上辈留下的家具，自己男人又赚得动，小孩也健康，什么没见过呀。"小雨在电话里由衷地艳羡着。

"也有不开心的，有难过的日子，我看张家姆妈就很难过，她楼上楼下地跑，连个酱油瓶都看得牢牢的。会不会把你也当是贼？"任言故意破坏小雨的心情。

"你不要以小人之心度君子之腹。"小雨用一种明星撒娇的口气说。在任言面前，小雨是骄傲的，有时候还要小作作。

楼下，黄佳佳看着田野睡下了，就回到了厢房里，和金明说话。

"你还在看体育节目？"黄佳佳说着就要去抢遥控器。

"半个小时以后电视机归你，朋友帮帮忙。"金明把着遥控器不放。

"我不管，我要看VCD了。"黄佳佳很任性地就要去转换频道。

"求求你，不要挡住我的视线好吗？来来，我抱抱你。"金明一味地讨好黄佳佳。

"你出卖色相呀？"黄佳佳打了一下金明伸过来的手，笑了。

前面客堂间里的田野等母亲走后，就睁开了眼睛，听了一会房里的动静，他悄悄地起床，猫着腰，穿过厢房，这时金明正把沙发上的一件外衣往身后的矮柜扔，然后乘势把黄佳佳抱在怀里。衣服扔在了田野身上，金明竟一点也没察觉。田野披着金明的衣服，又轻轻地摸上楼。

小雨和任言电话打了一半，有人打门。小雨开门一看，是田野，小家伙很礼貌地轻声说亭子间阿姨，我进来白相十分钟，好吗？小雨又惊又喜，赶紧扔了任言的电话，和田野玩起来。任言在电话另一头喂喂地叫了一阵，没人应，生气地挂了电话。

"我老爸和老妈在做三级片的动作，喏，就是这样的，亲来亲去。我溜出来了。你不会告诉我老妈吧？"田野坐在小雨的床上，抱着枕头，模仿给小雨看。小雨半是惊愕半是好笑地摸摸田野的头。

"好的，我保证不说。"小雨答应田野。

"亭子间阿姨，你结婚了吗？"

"没有。"

"我也没有。我不要结婚，我要做单身贵族。单身贵族老白虱多。"

"要死了，老白虱多脏！你欢喜身上长虱子？"小雨忍俊不禁。

"老白虱是切口话，就是钞票呀，我们学校里同学都这样叫的。现在社会开放了。老爸说将来人还可以克隆，一个人就可以生孩子了，没有人再去结婚。老爸说结婚是很麻烦的事。阿姨，我就想克隆一个女的田野，和我长得一模一样，你说好吗？"

"好像没有听说过男的可以克隆女的。也许等以后科学家又有新的发明，你就可以实现你的理想了。"小雨觉得追不上田野的思路，心想这个孩子不得了。

"将来我的克隆称呼我什么呢？他叫我老爸？老妈？"田野又想不通了。

"我看，你就让你的克隆称呼你老妈，也很好玩的。"小雨说着不由喷饭。

"我还是做克隆的老爸算了。做女人太烦了。每个月的这几天……"田野忽然学起了一个女性用品的电视广告语，小雨又吃惊又好笑，说你不得了哇，不得了，就去搔田野的痒痒，不让他说下去。

"十分钟到了。我要回去睡觉了。阿姨，我是不是新好男人？"田野转眼又突然从床上跳下来，说要走，还问了小雨一个绝对时尚的问题。

"是的。你守时、果断，是个好男人。"小雨首肯着，帮他把金明的衣服重新披在身上。

"我明天要去幼儿园上班了，下星期回家，我再告诉你，我们老师的婚外恋故事。"田野临走又给小雨留下一个惊世骇俗的悬念。

小雨瞪大了眼，心想石库门老屋里的孩子怎么竟像个混世魔王？

　　小雨的同学小猴，是撮合小雨和任言的红娘，她本姓侯，因为性情活泼，同学们就叫她小猴。小猴大学毕业后在一家房产公司做营销主任，挣的钱比小雨多，只是忙起来一天要飞两三个城市。小猴同时还在外国语学院读夜书，读的是德语。她说她最想去的就是德国的波恩，那里是贝多芬的故乡，也是举世闻名的大学城，城市宁静而优雅。

　　小猴到小雨的亭子间来玩，她是开着一辆漂亮的火鸟跑车来的。她把车停在小雨的窗下，把窄窄的弄堂挤得满满的。小雨听见小猴唤她，从窗口探头看下去，看见小猴的车吓了一跳。赶紧下楼。

　　"你哪里来的高级车？是不是赃物？"小雨小声地问小猴。

　　"你狗眼看人低，我就是买二手车也不会去碰赃物。这车是朋友借的。玩玩。怎么样，到高速公路上去兜兜风吧？"小猴也不生气，笑嘻嘻地请小雨上车。

　　"你先到我亭子间坐坐。我总要换换衣服吧。等等，你把车停好，把标牌摘下来。"小雨让小猴把车停在弄堂拐弯处的一个空地上，还特地找了个有些熟悉的小男孩，让他看车，讲好小费十元。

　　"你婆婆妈妈的，不愧是我老婆呀。"小猴笑着说。大学里的时候，因为小雨和小猴形影不离，还老是管小猴吃饭穿衣、冬暖夏凉的，就有人开玩笑说小雨是小猴的老婆。

　　小猴先是环顾左右、到处搜索，然后困惑地问，怎么没有男人的剃须刀和内裤呀？小雨先是一愣，然后顿悟过来，不由大叫着把小猴按在床上，拼命地捶她，骂她。

　　"任言没住在这里？我以为你私奔到石库门里来住，是为了爱情。"小猴笑得喘不过气来，连连讨饶。

　　"我哪里私奔了？你怎么和我老妈一个样？她还来视察过呢。我老爸索性不露面，说是眼不见为净。你们哪里知道我守身如玉呢。"小雨笑得倒在床上，想想又去扭住小猴，不肯饶她。两个人笑闹了一阵，就仰面躺在床上说话，这个那个说了很多。

大学时代，有一次市妇联的两个妇女问题专家到她们系里开座谈会，探讨如何看待女性的贞操。那两个专家都是老处女，摆出一副和蔼可亲、理解他人感情的模样。发言的女同学一个个都表示自己不会在恋爱期间和男人做爱，她们强调自爱和自尊。男同学则表示能够理解失去贞操的女孩，却不愿自己的女友是一个失去贞操的女孩，"感觉上难以接受。"他们吞吞吐吐的，既想当一个思想激进的当代青年又难以掩盖传统男人自私的心理。小雨和小猴坐在一起没吭声，她们心里都清楚地知道这些发言的女同学，尤其是男同学中不乏有性经验，且性活动频繁的，打量着他们口是心非天真无邪的嘴脸，小雨和小猴交换了一下眼神。小雨说我想发言。小猴说我也想。她们偷偷地勾了一下手。

"我不认为处女的贞操很重要，假如我爱的人喜欢，假如我也有这种真诚的愿望，那么，我觉得就没必要以一种不自然的、自虐的方式对待自己，就应该尊重自己、尊重别人。你一旦坠入情网，你应该问一下自己：究竟是所谓的贞操还是爱情更重要？其实即便你保护好了自己的贞操，你也未必一定能保护好爱情。你注定要受伤害，你就无法逃避。"小雨侃侃而谈，妇联的两个老处女瞪大了牛眼。此时她还是她，同学们熟悉的小雨，但是所有人的目光都诧异地、谴责地看着小雨，仿佛她是从天外飞来的。在他们看来，有些话在私下里是可以随便说的，甚至可以说得更放肆的，但绝不是在这里说的。

"设想一下，你在沙漠里行走，很炎热，你非常渴望水，并且你看到了水，但是你压抑自己不喝水，我觉得这太残酷了。性爱也是这样，两个相爱的人在一起，只有灵肉的结合才是最完美的，才会令心灵飞翔。按照我的理解，那种渴望飞翔、渴望结合的美好时刻是稍纵即逝的，一旦失之交臂，你就永远也追不回来了。"小猴添油加醋，此时此刻她和小雨心里都有一种快感。叛逆的快感。她们把一个十分正经的好好的会议颠覆了。

　　散会以后，小雨和小猴同时收到了一张匿名的便条，上面分别写着：你是处女吗？非常渴望你的"水"。

　　小雨和小猴鄙夷地撕碎了各自的纸条。

　　"小雨，你要立牌坊呀？还记得那两个妇联干部吗？我们的妇女问题专家是老处女。你要步她们的后尘？"躺在亭子间的小床上，听小雨说自己守身如玉的话，小猴不解地问。

　　"哪里呀。我只是觉得有些事，现在还不想和任言做。不知道为什么，和他在一起，尽管也很激情，但是总好像还隔阂着什么，是不是缘分还没到？"小雨看着天花板很认真地问小猴，也问自己。

　　"还没缘分呀？我觉得任言去做变性手术的话，他和你就没有区别了。你们是天生的一对，爱好、情趣几乎都一样，你还要什么？"小猴叫起来。

　　"我也不知道。小猴，你和你的那个呢？得意吗？"小雨转换了话题。小猴有一个神龙见首不见尾的男朋友，非常神秘，小雨只见到过一次他的背影，肩宽宽的，似乎不很年轻。小雨猜想是个已婚男人。

　　小猴有一阵子没说话。

　　"小猴，听我一句话，离中年男人远远的。他们只能迷惑我们，但绝对不是选择我们。"小雨看着小猴诡诡地笑。

　　"我对中年男人不感兴趣。他们意味着文明、成熟、自私、狭隘、吝啬、有风度……他们已经不是本色的人了。"小猴摇摇头，又说："我知道你在想什么。其实你什么也不知道。将来我什么都告诉你。但是现在不能。"小猴也诡诡地笑。

　　"没关系的。我和你，谁和谁呀。我也有秘密没和你说。现在已经过去了。其实人生就是走一步看一步。"小雨坐起来，找零食吃。

　　"你要是个男的就好了，我和你结婚，天天吃你的蜜饯。叫那些臭男人都滚开。"小猴剥着小雨递过来的蜜饯，殷殷地看着小雨。

"你同性恋呀？我的上司，一个德国女人就是同性恋，她每星期都要飞香港去度假，她的同性恋情人住在香港。也许只有女人最了解女人。有些心底里的话，你没法和男人说。比如任言要和我做爱，我没有感觉，可是我又很想和他在一起，这种心情没法和他表达。"小雨爬到床上，仰头看着小猴说，这时候的小雨心情有点沮丧。小猴同情地抚摸着小雨的脸庞。

"小雨，我警告你，我们公司有个非常漂亮、非常时尚的女孩，管文件档案的，我看她在迷惑你的任言。你要真想和任言在一起，你就不要太在乎自己。"小猴说。

"我身边也有英俊漂亮的男孩追我呀。"小雨不以为然。

"你不要大意失荆州。记住，任言是最适合你的男人。你一旦放走他，你就追不回来了。"小猴坚持己见，想了想又问，"你说的英俊漂亮的男孩是不是这石库门老屋里的，你一来就有艳遇呀？你天生是男人的尤物！"

"你是包打听呀？说话小声点。"小雨提醒小猴，"这里藏不住秘密，你乱说一气，别人真要把我当作风流女子了。二楼的张家姆妈，第一天看到任言就眼睛像甩闪。"小雨学着张家姆妈的样子给小猴看。

"要死了，一点也不自由，你住得下去呀？赶快搬出这个破亭子间！我介绍一套好的公寓房子给你，租金绝对便宜……"小猴翻倒在床上又笑又说。

"我不要。我就是欢喜弄堂房子的这种味道，才到这里来的。反正一个人，临时的。又不是结婚。"小雨的话说得也很实在。

"现在的人，都有点怪的。比如你好端端的发神经住到弄堂亭子间来，还有一个同学放弃了很好的工作，也不带一分钱，就出门了，说是要一边打工一边旅游，要环游世界。我还有个朋友是研究生，情愿做家庭主妇，天天电脑上网，发EMAIL，交了不少网友，居然忙得连饭也没空烧。只有我老土，赚了很多钱，没时间去消费。我也要想个别出心裁的点子来白相白相了。"小猴发表声明。小雨没搭腔。小雨知道小猴是个很努力的女孩，她在公司里已经是独当一面的营销主任了，她将会超过很多男孩，她永远不会轻言放弃。

　　慢慢地，小雨知道了弄堂里的人把客堂间有时也称作吃饭间的，夫妇的起居室称作房间，房间一般是不让人进的。当然是住房较为宽敞的人家才有的规矩。更多的是各种功能混合的，很难分清客厅、房间和吃饭间的人家。像小雨的亭子间就是这样。张家姆妈的家里也是这样，老夫妇俩和外孙吉林就住在一个前楼房间里，好在张家伯伯不常回家。

　　早上和黄昏，是弄堂里最喧哗的时候，大多数人家的房门都是开着的，或者是虚掩着，鸡犬之声相闻。若是有人家把门关得死死的，在别人的眼里看来就怪怪的。小雨还听了张家姆妈的建议，在亭子间门口挂了半条门帘，这样的门帘遮不住流动的空气，但是可以遮住人的视线，里外的人得踮一踮，才能看清彼此的风景。小雨后来才知道这样的门帘也是石库门老屋的风景。

　　小雨见到了张家姆妈的外孙吉林。吉林是个二十岁的男孩。小雨先是在亭子间门口和张家姆妈说话，吉林从下面上来，他看见张家姆妈喊了一声外婆，张家姆妈问早饭吃了吗？吉林回答道在酒店里吃过了，然后看看小雨，欲言又止的，就想走开。张家姆妈看见了说，吉林你怎么一点也不出道？这是新搬来的小雨姐，人家在外国人公司里做翻译，白领，老有出息的。张家姆妈的口气里对吉林有一种隐隐的不满。

　　吉林敏感地沉下了脸，朝小雨点点头，就闷声不响一头钻到前楼去了。张家姆妈叹口气对小雨聊起了家常说，这是我外孙，人小鬼大，他从小就跟着我过的，他爷娘以前在吉林插队落户，有了孩子就一坨烂污掼在我这里。这两年他们回上海了，也没说过要吉林回去。吉林也不愿回去。

　　吉林在这时候探头叫了一声外婆，口气里有点嫌外婆多嘴，张家姆妈回头说你睡觉吧，接下来还是自顾自地和小雨说话。

"我们吉林前年考进了旅游学校，最近在百花大酒店实习，做调酒师，做得辛辛苦苦，合同还没到手，酒店的部门经理家里我也去送过'炸药包'，怕就怕竹篮子打水一场空，冤枉钞票。"张家姆妈焦虑地担忧着。

"现在找工作是很难。不过你们吉林年轻，看上去又机灵，调酒师现在很吃香的。"小雨察觉吉林有点不开心，就善解人意地挑好听的说。但张家姆妈有点拎不清。

"你不知道，吉林是棉纱线串豆腐，提不起的。我前世欠他们一家子的。他从小和我一起过，和他父母、妹妹都不亲的。吉林娘现在在我儿子的饭店里洗碗，日子也不好过。"张家姆妈说话的时候一脸的沧桑。小雨也无限感慨地点点头。就在这时，吉林又探头叫了一声外婆，张家姆妈就摇摇头不吭声了。

后来吉林下楼买东西，走过小雨亭子间的时候，因为外婆说了他家那么多的隐私，吉林觉得不好意思看见小雨，就用半张报纸遮着脸匆匆地窜下楼。小雨看见了先是忍不住在屋里独自笑了一阵，又沉思默想了一阵。小雨对吉林有了十分的好感和同情。

任言打来电话，问怎么样？小雨说感觉好极了，像个大家庭。还有一个非常可爱的大男孩，是知青子女，很腼腆，很敏感，叫吉林。任言说你小心三角恋爱。小雨笑着说我感觉他和田野差不多。说实话，他还没田野成熟。任言说你现在刀枪不入。任言还说你真要和别人好，得我同意。小雨说一言为定。

小雨看到吉林的母亲，是两天以后了。晚上她在楼下的水龙头放水，看见一个脸容憔悴的中年女人进来，那女人看见她略略有点惊愕，但没说什么就匆匆上了楼。小雨放了水，拎着电水壶回到阁楼上，这时她听见了张家姆妈房间里传出女人的哭声。

"每天堆得像山一样高的碗盏，我看了都头皮发麻，无从下手。从早到晚我一刻也不好停的，你看两只手，已经做得不像样了，他们舍不得去买洗碗机，自己阿嫂比解放前的资本家还要黑心，还冷言冷语的，我做不下去了……"女人哭泣的声音。

"心字头上一把刀，你就忍忍吧。现在工作不好找，下岗的人介多，有多少人等着洗碗！这个黑心女人，我打电话跟你阿哥说。"张家姆妈说话前后矛盾，实在是想想又生气。

"算了。你不知道阿哥的脾气，一戳就跳的？他听了那个女人的枕头风，早就对我没有好面孔了，他听不进的。吉林好不好？他现在实习了，饭店里总有伙食补贴的吧？你不要让他到处乱跑，现在外面吸毒的人很多，我担心他轧坏道。叫他钞票交出来。"女人喝水的声音。

"三四百元的补贴，我哪能好要他？买一双名牌运动鞋也不够。你要逼死他？你不放心，就让吉林回到你身边去，我是扁担插进桥洞里，担当不起。"张家姆妈不开心了。

"我晓得你要多心的，就不好讲的？我们家里的人都碰不起的！只有我是软挡，谁都好欺负的！"女人又哭起来。

"你十三点呀？我哪里待亏你了？吉林一直是跟我的，你管过他吃管他过穿吗？他考学校也是我等在外面送冷饮的。我吃力不讨好。"张家姆妈饮泣的声音。

"活该。当初你为什么送我到吉林去？这种鬼地方冰天雪地的，耳朵、鼻子都要冻得掉下来，你为什么送我去？我现在房子也没有，借个豆腐干大的地方，连猪窝也不如。儿子只好放在你这里，家里连电冰箱也没有，我比谁都差……"女人恨恨地开冰箱的声音。

"是你自己报名的。你不要怪东怪西。你怪，怪自己。"张家姆妈心虚理亏的样子。

"我当时只有十五岁，我懂什么？你为什么不做主？"女人气呼呼的。张家姆妈不吭声了。忽然两个女人都哭起来。

　　小雨的眼睛都湿了。小雨想不听，但是又阻止不了她们说话的声音飘进亭子间，想关门，又觉得不礼貌，隔壁邻居有人客来，你就关门大吉？小雨就只好身不由己地听壁角。并且很快就听明白了，那女人就是吉林的母亲。小雨的心里对这个昔日的插队知青满怀同情又很不以为然。日子难过，和自己的姆妈难过干什么？

　　不过只有自己的姆妈才是可以放肆的吧？

　　张家姆妈烧得一手好菜。双休日的时候，张家姆妈在下面灶披间里忙着烧菜，张家姆妈的男人，大家都叫张家伯伯的，就在后门口的弄堂里和邻居大声说话，说话的声音直冲小雨的亭子间窗户。

　　"张家伯伯，你好享享福了。这么大年纪想不通，还要在外面做。"

　　"钱倒是吃得光用得光。我做了一辈子还是两袖清风。闲在家里没意思，和弄堂里婆婆妈妈在一起，男人家要生病的。"

　　"你陪陪张家姆妈么，老夫妇两人出去旅游旅游，年轻的时候没有浪漫过，老来也要白相白相。"

　　"喔吆，老了都烧不酥了，还浪漫？不想，不想，我只习惯在家里做做家务，烧烧饭。只要张先生身体好，吃得饱睡得着，我就满足了。"是张家姆妈在灶披间里和外面的人搭讪。她在人前总是叫自己的男人：张先生。口气里有一种很骄傲的深情，还有一种旧上海的情调。

　　"张家姆妈，27号后房间的王家阿姨就比你想得开，她在谈三角恋爱，有好几个老头子在为她争风吃醋呢，一个有钱的老头子还把美金存折给她看，花她。她还看不上。她年龄和你差不多，三天两头到苏州到杭州的玩，不要太潇洒。"

　　"牛吃稻柴鸭吃谷，各有各的福。27号王家（阿姨）没有男人当然可以潇洒。我不可以。我潇洒了，不是婚外恋了？我婚外恋，张先生要造反了。"张家姆妈口口声声张先生长张先生短。听一个老太太很温雅地把自己的男人叫做先生，是一件很愉快的事，仿佛你置身在三十年代的弄堂里，那时候居住在上海弄堂的大都是上海的中产阶级、小康人家。

听张家姆妈说张家伯伯1949年以前是穿长衫的，是账房先生。现在张家伯伯七十岁了，还坚持在浙江某地的一家乡镇企业做，过一个星期回家看看老伴。张家伯伯是个很老派的男人，他在家里饭来张口，衣来伸手，俨然是一家之主，但是小雨却觉得张家姆妈才是这个家举足轻重的角色。

有一个晚上，小雨无聊之际突然发现这栋楼里的男人都在外面：张家伯伯在外地工作，金明去了一个叫什么球迷沙龙的酒吧，据说谢晖偶尔露峥嵘，会在这里露面，田野在幼儿园"上班"，至于吉林，听张家姆妈说这几天他像丢了魂一样，大概在恋爱。而恋爱的男孩是不会规规矩矩地待在家里的。小雨想，也许女人才是石库门老屋真正的守望者？

星期天任言搬来了一台电脑。刚刚接好了电源，他就迫不及待地玩起了电脑游戏。小雨忙着把那些纸板箱清理出去。

"你把我的闺房搞成了电脑房，一点情调也没有了。"小雨整理着乱七八糟的接线。

"什么情调？现代化的气息不要太浓噢。你看，待会这两个男人女人会一脱到底的，就像英国电影《光猪六壮士》。你看看，他们像谁？"任言专心致志地敲打着键盘，电脑屏幕上两个男人女人在跳脱衣舞。

小雨就看了看电脑屏幕，不看不知道，一看吓一跳，屏幕上的穿三点式的女人，面孔和小雨的一模一样，而穿着小裤衩的肌肉饱满的男人瞪着一双小眼睛，和任言平时死皮赖脸的模样毫无二致。原来任言把两个人的照片扫描到电脑上去了，然后就制作出了这令人恶心的形象。

"你要死呀！你这个变态佬！下流鬼！"小雨大叫一声，敲了一下删除键，又拔了电脑的电源。任言沮丧地倒在椅子上。

"金童玉女、罗密欧和朱丽叶、梁山伯和祝英台，被你杀死了。"任言夸张地悲哀地朗诵着。

"我恨不得杀死你。"小雨恨恨地搬起电脑就扔到门外去，正想接着把任言也驱除出境，回头却看到张家姆妈走出来，站在房间门口定定地看着她呢。

"小姐，你刚来就要搬走啦？"张家姆妈很惊讶，小雨门口杂乱地堆着电脑和纸板箱。

"噢，不，不，我在打扫房间。已经好了。"小雨尴尬地支吾着，又狼狈地把电脑和纸板箱重新搬回房间。任言在房间里暗自乐得手舞足蹈，小雨又好气又好笑，又不好发作，就对着任言做咬牙切齿状。

小雨和任言很快就和好了。任言后来又建议在电脑上看VCD。小雨下去到黄佳佳那里借VCD片子。黄佳佳不在，说是田野生日，陪他去吃肯德基了。金明一个人在吃饭。金明边吃饭边挽留小雨说了一会儿闲话。

金明说他昨晚在外面和客户吃饭，营养过剩，所以才留在家里，何况下午有足球赛实况转播，"我不敢到现场去，有一次我被疯狂、愤怒的球迷剥光了衣服，就因为我的T恤上印了进球的客队的队名。"金明说。小雨就说不可思议，不可思议，还笑。金明面前放了半张旧信纸，用来置放吐出的渣渣，看他一顿饭吃下来，饭桌上居然一尘不染，小雨就很有些感慨。

小雨后来经常把金明的细心描绘给公司里的男同事听，小雨公司里有好几个同事都是外省应聘来的，他们工作出色，又有不修边幅的男子汉风度，他们对金明的细心嗤之以鼻，"娘娘腔！"小雨无语。只是小雨每每面对杂乱无章的办公室现状，就会想到金明的细心，还会联想到他在球场里被人剥光衣服的狼狈相，小雨就会暗暗地笑。

田野回家知道小雨有了电脑，晚上就揣着电脑光盘游戏偷偷地溜到小雨的亭子间里来，玩了个昏天黑地。这家伙小小年纪竟是个电脑高手，他说每逢星期六他都要由老爸陪着到附近的学校里去学电脑，他和很多同年龄的男孩在电脑班里过电脑游戏瘾，他们一起玩MUD的武侠游戏，在网络上闯荡江湖。他说他现在是网络上的"恶魔玩家"，专找少林高手过门。

学校里的老师操作水平是糨糊，办电脑培训纯粹是为了赚钱，所以对这些"武艺高强"的小孩子甘拜下风、放任自流。

"你老爸不知道？"小雨觉得奇怪。

"你说话轻点，"田野提醒小雨。小雨伸伸舌头。田野也调皮地伸伸脖子。"他每回都不知道溜到哪里去玩了，到点了他才来接我。我从来不在老妈面前揭发他。他对我行贿的。"田野很得意地昂着头说。

"你小小年纪受贿啊？哎，到点了，你下楼回家去吧。"小雨笑着催促田野。田野拍拍脑袋，滑下椅子蹑手蹑脚地走了。

"我受贿是打擦边球，不犯法的。"小家伙又转回来笑嘻嘻地说了一句，就没影了。

小雨在楼下的后门口看到27号的王家阿姨，就是那个据说有很多男朋友的老太太，正坐在自己家的门口，戴着老花镜，在看一本薄薄的小书。听说她新婚不久男人就失踪了，此后她一直没有再嫁，也没有儿女，一个人生活得很优哉游哉的。

"小王，看书呀？"走来个七十来岁的老头谦虚地弯着腰对着老太太问。王家阿姨爱理不理地呃了一声。看那老头在王老太面前走不动路的样子，小雨在一边暗暗发笑。心想爱情真是不分年龄呀。待老头磨蹭着走开了，小雨好奇地走近去，和老太太打了声招呼。

"王家阿姨，你看书呀？"小雨一派弄堂小姑娘欢喜搭讪的样子。

"是妹妹呀。随便翻翻。"王家阿姨见是小雨，一个又纤细又结实的漂亮女孩，就很客气很开心地看着小雨笑。小雨觉得王家阿姨虽然年过花甲，但还是很有看头：身材适中，衣着端庄，肤色白白的，一双老眼亮亮的，浑身上下干干净净，就像天天在做客一样。尤其是王家阿姨的那件毛蓝布的中式外衣，纯粹的颜色、精致的做工，小雨觉得就是挂在ESPRIT的橱窗里也是毫不逊色的。小雨还惊异地发现王家阿姨看的那本书，是一本时尚的女性杂志《靓女和时装》，王家阿姨看的栏目是：女人永远年轻。小雨想，怪不得王家阿姨后面有那么多的老男人在追呀。

"王家阿姨，你的这件衣服可以上杂志封面了，是哪里买的？"小雨指着王家阿姨的那件外衣，由衷地赞叹。

"隔壁弄堂里有个老裁缝，我在他那里做了几十年衣服了，这布料也是他提供的。以前他替很多电影演员做过服装。你欢喜，我替你介绍。"王家阿姨兴致勃勃的，小雨没想到在上海弄堂里还隐藏着技艺高超的裁缝师，就喜出望外地和王家阿姨约了时间要去拜访。据说在意大利的小巷深处也有这样深藏不露的裁缝师，有一些国际影星、社会名流就悄悄地在他们那里定做独具个性的高级服装，然后在交际场合出人意料地一展风采。小雨想象自己不久将来的风采，也有些沾沾自喜，对王家阿姨越加亲昵了，还把自己珍藏的时尚杂志借给了老太看。

张家姆妈告诉小雨，王家（阿姨）年轻时是在外国银行里做的，新婚不久男人就到台湾去了。前两年打听到这台湾男人已经不在人世了。

"不过王家也不伤心，她说这个男人对于她，和陌生人是一样的，她一点也不伤心。其实她从来就没缺过男人。"张家姆妈感叹着，言外之意王家阿姨有些放荡。小雨却十分理解，时间的飞灰注定要湮灭残留的感情。还在读书时，小雨就对"两情若是久长时，又岂在朝朝暮暮"的古典情怀十分反感，认为它扼杀的是自然的人性。但是这种感觉又如何和张家姆妈说得清呢？

张家姆妈还很神秘地说王家阿姨一直看中他们张家伯伯，说张家伯伯风度好，老是叫他克林顿。小雨听了就笑着说张家姆妈气量大。

"我们张先生年轻时候也是很风流的，老了就收心了。我不吃醋。我以前的储蓄都是王家帮我办的。我年纪轻时有些积蓄的，几十年来一点一点都败光了。吉林的娘在吉林插队的时候，我差点把家里的红木大橱都卖了。现在这只大橱给了我儿子了。唉，反正生不带来，死不带去呀。"张家姆妈痛心疾首的。

"张家姆妈，你儿子我没看到过么？"小雨想起来问。

"他呀，千年走一回。就是来了也是猢狲屁股坐不住。"张家姆妈的一句话里即有流行歌曲的词儿，也有韵味十足的老古话，小雨忍不住笑了起来。

"你很宝贝你儿子呀？"小雨调皮地戳穿张家姆妈的心思。张家姆妈点点头，无奈地笑笑。

"娶了媳妇忘了娘呀。当初张先生想替儿子去管账，儿媳妇不愿意。后来张先生只好到浙江老远的地方去做。唉，现在的世道是扫帚颠倒竖，老子替儿子打工也没门。"张家姆妈重重地叹气。小雨同情地看着张家姆妈，她想，既然张家伯伯以前是穿长衫的，那么张家姆妈当年起码也是山清水秀的小家碧玉，几十年的岁月就像可怕的腐蚀剂，点点滴滴地侵蚀着一个弄堂女人温润的生命，直至她变得枯竭、疲惫、麻木。

小雨的上司，就是叫莱尼的德国女工程师，她在铜仁路的一家德国酒吧开小型PARTY，请了几个德国同事和中国朋友聚会，小雨、任言，还有小猴都去参加了。PARTY很随便，没有人致辞，也没有人刻意周旋，莱尼站在吧台边的一笼灯光里，个子高高的，和一个金发女人在说话。其他的人三五知己地散坐着，喝着啤酒，说着自己圈子里的话。任言一时不习惯，悄悄地问小雨，要不要去对她的德国上司寒暄寒暄？小雨说不用，你们只管自己快活就是最好的寒暄。小雨今天穿了一件毛蓝布的对襟衬衫，十分漂亮妩媚。这就是弄堂里老裁缝的手艺。小猴艳羡之极，盘问了几次衣服的出处，小雨都神秘地笑笑说无可奉告。恨得小猴要打小雨。

在一个女孩看来，衣服的秘密甚至比恋爱的秘密还要重要。

小雨把两个朋友安顿好就走开了。

"我还以为会像电影里那样，主人站在门厅里迎接，然后说一些欢迎之类的客套话，没想到什么也不是。我现在的感觉是一点儿拘束也没有。外国人就是潇洒，我们就是老土。"任言不胜感慨对小猴说。有人送啤酒过来，任言替小猴和自己拿了一杯。

"你别自轻自贱。我们有自己的文化和传统，哪天我开PARTY，我就要啰啰嗦嗦说很多很多的话，让客人烦得发疯，一辈子忘不了，一辈子不会再来第二次。"小猴喝着啤酒，恶狠狠地说，说完了自己也觉得好笑，大笑起来。

"假如你开PARTY，你尽管浪费唾沫，我可以充耳不闻，只要有吃有喝，我不会不来。"任言边说边看着走开的小雨，看着她走到那个德国上司那里，说了一句什么，德国女人笑着，挥挥手，和小雨一起转了过来。

"任言，你要的寒暄的机会来了，你去应付吧。"小猴叹口气。

"嗨，我是莱尼，你们好！"莱尼说一口蹩脚的上海话，她热情地和任言他们一一握手行贴面礼，任言和莱尼贴面的时候，得意地看着小雨，小雨忍住没笑。

"我们这位小姐明天也有一个PARTY，她想邀请你参加。"任言把小猴推到前面。小猴只得无奈地点点头说是呀、是呀。小猴边说边狠狠地踢了任言一脚，任言叫了一声。

"你没事吧？"莱尼困惑地看着任言。

"没事。我看到一个熟人。"任言挥挥手，假装和吧台边的人打招呼。吧台边的那人竟也令人发笑地挥挥手，还大声地"嗨"了一声。小猴忍不住笑起来。小猴笑的样子十分天真。

"小姐，我不胜荣幸，我一定来参加你的PARTY，不知道我该到哪里找你？"莱尼很专注地看着小猴笑的样子，十分礼貌也十分殷勤地说。

"可是……"小猴不知所措了。

"莱尼，明天我来约你，我们一起去。"小雨接过话题来，笑着对莱尼，也对小猴说。

"OK！"莱尼开心地举着手，就在他们这里坐下来，随便聊了起来。

小猴因为学了一些日子德语，和莱尼交流并不觉得吃力。关于德国有很多的话题，比如古堡、教堂、莱茵河，还有歌德、马克思、弗洛伊德等等。莱尼对中国文化也很感兴趣，令人惊奇的是，莱尼也住在弄堂房子里，当然是比较高级的弄堂房子。她还喜欢收集上海老东西，小雨明白这是一个上海男人熏陶的结果。她家的墙上贴的是旧上海的美女牌香烟广告，家具是老式的被柜、铜床、梳妆台、旧钢琴，梳妆台上的摆件是竹编的提篮、铜质的蜡烛台。莱尼就这样独自沉醉在已成旧梦的老上海的情调里。小雨告诉小猴，说莱尼的家在上海外商圈子里是很有名的，很多洋太太初来上海安家，都要设法到莱尼的家来找找异国感觉，然后去布置自己的家。

"欢迎到我家里来做客。"莱尼热情地给小猴和任言都留了地址，她的目光深情地停留在小猴的脸庞上。在座的都蓦然明白，莱尼的邀请只是给小猴的。

等莱尼走开了，三个好朋友悄悄地捏着拳头做了一个心知肚明的手势，就压低声音议论开了。小猴有点难堪，问任言我真的不讨男人喜欢了？任言连连说不不，你是男人可望不可即的东方明珠。小猴疑惑地打量着莱尼的地址，突然又大叫了一声，小雨和任言都吓得站起来压低声音问：什么事？

"PARTY！PARTY！你们对莱尼说我要开什么鬼PARTY呢？它在哪里？"小猴瞪着小雨和任言，急得跺脚。

"这有什么犯难的，你赚了那么多钱，你说过你要想法子消费的，晚上找一个小型的酒吧，大家会一会罢了。你会发现，莱尼是个值得交往的朋友。"小雨的脸庞被毛蓝布的衬衫映得很灿烂，她有点幸灾乐祸。

"她是个同性恋，我不和她来往。这事你们去应付，我不管了。"小猴断然拒绝。

"假如莱尼向你求爱，你可以说不，但是你不能表示鄙夷。其实你不必担心，据我所知，莱尼用情是很专一的。"小雨笑着劝说小猴。看得出，小雨对自己的上司是很欣赏的。

"我来张罗PARTY吧，你来挺分？"任言对小猴捻着手指，厚颜无耻的样子。他和小猴在一个公司做，平时处惯了，就跟同性朋友似的。

"你狗眼看人低呀？给，东方卡，密码就是账号的后面六位数。"小猴掏出一张信用卡扔给任言，指着卡上的数字说。

"爽！"任言得意地举杯向小猴表示敬意。三个朋友又笑闹了一阵。

第二天任言在衡山路的一家茶艺馆里用小猴的东方卡大宴狐朋狗友，其规模之大令陪伴莱尼的小雨也惊诧不已。待到结账的时候，他差点被茶艺馆的保卫当诈骗犯押送进老派（派出所），原来那张东方卡上的全部金额只有区区三十元人民币。结果是莱尼古道热肠签字买单。这是后话。后话这里不说。

天快亮的时候，小雨被一阵咆哮惊醒。

"小赤佬，你寻死去了？你看看现在是几点钟，你说？！"是张家伯伯的声音。小雨的感觉，似乎张家伯伯提着刀棍之类的家法在咆哮。

"四点。"是吉林怯怯的声音。

"我和你外婆急得一夜没睡，你想要我们老命？你是不是出事体了？现在犯罪的都是年纪轻的，说，你杀人了还是上门抢劫了？说？！要么我陪你去自首。"张家伯伯声如洪钟，似乎还在拉扯吉林。然后是嘭的一声，是摔家什的声音。小雨一惊。

楼下黄佳佳和金明也醒了，两个人披衣起床，金明想到楼上去，被黄佳佳阻拦住了。

"你让小孩好好说，火气介大做甚？吉林你到底野在哪里？一夜天不回家，你也太无法无天了。外公也是为你好。"张家姆妈虽然柔声柔气的，口气里却交织着隐隐的焦虑和责备。

"还小孩？都二十岁了，全是你宠坏的。出了事体你怎么对他娘交代？我要找他娘，一坨烂污搅在我这里。"张家伯伯恨恨地责怪女人。张家姆妈没有声音了。接着张家伯伯继续对吉林逼供信，好像还动了手。金明几次要上楼去劝，都被黄佳佳拦住了。

"清官难断家务事，多管闲事多吃屁，你瞎起劲干什么？"黄佳佳轻声呵斥金明。

"可是出了人命怎么办？这个老头子也真是，打了吉林20年了，都什么年代了，还相信棒头里出孝子？"金明急得团团转。

"金明，有老太太在，你担心什么？老头子算什么，老太太就像《红楼梦》里的贾母，压阵的。"黄佳佳看不懂金明的样子。

"佳佳你倒是屏得牢，我急得小便也忍不牢了。"黄佳佳夫妇俩小声地嘀咕着，黄佳佳故意碰了碰金明的下身，金明急得呻吟了一下，就轻手轻脚地走到灶披间旁边公用的厕所里。

"小爷叔呀，你犟头倔脑做甚？你老老实实，讲，你在哪里？做了什么？坦白从宽么。"张家姆妈要哭出来的声音。楼下黄佳佳听张家姆妈连国家政策也搬出来了，差点笑出来。

"我……我在迪斯科舞厅，是罗中旭的通宵演唱会。"吉林倔强着磨蹭了很久，大概架不住张家姆妈的哀求，才说了实话。小雨在亭子间里听得明明白白，不由松了一口气。她自己也不知道为什么如此为吉林担心。

"迪斯科舞厅要80元一张票，你是豆腐店小开？我警告你，以后不许再犯了。还有你以后吃饭要付饭钱！"张家伯伯恶狠狠地命令吉林。吉林没吭声。

第二天早晨小雨看见吉林走过亭子间下楼，就轻轻地喊了他一声，吉林点点头走在前面，小雨跟在后面一边下楼梯，一边和吉林说话。

"吉林，你欢喜听歌呀？以后我有好票子送你。日本的小哲，下星期要来上海演出的。"小雨想安慰吉林。

"唉，刚让老爷子修理过，还敢？我恨死他了。小雨姐，有一件事，你不要和我外婆讲，我打算自己借房子住出去，和你一样。我是情愿不吃饭饿肚子，省下钱付房租的。"吉林对小雨说真心话。这时他们已经站在后门口了。

小雨和吉林一起走出弄堂。早晨的弄堂里有点杂乱，弄堂口的点心摊摊主是个安徽人，戴着一顶油腻腻的厨师帽，忙碌着在做塌饼，脚跟边缠着一个三四岁的小孩，看不出是男还是女，脏兮兮的。另一边是报摊，设摊的是个下岗女工，小雨也和她聊过天，听说她下岗后做过送水工、护理工、清扫工，现在有这个报摊，也很不容易。小雨在她那里买了张晨报，转身忽然看见一辆桑塔纳停在弄堂口，一个男人随即就钻了进去。桑塔纳一溜烟地驶远了。

小雨觉得那男人有点面熟，忽然想起他就是那个嘴上生热疮的厂长，当初他信誓旦旦说他也不想当一个效益差的厂长，还说他为了替下岗职工找一个就业名额，跑穿了鞋底，看来不是这么一回事吧？小雨心里烦躁起来，觉得吉林、下岗女工、说谎厂长，还有安徽小贩和他的孩子，似乎都在这个灰暗的早晨显影在她的心里，抹也抹不去。

"吉林，你真的要搬出去住，你要和妈妈商量商量的。"小雨想起吉林先前说要搬出去的话，就劝他要慎重。

"我娘还不如我外婆。她只知道怨天怨地，唠唠叨叨的，看到我就问你吸毒吗？还问我要饭贴，和我外公一样，只晓得钞票、钞票。我被她烦死了，我受不了他们，恨不得真去吸毒。"吉林说起母亲竟是恨恨的，想来他们母子已经十分疏远。

"但是你妈妈也有她的难处呢？她终归是为你好。"小雨同情地看着吉林，她知道这个年龄的少男少女，是最心烦意乱的时候。她眼里闪过脸容憔悴的吉林娘、恨铁不成钢的张家伯伯、旁敲侧击的张家姆妈。他们一个个焦虑专横、心怀叵测地爱着吉林，他们有没有想过这样的爱，是生活中不能承受之重？

"她要我住在外婆家，还不是为了外婆的房子？我就不放心我外婆。但是我最恨她在别人面前夸说谁谁有出息，好像我很不争气。这话比打我还难受。还有我妹妹，又懒又馋又胖得难看，我老爸当她是宝贝。他们三个人挤在一起过日子，开开心心的。我每次回家，都觉得我是外人。"吉林说起他家里的人，竟没有一个内心是息息相通的。

"吉林，以后我介绍一些朋友，我们一起玩，你还欢喜什么，打保龄球？唱卡拉OK？孵咖啡馆？"在巴士车站，小雨问着吉林，又对他笑笑，车来了，小雨就和吉林分手了。

不久小雨和吉林相约去影城看过一次电影，《白宫奇缘》，讲的是两个年龄、社会地位悬殊的男女，奇特真挚的情爱故事。去影院的路上，吉林忽然说起他过去的女友，一个超市里的收银员。吉林已经尝到了失恋的滋味。

"她一点也不好看，人胖，还是罗圈腿，只有一点我觉得可以的，她也是知青子女。我原来以为这样的女孩会对我很忠，就找了她做女朋友，谁想到连她也会甩了我，看不起我。我真是没想到。"吉林愤愤地述说着，他边走边用手指在墙上划过，小雨发现他的手指划破了，有隐隐的血迹。小雨想，吉林是不是在自虐？

"你太小了。再过两年，你有了社会经验、工作经验，你变得成熟了，就会有女孩子爱你的。那时候我会为你感到自豪的。"小雨摆出一副老大姐的口吻。这是小雨的聪明，她在和任何男孩子交往的时候事先都非常明确地定位，以免引起误会和不快。

他们后来坐在影院里，吉林去拉小雨的手。小雨似乎早就知道吉林会来拉她的手，她很坦然地握着吉林伸过来的手。小雨并不把握手看作是一件很不寻常的事，在一次同学的生日聚会上，她还和别的男孩跳过贴面舞。当然在更多的场合小雨是稳重的、不可侵犯的。

吉林握着小雨的手。吉林是个聪明的男孩，从一开始他就明白小雨把他当作了孩子，她现在的安慰，就像她在亭子间门口轻轻地唤他一样自然。他心里有了一点依赖，就想和她说心里话。

当银幕上的女主角在自暴自弃的绝望中醉酒的时候，吉林低低地对小雨说，我也想自暴自弃。小雨点点头，小雨说，我知道你不会，你是个勇敢的人，你会努力，就像弄堂口的那个下岗阿姨。吉林又说，这个下岗女工有生活目标，比如孩子，比如家，我没有，我很害怕。

小雨没吭声。小雨觉得吉林太孩子气，他似乎太依赖女性。小雨不愿意去负载一个几乎与己无关的人的信赖。这是一些年轻白领小姐的通病，比较自私比较骄傲。小雨后来非常后悔她的沉默。

自看过电影以后，小雨就很少看见吉林。张家姆妈常常在小雨的面前唉声叹气，说吉林现在学习了，他外公不在家的时候，他就通宵达旦地在外面玩，要不就在家里蒙头睡觉，有两次还偷拿了抽屉里的钱。张家姆妈不敢和张家伯伯说实话。

"看来他住在我这里也不是办法，我管不了他，我承担不起责任。他母亲每次来，他又都躲出去，避而不见，小姐，你有机会，帮我讲讲他，他对你印象蛮好的。唉，和尚不知道道家，一家不知道一家。"

张家姆妈和小雨说这一些的时候，是整栋楼里没人的时候。小雨自然明白张家姆妈是很要面子的，她对小雨说些吉林的情况，显然也是无奈之中的无奈。小雨又能做什么呢？

在初夏的季节，弄堂里总是潮潮的，老房子里弥漫着一种温湿的酸气，还有一种类似牙膏的甜味。小雨有一种在家里待不住的感觉。她就和黄佳佳约了去逛街。黄佳佳在淮海路上的一家商厦的劳资部做，是结算工资的。路过那家商厦的时候，已经是黄昏了，两个人走得都腰酸背痛了，小雨就提议到黄佳佳的办公室去坐坐。黄佳佳犹豫了一会，才告诉小雨说她下岗了。当时她办公室里分到一个下岗名额，大家都同意用摸彩的办法来决定，谁想到偏偏就她额骨头高，摸到了一个"走"字。

"弄堂里人都不知道我下岗。小雨，我就告诉你一个人。"黄佳佳不好意思地对小雨说。

"你放心，我不会告诉别人的。我们到咖啡馆去。"小雨为自己给黄佳佳出了个难题而内疚。她和黄佳佳就近在一家台湾人开的红茶坊坐了下来。小雨没要那种口味暧昧的泡沫红茶，就要了一杯清水。

"不要紧的。最近我在参加保险培训，很快就可以拿到代理证书了。将来我就是跑街先生了。但是我不好意思去求人，报纸上一直有文章说保险是骗人的。金明不在乎我下岗，他说他养我。我不肯，我担心时间长了，变成家庭妇女了。"黄佳佳喝着泡沫红茶，神情郁郁的。从小雨要一杯清水的时候，她就后悔了，她觉得自己的品位和小雨的相比，是不是真有一点家庭妇女的平庸？

"我觉得保险是很正当的行业，钞票大家赚么。钱存到银行里去，难道银行就是义务劳动？到时候我做你第一个客户。"小雨很温婉地劝慰着黄佳佳，还自告奋勇要做黄佳佳的保险客户。当然小雨也不是学雷锋，小雨做的公司是外资企业，办医疗保险可以自己选择保险公司的，小雨乐得送个人情给黄佳佳。

"现在只有你们这样有文化层次的人才理解保险。小雨，有你的这句话，我决心做下去。其实保险代理没有文化也是做不好的，而且要衣着整洁、谈吐高雅、举止得体，我参加了几天培训，也学到了不少。以前我虽然在淮海路上班，可天天窝在办公室里，不知道外面的世界，把庸俗的时髦当作时尚。我现在知道素面朝天，不露痕迹的化妆，才是白领小姐最时尚的追求。你看，我指甲也剪了。"黄佳佳感慨地给小雨看她的手，果然，十指洗去了那种梦幻般的紫色丹蔻，剪得平平的，有点洗去铅华的感觉。

小雨也把自己的手伸出来给黄佳佳看，小雨的指甲修得整整齐齐、干干净净的，没有涂任何的化妆品，闪烁着青春自然的光泽。两个人高兴地互相拍拍手。从这以后小雨和黄佳佳就成了无话不说的好朋友。

小雨从金明那里知道了足球是男人最放不下的玩具。那是一个星期六的下午，她坐在后门的小凳上，和王家阿姨聊天，只听见黄佳佳的家里吵吵闹闹的。原来田野要去附近的学校学电脑，金明因为届时有一场足球实况转播，不情愿去陪读，又无奈。黄佳佳自己急着要出门，她化了妆，换了一身非常端雅的套装。有个客户今天要买一份健康保险。她已经开始在做"跑街先生"了。从商场干部到保险代理，她对邻居的解释是"自己跳槽"，十分体面。

"你这份保单的佣金，我给你。"金明要黄佳佳去陪田野。

"我已经访问过他十趟了，今天好不容易才骗他答应了的，我不好失信的。"黄佳佳心情很好。

"你怎么说骗？你这个跑街先生职业素质不行。"金明故意气黄佳佳。

"我这是随便说说的，你不要乘机诬陷好人。去去去，你们去。田野，你看着你老爸，别让他乱跑。"黄佳佳本末倒置地关照田野。

"哎，哎，谁是谁老爸？我都没人生自由了？"金明无奈地苦笑。

"你这个人不自觉。田野是小孩，你看他学电脑多自觉，你呢？"黄佳佳指着蹦蹦跳跳、嚷嚷着要走的田野说。

"老爸……"田野朝老爸挤挤眼，金明想了想，明白过来，就牵着田野出门了。黄佳佳满意地笑了。

"男人就是这样，永远长不大。"黄佳佳站在后门目送田野和金明走出弄堂，就自己夹着个大大的公文包洋洋得意地也准备出门，俨然一个职业女性。只是没走出两步，包里的BP机响了。黄佳佳急忙掉转方向回到客厅里去回电。没想到磨蹭了一会，黄佳佳竟换了一身睡衣出来，令小雨吃了一惊。

"这个短命客户今天说好要买保险的，现在临时又借口说要出差，他一次次叫我吃药。他脑子有毛病。转业一个月了，我一笔保单都没拿到，我都要绝望了，恨起来真想算了，当家庭妇女！"黄佳佳一边在水池边洗去先前精心描绘的淡妆，一边气愤地发泄对客户的不满。就在黄佳佳俯着身子洗脸的时候，金明在后门出现了。他没料到黄佳佳还在家里，更没料到黄佳佳换穿了睡衣，显然不打算出门了。金明就很失望。

小雨看见了金明。金明连连对小雨和王家阿姨摆手，示意她们别出声，然后金明半蹲着身子，从黄佳佳的后面鼠窜而去，溜进了房间再也没露面。小雨后来才知道金明躲在房间里戴着耳机在偷看、偷听足球赛。好在黄佳佳卸了妆，就在灶披间和客厅之间来回忙乎，就是没想到进房间。忙完后黄佳佳就坐在后门，和小雨、王家阿姨聊天，说关于保险代理人的种种神话。比如美国有个保险代理人因为失恋，在金门大桥自杀，被警察拦住，他滔滔不绝诉说他的绝望心情，结果那警察被他的口才和情绪所迷惑，也绝望至极，竟和他一起跳河自杀了。

"好的保险代理人能说会道，一张嘴巴两层皮，翻来覆去全是理，死人可以讲成活人，我不行。"黄佳佳叹口气。

"将来你口才练出来了，你不要自杀噢，否则劝你的人都要倒霉了。"王家阿姨有点幽默。小雨和黄佳佳都大笑起来。

"我不自杀。我到杨浦大桥去找要自杀的人，要他们付一大笔酬金给我，然后我对他们说，只要心平气和、回头是岸，吃咸菜也香的。"

"照你这样说法，我想活到一百五十岁了。哎，克林顿来了。"王家阿姨看到张家伯伯远远地走过来，老远就叫了起来。小雨在一边听得真切，她发现王家阿姨对张家伯伯果然很有好感。

"你们排排坐，在开会呀？"张家伯伯很客气地又很排斥地点点头。王家阿姨的情绪立即就低落了下来。小雨仔细端详，张家伯伯高个，又是一头白发，风度尚可，和克林顿确实有一点点相像。他打了招呼后就进去了。王家阿姨有一阵子沉默。黄佳佳朝小雨眨眨眼睛，小雨后来才知道原来王家姆妈对张家伯伯的暗恋是很多人都知道的秘密。

王家阿姨无聊地站起来，就到自己家里去了。黄佳佳看着王家阿姨的背影低声地说了句：单相思。小雨笑笑没搭腔，心里却对王家阿姨生出一种怜悯。这时黄佳佳突然说要到房间里看VCD了，说是她买了一张《泰坦尼克号》。

"你一起来看？"黄佳佳邀请小雨。小雨连连摇手说不，担心黄佳佳真的走进房间，突然见了金明会怎么样？

"《泰坦尼克号》的导演卡梅隆说过，小影碟没法和银幕效果比。你不要浪费时间了。"小雨着急地劝阻黄佳佳。

"我反正没事儿，消磨时间，等他们回来。"黄佳佳不明白小雨的真实意思，还是进了自己的房间。小雨紧张地看着黄佳佳的一举一动，心想黄佳佳突然发现家里有个男人，会不会吓死？正想着就传来了黄佳佳受惊的叫声。叫声十分恐怖、刺耳。

小雨捂住了自己的耳朵。

黄佳佳后来就一路叹着气走到附近的学校，她去代替金明当田野的陪读，她很快就发现了田野的秘密。田野正在电脑上扮演恶魔，和众多少林、武当的高手打得昏天黑地，待到他回头看见母亲的时候已经晚了。

"我被我最爱的两个男人骗了。我不知道他们为什么要骗我？"黄佳佳十分伤心地对小雨说。小雨同情地看着黄佳佳。小雨也不明白，男人为什么要欺骗自己的女人和母亲？小雨这样想的时候，已经把田野看作一个成年男人了，尽管他只有六岁。但是小雨知道弄堂里的男孩是不能等闲视之的。

趁着黄佳佳到客厅里接电话的空隙，田野噘着嘴对小雨说以后他不能再到电脑班去了。老妈已经当场办了退学的手续。田野的老师当然十分尴尬十分无趣。

"我晚上来看你。可不能让我老妈发现了。"田野悄悄地咬小雨的耳朵，说完就一溜烟地窜到弄堂里去疯了。黄佳佳出来已经看不见田野的背影了。

小雨犹豫着打算晚上回到老妈那里去住，她决定让田野失望。

"金明还在看足球，他这个时候已经不认识我了。"黄佳佳依旧怨气冲天地。小雨不明白她的意思。

"你来看看就知道了。"黄佳佳拉着小雨到房门口，只见金明坐在电视机前，戴着耳机，眼睛一眨不眨地盯着荧屏，根本没在意黄佳佳和小雨。那样子和田野玩电脑游戏的时候一模一样毫无二致。

"先生，我是保险代理人，你看上去素质很高，你一定买过保险吧？"黄佳佳站在门口话还没说完，金明就过来推着黄佳佳说，"去去去，保险都是骗人的，我是下岗工人，我没有钱买保险。"金明边说边眼睛紧紧盯着电视屏幕。

"我不是来推销的，我是来宣传的，你听我说，现在社会是：我为人人，人人为我，每个人都需要保障，假如你不为自己，你也应该为你的妻子、你的儿子着想，你一旦买了保险，万一你有个三长两短，你将遗爱在人间……"黄佳佳口吐莲花、滔滔不绝，故意气金明。

金明被缠得发疯，一把拔下耳机，冲到灶披间里拿出菜刀，对着黄佳佳威胁说，你走不走？你再不走，我不客气了。黄佳佳说金明，你再看看，我是谁？金明盯着黄佳佳说你是谁，管我屁事！这时电视机里传出一阵雷鸣般的欢呼，金明赶紧回到电视机前看，边骂骂咧咧地说先替你自己买保险吧，小心我打断你腿！黄佳佳气得拼命打金明的肩膀。边打边喊我是佳佳呀我是佳佳呀！黄佳佳喊着喊着就哭了。

小雨看得目瞪口呆，她想笑，却又笑不出来，就走开了。上楼的时候，小雨听自己的脚步，敲在木楼梯上，笃笃笃的，她心里有一种淡淡的惆怅。

任言隔三岔五地来看小雨。深夜任言回去的时候，走到下面灶披间时老着脸皮说，我不走了，我就住在你这里了。小雨说不，没结婚，你别想。任言就一下子搂着小雨亲，还摸小雨的乳房。楼里很静，小雨担心隔墙有耳，不敢多说话，就由着任言轻薄，任言得寸进尺还想进一步，小雨拼命拦住了。

"我们结婚，明天天不亮就到民政局去排队登记。"任言猴急地喃喃着说。

"我还没有准备好。田野说过结婚是很麻烦的事。我觉得真理在小孩那里。"小雨也喃喃着说。在任言的抚摸下，她由抗拒而变得温柔起来。

"那我们怎么办？难道我们要到田野那里去登记？田野会问，你们是要克隆男还是克隆女？"任言觉得不可理喻，又无奈。

"差不多。"小雨说，然后就捂住嘴笑起来。小雨后来又去吻任言，任言却没了兴致，敷衍了几下就神情灰灰地走了。

隔墙有耳。楼下的黄佳佳先是隐隐听见小雨说没结婚，你别想，就对金明说没想到小雨还是烈女。金明说任言真要强来，只要小雨叫救命，我就上去揍那小子，黄佳佳就说你爱管闲事。你自己家里的老婆就不知道管一管？金明说，你自己给自己找麻烦呀，我管得还少？黄佳佳说，你管，你说说我的三围是多少？你说说我的内裤是什么颜色？金明无奈地摇头说，女人就是烦。夫妇两人说着争着，心里都不快起来，这时听到后门啪嗒一声，是任言走了。黄佳佳和金明在黑暗中对看了一眼，有些后悔只顾吵嘴，没听到小雨和任言的下文。两人都莫名地叹了口气，就无言地睡了。

王家阿姨无疾而终了。最先发现王家阿姨去世的，竟是小雨。那天小雨和王家阿姨说好了一起到弄堂里的老裁缝那里去。她先是敲王家阿姨的后房间门，没有回音，又见房间的门没关紧，就和往常一样顺手推开了门，却看见王家阿姨伏在一张八仙桌上打盹，小雨上去推了推王家阿姨，小雨就是在这时候发现王家阿姨已经死了。

小雨尖叫了一声，跑出后房间，一时又不知道去喊谁，就奔到自己12号后门，喊了金明和黄佳佳。没想到金明夫妇比小雨还要惊慌失措，他们都不敢走进王家阿姨的房间，一个在外面探头张望，另一个说是去打电话报警就逃之夭夭了。小雨此时倒是镇静下来，她在王家阿姨的身边转来转去，竟有了一个意外的发现：王家阿姨的面前有一张照片。照片上是王家阿姨和一个男人的合影。照片显然很有些年份了，但是小雨依旧能分辨得出那照片上的男人竟是张家伯伯。王家阿姨和张家伯伯果然是风流过的。小雨犹豫了一下，想了想还是把照片偷偷地收好藏了起来。

医生的结论是自然死亡。

王家阿姨的奇异的死亡在弄堂里传说了很长一段日子。有说她是看言情电视剧，悲情过度而咽气的，也有说她是在等一个非常隐秘的男朋友，等着等着就睡着了，长眠不醒了。一些年长的老邻居都掉了眼泪。奇怪的是，平时喜欢围着王家阿姨转的老男人们倒是没怎么难过，老女人们却一个个哭得情意绵绵的，其中张家姆妈哭得最伤心。

"王家总是叫我们张先生克林顿、克林顿的，我想想她死的时候就一个人，孤零零的，也蛮罪过的。"张家姆妈对很多邻居都这样哭诉。这是张家姆妈的感慨。小雨就有点感慨的感慨，心想，张家姆妈假如知道她男人和王家阿姨的风流韵事，张家姆妈就不会这么伤心掉泪了吧？小雨还对张家伯伯生出一种莫名的怨。他在两个女人之间周旋，想必一定很得意吧？小雨就想要出出张家伯伯的洋相。

小雨挑了一个无人的时机，把王家阿姨的那张照片还给了张家伯伯。她很留意地观察这个老男人的一举一动。只见张家伯伯先是愣了一下，然后礼貌地递给小雨一罐饮料，他打开冰箱取饮料的时候，小雨发现他的手在微微颤抖。小雨想，暴露一个七十岁老人的隐私，自己是不是有点残忍？

"也许我做得不妥当。我只是忘不了她。我和她已经成了忘年交。"小雨细说了照片的来历。小雨提到王家阿姨的时候只用了一个彼此都明白的"她"。

小雨没想到的是张家伯伯取出了打火机，点着了照片，照片在烟灰缸里慢慢地焚烧起来，火苗冉冉的，映照着王家阿姨美丽的脸庞。

"你，为什么？"小雨不解地问。

"人都没有了，还要这个东西干什么？她其实也是，何苦呢？"男人无奈而又无情地注视着火苗和火苗中的她和他。

"是呀。我为王家阿姨感到无聊，因为有些事是不值得用心去记忆的。"小雨冷冷地看着张家伯伯，话中有话。张家伯伯自然明白小雨的意思。

"你不要怪我。你太年轻，你还不懂。这是我和她，还有我老婆之间三个人的秘密。这已经是过去的事了。你知道她很有……很有魅力的。我们来往了几次后就被我老婆发现了。我老婆是个很贤惠的人，她知书识礼、不吵不闹，只要我答应从此不和她来往，我们有孩子，我还能怎么样呢……"张家伯伯淡淡地说着过去的事，那口气就仿佛在说别的朝代、别人的故事。

无论是在世还是去世都眷眷难舍、念念不忘旧事的是王家阿姨。而决定他们三人命运的是张家姆妈。

小雨想起张家姆妈说过的，她的张先生年轻的时候也是很风流的，张先生也许不止王家阿姨一个风流账吧？小雨还想起王家阿姨死的时候，张家姆妈哭得那样伤感，说王家阿姨死得孤零零的，很罪过的。小雨想，张家伯伯充其量只是一个平庸的薄幸男人，真正不简单的是张家姆妈。以后小雨再看见张家姆妈的笑容，心里就有点怪怪的感觉。小雨想，有多少弄堂里的故事藏在张家姆妈神秘的笑容里呢?

吉林吸毒的事是很偶然发现的。那天深夜吉林浑身抽筋着突然发病,张家姆妈急得来敲小雨的门。小雨和张家姆妈扶着吉林跌跌冲冲地下楼的时候,金明夫妇被他们杂乱的脚步声惊醒了,金明出来问要不要帮忙?吉林挣扎着大叫了一声不!金明夫妇诧异地对看了一眼。连小雨也不明白一向温顺的吉林怎么变得愤怒和暴躁起来?小雨想也许是病痛的折磨吧。

小雨和张家姆妈扶着吉林来到街上拦车的时候,吉林只说了一句,我没病,又叫了一声妈妈,就晕了过去。到了医院吉林吸毒的事就败露了。医院把吉林强制性地送进了戒毒所。吉林一句话都没说。

从戒毒所回来的路上,张家姆妈哭着对小雨说,吉林的事你不要对任何人说。我在弄堂里住了几十年了,我不想七十岁了再被人指着脊梁说三道四,我不想丢人。小雨被张家姆妈一哭,心就软了,心想她的生活表面看来十分平静,实际早已千疮百孔。

"可是,金明夫妇很关心吉林的,他们说不准会去医院探望的。"小雨担心地问张家姆妈。小雨心里想吉林这一去,整整一个月不会见踪影的,这事在石库门老屋里如何隐瞒得了?

"我会对金明夫妇说,就说吉林回到他妈妈那儿去了。"张家姆妈擦干眼泪,胸有成竹地回答说。小雨明白地点点头。小雨后来回到自己亭子间的时候,听着张家姆妈走进前楼的沉沉的脚步声,觉得在这栋石库门老屋里,这个不起眼的个子矮矮的老女人真正是举足轻重的人物呀。

回到亭子间,已经能看见天光了。小雨索性不睡了。她倚在床上想吉林的事,心里有一种深深的自责。

"我娘老是担心我会吸毒,我被她烦死了,我受不了他们,恨不得真去吸毒。我就不放心我外婆。"这是吉林说过的。没想到他真的走了这样一条不归之路。想到当时吉林说这话时的楚楚可怜的样子,小雨的眼里竟有了湿润。

小雨还想起第一次看见吉林的时候，他用报纸遮着脸的羞怯的样子。一个曾经是多么清纯的男孩呀。其实吉林吸毒还是有很多蛛丝马迹的，比如他在迪斯科舞厅的深夜不归，比如他对周围环境的失望，还有他女友的背弃，他破碎的自尊，等等。他几乎没有朋友。他最近每次走过亭子间的时候，总是脚步匆匆的，似乎不愿和小雨照面，小雨现在才明白吉林其实是在躲避她。吉林曾经把她视作可以倾吐心情的朋友，但是因为某种原因，小雨沉默了。假如那时候她多一点自然，少一些矜持，也许吉林还不至于走得那么远吧？

小雨正在沉思冥想的时候，张家姆妈来敲门了。

"小姐，对不起，你到我前楼来坐一坐好吗？"张家姆妈满脸焦虑地请求小雨。小雨二话不说就起身随着老人到了前楼。走进房间小雨才发现吉林的妈妈已经来了。女人的眼圈红红的，显然哭过。

"我觉得人生没有希望了，我等吉林出来，就开煤气一起去死。"女人歇斯底里地抽泣着，说她在哥嫂的店里辛辛苦苦地做，吃不好，睡不好，天天眼泪下饭，短短的两年里都愁得一头白发了，还不是为了吉林？谁想到结果是竹篮子打水一场空。

"我还没有到西宝兴路（火葬场）去报到了，你急什么？人活着哪一个不是揩台布，甜酸苦辣都要尝过？医生说，吉林的情况不严重的，能戒毒的，他年纪轻轻的，身体好，挨得过的。不信你问小雨。我还想享吉林的福呢。"张家姆妈气呼呼地责怪女儿，语气里却充满了一个老母亲的良苦用心。

小雨这才明白张家姆妈要她来坐坐的意思，是要她劝劝吉林的妈妈。看着这个没有了吉林的房间，却处处留有吉林的痕迹：录音带、光盘唱片、沃克曼、《足球世界》杂志，还有日本漫画书《篮球飞人》……这一切都是一个健康男孩的所好。小雨简直不能相信吉林真的已经进了戒毒所。

"阿姨，吉林现在最需要的是你，他到医院去的路上还在叫你妈妈。"小雨泛泛地说了两句。她从来没做过劝慰别人的事。在他们这一代人看来，痛苦绝对是最私人的，是无法劝慰的。但是一旦话说出了口，小雨的眼泪却流了下来。她说不清她是在为吉林难过还是为这个老知青难过，或者是为张家姆妈这个一生都在弄堂里度过的老人？

"我原来担心吉林会不要我。他一直不肯见我，以为我不关心他，其实我实在是没有条件安排吉林，姆妈知道的，我借的房子是个二层搁，只有豆腐干一块，是人家空关着，等拆迁的，我哪能叫吉林住过去？我担心他受委屈……"女人的眼泪刷刷地淌了下来。

"唉，我自己的生活其实也没处理好，现在第二代、第三代的生活也没摆平，我前世作孽，一代不如一代……"张家姆妈忽然哭起来。吉林娘显然没听到老人说什么，只管自己抹泪。小雨却明白张家姆妈心里难言的苦衷。

"阿姨，我提一个建议，等吉林出来后，你让他妹妹住到外婆家里来，吉林搬到你这里，你多关心关心他，也许会好一些。噢，时间不早了，我去帮你们带些点心吧？"小雨实在受不了两个女人的眼泪。

张家姆妈连忙说不用、不用。小雨后来借口要上班就逃之夭夭了。面对着两个哭哭啼啼的女人，她不是缺乏同情，而是缺乏勇气。走在阳光斑驳的弄堂里，小雨已经没有了最初的那种新鲜感，她觉得弄堂里有太多的人生，太多的沉重。

吉林后来果然回到母亲那里去了。奇怪的是他妹妹也没"换防"搬到外婆这儿来，也许他们的母亲已经不再相信两个老人，害怕孩子会重蹈覆辙；或者是两个老人不敢接收外孙女，再惹一个麻烦，自讨苦吃？

小雨发现张家姆妈的腰板不如以前硬朗了。有一天张家姆妈告诉小雨她参加了居委里的老人欢笑俱乐部，小雨好奇地跟过去看。只见一屋子的老女人在一起莫名其妙地哈哈哈笑。张家姆妈说笑一笑十年少。小雨打量着这些因为笑而笑的老人，有黑色幽默的感觉。

　　小猴要到德国去了。帮她做担保的就是小雨的上司莱尼。那次小猴和任言开玩笑，给了他一张近乎空白的银行卡，任言在消费的时候差点成了诈骗犯被送进老派，是莱尼帮任言解了围。事后小猴前去把钱款执意还给了莱尼，两个女人的友谊就此而建立了。在莱尼那充满东方情趣的居室里，她们谈中国的文化，也听德国的音乐。

　　出于谨慎，小猴每次去看莱尼都带着自己的男友。小猴知道这对莱尼不公平，但是小猴无法超凡脱俗。值得庆幸的是，莱尼似乎并不怀疑小猴有什么谨慎的用心，她坦然地热情地对待小猴和她的男友。谈天听乐之余，莱尼常常打开她那古朴精致的红漆提篮，用里面的西式糕点来招待他们。据说只有对自己最好的朋友，莱尼才使用她那心爱的红漆提篮。

　　当莱尼知道小猴在为出国留学而奔波的时候，又不声不响地替小猴办了经济担保，小猴唯有感动，却无以为报。

　　出国前，小猴郑重其事地跑到小雨这里告别。面对小雨狐疑的目光，小猴却十分坦然。

　　"你放心，我和莱尼没有任何关系，我不是同性恋。但是莱尼她很够朋友，她是一个十分优秀的女人。我为自己不能爱她而感到遗憾。"小猴是诚实的，和平时不一样的是，此时她的眼睛里有一种忧伤。

　　"小猴，即便你是同性恋，我也是你最好的朋友。我会想你的。"小雨和小猴情不自禁地拥抱在一起。小雨没告诉小猴，莱尼为了她已经和香港的情人分手了。作为同窗学友，小雨知道小猴对此是没有任何责任的。但是小雨暗暗为善良的莱尼感到难过。也许小猴的离去，对莱尼的热情是一帖清醒剂。

　　"我男朋友说，无论是心理还是生理，莱尼比任何一个女人都要正常。"小猴无意间说起了她的男朋友。

"你的男朋友究竟是谁，连我都没见过。我怀疑是子虚乌有的。"小雨终于好奇地问。本来因为小猴的故作神秘，小雨一直没好意思问，现在小猴要远走他乡了，小雨就忍不住。

小猴大笑不止。

"小雨，你一针见血。我真是没有那种意义上的男朋友。我还没有遇到让我动心的男人。我不愿意勉强自己。逼不得已的场合，我总是借人的。到莱尼那里去，我借的是我的老爸。对莱尼，我是有内疚的。"小猴透露了她的惊人秘密，小雨听了真是哭笑不得。

小猴笑过以后，就沉静下来。是呀，你逼不得已对一个关心你的朋友撒谎的时候，你心情怎么会好？

小雨和任言的关系还是那样，不温不火的。任言来得渐渐少了，而且一来就是在电脑里打游戏，要不就是上网，和天南海北的陌生人谈建筑风格和设计。当任言在网络上比画中轴线和黄金分割时，小雨就烦。但是任言不来的时候，小雨还是很想任言的，就会打电话去请。任言是招之即来的，这点小雨有太多的把握。她不知道这样的把握有一天会失去。

小雨说，我这里不是游戏机房，你就不能玩点别的？后来小雨就干脆自己上网，把任言晾在一边。小雨最初的用意是对任言小小的报复，没想到她后来自己陷进了网络，难以自拔。那天小雨闯进了一个网上聊天室，认识了一个叫HART的美国人，他说他在蒙大拿州一个牧场长大，他有一匹非常非常漂亮的马。小雨就问，你看过《马语者》吗？蒙大拿州是马语者的故乡。HART说他在网上图书馆看过这本书，他还感激小雨的提醒。小雨又问HART，他的马是不是比《马语者》中的那匹名马"朝圣者"更出色、更通人性？HART说重要的不是马如何通人性，而是人如何通马性，人要和自然、动物和谐相处，就必须懂得它们、和它们平等交流。

　　HART的理论勾起了小雨的兴趣，他们索性离开了聊天室，走进了一个更私人化的空间，开始了单独交流。HART说他住在蒙大拿州的一栋百年老屋里，屋里经常有黄鼠狼、蜘蛛、蜥蜴、壁虎等小动物出没，连附近森林里的松鼠和小鸟也会堂而皇之地光顾老屋。HART得意地对小雨说，这些小动物都是老屋的精灵。小雨也告诉HART，她住的上海石库门老屋里有蟋蟀、蜘蛛和蚊子，还有一条神秘的青蛇。据说蜘蛛是贵客的信使，而蛇是老屋的守护神，小雨还建议HART到网上图书馆去查找、翻阅一下关于白蛇和青蛇的中国神话故事，还有石库门老屋在上海这个东方城市全部的文化意义。

　　那天小雨从网上下来的时候，任言不知什么时候已经走了。任言后来再也没有跨进过小雨的亭子间。不久小雨就听说任言和他公司里的一个管文件档案的女孩好了。

　　小雨从此就和HART成了网上的密友。他们总是在北京时间零点的时候在网上见面，小雨隔着茫茫重洋和HART说了很多心里话，她需要一个心灵的朋友。跨越空间的友谊弥补了她失去任言的虚空。有时候他们也会相约一起去参加某个网友的网上婚礼，或者在网上共同看一部最新的好莱坞电影，关于它的所有的资料，比如某个演员的私人档案。有时候他们还忙着给对方传送自己最新的发现和最有趣的网址。她后来就十分理解那些通过某种信息，通过一篇新闻报道，一条征婚启事而产生心灵撞击彼此相爱的人们。当然这并不意味着她和HART会发展任何网下的关系。网友就是网友，它是真实而虚幻的，任何现实的关系所无法替代的。

　　小雨有时候会想到任言。小雨猜想任言渐渐疏远她的日子正是他移情别恋的日子。就是他老是在电脑上打游戏、上网的时候。因为那段日子里任言不再主动亲吻小雨，并且不再抚摸小雨。任言还是很绅士的。也许他曾经尝试想和她解释，但是他无法解释。小雨慢慢明白了他的心情。就像她也无法解释为什么会和陌生的HART心心相通，在网上一发而不可收？

　　小雨这里还有很多任言的杂物，比如这台电脑。他们虽然在同一个城市，却仿佛隔得很远，彼此不再沟通信息。小雨曾经想过给任言拨一个电话，但她很快就打消了这个念头，她以为任言总还会来亭子间，和她说一声再见的。她后来才明白有些事是无法面对、无法解释的。当她明白过来的时候，她就给远在德国波恩的小猴发了一个EMAIL，邮件上只有两句话：我和任言分手了。你是个伟大的预言家。

　　小雨不久就搬离了亭子间。那个老婆到了日本就渺无影踪的花痴男人在一个深夜突然发病，他在弄堂里到处乱窜，指着黑黝黝的天空说飞机来了，飞机来了，我要乘飞机了！我老婆派飞机来接我了，我要到东京去了！那个时候正是小雨和HART在网上见面的时候，花痴男人朝小雨的窗扔小石子，说是窗里的灯光吓走了飞机。小雨被骇得一夜未眠。她后来就搬离了吉庆里。

　　她把任言的电脑送给了田野。她和任言一样，从此以后就再也没有回到那里去过。她有时候会回想起她和任言一起走进吉庆里的情景，她还能看见弄堂里的天空横着一根根的竹竿，竹竿上是各色洗涤好的衣服，湿湿的，像沮丧的脸庞。这窄窄的弄堂、有着蜘蛛和蚊子的石库门老屋仿佛储存了她一生的日子。她后来无论走到哪里，都有人一眼就看出她是个标准的上海女孩，有一次甚至是在德国的狼堡，遇到一个中国餐馆的老板，那老板看她一眼，就说你是上海人吧？一定是上海人！

　　过年的时候，公司同仁聚会，不知是谁别出心裁，要每个人拿出随身携带的妻子、丈夫或者情人的照片。有许多已婚的男人拿不出自己妻子的照片，他们的钱包里有各种精致的银行卡和贵宾卡，就是没有心爱的妻子的肖像。倒是一些未婚的年轻人，一个个都拿出了珍藏在皮夹里、记事本里的情人的照片。小雨展示的是任言的照片。尽管这时她和任言已经不来往了。

　　小雨注意到莱尼展示的是一张好几个人的合影，莱尼说她爱的人就在那些欢颜里面。小雨在那张照片上找出了一脸无辜的小猴。小雨对莱尼报以一个会心的微笑，她什么也没对莱尼说。此时此刻小雨觉得值得庆幸的事，即自己还保存着任言的照片。

1998年8月

上海陌路

　　焱玉提着背囊满面泪水走在夜色迷茫的大街上，后面的小楼里，灯光大亮的房间里，阿雄疯狗一样的咆哮追逐着她的娇小的背影。

　　"滚，你是鸡！你是乡下巴子，你滚，你永远不要回来！"阿雄唯恐焱玉听不见似的，声嘶力竭、翻来覆去地唾骂着。他把焱玉的东西从楼上扔下来，跌得粉碎的声音从后面传过来，划过焱玉的脸颊。想来是焱玉的化妆品，那些可爱的瓶瓶罐罐。

　　焱玉没有回头。焱玉用背影也能够看见窗前阿雄的身子，看见他挥舞着双手，他痛快淋漓的疯狂样子。她从来没看见过阿雄这样失态的样子。她惊诧到麻木的状态。

　　他们曾经是多么亲密的两个人。就在昨晚，他们还在那房间里做爱，做爱的时候阿雄还气喘吁吁、满头大汗地对她说，焱玉，你是我老婆，你是我的宝贝老婆，我的下流老婆！可是转眼之间他们就分手了。

　　小时候的阿雄多么可爱：他戴着蝴蝶结，穿着花短裙，比女孩还要女孩。这是阿雄两岁时候的照片。焱玉第一次上阿雄家的时候，阿雄的妈妈献宝一样拿给焱玉看。阿雄的妈妈说，我们阿雄最知道女孩子的心了。阿雄后来再也没给焱玉看那张照片。

夜色里，焱玉背着背囊，想着那张照片，眼泪就哗哗地止不住。阿雄的妈妈追出来，哭丧着脸对焱玉说，焱玉，你不要走，阿雄他是发疯，他昏了头，明天他就会后悔的。

焱玉摇摇头，焱玉说，妈妈，你不要拦我，你看看周围的邻居，他们都开了门窗，都在听阿雄骂我，他骂我，他骂我……焱玉说着哽咽着泪流满面。

焱玉无法重复阿雄那些难听的咒骂声。

最令焱玉伤心的是，阿雄竟然骂她是乡下人。这是焱玉最痛的。焱玉的家在上海郊区的乡下，但是焱玉从来没有因为自己出生在农家而感到自卑过。她那远在市郊的家，新盖的两层小楼，有二百多个平方，厨房、卫生间样样都有。她初来上海时，看到同学们为了家里新装的淋浴器也要沾沾自喜，她觉得上海人真真是没落了。她对她们是没有一点点羡慕的。焱玉在暗色里走的时候，焱玉在痛苦中对阿雄生出一丝鄙夷。阿雄他竟然如此市侩如此浅薄！

"焱玉！"阿雄的妈妈在后面无奈地跟了几步，但是她没再来拉焱玉。焱玉分明感觉到了妈妈声音里的哭泣。

焱玉是阿雄的女友。他们已经有一年多的同居历史了。焱玉走进阿雄家里的时候，焱玉还是复旦的学生，正在一所教师进修学院实习。她的朴实的秀气，她的复旦学籍，一下子就赢得了阿雄妈妈的欢心。阿雄毕业于一所名不见经传的大学，还是个专科生。这是阿雄母亲最不满意他的地方。

阿雄的工作，是在一家中外合资企业当技术翻译，他的报酬比一些在国有企业混的本科生、研究生还要高很多，但是阿雄的母亲依旧对阿雄的大专文凭耿耿于怀。焱玉实现了阿雄母亲本来寄予阿雄的希望。阿雄母亲60年代也毕业于复旦、也在一家中学当教师，她叫萃宜，她把焱玉看作了年轻时候的自己。她认为她的阿雄能够有焱玉这样的女友，是阿雄前世修来的福气。

　　焱玉在大学里读书的时候，她不像那些家在市区的女生，可以常常溜回家打打牙祭。焱玉的家境是很平常的，父母原先都是农民，后来进了乡办企业，收入虽然有所进步，但盖了房子，还要供两个孩子上学，家里就难多了。因此焱玉过的是很纯粹的有点清苦的学生生活。很实在地说，焱玉一点也不乡气，她的郊区口音早已褪尽了，她的肤色、谈吐俨然是个标准的城市女孩。她亭亭玉立在同学们中间，和上海弄堂里长大的女孩几乎没什么区别。

　　焱玉认识了阿雄以后，特别是认识了阿雄的妈妈萃宜，从那以后阿雄就常常带了妈妈烧的可口的饭菜送到焱玉的宿舍里，焱玉有一点感冒发烧什么的，阿雄会带了妈妈煮的热粥，里面搁了鸡丝、香菜，用小匙舀着喝，薄薄的，稠稠的，清澈的粥香弥留在齿间，令焱玉想到家乡，想到秋收以后，自己母亲用新米煮的稀粥，也是这样飘逸着米香。焱玉就有一种深深的感动。焱玉身边本来还有两三个崇拜者，他们都是焱玉同系的。这些男孩十分清高，他们不屑于做阿雄做的琐琐碎碎的女里女气的小事，他们就渐渐失去了焱玉的注意。

　　焱玉是不知不觉地住到阿雄家里的。好像是一个雨夜，大雨哗哗的，阿雄的母亲说，下雨天，留客天。于是焱玉就留宿在阿雄的家里了。那天阿雄把焱玉领进他自己的房间时，焱玉很羞怯地回头张望客厅里阿雄的母亲萃宜，萃宜正专心致志地在看一部叫《纯真年代》的录像带，她似乎根本没注意这两个年轻人的鬼祟行为，或者说根本就不在意，仿佛焱玉已经在她家里住了很久。仿佛他们本来就是一家人。焱玉那时候想，萃宜毕竟是老大学生了，就是和小市民不一样。

　　焱玉就这样和阿雄同居了。

　　焱玉和阿雄同居以后才发现，对她充满热情的是阿雄的母亲萃宜，而不是阿雄。从早到晚萃宜把焱玉当自己女儿一样疼爱。焱玉还发现阿雄其实是一个还没长大的男孩，他懒散、贪玩，他从来不知道铺床叠被整理房间，他把什么东西都乱扔一气。他依旧和那些单身的男孩通宵达旦玩保龄球，在足球场里追逐着球星，或者在游戏机前坐上整整一天。深夜回到家里，假如不提醒他，他会像小孩子一样不刷牙不洗脚就钻被窝了。他需要女人的照顾，以前是母亲，现在是焱玉。

阿雄最叫焱玉惊讶的是，年初的时候阿雄单位有个大学进修的名额，是到北京清华。当领导把目光投到阿雄身上的时候，他竟然借口母亲需要照顾而轻易放弃了。这让萃宜气得三天没给阿雄好脸色看。阿雄后来告诉焱玉，他其实是害怕读书。以前在学校里的时候，他天天期待的就是，哪一天脱离苦海。焱玉后来就在教师进修学院当老师，在那样简陋的学术气不浓的环境里，她很快就发现自己十分怀念复旦的校园，她于是就积极准备功课，她决心报考研究生，她要回到母校。相比之下，阿雄显得毫无雄心，焱玉觉得这本来没有什么，现在的年代只要会赚钱，也算是本事了。而且她喜欢阿雄。但是萃宜不这样看，作为一个老大学生，酸叽叽的萃宜持的还是老掉牙的观念：万般皆下品，唯有读书高。她因此对阿雄就非常失望。有了焱玉以后，萃宜更有了比较，平时对阿雄就颇多微辞。

阿雄的母亲对焱玉的确是另眼相看。焱玉捧着书本在房里看书的时候，萃宜小心地不让自己发出什么声音，走路穿着软底鞋，看电视也是带着耳机。萃宜还经常要拿阿雄和焱玉相比，抱怨阿雄的不争气。在萃宜一而再，再而三的嘀咕下，焱玉就有点优越感。焱玉不知道这是阿雄最反感她的地方。

焱玉变得越来越女人了。每次她都附和着萃宜一起抱怨阿雄。焱玉的老家还有个比她小七岁的弟弟，顽皮、读书不好，评优秀红领巾、十佳少年，都轮不上趟。但是小家伙听焱玉的话。焱玉那时候书读得好，是县里有名的"女秀才"，她并不太把弟弟放在眼里。焱玉现在看阿雄，眼神里就有一种当初看弟弟的那种骄矜。小两口拌嘴的时候，萃宜更是唯恐天下不乱，火上加油，锋芒直指阿雄，一意偏袒焱玉。但是阿雄有一个最大的优点，那就是他好说话，无论家里两个女人如何数落他，他都无奈地摊着两手，讨饶地看着她们，或者就逃避就走出去，很晚才回家。阿雄的父亲在南方工作，过年才回家一次。阿雄的家里就成了女人的天下。

焱玉和萃宜都没有想到她们的所谓的天下，其实是空中楼阁，子虚乌有。今天晚上，阿雄就斗胆带了一个陌生的云南女孩回家。那女孩在上海的一所大学里读书，阿雄和她在客厅里甚至公然亲热，他挑起了一场情侣之间、母子之间的恶战。先是萃宜气白了脸，呵斥他们立时滚蛋，继而是焱玉以妻子的身份劝告女孩不要有失检点，阿雄仿佛就等着她们跳将出来，他不仅没有立时滚蛋，反而像火山爆发大发雷霆，他怒气冲冲地扇了焱玉，母亲萃宜急着来护焱玉，被这个疯狂的儿子推搡得跌倒在地，阿雄又索性一不做，二不休，打砸抢，把焱玉的东西稀里哗啦地扔到了楼下。

权力的颠覆在一瞬之间。这个家转眼之间就成了阿雄的天下。

焱玉听到那些化妆品的瓶瓶罐罐，听到它们跌在地上粉碎的声音，焱玉觉得自己的世界也粉碎了。当一声巨大的爆裂声响起的时候，焱玉明白那是浓缩柠檬汁，是她刚给阿雄买的，这是阿雄喜欢的孩子气的饮品。每每看到这饮品，阿雄就抑制不住要过把瘾。焱玉笑话过他不知道多少次、也替他买过不知道多少回了。他把这个也毫无顾惜地扔了。焱玉想，这是不是阿雄蓄意已久的行动？

假如她和阿雄办了结婚手续，阿雄有这个胆量带陌生女孩回家吗？焱玉于是有点懊悔。她懊悔并不是因为她舍不得离开阿雄，生活中有很多夫妻吵了很多年，还是捆在一起，这是婚姻的可靠之处，恰恰也是焱玉所不屑的地方。焱玉觉得懊悔，是她在那个无耻的女孩面前的尊严，她显得不够理直气壮。说实话，她从未想到过结婚，她觉得那是很遥远、很陈旧的故事，只有老掉牙的奥斯汀小说里的那些女主人公，才千方百计寻找结婚的机会。

现代女性的故事不是这样的。比如现代的好莱坞故事里，漂亮的女主角和男主角邂逅、睡觉、旅游、狂欢，最后的结局才是分手或者结婚。焱玉是个影迷，她看得最多的是好莱坞电影。上海影城小放映室的收票小姐是她的一个朋友，她因此总能搞到好票，当她在放映室的黑暗里打量周围，发现大都是些衣着漂亮、目光贪婪的年轻人。银幕上的暴力、性和英雄主义、爱情至上等等犹如一盘大杂烩，焱玉对这种文化的泛滥，它们对整整一代人的精神腐蚀感到幸灾乐祸。此时此刻，焱玉觉得自身就很有点好莱坞的味道。

奇怪的是，萃宜从来没有提过阿雄和焱玉结婚的事。焱玉想，萃宜那么喜欢她，却从来没有催促过她，萃宜真是一个善解人意的母亲。当阿雄和云南女孩在客厅里搂着亲嘴的时候，正是萃宜站出来厉声呵斥，勒令他们立时滚蛋。尽管最后滚开的是焱玉。焱玉想到萃宜，心里就漾起一片伤感的柔情。

"阿雄是一个还没长大的男孩。还没长大的男孩就会反抗女人。焱玉，你千不该万不该，不该和阿雄的母亲一鼻孔出气。"

那天晚上焱玉寄宿在大学同学唐蔚蓝的家里，唐蔚蓝就这样说焱玉。

"我不想提这事了。蔚蓝，帮我找间房子，我在这个城市没有什么亲戚可以靠。我只要一个立足之地。我肚子里有了阿雄的孩子，我要去做掉，然后我想换个工作环境，最好是合资、独资的公司，我需要钱。我想换一种活法。"焱玉平静地啜着她喜欢的矿泉水，那口气那神态就像以前在大学宿舍里，和唐蔚蓝挤在床铺上说悄悄话一样自然。

唐蔚蓝没词。她被焱玉的口气震住了。她觉得焱玉在这一刹那成熟了。成熟的女人是无法劝阻的。

唐蔚蓝是一个非常哲学，也非常任性的女孩。在学校里的时候，她就以预言家自居。而且说也奇怪，很多事，往往被她不幸而言中，比如她说生物系的某某和中文系的某某十分般配，她说这话的时候，那两个家伙还互不相识。同学们都说她在乱点鸳鸯谱。可是要不了多久，大家就在校园的草坪上看到了他们形影不离的恋影。还有焱玉和阿雄的事，当初焱玉头一次看见阿雄，还不知道他是张三李四的时候，唐蔚蓝就在她的耳边说：焱玉，这是你的男人。焱玉后来和阿雄跳舞，舞得昏天黑地的时候，想到唐蔚蓝的预言，焱玉觉得唐蔚蓝是个邪气十足的女巫。

大学毕业后，唐蔚蓝进了电视台广告部，她更见多识广了。她亲眼目睹很多名角为了在春节电视晚会上露面，损人利己、同行是冤家，使尽了种种招数。目睹了这一切，她因此而失去了一个女孩最后的崇拜心。她和那些广告客户关系融洽，但有时也冒着失去客户（即失去收入）的危险，对那些自我感觉过分良好的男人也给点脸色看。这纯粹是出于一个漂亮、聪明女孩的任性，而不是白领女人那种酸叽叽的矜持。她绝不像那些年龄过了三十的女人急吼吼地忙着赚钱，忙着去傍大款。她自信她有的是人生机会。她还把三十岁以上的男人都称作老头，她说男人不到三十岁就不会收心。因此她不会轻易结婚。焱玉有点受唐蔚蓝的影响。

"我给魏大亨打电话，他有办法张罗房子、工作。"唐蔚蓝听到焱玉要跳槽，就想到了她的男友，她又用力看了看焱玉。唐蔚蓝想责怪焱玉，你怎么会怀孕？她们俩早在大学里的时候就说过这辈子不结婚，即使结婚也不要孩子的。她们不敢想象一个冰清玉洁的女孩为人妻、为人母后，黄着脸、喂着奶的邋遢相。唐蔚蓝发现现实其实是很残酷的，当她们想着逃避的时候，男人已经领先一步把她们抛弃了。

唐蔚蓝这样想着，给魏大亨拨打电话时就有点生男人的气。

"大亨，你马上来一趟！焱玉在我这里，蓬头垢面的，她被男人害惨了。你得慰劳慰劳，你买些水果来，要进口的，美国苹果、菲律宾芒果、泰国红毛丹、马来西亚橙子、唐朝杨贵妃荔枝……"唐蔚蓝一连串报了五六个，都是当今水果市场上最贵的舶来品，说到最后"唐朝杨贵妃荔枝"，唐蔚蓝是胡诌了。焱玉在一边就忍不住扑哧笑了，唐蔚蓝自己也笑起来。

"你怎么不说要史前的恐龙蛋？你们存心要我破产啊？"魏大亨在电话里开心地抱怨，他油头滑脑地说他打算到水果批发市场去，那里的水果批发价。

"你以为我空口说白话？我和你玩真的！我管你批发价不批发价，反正你不能空手来。"唐蔚蓝忽然来真的了，说完了就恨恨地搁下了电话，和焱玉面面相觑。焱玉无言地打了一下唐蔚蓝的脸颊，眼泪就流下来了。

魏大亨是唐蔚蓝的恋人，也是焱玉的同学。魏大亨的本名叫魏大衡，他家境富有，交际广阔，为人热情大方，同学们就顺着他的名字把他叫成了大亨。

魏大亨有一个好处，那就是对女孩特别耐心，特别善解人意。他说他最见不得女孩子的眼泪，他的心是棉花。他因此就得了个花花公子的雅号。

焱玉至今还记得魏大亨在她们女生宿舍里，和所有的人都推心置腹相见恨晚的样子。无可讳言，宿舍里很多女孩都得到了魏大亨的好处，毕业前夕找工作，她们一心要当白领的那阵子，魏大亨没少陪着她们东跑西颠，在偌大的上海绕圈子，跑了多少合资、独资的公司，都数不清了。唐蔚蓝开玩笑要魏大亨保存着那时候的出租车单据，说哪一天他落魄了，就拿单据到那些昔日的同学处，讨饭吃也能混个一年半载的。但是魏大亨就是没帮过焱玉。焱玉那时候有了阿雄，她爱得很单纯很平静，她留在实习的教师进修学校里当教师，她还想考研究生，做学问，就是没想过要涂着口红，穿着齐膝的西装短裙，绽放着蒙娜丽莎式的笑容，去当白领，做奥菲斯小姐。但是现在，她要改变人生了。唐蔚蓝觉得这真是造化弄人。

　　唐蔚蓝看着焱玉，焱玉在大学里算得上是个出色的女孩。但是唐蔚蓝知道，在焱玉的骨子里，焱玉是自卑的。她没有城市女孩的那种与生俱来的自信和闲适，她的所有的骄傲、动人的气质都是后天一点一点积累的。焱玉做一切都是很认真很辛苦的。

　　魏大亨赶到的时候，唐蔚蓝和焱玉已经恢复了平静，只是焱玉有点沉默。魏大亨果然捧着各式水果，恭恭敬敬的，一点也不像个事业有成的大男人样子。他还拼命地贬低自己，逗焱玉笑。

　　"别拿我们男人当人。说实话，我遇到唐蔚蓝以前，女朋友换了不知道几个，我从来没真心过，有时候看她们如醉如痴的样子，我真不忍心去碰她们的身子，可是……"魏大亨没说完，唐蔚蓝就屈起中指和食指，敲打魏大亨的额头。

　　"请你吃麻栗子，看你还花心吗！"唐蔚蓝真刀真枪地教训魏大亨。魏大亨躲闪不及，抱头讨饶。唐蔚蓝还不依，逼着魏大亨继续说下去。

　　"说，你怎么碰她们身子的？说呀！"唐蔚蓝粉面含怒，似真非真的样子，焱玉噗地笑出了声。魏大亨指着说，焱玉笑了，笑了！魏大亨一副怜香惜玉，开心的样子。

　　"你不要骨头轻，我现在要你坦白，你是怎么碰她们身子的，碰你那些女朋友的？"唐蔚蓝连连敲着魏大亨的脑袋，像击鼓一样。

　　"我还没盘问你，你和那些客户拉拉扯扯的，老实说有没有去开过房间？"魏大亨捉住唐蔚蓝的手臂，又很小心的样子，仿佛这条手臂是一种很薄的瓷器，一用力就会捏碎似的。唐蔚蓝就很轻易地挣脱了。

　　"你是以攻为守。我不睬你。你说，你说！"唐蔚蓝跳着，撒娇。

　　"你变态。你真的要听？"魏大亨笑着问，他似乎真有点想说。

　　焱玉看他们打打闹闹的样子，想起以前在大学的宿舍里，唐蔚蓝和魏大亨躲在帐子里谈情说爱，唐蔚蓝也是这样逼着魏大亨坦白以前的恋爱史，每次她都打破砂锅问到底：亲过嘴吗？什么情况下亲的？有没有摸过女孩的胸部，隔着衣服摸还是手不老实伸到里面去了？问得宿舍里的女孩子个个捂着嘴竖起耳朵听，唯恐漏了一个关键的词。令人沮丧的是，每每到关键的时候，魏大亨的声音就低了下去，唐蔚蓝则吃吃地笑着，两个人窃窃私语的，焱玉她们就再也听不见这对宝货说什么了。

今晚他们这样互相揭短寻开心，毫不避讳，在焱玉的记忆里这是头一次。

魏大亨只得吞吞吐吐地坦白自己的劣迹。和以前在学校里一样，他非常细腻地说他的恋爱故事，说他和过去的女朋友一起走进校园，走进草坪，走进那座有名的伟人塑像的阴影里，他们拥抱、接吻……魏大亨说到这里就不肯说了。唐蔚蓝毫不放松地逼问：后来呢，后来呢？说，说！那架势就像审讯犯人一样。于是魏大亨就艰难地挤牙膏似的说他解开了女朋友的胸罩……然后打死他也不肯说下去了。

焱玉和唐蔚蓝都笑得弯着身子，唐蔚蓝索性就倒在地毯上，喘着气骂魏大亨下流，下流，然后什么也说不出了。焱玉笑累了就喝茶，那热热的茶水流进胸窝里的时候，焱玉忽然明白了，唐蔚蓝盘"夫"审"夫"的游戏其实是为了让她开心呀。焱玉明白过来后就扭转头忍住眼泪，她心里想，什么劳什子的爱情！女性的友谊才是永恒的呀。

焱玉把肚里的孩子做掉了。在生命仿佛掏空的时刻，焱玉静静地躺着，她想忘却也想记忆，多么奇怪的感觉。她没有流泪也没有心爱的人在手术室外等待，她的平静和孤独连医生都觉得奇怪。焱玉甚至都没答应唐蔚蓝，她没让唐蔚蓝陪伴和照护。她就想一个人度过眼前的日子。这是耻辱也是解脱的日子。

阿雄的母亲萃宜知道她做了孩子，找了她很久。焱玉却躲着不肯见。

"作孽啊。小姑娘，吃了大苦，总归要人服侍的吧？我想去照顾照顾她两天……"萃宜找到唐蔚蓝，唐蔚蓝没敢答应她。

　　焱玉后来在魏大亨的帮助下进了一家台湾人开的小公司，专门做小五金生意的。台湾人姓邱，叫邱福根，很发福的一个中年人，举止很随便，西装也没怎么熨烫整齐。邱福根的老爸是个典型的农民，后来台湾经济发展，他家就靠着地产发家了。但是无论怎么富，总是缺少那么一点文化的根底。

　　邱福根在台湾做生意的时候，公司里是没有高学历的女孩的，他自己就只有初中学历，因此这次在上海得了个焱玉，是个名牌大学的学生，邱福根心里就很敬佩，他安排焱玉做他的助理，所有的信息、货源、交际、文书、商函，他都放手让焱玉去做，仿佛焱玉是个万宝全书。焱玉只得到书店里去捧了一大堆有关商业、金融、市场经营的书来，通宵达旦地恶补，居然也让她给应付过来了。最令邱福根喜笑颜开的是，焱玉的同学正好在上海最大的家具集团里当总经理，焱玉和那位同学打了一个电话，请他在美国人开的马龙酒吧喝了卡布切诺咖啡和爆米花，就把他集团里的家具五金供货给包下来了。这一笔生意少说也给邱福根赚了几十万。邱福根这时候发现焱玉手里的通讯录，那里密密麻麻记满了焱玉的同学、校友们的通讯地址、供职单位、联系电话，邱福根发现这是一个潜在的金矿。很快地邱福根为焱玉配了BB机和手机。焱玉干得更来劲了。为了那批家具五金，焱玉跑材料供应、跑加工单位，从浦西的杨浦跑到浦东的金桥，跑得两腿都浮肿起来了。

　　第一批供货张罗完，邱福根请焱玉在一家五星级的宾馆吃饭，还请焱玉在宾馆的美容室里摩面，邱福根送焱玉回家的时候，塞给焱玉五千元的红包，焱玉笑了笑，说了声谢谢，大大方方地收下了。焱玉从邱福根手里接过红包的时候，觉得邱福根捏着红包的手有一刹那没松开，似乎有点后悔的念头。焱玉想，台巴子就是小气。看着邱福根后背一点也不整齐、不挺括的西装，焱玉想到上海人的没落，想上海人的家境无论怎么局促尴尬，他们在场面上总是那么得体、衣冠楚楚、风度翩翩，虽然因为缺少淋浴设备，他们不是每天洗澡，但是出门时他们绝不会忘了洒点香水。上海人的门面啊，焱玉在心里感叹。这时，她觉得她开始喜欢上海人的没落了。那里起码有一种与生俱来的优雅。

焱玉喜欢和唐蔚蓝在电话里嘲讽自己的老板。那天焱玉告诉唐蔚蓝，说邱福根怎么小家子气。唐蔚蓝在电话里咬牙切齿地笑着说，哪天狠狠宰他一下。

焱玉的弟弟宝安高中毕业到上海来投奔焱玉，这时焱玉已经在上海虹口租借了房子，是那种很典型的弄堂石库门房子，厨房和卫生都是几家合用的。焱玉很少在家里买菜烧饭，卫生间也就是每天去倒一下尿壶，每次她都很仔细地冲洗干净，而且只要她在家，她都善解人意地把厨房里属于她的灯开得亮亮的，无形中给整幢楼亮了一盏公用灯，邻居们就都对她笑眯眯的。房东是对中年夫妇，独生女儿在纺织学院住校读书。女房东在单位里是当财务大臣（会计），俨然一副重要人物的样子，早出晚归的，焱玉很少看到她人影。相比之下，男主人要悠闲得多，是个工会干部，也许是职业的关系，总是和颜悦色的。他看焱玉一个女大学生，单身，就很关照她，有时也给她送点烧好的可口的菜肴。焱玉就叫他房东大哥。

宝安来找焱玉的时候，因为对上海的弄堂很陌生，就找了一个老同学陪着来。那老同学家住上海，小时候在乡下外婆家的村里住过两年，就是焱玉和宝安的村子。当初那男孩和宝安好得就像梁祝一样。焱玉记得那男孩叫飞鸿，很秀气很腼腆的。飞鸿把宝安送到焱玉的楼下，大概是怕难为情吧，飞鸿没上楼见焱玉，就和宝安分手了。

宝安来了以后，焱玉把房间里的大衣柜移到中间，做成了一堵"墙"，然后在"墙"另一边给宝安搁了一张床，宝安就在姐姐那里安顿下来了。

宝安比焱玉小五岁，以前是个矮小的拖鼻涕的孩子，读书排名次，总是班里前三名，不过是那种倒过来排的方法，就像那些国际颁奖大会一样，最次的奖项放在前面。和漂亮文雅、学习出色的焱玉在一起，宝安显得极其普通甚至渺小。邻居们有时候开玩笑说，让宝安替焱玉提鞋都不配。焱玉在家的时候，因为宝安的普通和渺小，很少和宝安在一起。她喜欢和高个子的干干净净的男孩在一起玩。她后来喜欢的阿雄，就是一米八十的俊男。

那是在一个很暖和的冬夜，在系里的舞会上，她跟在唐蔚蓝后面学跳舞，一、二、三，她唐老鸭般地蹒跚走步，就是在这个时候，喜欢在各个大学校园里玩的阿雄和同伴们走进来。焱玉看见阿雄，看见他的很笔挺的西装，一丝不苟的领带，与此同时唐蔚蓝凑近自己，对她说，焱玉，这是你的男人。焱玉觉得很荒唐。焱玉这样想的时候，阿雄已经不由分说地径直把她请进了舞池，毫不含糊地旋转起来。她令人费解舞得极其出色，和着音乐，或者说，音乐伴着他们，仿佛她不是初学，而是久经舞场。整整一个晚上他们就没有分开过，即使是在两只舞曲的间隙，坐着等待音乐的时候，阿雄也紧紧地握着她的手。在昏暗的灯光下，他们彼此的眼睛都闪闪发亮。一个多么温馨的难忘的奇妙的冬夜啊。

几年不在一起，宝安一下子长大了，高过了焱玉一个头，唇上还冒出了一片胡髭，蓬蓬勃勃的，大步走路的时候，他额上的头发很有弹性地微微耸动，十分潇洒。原先并不怎么在意弟弟的焱玉，心里不由生出一份由衷的喜爱。她带着宝安在上海扎扎实实玩了好几天，所有她认为的好地方，淮海路上的美美百货、巴黎春天，东方商厦五楼的欧美名品城，仙霞路那儿新起的宾馆区，老锦江附近的专卖外文书的精制的小书店，还有朴实别致的台北小厨、散发着法国殖民气息的旧咖啡馆……仿佛读书，一页一页地看过去，看得宝安连连喊累。

焱玉告诉宝安，上海这本大书，纷繁复杂，你永远也读不完的。宝安回说这样高级的场所，怎么消费得起的。焱玉教训宝安，你必须知道什么是最好的，你要了解这个城市的品味，然后你千万不要灰心，你即便去做最差的工作，去宾馆做PA（清洁工），你也要在心里点亮希望的灯，你要永远努力。焱玉这样说的时候，忽然想到阿雄骂她的话，阿雄骂她是乡下人。有些东西也许是一辈子都无法改变的吧？焱玉叹了口气说，宝安，我已经灰心了。

宝安惊异地看着姐姐，他是很敬佩焱玉的，上的是名牌大学，现在又是人人艳羡的白领、奥菲斯小姐，拿的是高薪，漂亮的小包里是BB机和袖珍大哥大，他们家乡谁不众口称赞焱玉？总之，宝安看焱玉，就像看一个关于城市的神话。他想人和人是不能比的，他要到姐姐这样，不知要如何得意呢。

焱玉给宝安找了个推销员的工作，帮一家外国直销公司推销各种电器，这是一种很辛苦的工作，需要穿街走巷极其耐心地敲开一家家的门。那些在外打扮得亮丽端庄的上海女人，居家却往往穿着已经淘汰的旧式衣服，一副判若两人的嘴脸，因此她们轻易不让外人进门。宝安去敲门的时候，她们往往用白眼和怀疑的目光来打量宝安，有的干脆躲在门缝里呵斥着去、去、去！把宝安拒之门外，不给宝安展示商品的机会。好在宝安年轻，机灵，人也长得漂亮，十次总有两三次能设法登堂入室，两三次中又总有一次能够成功。据说这样的记录在这个城市多如牛毛的推销员中，已经是凤毛麟角了。

每天宝安回到焱玉这里，口干舌燥、筋疲力尽，他一头栽倒在床上就再也不肯起来了。焱玉回家晚，知道宝安懒，常常忘了吃饭，就总是不忘带份盒饭，还特意到房东大哥的微波炉里转个三五分钟。每回，房东大哥总是热情地邀请说，你用微波炉？你用吧，用吧，谢什么噢，都是自己人了，不客气。房东大哥还喜欢打量着丰盛的盒饭表扬焱玉说，哎，你真是个好姐姐，宝安真是好福气啊。

每次宝安被姐姐从床上拽起，吃着微波炉里热过的盒饭，姐弟俩就会亲亲热热地说一阵子话。大都总归是焱玉说得多，宝安只是一味地点头称是。焱玉建议宝安，上门推销的时候，为了不让对方把门关上，最好在对方在把门打开一条缝的刹那，就将要推销的电器产品展示给对方看。

"你要把最好的部分亮给对方看，最好是大声地炫耀，说这是世界最好的名牌，因为不做广告、不进商场，所以鲜为人知，但是在欧洲，这是人人皆知、人人喜欢的品牌……总之，要吸引买主的注意，要唤起她们的虚荣心。上海人最虚荣了，崇洋媚外。你磨磨蹭蹭的，不行的。"

"这些我都说了。不过在外面展示、介绍商品不太合适，像多功能的吸尘器，有很多部件的，总要到里面才能打开，才能介绍说明，当场示范的。"

"你灵活点么。那些小的东西呢？只要对方打开一条缝，你就要争取做成一笔生意。你知道那些新村房子，有多少人会轻易地放心让陌生人进屋呢？"焱玉耐心地开导宝安。宝安早上出门的时候，焱玉总是要说一声"GOOD LUCK（祝你好运）！"

宝安后来又连带做起了网络传销，传销一种保健食品，宝安回家的时候就要告诉焱玉，那些关于网络传销的神话，据说那些最早做传销的人，已经拥有了覆盖全国的巨大网络，他们现在只要坐在家里每天就能进账成千上万的人民币。焱玉对这样的神话总是不屑一顾。她已经不相信轻而易举的故事了。

虽然多了宝安，焱玉依旧很少在厨房里进出，她本来是很喜欢家里的厨事的，和阿雄同居的日子里，她跟着萃宜学了一手厨房手艺，她那时候已经把和唐蔚蓝的约定，就是不结婚不生孩子的约定忘到九霄云外去了，她以为即便是到三十岁，甚至四十岁，或者更老，她都会和阿雄在一起的，他们会同居很久很久，直至永远。她有时候也被憧憬中的贤妻良母的形象所激动，想着那些好莱坞电影里，那些豪华的婚礼场面，焱玉就心动不已。她最欣赏的是由自己的孩子当新婚父母的小傧相，多么幸福！她因此并不恐惧怀孕。她后来离开了阿雄，醒悟到女人爱一个男人，就会变傻就会变低能。

离开了阿雄，焱玉的那些美好的憧憬就烟消云散了，焱玉恢复了她的聪明和平静。租借房子的时候，她几乎根本就没置办过柴米油盐，她总是在外面吃了回家的，除了应酬、聚会，她大都是在台湾小吃店，或者西式快餐店吃一些方便的食品。宝安来了也是这样。

宝安在外面当"跑街"，什么时候回来是说不准的。宝安还喜欢到他的那个老同学飞鸿的学校里去玩，飞鸿在交大读计算机，交大的毕业生在上海的人才市场一直是供不应求的。这让宝安很为自己有这么一个名牌大学的朋友而感到骄傲。据说飞鸿人绝顶聪明，读书不费力，暑假的时候，他在惠普公司实习，信手设计了一个中文软件，竟替惠普公司赚了很多钱，当然他也没少拿奖金。因此飞鸿尽管还是个学生，但并不缺钱用。飞鸿还喜欢东跑西窜，领着宝安玩遍了上海所有的大专院校。他们跑得最多的是上海戏剧学院和上海外国语学院，因为那里的美女最多。他们在那里浏览美色、一饱眼福。焱玉知道后就骂宝安没出息。

"什么时候把你的黄飞鸿带来，我要见识见识这个好色的家伙，还是交大的优等生呢。小时候我还抱过他。早知道这样，我那时候就把他给阉了。"焱玉有时候就这样贬低宝安的朋友。其实飞鸿根本就不姓黄。

"我们是君子好色不好淫。你没看到那些脑肥肠满的暴发户、台巴子，他们开着奔驰、别克等在校园门口，看到漂亮女生的那种傻样……"宝安振振有词绘声绘色。

有时候宝安也抽空回到郊区的父母那里，宝安在那里有个青梅竹马的女友。倒是焱玉很少回家，她因为和阿雄同居的事，和父母翻过脸，现在虽然和阿雄分手了，只是和父母的龃龉依旧难以消除，彼此疏远得很。但是焱玉对宝安，那是真正的好。

　　周末的时候，焱玉和唐蔚蓝会约来约去，她们一起到伊势丹或者巴黎春天的咖啡吧去喝一杯卡布切诺或者哥伦比亚咖啡。后来她们发现在巴黎春天喝咖啡的人大都是一些装腔作势的小市民。那些白领小姐坐在临窗的位子上，纤手夹着长长的薄荷烟，左顾右盼的，仿佛在展示自己优雅的身份，焱玉最讨厌做作的女孩了。有一次她和唐蔚蓝偶尔地到了上海商城楼上的LONG吧，和那里的欧洲游客一样，闲适地坐在窗前的座位上，看上海的街景。这是上海南京路的西面，和传统的充满商业气息的南京东路有着截然不同的风度和气质，特别是大街对面，上海展览馆那充满了俄罗斯风格的美丽建筑，锦沧文华漂亮的玻璃幕墙，连同这城市少有的宽旷的绿地，给人清新的别有一番滋味的感觉。尤其是晚上的时候，那些漂亮建筑物的灯光，和海水一样柔和、优美、无涯，周围的一切仿佛都掉进了这五彩缤纷的海水里。更令人神往的是，LONG吧的卡布切诺，奶香纯正，口感隽永。久而久之，焱玉就有一种上瘾的感觉。

　　从这以后，焱玉和唐蔚蓝就经常到LONG吧去，和30年代上海洋行里的新潮女郎一样，她们在那里孵咖啡馆。唐蔚蓝是电视台广告部的业务员，她常常告诉焱玉一些拉广告的离奇遭遇，在那些故事里离不开成功的好色的男人和巧于周旋的美丽女人。她说她在策划广告的同时也在面临别人的暗中策划。她坦言她时时面临诱惑。她在抗拒也在等待。

　　"赚大钱太容易了，时时处处都有机会。只要你肯付出代价。我担心我会把握不了自己。"唐蔚蓝轻轻地笑着，半真半假的。灯光下，她的脸庞光滑得有如瓷器，引人入胜。

　　"小心堕落。"焱玉吃吃笑着警告唐蔚蓝。

　　"堕落也要讲品味，讲格调呢。我不会随随便便地出卖自己。你不抬高自己，男人就会认为你贱。男人都是蠢货。"唐蔚蓝一脸的高傲。

　　"我恨男人。我最恨他们抛弃女人。他们看我们就像猎人看小动物一样，他们凭什么？"焱玉泛泛地痛陈着男人的不是。她说话软软的，和吧里的灯光一样柔和。不知道的人看她们，想她们说的一定是关于甜蜜的恋爱。有时候话说了一半，焱玉或者唐蔚蓝会掏出手机，回一个拷机，不外是老板或者客户的呼叫。她们拿持着手机的样子一点儿也不张狂，说话轻轻的，仿佛酒吧在午睡，整条大街在午睡，她们担心骚扰了它们。她们是这个城市最优秀最善解人意的女孩子。

然而堕落是很轻易的过程。唐蔚蓝后来果然和一个外商独资企业的总裁好上了，那总裁是个假洋鬼子，手里持着外国护照，却是一个地地道道的上海男人。他给了唐蔚蓝所需要的广告业务，他也得到了唐蔚蓝那张瓷器一样光滑的脸庞。不过这是很久以后的事了，那时候焱玉已经从唐蔚蓝的生活里消失了，她们各自有了很大的变化，她们不再来往，尽管她们会偶然地想到对方。想到在LONG吧里，她们一起度过的闲适的时光。

魏大亨有时也来参加她们的聚会，魏大亨在一家有名的国营企业集团公司工作，阴差阳错地当了团委书记。聚会的时候，三个人采取的是上海青年流行的方式，轮流买单，基本上是消费自己的钱。这是上海人最具性格的方面，也是欧化的结果吧。在LONG吧，他们三个人常常要重复以前的那种游戏，就是唐蔚蓝审问魏大亨恋爱史的游戏。焱玉听到后来都已经能倒背如流了。每次唐蔚蓝都要肯定地、重复地下结论说，男人不到三十岁不会收心，他们不会老实的。有时魏大亨会落入唐蔚蓝的陷阱跟着说，男人三十岁以前花，三十岁以后就不会花了，和这样的男人结婚才可靠呢。搞婚外恋的男人三十岁以前都是假正经、没碰过女人的家伙。魏大亨这样说的时候，就会被唐蔚蓝敲麻栗子。

"你要死了！你到三十还有五年，你当心花出艾滋病，要那样的话，我把你杀了。"唐蔚蓝把手里的咖啡杯挪得离魏大亨远开点，仿佛他真的得了艾滋病。

"你境界高一点，好不好？美国有个艾滋病的男人，女朋友为了爱他，千方百计也患上了艾滋病，两个人不求同生，但求同死。"魏大亨边说边嬉皮笑脸地往唐蔚蓝身边靠。

"恶心死了。我不要做这样的情圣。"唐蔚蓝苦着脸,连连挥手,拂之不去的样子。

"哼,假如是女孩得了艾滋病,那个美国男人肯定不会铁了心,去患艾滋病,去陪着她。我猜他早就逃之夭夭了。你们没看过《胭脂扣》?漂亮的如花姑娘为了心爱的十二少殉情死了。十二少却还在世上偷生。"焱玉很理智地下结论说。她自从和阿雄分手以后,就对世界上的男人没什么好听的话。

"我不和你们争论,你们是女权主义。说实话,工厂里的女孩比你们单纯多了。那些学工科的女孩,会画很漂亮的几何图形,说话也不拖泥带水的,哪像你们,说话文雅,却话里带刺,让男人又爱又恨。"魏大亨赶紧打退堂鼓。

"我就知道你是条色狼。你说,你背着我在工厂里又搞了谁?快坦白交代。"唐蔚蓝又来劲了。

"机会当然有。不过,我有个原则,兔子不吃窝边草。别看我在这里受你们两个小女人的气,在单位里我可是堂堂正正的,没有任何绯闻。我离那些小女工,小技术员远远的,从来不招惹是非。我有我的打算。"

魏大亨说他之所以没有跳槽,到收入更多的小公司去,就是图的在这个单位有出国、有晋升的机会。

"要当官,就得蹲在国营企业里,这年头做人,要么当官,要么赚钱。我想我是当官的料。我能在单位里胡来吗?"魏大亨显得很有政治家的气魄。

"你看,一个男人要当官,马上就离女人远远的了。我早说过了,女人只是男人的点缀而已。终归是这样的。"焱玉愤愤不平地抨击魏大亨。

"不要冤枉我噢。在你们面前,我才是点缀呢。在你们这样的女子面前,男人只是你们的跑腿、跟班,听差……"魏大亨一味地贬低自己。焱玉这时候就想，要是阿雄对她也这样善解人意，体贴入微该有多好。焱玉这样想的时候，对阿雄其实已经没有什么依恋了。她甚至觉得阿雄连邱福根也不如。邱福根再怎么次，还有钱，能够请女人上星级宾馆消费。阿雄甚至连一件名牌服装都没替焱玉买过，也没送过焱玉什么首饰。和阿雄在一起的时候，焱玉从没在乎过这些。分手后，焱玉就一天比一天地计较，就觉得自己很贱。

这时候焱玉就会和魏大亨争论别的，争论男人应不应该为心爱的女人花钱，甚至不惜破产。唐蔚蓝因为和魏大亨的关系，就保持中立。焱玉会叫，说唐蔚蓝见色忘友。

"我帮谁好？帮你说话，大亨也会说我见利忘义，以为我惦着他的可怜的钱袋呢。"唐蔚蓝像以前在学校里，一副哲学的样子。焱玉和魏大亨忍不住喷饭。

有时候在咖啡廊里也能看到一些三十岁以上的中年男女在那里背叛已有的婚姻、家庭，做一次小小的突围。他们的神情暧昧，举止放浪，男的还往往在结账的时候和侍应生斤斤计较一番"最低消费"。这时候焱玉就会忍不住对他们嗤之以鼻。

"我最讨厌那些婚外恋的中年男人，这种人最尴尬了，他们标榜自己是爱情至上主义者，他们蠢蠢欲动想找的是一份廉价的浪漫。在用钱方面他们事事都有计划，他们的钱是用来支付儿子上大学的学费，或者买房的按揭，或者住房装修、收藏嗜好，甚至是妻子的服装首饰费，至于恋爱，最好是免费的。"

"这是女人心甘情愿，你没看到，她们在咖啡馆里如痴如醉演绎《廊桥遗梦》呢。"魏大亨抖了抖大腿，很藐视女人的样子。焱玉斜睨了魏大亨一眼。焱玉最讨厌看到男人在公众场合抖动大腿。

"这是男人在利用女人的羞耻心。这个时代的女人在爱情至上主义者面前，就心虚胆怯了，就不敢吭声了。其实她们的内心里，和现在那些傍大款的女孩是如出一辙的。生活早已告诉她们，没有金钱，哪有浪漫？哪有做人的品味和生活的高尚格调？她们是生不逢时。"焱玉愤愤不平。

"既然如此，这些女人又为什么在这里消磨时光呢？是为了一杯免费的咖啡？多么可怜！"魏大亨玩笑地敲了敲手里的咖啡杯。这天的咖啡恰恰是魏大亨请客的。

"你这是什么意思？你没少喝我们的，你做男人做得太轻松了。你哪一天能够大气地说，唐蔚蓝，你就呆在家里，做你喜欢做的事，比如雕塑、收藏、旅游、写作，花多少钱我都无所谓，只要你高兴！你说吗？"焱玉问魏大亨。她是在难难这个年轻的事业小小的男人。

"你们女人真是令人费解，一会儿是女权主义，一会儿又要依赖男人。我现在是社会主义初级阶段，只能喝喝咖啡。"魏大亨也不生气，一副落魄英雄、无所谓的样子。

"现在的正经男人越来越没有阳刚之气了，都不想养女人。也没这个能耐。这年头，还是高级流氓令女人动心。"唐蔚蓝夸张地叹口气。

"今晚我请你们吃夜宵，我不是那种精明小气的中年男人，我花钱没什么计划，今晚有钱就今晚花。"魏大亨赶忙举手投降。焱玉和唐蔚蓝都笑起来。

"你这是逼不得已，我们不稀罕。"两个女孩伶牙俐齿一口回绝。按照魏大亨的说法是一点也没有淑女风度。

"你想引诱我们？没门。堕落也要讲品味呢。"唐蔚蓝重复自己的格言。

三个人就这样笑一阵，说一会话。爱思考的唐蔚蓝发现，她们共同攻击男人的时候，在她是有口无心，在焱玉，却是因为对男人深深的失望和怨恨。唐蔚蓝发现这一点的时候，是在她自己的闺房里，是很深很静的晚上。唐蔚蓝想，焱玉还会不会重新去爱一个男人？唐蔚蓝无法预言。

有一次焱玉意外地接到了萃宜的电话。萃宜是焱玉的旧情人阿雄的母亲，当初很喜欢焱玉的。焱玉不由自主地叫了一声妈妈。想当初焱玉把"妈妈"叫得又亮又脆，把萃宜乐得那个开心啊……

旧日的一切都已事过境迁不复再来。萃宜在电话里竟哭了起来。

"焱玉，你还叫我妈妈？焱玉，我们没缘分啊。我和阿雄都对不起你……"萃宜哽咽着，喊着焱玉。过去的一切又栩栩如生地出现在焱玉的记忆里。焱玉想到萃宜亲手熬的那薄薄的稠稠的热粥，搁在热粥上面的香菜、皮蛋，香气喷鼻。焱玉想到这里鼻子竟也酸酸的，眼睛模糊起来。

"妈妈，过去的事不提了，和你没关系。你身体好吗？"焱玉想象着萃宜的样子，她是老了还是瘦了？

"不被他气死就算我的福气了。焱玉，他和那个云南女人，是逢场作戏，没几天两人就散伙了，活该！他现在对我老是板着脸，像是我欠他多、还他少了。焱玉，他是想气死我呀！"萃宜轻蔑地把那个云南女孩称为"女人"。她说话像个祥林嫂，一味抱怨阿雄要气死她。

"妈妈，你到南方他爸爸那里去住么，散散心，不要老是憋着自己。"焱玉安慰萃宜。阿雄的爸爸在南方的一个新兴城市工作，据说收入颇丰，还买了很大的居室。

"焱玉，我也不瞒你，我直说吧，阿雄的爸爸不是好人，他在外面早就有了年轻的新欢。还有一件事，我横竖横说出来，我和他已经有十年没有夫妻生活了。这个家里的男人没有一个好的。焱玉，你还是走了好。我是活死人了，就这样过一天，是一天，最近我信佛了，我在家里供了观音……"萃宜在电话里哭着吐露了真情。听到萃宜在家里供了观音，焱玉想象不出供了观音的家里会是什么样子。她捏着话筒的手颤抖起来，她有一种心碎的感觉。她想，为什么总是男人抛弃女人？

"妈妈，你为什么不告他爸爸？你告他重婚？"

"告什么？我这把年纪了，还有什么指望？有谁要我？我就这样熬着，睁一只眼，闭一只眼。善有善报，恶有恶报。将来等他老了，回来了，我再和他算账。到时候他会后悔的。"萃宜咬牙切齿的，声音里透出人生的悲凉和残酷。焱玉一时竟不知说什么好。

焱玉怜惜地想，她绝不会和一个她不爱，或者不爱她的男人去拼搏有限的人生。她也不会在家里供奉观音，寄托心灵。这就是自己和萃宜的区别吧？

不久邱福根的夫人李娟到上海来，邱福根就安排焱玉陪李娟逛上海。李娟说一口难听的福建闽南话，在上海言语不通，焱玉就为李娟当翻译。焱玉有点语言天赋，她在邱福根的公司里做，跟着邱福根学会了一口闽南话，她因此令李娟在异乡生出一种亲切感。但是李娟在焱玉面前有一种优越感，她以老板娘自居，上街的时候，让焱玉提这提那，吆五喝六的，差点把焱玉当小丫环使唤。焱玉看李娟暴发户似的一副土样，心里有一点鄙夷，她不声不响带李娟逛锦江迪生、美美百货，友谊商城，那些欧洲名牌服装的天价令李娟心惊胆战。焱玉还和李娟在马龙酒吧或LONG吧，喝卡布切诺或哥伦比亚咖啡，并且用拉卡的方式买单。焱玉坐在那样的环境里，姿态优雅地抽着长长的摩尔烟，如鱼得水从容自如，焱玉让李娟慢慢地生出一点点自卑感。李娟在台北是从来不上这样高级的场所的，李娟也不会抽那种细细长长的女人烟。李娟觉得上海和台北就是不一样，上海就是十里洋场。精明的李娟后来就专挑上海品牌的东西买。

焱玉也让李娟见识她那些朋友，比如魏大亨、家具集团的总经理等等。他们一个个风流倜傥，出手大方，气质非凡。李娟发现大陆的男人，尤其是上海男人，比台北的男人要强多了，文明多了。李娟原先在焱玉面前的自信和优越感就一天比一天锐减。李娟和焱玉相处到后来就有点像朋友一样了。李娟发现自己在慢慢地喜欢焱玉。

李娟人长得还算端庄，只是镶了只金牙，笑起来的时候就有点怪怪的，焱玉就避免正面看她。焱玉不知道李娟喜欢她，焱玉和唐蔚蓝打起电话来，老是要嘲笑李娟的金牙，嘲笑李娟在美美百货犯傻的样子。然后又说到邱福根，说到他的皱巴巴的西装，他的鸭子步。然后她们就笑，笑话台巴子怎么就是傻×样，两个人在电话里说着笑得喘不过气来。这时候焱玉和唐蔚蓝都没想到，有一天焱玉竟会和邱福根睡觉。

李娟在上海的日子里，也到老公的公司里去"视察"过，她发现公司和以前相比，不仅业务增加了，发展了，而且显得整洁、大气，办公室墙上还挂着名人字画，这在台北是挂不起的。字画是焱玉托同学转请上海画院的名画家作的，收费比外面自然要低很多。

李娟到上海来以前，也听说过不少经商的台湾男人在大陆包二奶的故事，李娟因此而抱着戒心到上海来"视察"。在邱福根的公司里坐班办公的，除了焱玉，还有两个老男人原先是国营企业的，是退休的工程师，技术上有一手，为人也厚道，其中有个绰号叫老法师的，和李娟还沾亲带故的，平时有点倚老卖老，时不时地要上邱福根的办公室"请示工作"，以示和别人的区别。李娟对他们自然是一百个放心。

李娟不放心的其实就是焱玉。她暗地里观察焱玉和邱福根，发现他们除了工作，没有任何其他的交往，彼此还是十分严肃，安分守己的。李娟还发现焱玉是个心气很高的女孩，和那些有钱的俊男靓仔，焱玉也仅仅是泛泛之交而已，想到焱玉在LONG吧、马龙酒吧的高雅和深深的冷漠，李娟明白焱玉是不会把她老公放在心里的。李娟发现这一点以后，就更喜欢和放心焱玉了。

李娟离开上海的时候，和焱玉作了一次深谈。是在马龙酒吧，李娟郑重其事地递给焱玉一个小小的锦盒。

"焱玉，我要回去了，我很舍不得你。这些日子，很辛苦你了。这是我的一点点小意思。"

焱玉打开一看，是只钻戒，大概有0.5克拉吧，价值不菲。焱玉惊诧地看着李娟，然后把锦盒回过去。

"这礼物太昂贵了。我不能收。"焱玉把锦盒回过去的时候，焱玉有心无心地看了一眼自己手指上的戒指，这是一枚绿宝石戒指，是焱玉的祖母留给焱玉的，价值不会少于那枚钻戒。焱玉心里觉得自己没有在李娟面前失分。

"我知道你心气很高。我没有别的意思，我是真心感谢你陪了我这么多日子，还有，福根的公司少不了你，你在一天我就放心一天，我是想留住你，希望你能理解我的心意，好好干。"李娟诚恳地拉住焱玉的手，眼睛都红了。

"我，"焱玉一时不知说什么好，她没料到李娟会这样。她想到李娟在上海替公婆买的那些当归、人参，替儿女买的上海品牌的T恤、内衣，焱玉这才发觉李娟其实是个很典型很传统的贤妻良母。

"你看得起我，答应我，就收下。"李娟把锦盒塞在焱玉的小坤包里，还拉上了坤包的拉链，唯恐焱玉拒绝。李娟这样认真，焱玉就很难再说什么了。

"希望以后再来上海。到时候，欢迎你到我母亲家里去做客，我母亲那里可以钓鱼，还可以自己挖野菜，在河浜里划船。"焱玉忽然对李娟说起了自己的家。焱玉觉得这样才显得出自己的真心真意。

焱玉就这样和李娟一言为定，把李娟送到了机场。在后来的日子里，焱玉和李娟有时也通通电话，是那种很平常很客气也很真诚很女人的交往。维系这种交往的，是彼此的利益，也有淡淡的情意。就像卖笑的女人，和客人熟了，就有了惦念，有了怜悯，甚至有了爱意。

那天唐蔚蓝来找焱玉。这是唐蔚蓝第一次到焱玉的公司来。唐蔚蓝一进焱玉的公司就嚷嚷着要见见邱老板。焱玉发现在公共场合，唐蔚蓝显得非常自信，非常开放，无论是举手投足，还是欢声笑语，都有一种与生俱来的优雅和活泼。焱玉就有点羡慕唐蔚蓝。焱玉想，这就是真正的上海小姐啊。邱福根看见唐蔚蓝一个如花似玉的女孩，自然彬彬有礼，十分热情地寒暄了一阵。

邱福根知道唐蔚蓝和焱玉是非常要好的同学，而且在电视台工作，交际广阔，就有心和唐蔚蓝拉关系，第二天做东请两个小姐在五星级的花园饭店吃日本料理。唐蔚蓝和焱玉心里暗自发笑。唐蔚蓝早就说过要宰焱玉的老板。这下如愿以偿了。那天魏大亨也来了。说起来，邱福根那里的老法师和魏大亨父亲是多年的老朋友，焱玉当初就是通过这层关系进了邱福根的公司。因此邱福根和魏大亨虽然没见过面，也是一说就熟，一见如故。

"邱老板，我不客气了。"四个人都坐好了，邱福根让小姐点菜。唐蔚蓝拿过菜单，点了皇帝蟹，这是如今上海滩最贵的海鲜了。

"好，好。焱玉，你也点两个菜。"邱福根很大方地挥着手。焱玉点了三文鱼、澳洲龙虾。焱玉点菜的时候，唐蔚蓝轻轻踩了焱玉一脚。唐蔚蓝和焱玉私下里早就说好了，要狠狠地宰一下台巴子。

"你帮台巴子赚了二十几万，吃他个一万两万，也不过是九牛一毛。他在大陆赚的钱就该在我们大陆消费。"唐蔚蓝很振振有词的。说了又吃吃地笑开了。唐蔚蓝因此要踩焱玉的脚。

魏大亨看出了两个女子的鬼名堂，他看着邱福根心痛得抽筋的脸，于心不忍，就什么也没点，只要了朝日啤酒。

不知道邱福根心里是高兴还是不高兴，他喝了很多酒。

"在家靠父母，出门靠朋友么。魏老板，以后多关照兄弟。"邱福根喝了些酒，就大着舌头叫魏大亨，喊他老板。魏大亨连连摇手。

"不要喊老板。你就叫我大衡。你要叫我老板，两个小姐要笑死我了。"魏大亨熟练地调着手中绿色的芥末，焱玉和唐蔚蓝果然掩着嘴在笑。

"做老板还不是轻而易举的事。大衡你有心，我就来投资。哎，你尽管喝。今晚我们要一醉方休。兄弟我既然在大陆赚钱，就想在大陆花钱。"邱福根借着酒劲狠狠心又要了一瓶马爹利。

唐蔚蓝和焱玉忍不住起身到盥洗室去。两个人在里面边洗手边咯咯咯笑，她们想起唐蔚蓝说过的，要叫邱福根在大陆花钱，两个人就笑得喘不过气来。

"没想到，邱老板和你是异曲同工啊。觉悟都挺高的。"焱玉笑着，用身体去撞唐蔚蓝。

"台巴子，台巴子！"唐蔚蓝躲避着笑得呛过去。

"今天一顿饭，我们老板有苦说不出，要难受一百日。"焱玉在自动烘手机下张着纤纤细手，刚洗过的手指，白皙而透明。她忽然想起她为了那些订单，为了那批家具五金，跑材料、跑加工单位，从浦西的杨浦跑到浦东的金桥，跑得浮肿的两腿和双手。焱玉就有些莫名的感触。

"怎么，你心痛了？待会分手，你和你老板一路走，你不要发善心噢，滥情噢。"唐蔚蓝盯着微微发呆的焱玉，开玩笑地说。

"要死了。"焱玉打了唐蔚蓝一下。

那天从花园饭店出来后，和以往的一切应酬结束时一样，焱玉为魏大亨和唐蔚蓝要了辆出租车，然后和邱福根一起站在门廊下送他们。唐蔚蓝摇下车窗和焱玉挥手的时候，唐蔚蓝和焱玉面面相觑的忽然都有些不自然，她们同时都想到了在盥洗室里她们开的玩笑。就是唐蔚蓝说焱玉，不要滥情呵。焱玉觉得此时此刻，唐蔚蓝那双含有深意的眼睛里似乎还在重复那句玩笑。

她们都没想到，从那天晚上以后，她们的友谊就消失了。消失在这个都市泡沫般泛起的滥情中。

焱玉就是在那个晚上和邱福根上床的。

焱玉后来回想起她和邱福根的事，觉得其中的不可思议，即使邱福根醉得可怜，她也不该冒险单独把邱福根送回家，以至于后来发生的一切都变得不可收拾。这是因为什么？是源于李娟的戒指，还是源于唐蔚蓝的玩笑？焱玉这样寻思的时候还回想起，当初唐蔚蓝也曾预言过她和阿雄的事。焱玉觉得唐蔚蓝的嘴很毒。一说一个准。

那夜在邱福根的套房里，邱福根醉醺醺的，她也迷迷糊糊。邱福根把她抱住亲嘴的时候，她没挣扎。邱福根迎上来的时候，漫长的岁月在一个中年男人嘴里留下牙垢和污秽，他喷出的气味令她无法忍受，他的粗糙僵硬的嘴唇，也不再有年轻人的那种丰满和弹性，她觉得恶心。这就是中年男人，她厌恶地想。但是她迷糊得都懒得躲避。而且说也奇怪，当邱福根的大舌头在她的嘴里拼命搅动的时候，她感觉的是那种男人的津液的芬芳和诱惑。在这样的芬芳中，她记忆起阿雄的嘴唇，年轻的柔软的嘴唇，她绝望地对自己说，享受吧，享受性爱的快乐。

绝望是她自己的一种奇怪的感觉。绝望中的空灵和放逐，放逐自己的身子。她什么也不想、不愿想，只是松软着自己，让身子漂浮起来。在邱福根这个中年男人富有经验的抚摸下，那种遗忘了很久的发自身体里面的欲望便膨胀起来，剥夺了她所有的一点一点努力积聚起来的骄傲和优雅。她任性地由着自己，就像小时候由着院子里的猫、狗，由着它们去发疯一样，她由着自己发疯。她听见了邱福根的笑声，时断时续的笑声，是那种失控的狂喜。在这样的笑声里，焱玉自恋地想，自己也算是如花似玉、才貌双全吧，焱玉的眼睛里就有一点泪光。她又想什么假面、什么尊严统统都走开吧，她现在只要放纵、只要忘却……

焱玉的身子在邱福根原始的撞击下，慢慢燃烧起来，她甚至看见了白色的火焰。小时候在家乡的坟地上，她看见祭奠的纸钱，燃烧着，慢慢地化成了碎片，在白色的火焰中、在透明的空气里轻盈地飞扬。她觉得自己就在飞扬。她想，原来没有爱情和期待的性爱也是快乐的啊。

邱福根后来像猪一样地酣睡了。焱玉回家以前在他那间豪华的盥洗室里洗了淋浴，她任由哗哗的流水从头淋下来，满面的水珠，这时候她就想哭，她拉长了脸，努力了很久。她终究没有哭出来。

　　第二天在邱福根的办公室，邱福根看见焱玉就嘻开了嘴。邱福根的脸上有说不出的欢喜和说不出的歉疚。

　　"焱玉，我昨晚喝多了，我不知道自己……后来怎么睡着了……你不该走的，我，我，我想死你了……"邱福根眼睛定定地看着焱玉，他还沉浸在昨晚的柔情蜜意之中。

　　"邱老板，这是浦东金桥发过来的传真，材料选价的事，你看了决定。"焱玉没搭理邱福根的话题，一副公事公办的模样。

　　"焱玉，今晚我等你，我们先去找个地方吃饭，昨晚上的事……"邱福根把传真撂在一边，依旧殷殷地看着焱玉的脸，等着焱玉的回答。

　　"我不明白你是什么意思。我也不知道昨晚发生过什么。材料选价，你决定了就通知我。"焱玉冷冷地无动于衷。焱玉说完就走出了邱福根的办公室。

　　邱福根看着焱玉的背影，一时没明白过来，焱玉是什么意思。他对于女人的认识仅仅局限于李娟，充其量也就是海南、深圳那里的两次味同嚼蜡的吃"鸡"。他不知道追求焱玉这样的女性，需要脱胎换骨的改变。他后来几次三番走到焱玉的办公处，想对焱玉说什么，焱玉都埋头苦干的样子，仿佛没看到他。邱福根欲言又止地走开了。办公室里的两个老男人惊异地看着焱玉，等邱福根一走开，那个叫老法师的，就摇着头提醒焱玉说，你怎么对邱老板视而不见的？

　　焱玉头也不回地继续操作着电脑，她在查找一份关于材料型号的资料。

　　临下班的时候，邱福根终于按捺不住，传话过来，让焱玉到他的办公室去一下。焱玉皱了皱眉头。

　　"焱玉，这张龙卡放在你这里，你到美美去买衣服呀，你去用。"邱福根把一张信用卡递给焱玉。

　　焱玉没接。她用一种与己无关的神情看了看龙卡和邱福根。似乎没听懂邱福根的话，或者说没在意。

"邱老板，你没别的事，我就走了。"焱玉若无其事地，她没给邱福根任何挽留的机会，就迅速地撤离了。她走出办公室的时候，脸上充满了愤怒和无奈。

晚上焱玉在家里等宝安等了很久。宝安到家的时候，惊异地发现和衣躺在床上的焱玉。

"姐，你这么早回来了？晚饭没吃吧？走，我们一起到围炉酒家去吃烧烤。我请客。"焱玉很少比宝安回家早，宝安觉得高兴。

焱玉没吭声。宝安又叫了一声，说他今天连哄带骗成功地推销了一台价格八千元的吸尘器，他可以提成百分之三十五，所以他要请客。

"好。"焱玉忽地坐起来，匆忙间披了宝安的一件黑白格子的羊绒衬衫，就跟着宝安出门了。她和宝安在一家二十四小时营业的围炉自助酒家里喝酒、吃烧烤。那晚是周末，人群蜂拥而来，酒家爆满。焱玉被旺盛的人气所鼓舞，就又是喝酒又是大声说笑，一副开心忘形的样子。

"姐，你今天在路上捡到皮夹子了，发财了？"宝安看焱玉高兴的样子，有点不明白。

"宝安，人生在世，麻木就是快乐，快乐就是麻木。"焱玉昏天黑地地笑着回答。又喝了一大杯啤酒。

宝安和姐姐玩得高兴，又兴致勃勃地打拷机把他的那个老同学飞鸿给叫出来。飞鸿一听宝安说请喝酒吃饭，不知道焱玉也在，立时三刻就赶了过来。飞鸿意外地看到焱玉，一时竟有点发愣。焱玉发现飞鸿长得和小时候完全不一样了，个子高高的，身材和女孩一样有点曲线：臀部结实上翘，胸部肌肉勃起，两腿修长。焱玉想，现在的年轻人真是天时、地利、人和啊，赶上好时光了。相比之下焱玉觉得自己老了、丑了。

"吆，我们的黄飞鸿来了。叫我一声姨，叫十三姨吧。"十三姨是电影《黄飞鸿》里黄飞鸿的生死恋人。焱玉仗着酒劲，又仗着小时候抱过飞鸿，和飞鸿开玩笑。

"是玉姐！玉姐你看上去，比我们学校的大一女生还小，走在街上，我是不敢认玉姐的。"飞鸿被焱玉的幽默和谈吐所感染，刚见面时的拘谨一扫而光。他打量着焱玉身上的那件衬衫，衬衫又宽又长，套在焱玉苗条的身子上，按照后来飞鸿的说法是"很媚"、"很妖气"。

"别挑好听的话说，我二十六岁了。叫我十三姨！二十六岁的女人就是老菜皮、老女人了。以前在大学里，我们几个要好的女生订过生死盟，说女人过了三十岁就太可怕了，就集体自杀。"焱玉笑着点着自己的鼻子，酒后的脸颊绯红着，憨态可掬。飞鸿看得呆呆的。

"姐，你看着就是小呢。现在的女大学生，都是情场上的老手，一个个饱经沧桑。你们那时候不能比了。"宝安附和着。宝安是很崇拜姐姐，也很崇拜飞鸿的。两个人分别是他的亲人和朋友，两个人无论在哪方面都比他强。

"废话少说，我们喝酒吧。北方人怎么说？找乐！"焱玉很豪爽地拿起杯子，和飞鸿、宝安碰杯。飞鸿和宝安乐得又笑又叫的。

那晚，他们三人喝的啤酒，易拉罐叠起来，差不多要碰到屋顶了。焱玉像个小孩一样看着宝安和飞鸿，看着他们你叠一个我叠一个，易拉罐摇摇欲坠的，焱玉就尖叫起来。焱玉这时候已经忘记年龄、忘记性别、忘记尘世一切的痛苦和烦恼，也忘记曾经有过的甜蜜和微笑。从酒家里出来的时候，已经是凌晨两点了，三个人，你挽着我，我拉着你，互相打骂，笑声传到了几十层高的大楼屋顶上，这不，那里有人探出了小小的脑袋，张望着。焱玉的大衬衫在风中潇潇洒洒的，仿佛一个靓仔。不知道的人，高高地看下去，还以为真是三个男孩。三个快活的疯狂的男孩。

"玉姐，我要送你一只凳子。白木的，没有油漆的，有木头香味。是一个新加坡的朋友送的。"飞鸿醉意蒙眬地慷慨地许诺着。

"除非你叫我十三姨。"焱玉咯咯地笑着。

"我抗议，上次打三国游戏，飞鸿你输给我了，这只凳子现在是我的。"宝安毫不含糊地把飞鸿的凳子占为己有。

"那就算我们三个人的财产吧。"焱玉笑得直不起腰来。

这是一次真正的尽兴的无拘无束的找乐。

第二天在办公室，焱玉接到一个电话。焱玉拿起话筒的时候，心里就有一种莫名的紧张。

电话里没有声音。

"是谁？"焱玉问。

"十三姨。"电话里迟疑地传来一声热情、努力的呼唤。是飞鸿。

焱玉的心呼啦一下收紧了。

"飞鸿吗？我是玉姐。有什么事？"焱玉努力平静地问。

"没什么。就想听听你的声音。你好吗？没事吧？"飞鸿觉得似乎打错了电话，找错了人，愣了一下。

"没事。"焱玉淡淡地，仿佛随时准备放下电话。

飞鸿显然听出了焱玉的意思，赶紧寒暄了两句就挂了电话。他被焱玉的出人意料的平静和深深的冷漠震住了。她显然不再是昨晚那个放浪形骸的惹人喜爱的女孩了，此时此刻她扮演的是年长端庄的拒人于千里之外的大姐。飞鸿不明白，是因为什么，使焱玉在一夜之间判若两人？

焱玉放下电话，愣着，苦苦地思索着，却不知道自己在想些什么。

中午的时候，按惯例到邱福根办公室去请示工作的老法师，突然通红着脸从邱福根的办公室出来。接着焱玉听见了邱福根愤怒的斥责声。

"你倚老卖老，我那里亏待你了？一点小事也拖拖拉拉的！出粮的时候怎么没听到你叫不行啊……"

"什么事？"焱玉小声地问老法师。

"发神经！他突然要所有的销售资料，还得是书面的。我说明天吧，今天我和两个客户约好了，他们马上要来。没想到他像吃了生米饭，眼睛立刻就爆了出来似的，开口就骂、就训斥人。我也是六十多的人，平时也任劳任怨没少为他操心，这算什么啊！"老法师敢怒不敢言地小声嘀咕着。

"我马上从电脑里调资料，打印一份给你。"焱玉安慰老法师。说着就迅速敲起了键盘。老法师感激地看了一眼焱玉。

"焱玉，你也小心点。我看他是醉翁之意不在酒，他是存心找茬呢。哎，他会不会冲着你来？"老法师压低了声音说。焱玉怔了怔，没回答。

当显示屏上出现了一连串的数据和图案时，焱玉的眼神里显出一种潜心入定的平静。

中午的时候，焱玉递给邱福根一纸辞职书。邱福根瞪大了眼睛站起来，走到焱玉身边，大惑不解地看着焱玉。

"你是开玩笑吧？我哪里亏待你了？你有话就说，不要这么折腾人。"邱福根把焱玉的辞职书揉作一团，就要往碎纸机里塞。焱玉一把夺过来。

"邱老板，请你尊重我个人的选择。"焱玉把辞职书重新放在邱福根的办公桌上，然后看着邱福根，眼神是那么平和，又是那么决绝。邱福根从那样的眼光里读到的是冷若冰霜的陌生。

"为什么？为什么？"邱福根发狠地攒住焱玉的胳臂。他无法忘怀那一夜风流，无法忘怀这个漂亮文雅的上海女子，她在他的身子底下曾经放任、曾经忘形，曾经出色……他的胸口至今还留着她深深的齿印。夜深人静的时候，独处的他，想着焱玉那夜的疯狂发泄，他就会发汗，就会冲动。他幻想自己还在她的身子里，他想象着她的芬芳，她的年轻，她全部的智慧和才华。他要她。他甚至还动念头筹划，他打算像那些同乡一样，在大陆包个二奶，当然这个二奶必须是焱玉。

然而焱玉粉碎了他的如意美梦。

焱玉甩着胳臂想挣脱邱福根的手，她的青春的胸部在挣扎中耸动着，这是遮掩不了的性感。这再一次刺激了邱福根，邱福根索性伸手抱住了焱玉，然后不管三七二十一，口水横流地使劲地胡乱地在焱玉的脸上亲吻。焱玉躲闪不及。她又不敢发出声音，就在外面，薄薄的隔墙外是老法师他们！

"你死要面子活受罪，不要硬撑了！跟着我，我不会亏待你的，我想死你了，我有钱，我会给你买房子……"邱福根凑上来的时候，他嘴里的气味，还有他的粗糙的失去弹性的中年男人的嘴唇，他的赤裸裸的表白，令焱玉记忆起那晚的绝望、丑陋和恶心，童年的时候，她看到过家乡的男人打鸟，"嘭！"的一声，中弹的鸟就会挣扎着从空中栽下。这时候的她摇摇晃晃的，她觉着自己就像空中的鸟一样在挣扎，但是她不愿坠下，她还要飞翔，飞翔，周围的一切都旋转起来……

"滚，滚，畜生！傻×！"她竭尽全力尖声叫骂、拼命挣扎。但是那晚的记忆就像家乡男人的子弹，击中了她脆弱的命脉，她摇晃着、她自己都不知道自己，她栽倒在邱福根的身上。在倒下的一瞬间，焱玉不顾一切地本能地惨叫起来。她听见隔壁有人推倒椅子的声音和匆匆的脚步声。

焱玉离开了邱福根的公司。

听说后来邱福根的老婆李娟到处打电话找过她，没找到。不知道有什么事。焱玉想，会不会是要讨回那枚钻戒？焱玉这样想的时候，就对李娟生出一种深深的鄙夷。那枚钻戒，焱玉是不会戴的，但是焱玉也不会假惺惺地去回给邱福根夫妇，这样的场景是可笑的平庸的。焱玉还觉得戒指的意义，和邱福根诣笑着塞给她的那张龙卡是截然不同的。戒指是单纯的。她要看着戒指在岁月的伤害里，慢慢失去光泽失去单纯。

焱玉就是从那时候开始和唐蔚蓝疏远的。奇怪的是唐蔚蓝也再没和她联系过。仿佛她们彼此约好了似的，要从各自的生活中消失。焱玉心里明白，唐蔚蓝消失的友谊是因为什么，她一定听到了风言风语。也许唐蔚蓝在鄙夷她，鄙夷她的不加选择的放任。唐蔚蓝早就说过了，在如今的年代，即使是坠落，也是要讲品味和格调的。但是在那个无法回首的晚上，在那种都市的绝望和奢侈里，焱玉她就是不要品味和格调，她对这一切已经厌烦了。她是存心要低俗、要滥情和下贱了。

这一瞬的意念已经无法解释了。无论是焱玉还是这个城市日益增多的思想家。思想家们都在酒会上、在大众传媒上亮相和夸夸其谈，他们是无法解释焱玉内心深处的荒诞和低贱的，就像人类永远无法破解自己似曾相识的梦境。

辞职后的几天里，焱玉什么也不干，脱下职业装，穿着休闲的衣服，就在家里睡觉。从小到大，读书、恋爱、工作，焱玉总是在努力自己和压抑自己，活得很认真很辛苦。离开邱福根的公司后，一无拘束地走在外面的大街上，焱玉觉得眼前的一切又陌生又亲切，阳光、新楼、熙熙攘攘的人群，远在天边，近在眼前。她要融入这一切，她想忘记那些辛苦的日子，想偏离父母、社会、学校给她划定的人生，哪怕只有短短的几天。

躺在床上，听着窗外收购废纸、旧家电、空酒瓶的小贩一声声地叫唤着，焱玉在这样的市声里迷糊。在这弯弯曲曲的里弄，在石库门老屋里，她听得见隔壁人家台钟的滴答声，时钟敲打的悠久的回音，还有那种老房子里固有的酸酸的陈旧的温暖气息，在十分安静的午后，她能听见野猫在楼上晒台的轻软的足音，还有它们突然的疯狂，她理解那种原始的媾和，在那种疯狂里没有任何的功利和期待，只有宛如飞翔一样的无穷无尽的快感。

焱玉体味着市井生活中一切微小的细节。她觉着自己与石库门老屋、与这市声悠扬的小巷，仿佛与生俱来。她放松自己享受生活。她的被褥是新晒过的，散发着阳光的美好气息，焱玉记忆起儿时的一次升级考试，仅仅一分之差她没进入前三名，好强的她躲在稻草垛里不肯回家，是稻草秸的清香安抚了她的自尊和屈辱。现在安抚她的是上海里弄小巷的温暖气息。

焱玉不知道，她和邱福根的往事并没过去，它的阴影还笼罩在她的心头。她放纵自己的心魔其实还在她的身子里，它还要出来，就像阿拉伯魔瓶一样，那个被禁锢的魔鬼正在蠢蠢欲动，它要给她带来灾难。

焱玉躲在家里的第三天，被房东大哥发现了。看见平时忙忙碌碌的焱玉休闲的样子，那男人觉得奇怪。

"焱玉，你没事吧？"房东大哥上上下下打量着焱玉，狐疑的眼光让焱玉浑身不自在。

"我来喜了。"焱玉知道房东大哥在想什么，就索性把话说到底了。说了，自己也觉得好笑，就嗤地笑了。

"我没这个意思，你别误会噢。你是炒老板的鱿鱼了吧？"房东大哥连连摆手，又问得极其巧妙，他不问老板炒你的鱿鱼了，而是反过来问，给了焱玉面子。焱玉点点头。焱玉想，这就是上海男人的聪明和乖巧呀。

"房东大哥，你怎么不去开个公司？上海滩那么多赚钱的机会。你没看到台巴子们、假洋鬼子们一个个都发财了？"焱玉忽发奇想，撺掇起房东大哥。

"我这个人就是抓不住机会。文革结束恢复高考的时候，我傻乎乎地忙着结婚；改革开放允许一部分人先富起来全民经商的时候，我不合时宜在热衷于当所谓的文学爱好者；洋插队的时候，我都拿到了日本语言学校的入学通知书，结果一念之差还是舍不得离乡背井；发行股票认购证的时候，我走进银行，却被一个教授模样的知识分子一番开导，吓了回去……不过有钱也未必是好事。我现在是安贫乐道，什么也不想了。"房东大哥看破红尘的样子。

"你这是阿Q精神。其实你们男人什么都想。"焱玉冷笑着。

"你知道我们男人想什么？呃，你说？"房东大哥听出了焱玉的画外音，就有点贼忒兮兮的腔调。

"不和你嚼隔壁帐了，我有我自己的事，我要写东西了。"焱玉也听出了房东大哥的画外音，赶紧把房东大哥推出房间。

"我还要问你的。你对我们男人有成见。"房东大哥在房外张望着焱玉，焱玉没搭理他。焱玉的心里却烦躁起来。她找了本书，一目十行地乱翻。

中午的时候，房东大哥替焱玉送了碗小菜来。焱玉没有像平时那样接过来。

"你自己吃吧。"焱玉把手放在身后，不敢接触的样子。

"怎么，怕我放毒？怕我不安好心？"房东大哥挑衅地放肆地看着焱玉。房东大哥觉得焱玉穿着家常的衣服，不知怎的没有了平时的端庄。

"下毒倒不至于。不过男人对女人倒是从来就没安过好心。"焱玉鼻子里哼了房东大哥一声。

"和你这样漂亮迷人女孩在一起，男人就不安好心。你知道吗？不管你作什么样的反应，我们之间有一种东西已经存在了。"房东大哥在工会里做，会玩些深沉的模棱两可的话。

"什么东西？"焱玉不解。

"性。"房东大哥的脸凑近了焱玉，差不多要碰着焱玉俏丽的鼻子了。

"没有。"焱玉一口否认。

"有。"

"没有。"

"有。"

"没有。"

…………

焱玉和房东大哥就这样针锋相对、没完没了地说"有"和"没有"，身子却早已经被房东大哥揽住了。这时候正是午后，是上海弄堂里最安静的时刻。几家合用的厨房里，静静的，炒菜留下的余香还在煤气灶上弥散。忙碌了一个上午的退休老人们，在送走了上学的孙儿们后，已经昏昏欲睡。弯弯曲曲的弄堂里，家家门口的小凳或者竹椅上铺满了寂寞的阳光。真是安静啊。

在这样的安静里，焱玉又一次放纵自己。

焱玉后来发现，无论是邱福根还是房东大哥，其实都是过眼烟云，主宰她的是她自己的心魔。因为她自己想放纵、想下贱。她在貌似成功的生活后面寂寞得太久。她痛恨男人。

第四天，焱玉走出了上海弄堂，她认认真真地开始找工作。她还退了房东大哥的房子，住到了某单位的宿舍里，那单位里的女经理和焱玉有过业务关系，彼此还合得来。至于宝安，则在飞鸿的学校里打游击，混迹于大学生宿舍，倒也自得其乐。对于在那个午后，在石库门房子里发生的故事，焱玉觉得犹如看了一个小品表演，她有一种生活在别处的感觉。她知道曾经有过一个放纵的焱玉，低俗的焱玉，但是她离她已经很远了。也许是一种舔吮伤口的方式吧，她觉得自己已经恢复了女人的自信。

焱玉在邱福根公司做的时候，结交了很多商界的朋友，因此她很快就在一家房地产公司找到了工作。头一次到测绘局去要一块地皮的地下管道图纸，焱玉就发挥出她的干练和锲而不舍的精神，她天天在测绘局里流窜，她穿米白色的BALLY西裤套装，一双黑白双色的同样品牌的皮鞋，怀抱大公文包，显得伶俐而又充满干劲。她使那些办事员们眼睛一亮、精神振奋。别人要十来天才能解决的，她三天就搞定了。

房产公司的总裁，以前是市级机关的一个处长，因为升迁无望就投身商海，是位很爽快很大气的男人，他发现了焱玉的才干，没过多久他就把焱玉提到了开发部当经理。从此焱玉开始和那些银行、财团的实权人物打交道，她目睹了很多男人的精彩，也发现了金融后面的罪恶。两年后，当公司的楼盘在房产市场上日益红火的时候，焱玉的月收入也开始接近五位数。

焱玉用按揭的方式买了新房，是那种很漂亮的新加坡模式的小区，晚上走在这样的小区里，会有一种脱俗的优越感。小区里出入的都是些衣冠楚楚的男女。焱玉在居室里安置了一个家庭影院，她常常通宵达旦地躲在家里看那些盗版的VCD影碟片，在种种好莱坞式的美国梦中陶醉和腐蚀自己。焱玉和这个城市日益融为一体。但是她和她的同事却保持着某种意义上的疏远。焱玉的同事们觉得焱玉是个很新潮很现代的女郎，因为焱玉不止一次地公开宣布，她是个坚定的独身主义者。她在她的办公室墙上，挂着一副求来的名人书法，上面就简简单单的两个字：慎独。她因此而令那些心怀叵测的单身男人望而生畏。

有一次，焱玉在一家五星级宾馆的大堂里等人，她意外地看见了唐蔚蓝。她本能地要站起来，她想去招呼她过去的朋友，她们曾经是多么亲密。但是她发现了唐蔚蓝身边的男人，那男人不是魏大亨，而是一个略略发胖的中年男人。说实话，这男人虽然有点发胖，但衣着精良、气度不凡，令人想到广告片里的成功男人的形象。焱玉不由自主地退却了。

唐蔚蓝正和对面沙发的两个女士说话，她的手同时亲密地攥着身边男人的手。焱玉觉得这镜头很有点美国味。焱玉还想到了很久以前，她和唐蔚蓝在LONG吧里，唐蔚蓝说的话。

"堕落也要讲品味，讲格调呢。我不会随随便便地出卖自己。你不抬高自己，男人就会认为你贱。男人都是蠢货。"唐蔚蓝一脸的高傲。

焱玉发现此时此刻的唐蔚蓝果然很有品味，也很有格调。只是焱玉对品味对格调已经毫无兴趣了。焱玉就没有上前和唐蔚蓝打招呼。那晚，焱玉一个人到LONG吧去了。她在那里要了一杯卡布切诺咖啡。她发现窗外原本漂亮的法国梧桐在喧宾夺主的霓虹下，呈现出一种毫无质地的虚假的光泽，而昔日的咖啡也失去了往日的纯真。

宝安后来又跟着飞鸿住到外面去了。他还做他的推销员，到处流窜，赚的是辛苦钱。他的传销也并没有像神话一样给他带来源源不断的财富，大都是断线的风筝，放出去就渺无音讯了。飞鸿大学毕业了。他们在浦东租了一间老房子，是那种民国时期的老民居，门扉上还有雕花，宝安说房东老婆婆很像他们去世的外婆，对他们也关怀备至。他因此有恍如隔世的感觉。他还说有很多著名的大公司，比如夏普、比如强生，他们求贤若渴早就在盯着飞鸿了，飞鸿是个人才。但是飞鸿哪里也没去，他自己注册了一个计算机信息服务公司。飞鸿的工作就是在家里，他的全部家当就是两台多媒体手提电脑和台式电脑。宝安说他至今没完全搞清飞鸿的公司是如何运作的，反正飞鸿能赚到足够过日子的钱。宝安对电脑和电脑网络的了解仅仅是打电脑游戏和通过INTERNET"泡网"。宝安说他在网上交了很多亲密无间的朋友。

"我决定和飞鸿合伙干了。我不想做推销员了。我跑得脚底板都有老茧了，我要为自己跑了。"宝安喝着红葡萄酒，对焱玉说。那天焱玉她们公司开销售会议，会后是冷餐会，焱玉就把宝安叫来了，打打牙祭，姐弟俩也趁机见个面。

"你先到交大夜校去读计算机吧，学费我来。"焱玉听了就连声说好，还撺掇宝安去读书。焱玉说了以后，又暗暗好笑，她觉得自己有点儿薛宝钗。

"我不去。我就跟着飞鸿学，我先做跑腿么，外面的经验我比飞鸿熟悉。"宝安拒绝了焱玉的建议。

"随你吧。"焱玉觉得宝安比以前有主意多了。是不是飞鸿的影响？焱玉盯着宝安年轻的脸庞，不由想起飞鸿那次电话，就是飞鸿亲密地叫她十三姨的那次。飞鸿的样子竟栩栩如生地叠印在宝安的脸上。焱玉就想走开，宝安偏又叫住了她。

"姐，你什么时候到我们浦东的老房子来？院子里还有井呢。房东老婆婆在房子后面种了蔬菜，我有时候也帮她松松土浇浇水的。"宝安期待地看着焱玉。

"现在浦东还有这样的世外桃源？"焱玉又取了一杯红葡萄酒，递给宝安。

"长不了了，就要拆迁了。"宝安有点遗憾。宝安在上海呆了几年，骨子里还眷恋着田园生活。可是焱玉不这样想。

"哪天等你们的公司搬到商住楼里，我一定来。"焱玉存心要刺激宝安。她希望宝安全身心地进入这个城市，而不是若即若离。宝安没吭声。

最好笑的是，阿雄不知怎么找到了焱玉。他和那个云南女孩分手后，无头苍蝇一样忙乎，也没找到过中意的女朋友。他回过头来想起了焱玉，就来约焱玉。他们在长乐路上一家很小很精致的茶坊里见了面。焱玉走近茶坊的时候，心里觉得奇怪，自己竟然还有心情和阿雄见面。焱玉知道阿雄打的什么如意算盘，也知道自己早已不是那个捧着书本的学生味浓浓的、想考研究生的焱玉了。那时候的焱玉是很在乎阿雄在乎男人的。此时此刻的焱玉却是一个心沉如水绝对自我的女人了。

焱玉刻意地不露痕迹地修饰了一番。焱玉走进茶坊的一瞬间，她明白自己想得到什么了。她想让阿雄看看另一个焱玉。一个已经变化了的焱玉。焱玉觉得自己的虚荣心。焱玉曾经觉得有虚荣心的女孩是简单的女孩，难道自己还不够老到、不够炉火纯青？

阿雄看见焱玉的时候，他觉得焱玉是陌生的，和以前相比已是判若两人。恰恰相反的是阿雄觉得自己还和以前一样。这真是一种奇怪的不合情理的感觉。

阿雄还记得焱玉哭着离开的那个晚上，焱玉一副山河破碎、痛不欲生的样子。那时候的阿雄相信，只要他叫一声，焱玉就还会回头还会扑到他的怀里。但是他沉默了。他以为在以后的任何地方、任何时间，单纯的焱玉都会呼应他、都会回头。他的信心在重新见到焱玉的时候，烟消云散化为乌有了。

焱玉穿了一件蓝色的CHRISTIAN DIOR的长至足踝的裙子，那柔软贴身的面料，简洁的裁剪，流露出她美妙的体态，而裙摆底部同色的小穗子，在她轻盈的步履间飘逸，文雅中透出活泼。CHRISTIAN DIOR服装，在上海是那些外国使馆的女士们、外商独资企业里月薪五位数的奥菲斯小姐们追求的品牌。焱玉用一件欧洲中产阶级的服装就击败了阿雄所有的信心和盘算。

"焱玉，以前，是我不好，你吸烟吗……"阿雄嗫嚅着，英雄气短。他穿着过时很久的夹克，口袋里鼓鼓囊囊的是烟和打火机。焱玉摇摇手。焱玉摇手的姿态也是非常美妙的，她的仔细修磨过的指甲虽然没涂过鲜艳的丹蔻，灯光下却比丹蔻更有光泽更高贵。

"我们不谈以前好不好？我还想谢谢你呢。"焱玉打断阿雄的话头。她向侍应生要了两杯柠檬。然后看了看墙上的油画。画上的西洋女人正淡淡地微笑着。是那种俯瞰一切的微笑。直到这时，焱玉依旧自我感觉良好。

"你还记得我喜欢喝柠檬？我知道你不会忘记我的。"阿雄喜出望外又不无得意。焱玉却暗暗吃惊。焱玉没想到自己竟然还记得阿雄的嗜好，那么自然那么无可抗拒。焱玉有一种深深的绝望，还有失败的感觉。

"你不要瞎三话四了。假如你还要旧话重提，我就走。"焱玉是平静的，她不耐烦的是她自己。她自以为已经疏远男人，但在心的隐蔽角落，却还珍藏着男人的嗜好。她突然顿悟到，阿雄对于她的意义就是让她认识男人而不是拒绝男人。她是不是固执得太久？

"好，好，那么我们谈什么呢？哎，你说要谢谢我，谢什么？"阿雄表示屈服。他的脸上却写满了得意和轻浮。

"谢谢你和我分手。我现在过得很好。没有昨天就没有今天么。"焱玉笑起来。她笑得淡淡的，十分庄重十分自我，仿佛画上的女人。橱窗外，宝马、奔驰，甚至法拉利等名贵小车源源而过，附近就是锦江和新锦江、瑞金等老宾馆和新宾馆，还有旧日的高级住宅。这里是新和旧无比美妙的结合。是最具旧上海殖民气息和新上海海派风格的区域。

"你谢我？我还恨你呢。你当初待我那么好，你让我以后找不到女朋友了。唉……有男朋友了吧？"阿雄故意怀旧的样子，他相信女人都是怀旧的。他眼睛大胆地盯着焱玉看。

"男朋友？当然有几个啊。"焱玉坦然地迎视着阿雄。此时此刻她很像商务洽谈时，面对强大的对手，她打起精神毫无怯色。

"你骗我。你说有几个，那就等于一个也没有。"阿雄断然否定。他凑近焱玉，目光炯炯的，他想在焱玉的脸上寻找过去的痕迹。他相信在那细腻如玉的肌理上，一定还藏着往日深情。他太知道焱玉了。但是他没找到，他想焱玉把自己隐藏得太深了。他失望地往椅子上靠了靠。

"我没有兴趣骗你。萃宜好吗？"焱玉冷淡地绕开话题，问到了阿雄的母亲。

"我妈妈？她老太婆了，都更年期了，整天不是恨我老爸，就是讨厌我，看什么都不顺眼，女人就是变态。"阿雄失望地划亮火柴，点了支烟。这个焱玉，竟然说她没兴趣骗他！

"不要老是女人女人的。你以前对你妈妈不是这样的。"焱玉吃惊地看着阿雄，以前的阿雄对母亲百依百顺。焱玉至今还记得，阿雄对萃宜的忤逆是在一瞬间发生的。焱玉的眼前又晃过她和阿雄分手的时候，阿雄疯狂的样子，他痛快淋漓地叛逆她，也叛逆萃宜。他把萃宜也视作一个女人，而不是母亲吧？

"我十岁开始就恨我妈妈了，她对我管得太多，小时候她把我打扮成女孩子，令人恶心。她就是想操纵我。焱玉，你以前也是。女人都是这样。你要知道，男人从来不会心甘情愿任人摆布的。"阿雄边说边用手指指点点的。此时他已经明白焱玉是不会回到他身边了，说话间对女人就带有攻击性和诽谤。他又和侍应生要了一杯柠檬，放肆地吸吮着。

"我不和你讨论男人女人。我有个东西要送给萃宜，你帮我给她吧。"焱玉没兴趣和阿雄争论，当初在LONG吧里，她和唐蔚蓝、魏大亨他们已经争论得淋漓尽致了。空谈误人生啊，她想。她从坤包里掏出一只锦盒，锦盒里是一块翡翠，上面雕着观音菩萨。

"你怎么知道妈妈信佛了？你送这个，你嫌她神神鬼鬼的还不够？"阿雄把翡翠掷还给焱玉。

"这是饰件么，也算是我对老人家的孝心。过去她对我好，她对我是真好。"焱玉抚摸着翡翠，故意对着阿雄说萃宜好。

"你不要话中有话，你是说我不好。你以为妈妈对你好？你知道她在背后说你什么吗？她说你住在我们家里一年，白吃白喝白住，最后你的钱还是你的。你没吃亏。"阿雄恶狠狠地说，他还是那样，存心要和焱玉，要和母亲过不去。

"我不要听你挑拨离间。你没有资格。"焱玉起身买单。她再也不想听阿雄宣泄对女人的不满了。她想，真正变态的是阿雄，而不是萃宜。但是自己呢？她不敢想下去。

那天晚上焱玉十分沮丧。她环顾自己宽敞舒适的居室，她曾经引为自豪，这天晚上她却清醒地意识到，要十五年以后，她才能还清所有的贷款，才能确定这房子是自己的。她寻思十五年间说不定哪一天她倒运，房子就飞走了。谁知道呢，这年头风云变幻，以前是三十年风水轮流转，现在是三年风水轮流转了吧？她又想到白天和阿雄的无聊的见面，她就十分沮丧。她一个人喝了些酒，头晕晕乎乎的。她想到好莱坞电影里那些心灵颓唐的酗酒女人，她有点后怕。她设法和宝安通电话。宝安不在家，接电话的是飞鸿。

"是玉姐？"飞鸿一下子就听出了焱玉的声音。他还像小时候那样叫。焱玉想起那晚在围炉酒家，她隔着十几年的岁月看飞鸿，飞鸿带给她的惊喜和意外。

"黄飞鸿啊？"焱玉自己也不明白是因为什么，她又叫他黄飞鸿了。她还发现自己的声音低低的，深深的，仿佛是从地底下冒出来的。

"十三姨！"飞鸿在另一头激动地跳起来。焱玉听到凳子碰翻的声音。焱玉想，飞鸿的凳子一定是那只白木的，没有上过油漆的凳子吧？散发着原始、单纯的清香。焱玉这样想的时候，眼睛里却升起了雾气，眼前的一切都变得模模糊糊了。

　　"十三姨，十三姨……"飞鸿锲而不舍地呼唤着。

　　没有回音。

1997年8月